ro
ro
ro

Deanna Ashford
Die Sklavin

Erotischer Roman
Deutsch von Mink Weinmann

Rowohlt Taschenbuch Verlag

Deutsche Erstausgabe
Veröffentlicht im Rowohlt Taschenbuch Verlag,
Reinbek bei Hamburg, Juni 2007
Copyright © 2007 by Rowohlt Verlag GmbH,
Reinbek bei Hamburg
«Barbarian Prize» Copyright © 2006 by
Deanna Ashford. Published by Arrangement
with Virgin Books Ltd., London, UK
Redaktion A. Alter
Umschlaggestaltung any.way, Andreas Pufal
(Foto: Werran & Ochsner/Getty Images)
Satz Caslon 540 PostScript bei
Pinkuin Satz und Datentechnik, Berlin
Druck und Bindung Clausen & Bosse, Leck
Printed in Germany
ISBN 978 3 499 24508 4

1

79 n. Chr. Es war heiß, viel heißer als gewöhnlich Ende Juni, jenem Monat, der nach der Göttin Juno benannt war. Die Sonne hing wie eine glänzende Kugel aus reinem Gold am wolkenlosen Himmel. Nicht die kleinste Brise kräuselte die glasklare grüne Meeresoberfläche, als das römische Kriegsschiff, eine Liburne mit hohem Bug, vorwärts glitt. Bewegt wurde es von zwei Dutzend Rudern, die links und rechts aus dem Rumpf hervorkamen. An jedem dieser Riemen saßen zwei Sklaven mit mächtigen Oberkörpern und muskelbepackten Armen. An Tagen wie diesen, wenn kein Wind die Segel blähte, waren sie gezwungen, stundenlang zu rudern, und jeder einzelne Schlag wurde von dem unbarmherzigen Takt der Trommeln kontrolliert.

Kaum hatte der Steuermann die Insel Procida steuerbord entdeckt, stemmte er sich achtern kräftig gegen das große Ruder, das als Steuer diente. Die Planken des Schiffes ächzten, als es langsam seine Richtung änderte, die Insel umsegelte und in die Bucht von Neapolis einfuhr. Doch das Ziel war nicht der Hafen von Misenum, der Hauptstützpunkt der kaiserlichen Flotte, wo mindestens vierzig riesige Dreiruderer lagen. Es war eine Stadt, die ein Stück weiter entlang der Bucht lag. Kapitän Cornelius hatte von Gouverneur Agricola den Befehl erhalten, die Sklaven, die sich im Laderaum des Schiffes befanden, nach Pompeji zu bringen.

Tief im Inneren des Schiffes wurde Sirona unruhig, als sich das Tempo des dumpfen Trommelschlags, der vom Ruderdeck aus zu ihnen drang, änderte. «Das Schiff wird langsamer», flüsterte sie Taranis zu, der ausgestreckt neben ihr lag. «Glaubst du, wir laufen in einen Hafen ein?»

«Es könnte mehrere Gründe geben», antwortete er. «Vielleicht kommen wir auch in gefährliche Gewässer», fügte er hinzu und zog sie fester an sich. Seine Ketten rasselten, als er die Arme bewegte. «Mach dir keine Sorgen, meine Liebste.»

Sie wollte keine Angst haben, aber ihr fiel es nicht leicht, so tapfer und unerschütterlich zu sein wie Taranis. Sie hatten nicht die geringste Ahnung, wohin sie gebracht wurden oder was die Zukunft für sie bereithielt. Es war jedoch wahrscheinlich, dass sie entweder sterben oder als Sklaven enden würden, denn die Römer waren schnell dabei, diejenigen zu bestrafen, die sich ihnen entgegenstellten. Als der römische General Agricola mit seinen Legionen in den Norden Britanniens einfiel, war ihnen Sironas Vater Borus mit einer Armee von Kriegern verschiedener keltischer Stämme des Nordens entgegengetreten. Sie hatten dem übermächtigen Gegner hart und erbittert Widerstand geleistet, doch trotz ihrer innigen Gebete und Opfergaben waren ihnen die Götter nicht wohlgesinnt. Sirona war zusammen mit Borus, seinem engsten Vertrauten Taranis und etlichen weiteren Kriegern gefangen genommen worden.

Auf ausdrücklichen Befehl von Kaiser Vespasian hatte man ihren Vater und die meisten der anderen Gefangenen in Ostia von Bord gebracht. Sie sollten in Ketten gelegt und öffentlich durch die Straßen von Rom geführt werden, bevor man sie in den Tod schickte.

Sirona verstand nicht, weshalb sie, Taranis und einige wenige Gefangene verschont geblieben waren und an Bord des Schiffes bleiben durften. «Ich werde der Göttin Andrasta danken, weil sie meine Gebete erhört und mir erlaubt hat, an deiner Seite zu sein, und wenn es nur für eine kleine Weile ist», sagte sie zu Taranis.

Während des langen Fußmarschs in Richtung Süden hatte man Sirona, die einzige weibliche Gefangene, von den anderen getrennt. Als sie dann im Hafen von Narbo im Süden Galliens an Bord des Kriegsschiffes gehen mussten, hatte man sie allein in eine kleine Achterkabine verfrachtet. Doch vor drei Tagen waren ein beleibter römischer General und seine Frau als zusätzliche Passagiere an Bord gekommen. Sirona war daraufhin ebenfalls in den Laderaum verlegt worden, doch man hatte sie nicht in Ketten gelegt. Die wenigen römischen Frauen, die sie in Britannien gesehen hatte, waren schwache, unterwürfige Kreaturen gewesen, die es gewohnt waren, ihren Vätern oder Ehemännern jederzeit zu gehorchen. Der Kapitän musste geglaubt haben, dass sie kein Sicherheitsrisiko für sein Schiff darstellte, als er sie ungefesselt ließ. Offensichtlich war ihm nicht bewusst, dass keltische Frauen sehr wohl auch Kriegerinnen sein konnten. Dessen ungeachtet hatte Sirona ihre Schwäche verflucht, da es ihr nicht gelungen war, Taranis und die anderen Gefangenen von ihren Fesseln zu befreien.

Sie strich zärtlich über die muskulöse Brust ihres Geliebten. Die Hitze in dem dunklen Laderaum war drückend, und seine Haut fühlte sich glitschig an. Die Luft war zum Schneiden dick und stank nach abgestandenem Schweiß und Exkrementen. Doch Sirona konnte dahinter Taranis' vertrauten männlichen, moschusartigen Duft riechen, als sie ihm mit beiden Händen über den rauen Stoff seines Leinentuchs fuhr. Sie spürte, wie sich sein Schwanz unter der dünnen Stoffschicht rührte. Die grobgewebte Tunika, die ihre Entführer ihr zugestanden hatten, klebte ihr am erhitz-

7

ten Leib, und die rauen Bretter des Laderaums drückten ihr in die Hüfte, aber nichts davon machte ihr etwas aus. Sirona fühlte nur noch ihre aufsteigende Begierde.

Er war ein ausgezeichneter Krieger und militärischer Stratege, dem Borus so sehr vertraute, dass er ihn zu seinem Stellvertreter ernannt hatte. Schon bei ihrer ersten Begegnung hatte sie ihn für das attraktivste männliche Wesen gehalten, dem sie je begegnet war. Er war groß, mindestens einen Kopf größer als ihre Stammesbrüder, die Icener, und hatte die meiste Zeit seines Lebens als Söldner die Römer in den entlegensten Gebieten bekämpft. Die Sonne hatte seine Haut kräftig goldbraun gefärbt, und sein Haar besaß die Farbe von reifem Weizen, wohingegen seine Augen so blau und klar waren wie der Himmel zur Sommerzeit. Mit seinem markanten Unterkiefer und den maskulinen Gesichtszügen war er äußerst gutaussehend.

Sie spürte, wie sich die harten Muskeln seines Bauchs zusammenzogen, als sie mit den Fingern darüberstrich und seine heiße, feuchte Haut liebkoste. Taranis stieß ein unterdrücktes Stöhnen aus, als sie sich vorbeugte und seine Brustwarzen mit der Zungenspitze umkreiste. Der salzige Geschmack seiner Haut fachte ihr Verlangen an. Sie zog einen seiner Nippel zwischen ihre Lippen und begann, sanft daran zu saugen.

Die Muskeln seiner Arme waren fest wie Taue, als er sie halb über sich zog. «Ich will dich», raunte Taranis zärtlich, während ein Gefangener einen guten halben Meter entfernt von ihnen geräuschvoll hustete. Seine Ketten klirrten, als er sich bewegte und eine bequemere Position zu finden versuchte.

«Wirst du denn nie genug kriegen?», neckte sie ihn. Während der letzten Tage hatte sie gelernt, die Anwesenheit der anderen Gefangenen zu ignorieren und sich ausschließlich auf die kurzen, bittersüßen Begegnungen mit ihrem Geliebten zu konzentrieren

Taranis griff mit den Fingern in Sironas zerzaustes Haar und küsste sie. Sein heißer Mund verstärkte ihre Lust, und ihre Möse wurde feucht. Er küsste sie immer noch, als er ihre linke Brust umfasste und sie sanft durch den rauen Stoff ihrer Leinentunika knetete. Das grobe Material rieb an der empfindsamen Brustspitze, und das entlockte ihr ein Stöhnen. Sie legte die Finger auf seinen Bauch, dann ließ sie sie unter sein Lendentuch gleiten und umfasste seinen Schwanz, den sie sanft rieb.

«Sachte», flehte er. «Jede deiner Berührungen versetzt mich in größere Erregung, als dies Mars, der Kriegsgott, im Kampfgetümmel je zu bewirken vermochte.»

«Doch nicht allzu sachte», entgegnete sie und zog sich ihre verdreckte Tunika über den Kopf.

Sie wollte ihn auch nackt vor sich haben, sehnte sich verzweifelt nach dem Gefühl seiner erhitzten Haut, die sich gegen ihre presste. Sie zog ihm das Lendentuch von den Hüften und entblößte seinen Schwanz. Obwohl es zu dunkel war, um ihn richtig betrachten zu können, wusste sie, dass er wunderschön aussah und faszinierend groß und steif aus dem Nest aus goldenem Haar emporragte.

Sie hatte seinen Körper das erste Mal unbekleidet vor dem Altar der Göttin Andrasta gesehen, als sie sich in dem Kreis aus uralten Steinen geliebt hatten, überzeugt, dass das Geschenk ihrer Jungfräulichkeit der Siegesgöttin gefallen würde. Damals war Sirona klargeworden, wie sehr sie Taranis liebte, und sie hatte geschworen, für immer ihm zu gehören.

Ihre Handfläche schloss sich um seinen Schwanz und glitt langsam daran auf und ab. Sie spürte, wie er härter wurde und sich die Feuchtigkeit zwischen ihren Schenkeln mehrte. Ihn zu erregen verschaffte ihr eine Art von ungezügelter

Macht, bis er sich so verzweifelt danach sehnte, sie zu ficken, dass er bereit war, alles zu tun, wonach sie verlangte. Und das bei diesem faszinierenden Krieger, der mindestens zwei Dutzend römische Soldaten abgeschlachtet hatte in dem verzweifelten Versuch, sie im letzten Kampf zu beschützen, bevor man sie dann doch gefangen genommen hatte.

Nichtsdestotrotz war er heute offenbar nicht in der Stimmung, geduldig zu sein, denn er packte sie an der Hüfte und hob sie hoch, bis sie mit gespreizten Beinen auf ihm zu sitzen kam. Sie presste ihr nasses Geschlecht an seinen muskulösen Bauch und genoss das Gefühl der feuchten, heißen Haut an ihrer geöffneten Möse, während sie seinen harten Schwanz an ihren Pobacken spürte. Seine großen Hände umfassten ihre Brüste und massierten sie kräftig, dann widmete er sich ihren Nippeln, zog an ihnen und drückte sie, bis Sirona vor Lust keuchte. Er zog eine Brust zu sich heran und sog gierig daran.

«Jetzt», keuchte sie.

Sirona achtete kaum auf das laute Stöhnen eines Gefangenen, der in ihrer Nähe lag, oder auf das Rasseln seiner Ketten, als er – erregt von den Geräuschen ihres Liebesspiels – heftig anfing zu masturbieren.

Taranis hob sie ein wenig an und rückte sie zurecht, bis ihre Spalte über ihm war. Er hielt sie in dieser Position, als sei sie federleicht, und stieß mit der Spitze seiner feuchten Eichel sanft gegen ihre Schamlippen. Sirona wand sich ungeduldig und wimmerte, weil sie sich nichts sehnlicher wünschte, als endlich von ihm gefickt zu werden. «Bitte», flehte sie frustriert, als er mit ihrer Leidenschaft spielte, sie eng an sich presste und nur millimeterweise zu sich heranzog.

«Langsam, mein Schatz», wisperte er. «Ich weiß doch, wie sehr du dich danach sehnst.»

Noch während er sprach, ließ er sie an sich herabsinken,

und sein praller Schwanz drang geschmeidig in sie ein, bemächtigte sich heiß, hart und köstlich ihrer Möse und füllte sie ganz und gar aus. Sie umschloss ihn mit ihren innersten Muskeln und begann, sich langsam vor und zurück zu bewegen. Dann hob sie ihren Körper an, richtete sich auf und ließ sich anschließend heftig gegen seine Hüfte sinken, während sie sich unablässig an ihm rieb. Das schwere Gewicht seiner Ketten lastete auf ihren weit gespreizten Oberschenkeln, als seine Hände an ihr emporglitten und ihre Taille umfassten. Seine Finger drückten fest in ihr Fleisch. Sie lehnte sich zurück, ließ ihn noch tiefer in sich eindringen und fickte ihn in dem hypnotischen Rhythmus der Trommeln, die über ihnen die Sklaven zum Rudern antrieben.

Sirona spürte, wie ihre Lust immer stärker wurde und sich wie ein alles verzehrendes Feuer in ihr ausbreitete. Es störte sie nicht, dass es um sie herum dunkel war und sie Taranis nicht richtig erkennen konnte. Vor ihrem geistigen Auge sah sie sein Gesicht – seine Augen, die vor Lust glasig waren, und seine geschürzten Lippen, die ein sinnliches Lächeln umspielte, als sie ihn hart ritt. Ihre Bewegungen wurden schneller und schneller, bis sie sich nicht mehr länger im Rhythmus der Trommeln bewegte, sondern dem schnellen Pulsschlag ihres Herzens folgte.

Taranis murmelte ihren Namen und ließ seine Hand zwischen ihre geöffneten Schenkel gleiten. Als er mit seinem rauen Daumen über ihre Klitoris fuhr, schnappte sie nach Luft und bäumte sich ihm entgegen. Daraufhin verstärkte er den Druck und rieb sie noch stärker. Durch dieses Zusammenspiel aller Sinne fühlte sie sich völlig losgelöst und vergaß alles um sie herum.

Ihre Muskeln zogen sich in kräftigen Schüben um seinen Schwanz zusammen, als der Orgasmus ihren Körper durchflutete.

Als der Ansturm der Gefühle ein wenig abgeebbt war und das Zittern ihrer Glieder nachgelassen hatte, stellte sie überrascht fest, dass Taranis noch immer steif in ihr war. «Was ist los?», flüsterte sie.

«Nichts», erwiderte er sanft. «Ich möchte, dass deine süßen Lippen mich saugen.»

Sie hob ihre Hüften an und ließ seinen Schaft langsam aus sich herausgleiten. Dann schob sie sich ein Stück nach hinten und kümmerte sich nicht um die Splitter des salzverkrusteten Holzbodens, die ihr in die Knie stachen, als sie sich über Taranis hockte. Sie roch seine Erregung, als sie mit den Lippen liebevoll über seine Haut fuhr. Dann leckte sie seinen steifen Schwanz, der vom Saft ihrer Möse glänzte. Im ersten Moment schmeckte sie nur ihre eigenen Körpersäfte, aber als sie sich mit der Zungenspitze in die winzige Öffnung seiner Eichel vorwagte, nahm sie den vertrauten salzigen Geschmack seines Sehnsuchtstropfens wahr, der daraus hervorsickerte.

«Nimm ihn ganz in den Mund», bat er keuchend, als sie mit den Lippen über seinen Schwanz fuhr, dessen Adern dick hervortraten, und anschließend zärtlich mit der Zunge seine dicke Eichel umspielte.

«Nimm lieber meinen», rief eine bettelnde Stimme in die Dunkelheit.

«Sei still, Ramus», rief Leod, ein junger Krieger, den Sirona seit ihrer Kindheit kannte. «Gönne ihnen das Vergnügen, diese Hölle wenigstens einen Moment lang zu vergessen.»

Sirona bekam den kurzen Wortwechsel kaum mit, da sie sich mit all ihren Sinnen auf Taranis konzentrierte. Sie hielt eine Hand fest auf seinen Unterleib gepresst und spürte, wie seine Muskeln sich anspannten, als ihre Lippen seinen Schwanz umkreisten. Es erregte sie, die weiche Haut seiner großen Eichel zu spüren, sein männlicher Geruch stieg ihr in die Nase und ließ ihre Pussy wieder heiß vor Verlangen werden. Mit federleichten Zungenschlägen umspielte sie sein pralles Fleisch und probierte, es noch tiefer in ihre Kehle gleiten zu lassen.

Taranis war wie von Sinnen vor Lust und stöhnte gedämpft auf. Sein Schwanz zuckte, und Sirona wusste, dass er kurz davor war zu kommen. Aber sie wollte nicht, dass es schon geschah. Und so ließ sie seinen Schwanz aus ihrem Mund gleiten und umschloss sanft seine Hoden. Sie hob sie an und fuhr mit der Zungenspitze darüber hinweg. Wieder stöhnte Taranis auf, als sie eine der beiden Kugeln in den Mund nahm. Der weiche Flaum seines Hodensacks kitzelte an ihren Lippen. Sirona wölbte ihre Zunge um die harte runde Kugel und sog sanft daran.

«O ja», stöhnte Taranis.

Ramus, der für einen kurzen Moment verstummt war, zerrte wild an seinen Ketten und stieß eifersüchtig einen Schwall obszöner Flüche aus. Dieses Mal wurde er durch den gezielten Tritt des Gefangenen neben ihm zum Verstummen gebracht.

Sirona ignorierte, was um sie herum geschah, und war mit dem nahe bevorstehenden Vergnügen ihres Geliebten beschäftigt. Sie spielte mit seinen Hoden und führte ihre Finger an seinem prallen Schwanz auf und ab und spürte dabei, wie er vor Erregung zuckte.

«Bitte, jetzt», keuchte Taranis, «lass mich kommen.»

Sirona legte ihre Lippen um seinen dicken Schaft und nahm so viel von seiner Länge auf, wie sie konnte, bis die Spitze seines Schwanzes tief in ihre Kehle stieß. Sie unterdrückte den kurz aufkommenden Würgereiz und sog gierig an seinem Organ. Ihr Herz raste, und ihr Körper sehnte sich erneut nach ihm. Ihre Brustwarzen richteten sich wie Pfeilspitzen auf, und ihre Möse wurde noch feuchter, als sie mit den Lippen langsam an seinem Schwanz auf und ab glitt und sie zusammenpresste, um den Druck zu erhöhen. Dann fuhr sie mit einem abgesplitterten Fingernagel über den schmalen Hautstreifen zwischen seinen Eiern und seinem Anus. Taranis griff in ihr Haar und zog ihren Kopf näher zu sich heran, während er sich grunzend aufbäumte. Seine Eier zogen sich zusammen, als der heiße, cremige Samen in ihren Mund spritzte. Sirona schluckte hungrig jeden einzelnen Tropfen des Lebenselixiers, bis Taranis völlig erschöpft war und unter ihr nach Atem rang.

Taranis zog sie anschließend auf sich, um sie gegen die rauen Planken zu schützen, die ihnen als Bettstatt dienten. Er hielt sie in den Armen und flüsterte ihr Zärtlichkeiten ins Ohr. Obwohl sie für eine Weile voneinander getrennt sein würden, so versicherte er ihr, würden ihnen die Götter erlauben, eines Tages wieder zueinanderzufinden. Sirona schmiegte den Kopf an seine breite Brust und wollte nichts mehr, als seinen beruhigenden Worten Glauben schenken. Sie fühlte sich erschöpft und für einen kurzen Moment von Glück erfüllt.

Sie döste ein Weilchen, wusste allerdings nicht, wie lange, als sie mit einem Ruck hellwach wurde. Das erbarmungslose Schlagen der Trommeln über ihnen hatte aufgehört. Den Ruderern, die sich noch immer ins Zeug legten, wurden Befehle zugebrüllt, woraufhin sie langsamer wurden. Wellen schlugen laut gegen den Schiffsrumpf. Den Geräuschen nach vermutete sie, dass das Kriegsschiff gerade in einen Hafen einfuhr. «Was glaubst du, wo wir sind?», fragte sie Taranis besorgt.

«Still!» Er rückte sie ein Stück zur Seite und stützte ihren Kopf mit seinem Arm. «Lass uns nicht daran denken.»

Sironas Brüste waren noch immer ein wenig empfindlich, und als er ihre warme, schweißüberströmte Haut zu streicheln begann, entfuhr ihr ein sanftes Stöhnen. Anfangs konzentrierte er sich darauf, ihre Brüste zu streicheln und zu kneten, bis sie vor Verlangen schmerzten und ihre Nippel steif wurden. Wie leicht er sie doch zu erregen vermochte, dachte sie, als sich die Feuchtigkeit zwischen ihren Schenkeln sammelte. Ihr Körper war mehr als reif für seine Aufmerksamkeiten, obwohl immer noch empfindsam von dem Sex, den sie eben genossen hatten. Trotzdem sehnte sich ihre Klitoris verzweifelt nach seiner Berührung.

Langsam ließ Taranis seine Hand nach unten gleiten und streichelte zärtlich ihre schweißnasse Haut. Seine rauen Finger glitten über die Kurve ihrer Hüften. Sie stöhnte auf und erzitterte, sehnte sich verzweifelt danach, dass er die kupferfarbenen Löckchen auf ihrem Venushügel berührte. Sie wollte, dass er das brennende Tal zwischen ihren Schenkeln erkundete und sich sanft einen Weg in ihr Inneres bahnte. Dann stieß er unvermittelt mehrere Finger auf einmal in sie hinein, bewegte sie rasch und heftig hin und her und vögelte sie mit einer Inbrunst, die er noch nie zuvor an den Tag gelegt hatte. Sironas Atem ging schwer, als sie die Hüften hob, um seinen Stößen zu begegnen, dann stöhnte sie auf, als seine raue Fingerspitze wieder über ihre Klit strich. Das Karussell ihrer Gefühle drehte sich immer stärker, bis sie ihren Höhepunkt erreichte, aber sie war nicht auf die Intensität vorbereitet, denn dieses Mal überkam sie die Lust noch heftiger und stärker als zuvor.

Sirona blinzelte in die Sonne, als man sie an Deck der Liburne führte. Sie konnte zunächst nichts außer einem azurblauen, ocker- und goldfarbenen Nebel erkennen, bevor ihre Umgebung allmählich Gestalt annahm. Sie waren in einen Hafen eingelaufen, in dem geschäftiges Treiben herrschte. Sirona konnte eine Anhöhe ausmachen, auf der in einiger Entfernung eine große befestigte Stadt lag. Sie hatte schon in Britannien einige römische Städte besucht, aber diese waren deutlich kleiner und weniger beeindruckend gewesen. Auch während ihrer langen Reise durch Gallien, das schon seit langem von den Römern besetzt war, hatte sie nichts Vergleichbares gesehen.

Neben und unterhalb der Festungsmauern erkannte sie eine beträchtliche Anzahl von Wohnstätten, darunter einige prachtvolle Stadthäuser reicher und mächtiger Bürger. Das bedeutete, dass die Bewohner der Stadt schon lange keine Angriffe mehr zu befürchten hatten. Auf den breiten Terrassen wuchsen Palmen und Zypressen. Über den flachen roten Dächern erhob sich ein Tempel mit strahlenden weißen Säulen, die zum Meer hin ausgerichtet waren. In einiger Entfernung, ein ganzes Stück von der Stadt entfernt, entdeckte sie einen hohen Berg. Die untere Hälfte war bewachsen, aber der steile, spitze Gipfel sah grau und unheimlich aus.

Schiffe aller Arten und Größen lagen im Hafen, und überall bewegten sich Menschen. Der Hafen war ebenso überfüllt wie die Straßen, die zu den Toren der Stadt führten. Einige Reisende gingen zu Fuß, andere ritten, und wieder andere fuhren in Karren oder auf reichverzierten Wagen.

Ein Grüppchen Stadtbewohner hatte sich versammelt, um das Anlegemanöver der Liburne zu beobachten, das mit der typischen militärischen Präzision vonstattenging, wie sie den Römern eigen war. Die langen Ruder wurden eingezogen, und das Schiff trieb längsseits der Anlegestelle. Dann sprangen ein paar Seeleute an Land. In den Händen hielten sie dicke Taue zum Festmachen, die sie um die mächtigen Steinpoller schlangen, die den Kai säumten. Die Taue spannten sich mit einem Ruck, woraufhin das Kriegsschiff heftig ins Schlingern geriet. Sirona wäre gefallen, wenn nicht einer der beiden Soldaten ihren Arm festgehalten hätte.

Schließlich kam die Liburne wieder in eine stabile Position und bewegte sich kaum noch in dem ruhigen Gewässer des Hafens. Als die Laufplanke zum Kai hinuntergeschoben wurde, ergriffen die beiden Soldaten Sironas Arme und brachten Sirona vom Schiff.

Dann führten sie sie an der kleinen Gruppe schwatzender Zuschauer vorbei, die sie mit unverhohlener Neugier anstarrten und sich wahrscheinlich fragten, weshalb eine so armselige Gestalt wie diese Gefangene von zwei Soldaten bewacht wurde. Nun, sie wussten nicht, dass sie eine keltische Prinzessin war, Gouverneur Agricolas spezielle Sklavenbeute.

Sirona fühlte sich schwach, denn sie hatte in dem schrecklichen Laderaum weder genug gegessen noch getrunken, und es mangelte ihr an Bewegung. Ihr gefiel diese Art von Begleitung zwar nicht, aber sie war trotzdem froh, dass die Soldaten sie an den Armen hielten, denn sonst wäre sie womöglich gestolpert und hingefallen. Doch es geziemte sich nicht für König Borus' Tochter, in irgendeiner Form Schwäche zu zeigen.

Es war ein heißer Nachmittag, und hier im Freien war es mindestens ebenso warm wie in dem Laderaum. Doch Sirona genoss das Gefühl der Sonne auf ihrer Haut und die frische Luft, die endlich in ihre Lungen strömte. Die ersten Atemzüge taten gut, da in den meisten Häfen ein ähnlicher, durchaus angenehmer Geruch herrschte. Dies war eine eigenwillige Mischung aus Salzwasser, Werg, das zum Abdichten der Schiffsfugen benutzt wurde, und verschwitzten Körpern – vermischt mit den exotischen Gerüchen der Ladung, die aus allen Ländern der bekannten Welt kam. Doch dann trieb eine schwache Brise den Gestank von verfaultem

Fleisch zu ihr herüber. Sirona schluckte und zwang ihren Magen, sich nicht vor Ekel umzudrehen. Sie hatte keine Ahnung, dass der Gestank von der Fischsoße kam, die in einem großen Gebäude neben dem Hafen hergestellt wurde. Riesige Mengen von Fisch wurden zu diesem Zweck in großen Bottichen zur Gärung gelagert, bis sie zu Garum wurden, der beliebten römischen Würzsauce.

Im Hafen von Pompeji herrschte rege Betriebsamkeit, legten hier doch Handelsschiffe aus allen Ecken des expandierenden Römischen Reiches an, und manche kamen sogar von noch weiter her. Man konnte hier praktisch alles kaufen: Gewürze, wie zum Beispiel chinesischen Zimt, Schätze wie ägyptisches Glas, Bernstein und Marmor aus Griechenland. Es gab sogar Wölfe und Bären aus Britannien sowie Leoparden und Affen aus Afrika.

«Ich habe gehört, dass es hier in Pompeji mindestens dreißig Bordelle geben soll», sagte der Soldat zu Sironas Linken zu seinem Gefährten. «Heute Nacht werde ich vielleicht eines davon ausprobieren.»

«Das Bordell an der Via Stabiana, in der Nähe der Thermen ist das beste», erwiderte der andere Soldat mit einem breiten Grinsen, das eine Lücke entblößte, wo früher einmal vier Vorderzähne gesteckt hatten. «Die meisten Huren dort sind Orientalinnen und kennen alle möglichen exotischen Tricks.»

Sironas Neugier war geweckt. Was mochten das für sexuelle Kunstgriffe sein?, fragte sie sich. Die reichen und noblen Bürger besaßen Sklaven, die ihnen jeden Wunsch von den Lippen ablasen. Diese Römer lebten ein Leben voller Genüsse, es konnte also gut möglich sein, dass sie, Sirona, von einigen dieser Dinge keine Ahnung hatte. Sie war neugierig auf diese Stadt, die die Soldaten Pompeji genannt hatten, denn sie wusste wenig über das Land der Eroberer. Allerdings waren ihr schon Geschichten über die Pracht Roms zu Ohren gekommen. Man sagte, dass diese Stadt ein ungeheuer beeindruckender Ort sei. Kaiser Vespasian residierte dort und besaß mehrere Paläste, die mit Gold, Silber und Juwelen gefüllt waren. Das war nicht weiter verwunderlich, denn die Römer hatten schließlich eine riesige Armee und waren unglaublich reich, mächtig und gefürchtet. Sie hatten fast ein Drittel der entdeckten Welt und einiges Land darüber hinaus eingenommen und deren Bewohner besiegt.

Sirona musste sich eingestehen, dass dieses Pompeji eine interessante Stadt zu sein schien, und für einen Moment ließ ihre Angst nach, als sie von den Gerüchen und Eindrücken ihrer Umgebung überwältigt wurde. Die Bürger der Stadt sahen wohlhabend aus, und überraschend viele Waren stapelten sich vor den Lagerhäusern.

Ihre grünen Augen weiteten sich vor Erstaunen, als sie einen großen Käfig entdeckte. Darin befand sich ein seltsames, aber wunderschönes Tier mit goldenem Fell und einer dicken, schwarzen Mähne um den Hals. Der Löwe lief brüllend in seinem Käfig auf und ab, was Sirona erschrocken zusammenfahren ließ, als die beiden Soldaten sie nah an dem Käfig des prächtigen Raubtiers vorbeiführten.

«Wie lange er wohl in der Arena aushalten wird?», bemerkte einer der Soldaten.

«Der wird noch fett von den Kriminellen», witzelte sein Gefährte, als sie die gepflasterte Straße erreichten, die auf die Stadttore zuführte.

Vor ihnen stand auf der linken Seite des Weges ein großes Gebäude aus Stein. Es war größer als die Lagerhäuser und hatte eine verzierte Vorhalle mit zwei steinernen Säulen und einer großen Holztür mit dicken bronzenen Beschlägen.

Einer der Soldaten hämmerte gegen die Tür, die von einem Mann mit rabenschwarzer Haut geöffnet wurde.

19

«Kapitän Cornelius vom Kriegsschiff *Cronus* schickt uns», verkündete einer der Soldaten.

«Ihr werdet erwartet.» Die Stimme des Haussklaven war tief, und er sprach Latein mit einem seltsamen Akzent.

Sirona wurde in das Haus gestoßen. Viele römische Bauwerke besaßen in ihrer Mitte einen offenen Hof, das Atrium, aber keine Fenster an den Außenwänden. Dieses Haus schien auf ähnliche Weise errichtet worden zu sein. Sie traten durch ein schmales Vorzimmer auf einen großen gepflasterten Hof, der unter freiem Himmel lag. An einem Ende befand sich eine erhöhte Plattform. In den Innenhöfen der römischen Villen, die Sirona in ihrer Heimat gesehen hatte, war man stets auf Statuen, Springbrunnen und Pflanzen gestoßen, doch dieser Innenhof war völlig leer bis auf ein paar aufeinandergestapelte Bänke in einer Ecke.

Eine ältere Frau huschte herbei. Ihr graues Haar war zu einem Knoten zusammengebunden, und obwohl sie nur eine einfache blaue Tunika trug, sah man doch, dass der Stoff sehr fein war. Dazu trug sie feinziselierte Silberarmbänder an beiden Handgelenken. «Der Herr hat mir befohlen, mich um diese junge Frau zu kümmern», sagte sie und griff nach der kleinen Papyrusrolle, die ihr einer der Soldaten hinhielt.

«Dagegen haben wir nichts einzuwenden», sagte der andere Soldat und verpasste Sirona einen Schubs, der sie nach vorn taumeln ließ. «Sie sieht mir nicht gerade wie eine Prinzessin aus.» Er betrachtete seine Gefangene missbilligend. «Ich möchte es viel lieber einer dieser orientalischen Huren besorgen, von denen du vorhin gesprochen hast», fügte er hinzu und grinste seinen Gefährten vielsagend an.

Die Frau überhörte bewusst seine ungehobelten Worte und sagte bestimmt: «Ihr könnt jetzt gehen. Nubius wird euch zur Tür begleiten.»

Sie nickte dem schwarzen Haussklaven zu, der sich

daraufhin unverzüglich in Bewegung setzte und die beiden Männer hinausbrachte. Auf dem Weg nach draußen unterhielten sich die beiden Soldaten lautstark darüber, welches Hurenhaus sie später am Abend besuchen wollten.

«Komm», sagte die Frau zu Sirona, doch diese antwortete nicht, sondern starrte sie nur verständnislos an, als verstünde sie kein einziges Wort Latein. Dabei beherrschte sie die Sprache fließend, denn Borus hatte ihr beigebracht, dass es besser war, seinen Feind gut zu kennen, während man von sich so wenig wie möglich preisgab. Als sie von Agricolas Männern gefangen genommen worden war, hatte man geglaubt, dass diese Barbarin, die noch nie die Vorteile der römischen Zivilisation hatte, ihre Sprache nicht verstand. Also hatte sie die Römer im Glauben gelassen, dass sie nichts weiter als eine unwissende Wilde war. Und sie hatte ihre List weiter aufrechterhalten, als sie entdeckte, dass ihre Entführer in ihrer Gegenwart immer offener miteinander sprachen, weil sie glaubten, sie könne sie nicht verstehen.

Die Frau schüttelte verärgert den Kopf. «Hier entlang», sagte sie bestimmt, als könne ihr Neuankömmling sie verstehen, wenn sie nur lauter sprach. Die Frau griff nach Sironas Hand und führte sie rasch über den gepflasterten Innenhof. Dann wandten sie sich nach links, gingen durch einen schmalen Säulengang und befanden sich in einem weiteren Hof. Dieser verfügte über einen Brunnen in seiner Mitte, der von Statuen und großen Blumenkübeln gesäumt war. «Du bist sehr schmutzig, armes Ding», murmelte die Frau vor sich hin, als sie Sirona in eine winzige Kammer führte, in der sich eine schmale Pritsche befand. Außer einem Beistelltisch gab es keine weiteren Möbel. Auf dem Tisch stand eine Schüssel mit warmem, parfümiertem Wasser.

«Du stinkst, als habe man dich wochenlang in einer schmierigen Kaschemme eingesperrt.» Die Frau rümpfte angewidert die Nase. Dann nahm sie einen feuchten Schwamm in die Hand und begann mit kräftigen Bewegungen, Sirona den Dreck von den Armen und aus dem Gesicht zu wischen. «Du bräuchtest dringend ein Bad, aber das muss fürs Erste reichen. Der Senator will dich auf der Stelle sehen.» Sie hob Sironas Arm und schnalzte missbilligend, als sie die Achselbehaarung entdeckte. «Eine Barbarin, durch und durch», murmelte sie vor sich hin und spülte den Schwamm in der Schüssel aus, bevor sie entschlossen Sironas schmutzigen Achseln zu Leibe rückte. «Man hätte mir vorher Bescheid sagen müssen, dass du neue Kleider brauchst», sagte sie besorgt, als sie den Schwamm in die Schüssel mit dem – mittlerweile stark verschmutzten – Wasser warf. «Ich wage nicht, Zeit darauf zu verwenden, dir jetzt welche zu besorgen. Der Senator wird sehr ungehalten, wenn er noch länger warten muss.» Sie griff wieder nach Sironas Hand und zog sie in Richtung Tür. «Komm», sagte sie, und die Besorgnis verlieh ihrer Stimme einen scharfen Ton.

Die Frau führte Sirona aus der Kammer nach links und betrat mit ihr einen großen Raum, dessen Wände kunstvoll bemalt waren. Er war, wie in römischen Häusern üblich, spärlich, aber auf das eleganteste möbliert. Sironas Aufmerksamkeit wurde sofort von dem Mann angezogen, der in der Mitte des Raums auf einem Stuhl saß. Es musste sich um eine wichtige Persönlichkeit handeln, denn er trug die purpurfarben eingefasste Toga eines römischen Senators. Er befand sich in Gesellschaft eines sehr viel jüngeren Mannes in einer kurzen blauen Tunika. Sirona erkannte, dass es sich höchstwahrscheinlich um einen Sklaven oder Diener handelte.

Die kalten grauen Augen des Senators glitten prüfend über ihre Erscheinung, und Sirona unterdrückte ein unwillkürliches Zittern, als ihr vor Angst ein Schauer über den

Rücken lief. Sie konnte sich ihre instinktive Reaktion auf seinen Blick nicht erklären, denn seine Miene war nicht unfreundlich, sondern eher nachdenklich. Es gab nichts Abstoßendes an ihm, im Gegenteil: Obwohl er mittleren Alters war, sah er immer noch gut aus. Der Eindruck seiner kantigen Gesichtszüge und der geraden, etwas zu lang geratenen Nase wurde von dem kurzen, silbergrauen Haar gemildert, das in sorgfältig geformten Locken zu beiden Seiten um sein Gesicht lag. Ein Stil, den der verstorbene Kaiser Nero sehr gemocht hatte.

«Das ist also die Barbarenprinzessin.» Sein Ton war harsch. «Bring sie näher.»

Die Frau führte Sirona nach vorn, bis sie kaum mehr als auf Armeslänge von ihm entfernt war. «Sie scheint nicht zu verstehen, was man ihr sagt, Herr», erklärte sie nervös und senkte den Kopf in einer ängstlichen Verbeugung, als fürchtete sie, für ihre ungefragten Worte bestraft zu werden.

«Du kannst gehen», sagte er, woraufhin die Frau aus dem Raum huschte. Der Mann warf seinem jüngeren Begleiter einen Blick zu. «Eine Wilde, Tiro. Eine, die stinkt», fügte er angewidert hinzu und hob eine Phiole mit parfümiertem Öl an die Nase.

«Du hattest sie unverzüglich sehen wollen, Senator», wagte der junge Mann vorsichtig einzuwerfen. «Es blieb keine Zeit, sie anständig zu baden und zu parfümieren.»

Sirona hoffte, dass es ihr gelang, unbeeindruckt zu wirken, während der Senator sie anstarrte. Er schnüffelte noch einmal an seiner Phiole. «Du kommst aus Britannien, Tiro, hast du jemals eine dieser Wilden in dein Bett genommen?»

«Nein, Senator», erwiderte Tiro.

Die Römer beherrschten seit über dreißig Jahren den südlichen Teil Britanniens, doch ihre Anstrengungen, auch den Rest der großen Insel zu erobern, scheiterten immer wieder an dem Widerstand der vielen keltischen Stämme. Gouverneur Agricola hatte nichtsdestotrotz angefangen, nach Norden in Richtung Kaledonien vorzustoßen.

«Es könnte interessant sein, sie zu ficken», bemerkte der ältere Mann nachdenklich. Seine schmalen Lippen verzogen sich zu einem kalten, unbarmherzigen Lächeln, das Sirona das Blut in den Adern gefrieren ließ. Sie war zur Kriegerin erzogen worden, und man hatte ihr beigebracht, vor nichts Angst zu haben, doch ihr Instinkt sagte ihr, dass sie diesen Mann zu fürchten hatte. «Da du ihre barbarische Sprache sprichst, kannst du ihr sagen, dass sie diesen stinkenden Lumpen ausziehen soll.»

Sirona unterdrückte den Impuls, sich zu wehren, und blickte ihren Peiniger ausdruckslos an.

«Zieh deine Tunika aus, Weib.» Tiro sprach ihre Sprache abgehackt, aber gut genug, um sich verständlich zu machen. «Du hast Senator Aulus Vettius jederzeit zu gehorchen.»

«Ich bin kein einfaches Weib», erwiderte Sirona stolz. «Ich bin Sirona, Prinzessin der Icener.»

«Die Icener, die Briganten – alle Überlebenden der Stämme, die einst unter dem Kommando deines Vaters gekämpft haben, haben sich mittlerweile dem Befehl von Gouverneur Agricola unterworfen», erklärte Tiro, während er auf sie zutrat. «Rom ist nun euer Herrscher, wie es auch meiner ist.»

«Was ist los?», keifte Aulus, deutlich gereizt von der Tatsache, dass er nicht verstand, was gesagt wurde.

«Nichts, Herr», erwiderte Tiro rasch auf Latein. Er zog an Sironas verschmutzter Tunika. «Zieh das jetzt aus, oder du wirst bestraft.»

«Was hast du gesagt?», fragte Aulus wütend.

«Ich habe ihr befohlen, sich auszuziehen», erklärte Tiro nervös.

«Ist sie dämlich?», knurrte Aulus. «Wenn sie nicht auf der Stelle gehorcht, dann musst du sie zwingen!»

Sirona wollte auf keinen Fall, dass man ihr unter Zwang die Kleider vom Leibe riss, also zog sie sich die Tunika über den Kopf und warf sie dem Senator mit einem stolzen Kopfschütteln vor die Füße.

«Sie hat Mut», bemerkte Aulus mit einem knappen Lachen und starrte auf ihren nackten Körper. «Schöne Titten hat sie auch und hübsche Beine.»

Wie die meisten ihrer Stammesleute war Sirona von Natur aus hellhäutig, und die Gefangenschaft hatte sie noch blasser werden lassen, da sie kaum ans Sonnenlicht gekommen war. Die männlichen Gefangenen hatte man gezwungen, zu Fuß durch Gallien zu marschieren, während sie fast ständig auf dem Gepäckkarren eingesperrt gewesen war. Ihr war nicht bewusst, dass die meisten Römerinnen sie um ihre elfenbeinfarbene Haut beneidet hätten und sich sogar Cremes mit weißen Bleipartikeln auf die Haut schmierten, um ihren Teint aufzuhellen.

«Ihre Haarfarbe ist ungewöhnlich.» Aulus blickte nicht auf ihr Kopfhaar, das, wenn es sauber war, die Farbe von poliertem Kupfer hatte, er starrte auf ihren Schamhügel.

«Sämtliche Rottöne kommen in ihrer Heimat vor», erklärte Tiro seinem Herrn.

«Dann sollten wir mehr weibliche Sklaven aus Britannien importieren – die Bordelle müssen mehr Abwechslung bieten.» Aulus deutete auf ihren Unterleib und schürzte angewidert die Lippen. «Ihre Körperbehaarung ist geradezu beleidigend, nicht wahr?»

Aulus hatte sich sämtliche Körperbehaarung durch regelmäßiges Zupfen entfernen lassen, eine unangenehme Prozedur, die aber von hochrangigen Bürgern als unverzichtbar angesehen wurde.

«Das ist kein Problem», erwiderte Tiro rasch. «Ich werde sie zusammen mit den anderen Sklavinnen in die Venusbäder schicken.»

«Nein.» Aulus schüttelte den Kopf. «Sie wird die Bäder meines Hauses benutzen. Ich wünsche nicht, dass irgendjemand sie jetzt schon sieht. Bring sie näher, damit ich sie genauer betrachten kann.»

Tiro stieß Sirona so weit nach vorn, dass sie nahe genug vor dem Senator stand, um den Geruch nach Rosenöl einzuatmen und die pulsierende Ader an seinen Schläfen zu erkennen. Sie wünschte, dass sie das Messer mit dem Griff aus Knochen bei sich hätte, das ihr Vater ihr geschenkt hatte, als sie eine Frau geworden war, denn dann hätte sie sich vorbeugen und dem Senator die Kehle aufschlitzen können. Doch stattdessen war sie zur Untätigkeit verdammt und gezwungen, seine langen Finger zu ertragen, die ihr Fleisch betatschten und daran zupften. Sie versuchte nicht zu zucken, als er ihre Brüste berührte, an ihren Nippeln zog und über ihren flachen Bauch strich.

«Zu viele Muskeln für eine Frau – aber sie ist ja nur eine Wilde.» Er stieß mit den Fingern zwischen ihre Schenkel.

Tiro starrte Sirona an und fühlte etwas wie Seelenverwandtschaft in sich aufkommen, als er sie bedauerte. Sie kamen beide aus Britannien, auch wenn die Ähnlichkeiten damit schon aufhörten. Für sie war er ebenso ein Römer wie der widerwärtige Senator Aulus Vettius. «Ich denke, eine gut trainierte Hure wird dir weitaus mehr Vergnügen bereiten können, Herr», schlug er vorsichtig vor.

«Hurentricks langweilen mich, ebenso wie das alberne Heischen um Aufmerksamkeit von sexhungrigen römischen Matronen», wies Aulus ihn zurecht und stieß unbarmherzig seine Finger in Sironas Möse.

Sie versteifte sich und biss sich auf die Lippe. Das brutale Vorgehen war sowohl schmerzhaft als auch erniedrigend. Doch schamerfüllt stellte sie plötzlich fest, dass sich ein weiteres, dunkles Gefühl in ihr ausbreitete. Etwas, das sexueller Erregung ähnelte und dabei eine so unverständliche Reaktion war, dass sie sie sich nicht im Geringsten erklären konnte. Insbesondere, da doch bislang Taranis der einzige Mann gewesen war, der sie an dieser intimen Stelle berührt hatte.

«Sie ist kaum feucht.» Aulus zog seine Finger aus ihr heraus und schnupperte vorsichtig daran. «Aber sie stinkt nach Sex.»

«Das ist sehr unwahrscheinlich», beeilte sich Tiro zu sagen. «Der Kapitän der *Cronus* hatte den Befehl, sie von den anderen Gefangenen fernzuhalten.»

«Könnte nicht Kapitän Cornelius sie gevögelt haben?», fragte Aulus grinsend. «Ich gestehe, dass mich das überraschen würde, da man ihm nachsagt, nur an Knaben interessiert zu sein.»

Tiro blickte auf die Papyrusrolle, die die Soldaten mitgeliefert hatten und die Aulus ungelesen auf den Beistelltisch gelegt hatte. «Ich glaube nicht, dass er so etwas riskiert hätte. Hier steht Gouverneur Agricolas ausdrücklicher Befehl, sie unberührt und unbeschadet abzuliefern.»

«Sie muss mindestens neunzehn oder schon zwanzig sein», sinnierte Aulus, während er mit der Hand über Sironas Körper strich. «Ich bezweifle, dass sie noch Jungfrau ist … wie schade.» Er kniff und zwickte ihre Hinterbacken und spürte, wie sie unter seiner Berührung zusammenzuckte. «Ich bin entschlossen, sie zu testen.» Aulus blickte Tiro an. «Sag ihr, dass sie sich hinknien und mir Lust verschaffen soll. Sogar eine Barbarin müsste wissen, wie man sich dabei anstellt.»

Sirona zwang sich, nicht entsetzt zu reagieren, als sie

diese Worte hörte, doch im nächsten Moment trat Tiro hinter sie und legte ihr jeweils eine Hand auf die Schultern. «Knie dich hin und nimm den Schwanz meines Herrn in den Mund», befahl er knapp. «Er wünscht, dass du ihm Vergnügen bereitest.»

Sie hätte sich am liebsten sofort verweigert, doch sie wusste, dass dies keine kluge Reaktion war. Ängstlich sah sie zu, wie Aulus die Beine spreizte und seinen Kopf an den Stuhl zurücklehnte. Dann starrte er sie erwartungsvoll an. Als Sirona keine Anstalten machte, seinem Befehl zu folgen, gab ihr Tiro einen festen Schubs, bis sie zwischen den weit gespreizten Schenkeln des Senators stand.

«Hinknien», zischte ihr Tiro ins Ohr, während er gleichzeitig den Druck auf ihre Schultern verstärkte. Er war kräftiger, als sie vermutet hatte, und zwang sie ohne Mühe auf die Knie. «Berühre ihn, verschaff ihm Lust mit deinem Mund, jeder Idiot ist dazu in der Lage, Weib.»

Sirona kniete auf dem kalten Fußboden und starrte reglos auf die Saumfalten der strahlend weißen Toga. Sie brachte es nicht über sich, dem Befehl Folge zu leisten.

Voller Sorge öffnete Tiro aufseufzend den schweren Stoff der Toga und schob die kurze Tunika des Senators beiseite. Aulus trug keine Unterwäsche, und Sirona sah sich einem überraschend wohlgeformten Körper gegenüber. Sie hatte einen schlaffen, dicklichen Bauch erwartet, aber Aulus' Körper war kräftig und fest. Sein Penis ruhte noch weich auf dem unbehaarten Unterleib, wie eine blasse, schlafende Schlange. Sie fand ihn widerwärtig, aber auch seltsam faszinierend.

Als die Soldaten den Laderaum betreten hatten, um sie von dort fortzuholen, hatte Taranis sie angefleht, alles in ihrer Macht Stehende zu tun, um zu überleben. Und er hatte geschworen, dass er, wenn er überlebte, einen Weg fände, um nach ihr zu suchen und mit ihr in ein Land zu fliehen, das nicht von den Römern beherrscht wurde. Sie entsann sich deutlich seiner Worte, als sie auf das entblößte Geschlechtsteil des Senators starrte.

«Du weißt, was du zu tun hast», forderte Tiro sie auf.

Sirona blickte nervös zu ihm auf. Offensichtlich war er besorgt, aber nicht um ihr Wohlergehen, sondern weil er befürchtete, dass sein Herr ihm die Schuld dafür gab, wenn sie seine Befehle missachtete. Sirona war egal, was mit Tiro geschah, aber sie war fest entschlossen, das Versprechen zu halten, das sie Taranis gegeben hatte. Vorsichtig berührte sie den Penis des Senators, bemüht, sich ihren Widerwillen nicht anmerken zu lassen, als sich ihre Finger um den weichen Schaft schlossen. Aulus erstarrte, als wäre er von ihren rauen Fingern mit den schmutzigen Nägeln abgestoßen. Trotzdem musste ihn ihre Berührung irgendwie erregt haben, denn zu ihrer Überraschung begann sich sein Schwanz zu regen.

Diesem Mann Vergnügen zu bereiten stand im krassen Gegensatz zu dem Sex mit ihrem Verlobten. Sie liebte es, Taranis' Schwanz zu berühren und ihn auf alle möglichen Arten zum Orgasmus zu bringen. Aber das hier war eine andere Sache, die sie nun hinter sich zu bringen hatte. Langsam rieb sie über den langen, schlanken Penis des Senators und bediente sich derselben rhythmischen Bewegungen, die sie zu Hause beim Melken des Viehs an den Tag legte. Das blasse, runzelige Fleisch wurde steif, und Sirona hörte, wie er vor Lust aufstöhnte. Obwohl sie in sexuellen Dingen noch nicht sehr bewandert war, schien es ihr, als wären Männer auf der ganzen Welt überall gleich, wenn es um ihre Lustkolben ging.

Sie beschloss, ihre zwiespältigen Gefühle zu ignorieren, verstärkte den Druck ihrer Hand und wichste ihn heftiger.

Die Haut um die gewölbte Spitze spannte sich und wurde glänzend, dann trat ein Tropfen Sperma aus der winzigen Penisöffnung.

«Ihre Bemühungen sind grob, aber effektiv», grunzte Aulus. Sein Gesicht hatte sich gerötet. «Sag ihr, dass sie es mit dem Mund machen soll. Ich will, dass sie mich saugt.»

«Nimm ihn in den Mund», zischte ihr Tiro, der sich vorgebeugt hatte, ins Ohr. «Du weißt doch, wie das geht, oder?»

Sie hatte keineswegs die Absicht, den Schwanz des Senators in den Mund zu nehmen, allein die Vorstellung verursachte ihr Übelkeit. Daher musste sie jetzt dafür sorgen, dass er so schnell wie möglich kam. Rasch begann sie, ihn stärker zu massieren, und kraulte ihm die blassen, unbehaarten Eier.

«Nein!» Aulus umklammerte die Lehnen seines Stuhls und bäumte sich voller Unbehagen auf. «Sag dem Miststück, dass es gefälligst seinen Mund nehmen soll!»

«Bei Jupiter, Weib, bist du gar schwachsinnig?», rief Tiro empört. «Nimm ihn in den Mund und sauge. Sofort.»

Sirona ignorierte Tiros Befehl und wichste Aulus so brutal, wie sie es niemals bei ihrem geliebten Taranis gewagt hätte.

«Beim kalten Hauch des Hades, sie ist ja von Sinnen!», rief Aulus wütend. «Und offensichtlich zu töricht, um einem einfachen Befehl zu folgen. Schaff sie fort!» Er holte aus und schlug Sirona mit der flachen Hand ins Gesicht. Dann verpasste er ihr einen Fußtritt.

Sirona wurde auf den kalten, mosaikgefliesten Boden zurückgeschleudert, doch sie spürte den Schmerz ihres harten Aufpralls kaum. Sie hoffte inständig, dass diesen Mann – von dem sie nur vermuten konnte, dass er ihr neuer Besitzer war – das kurze Zwischenspiel mit ihr nicht befriedigt hatte. Der

Gedanke, dass sie ihm regelmäßig sexuell zu Diensten sein sollte, entsetzte sie. Wenn sie sich auch künftig ungeschickt und dämlich anstellte, würde er sie vielleicht nicht länger beachten und sich anderen Sklavinnen zuwenden, die seine männlichen Bedürfnisse besser befriedigen konnten.

Sie befürchtete, dass man sie nun schwer bestrafen oder ihr eine Strafe für einen späteren Zeitpunkt ankündigen würde. Doch zu ihrem Erstaunen warf Aulus Tiro einen Blick zu und verkündete: «Zeig der Schlampe, wie man sich geschickt anstellt. Offensichtlich ist sie schwachsinnig und nicht besonders raffiniert.»

Sirona war vollkommen verblüfft, als sie Tiro dabei beobachtete, wie er auf Aulus zutrat und zwischen die Schenkel seines Herrn auf die Knie ging. Fasziniert sah sie, wie er die Hand nach Aulus' Schwanz ausstreckte und ihn berührte, als handelte es sich um eine Kostbarkeit. Sanft streichelte er den prallen Kolben mit einer Hingabe, die diesem Moment der Masturbation eine seltsam erotische Stimmung verlieh.

In Britannien war es nicht üblich, dass Männer ihren Geschlechtsgenossen eine derartige Behandlung angedeihen ließen, wenigstens war sich Sirona keines solchen Vorgehens bewusst. Aber ihr waren schon Gerüchte über die Sittenlosigkeit der Römer zu Ohren gekommen. Sie hatte die Vorstellung bislang widerwärtig gefunden, aber nun war sie Zeugin eines solchen unzüchtigen Verhaltens, und es erregte sie seltsamerweise.

Sowohl der Senator als auch sein Sklave schienen ihre Anwesenheit vergessen zu haben, und so schob sie sich nach links an ihnen vorbei, um – erfüllt von Neugier und Wollust – die intimen Handlungen besser beobachten zu können.

Tiro beugte sich vor und küsste zärtlich die straffe Spitze von Aulus' Penis und fuhr anschließend mit der Zungenspitze um die Kontur der Eichel, bis sie mit glitzerndem

Speichel bedeckt war. «Nimm ihn in den Mund», befahl Aulus.

Tiro wölbte seine Lippen über die Spitze und sog den prallen Schwanz in seinen Mund. Aulus warf den Kopf zurück und stieß einen lauten Lustseufzer aus, als Tiro den prallen Schaft tief, fast bis zur Wurzel in seine Kehle gleiten ließ.

Sirona hatte noch nie zuvor jemandem beim Sex zugesehen, und sie war überrascht, wie anregend ein wenig Voyeurismus doch sein konnte. Ihre Hand glitt zwischen ihre Schenkel und legte sich auf ihre Möse, als ihre Säfte in Wallung gerieten.

Aulus lächelte und lehnte sich wieder in seinem Stuhl zurück. Dann beobachtete er unter schweren Lidern seinen Sklaven, der zwischen seinen weit gespreizten Schenkeln hockte und seinen Schwanz lutschte. Zärtlich strich er ihm über das kurze braune Haar. «Ich will noch nicht kommen, mach es mir so, wie ich es gernhabe.»

Tiro ließ den prallen Schwengel aus seinem Mund gleiten und begann, den haarlosen Sack seines Herrn zu küssen und zu lecken. Sirona fand seine prompte Gefügigkeit beunruhigend. Würde sie wohl ebenso werden, fragte sie sich, zermürbt von dem ständigen Zwang, Gehorsam zu zeigen, bis sie schließlich willenlos alles tat, was man von ihr verlangte? Sie beobachtete, wie Aulus die Lehnen seines Stuhls umklammerte und sich sein gesamter Körper anspannte, als Tiro seine feuchte Zunge immer weiter abwärts wandern ließ. Der Sklave leckte langsam über den schmalen Streifen zwischen dem Hodensack und dem Anus seines Herrn, woraufhin sich Aulus unruhig in seinem Sessel wand und sich weiter nach vorn schob. Dann legte er seine Beine auf die Schultern des Sklaven, um Tiros Zungenspitze ungehindert Zugang zu dem engen, bräunlichen

Muskelring zu gewähren. Mittlerweile hatte Sironas Möse vor Erregung zu pulsieren begonnen, und sie presste ihre Hand stärker dagegen, während sie kaum glauben konnte, was sich vor ihren Augen abspielte. Tiros Zunge berührte die verbotene Öffnung und drang leicht in sie ein. Nun arbeitete sich Tiros Zunge noch tiefer in diese Öffnung vor, die doch niemals berührt werden durfte. Sirona merkte, dass sie feucht wurde. Aulus grunzte und drängte sich gegen die forschende Zunge. Sein Schwanz sah aus, als könne er nicht noch härter werden, der Schaft glänzte dunkelrot, und die dicke Spitze verfärbte sich allmählich violett. Aulus' Penis ragte steif aus seinem Schoß hervor, und weitere Tropfen der Vorsahne traten aus und liefen über die Eichel. Der scharfe Geruch der Lust dieser beiden Männer stieg Sirona in die Nase. Unbewusst presste sie ihre Handfläche enger an ihre Möse und begann sich zu reiben. Sie fragte sich, wie es sich wohl anfühlen mochte, an diesem geheimen Punkt des Körpers berührt zu werden.

Aulus bewegte sich unruhig auf seinem Sessel und keuchte. «Jetzt», befahl er und nahm seine Beine von Tiros Schultern. Dann griff er in sein Haar und zwang das Gesicht des Sklaven wieder in Richtung seines Schwanzes, der kurz vor dem Explodieren stand. Sie hörte Aulus' tiefen Lustschrei, als sich Tiros Lippen hungrig über seinen Schwanz stülpten. Aulus hielt Tiros Kopf fest umklammert, hob die Hüften und stieß kräftig in den Mund seines Sklaven.

Sirona war versucht, sich die Finger in die Pussy zu schieben und ihre kleine Lustperle zu streicheln, wie sie es auch in der Vergangenheit bisweilen getan hatte, wenn Taranis nicht in der Nähe gewesen war, um ihr Lust zu verschaffen. Doch sie kämpfte gegen ihre Gelüste an, zog die Hand zurück und ballte sie zur Faust, während sie die schmerzende Geilheit in ihren Lenden unterdrückte. Sie wusste, dass sie sich nichts erlauben durfte, damit der Senator sie nicht womöglich noch entdeckte und sie zu einem weiteren Sex-Intermezzo zwang.

Trotzdem konnte sie der Versuchung nicht widerstehen, den beiden Männern weiterhin zuzusehen. Dabei fragte sie sich, was Tiro in diesem Moment wohl fühlen mochte. Eine Hand war unter seine Tunika gerutscht, und er masturbierte, während er seinen Herrn befriedigte. Seine Lippen beweg-ten sich unablässig an Aulus' Schwanz auf und ab, während er sich selbst einen herunterholte.

Sirona war von dieser ungewohnten Erfahrung völlig ge-fangengenommen und zuckte nervös zusammen, als Aulus seinen Kopf zurückwarf und vor Lust laut aufstöhnte. Das Gesicht des Senators war stark gerötet, und seine Augen traten hervor. Er stieß einen weiteren, noch lauteren Lust-schrei aus und kam in Tiros Mund. Die Kehle des Sklaven bebte, als er jeden einzelnen Tropfen des Samens seines Herrn schluckte.

Dann zog Tiro den Kopf zurück und atmete schwer ein, doch er war noch nicht gekommen. Beschämt zog er seine Tunika nach unten, um seine Erektion zu verbergen. Aulus beugte sich mit einem kühlen Lächeln vor, schob das Klei-dungsstück seines Sklaven wieder zurück und starrte miss-billigend auf den steifen Penis. «Bitte, Herr —», setzte Tiro an.

«Bring es zu Ende», unterbrach ihn Aulus, lehnte sich zurück und machte nicht die geringsten Anstalten, sich zu bedecken. Stattdessen sah er Tiro unverwandt zu, als dieser nervös seinen Penis in die Hand nahm und masturbierte.

2

Julia Felix war an diesem Tag außerordentlich guter Laune. Vor nunmehr fast zwei Monaten war die offizielle Trauerzeit um ihren verhassten Ehemann Sutoneus zu Ende gegangen, und sie fand ihre Freiheiten als Witwe geradezu erheiternd. Ihre Geschäfte liefen gut, und ihre Lebensaufgabe bestand nicht mehr länger darin, einen übelgelaunten alten Mann zu umsorgen, der sie oft ebenso gehasst zu haben schien wie sie ihn. Nun konnte sie tun, wonach ihr der Sinn stand.

Das Fest der Fortuna war erst kürzlich zu Ende gegangen, und es war sogar noch heißer, als man es für die Jahreszeit kannte. Der Markt im Forum war voller Menschen gewesen, und überall hatte Staub von den Renovierungsarbeiten des Apollo-Tempels gelegen. Nicht dass es in der Via Abundantia ruhiger zugegangen wäre, aber hier konnte sie wenigstens auf der schattigen Seite der gepflasterten Straße entlanggehen.

Julia überquerte die Via Stabiana und trat auf die Reihe erhöhter Steine, die man so angelegt hatte, damit die Bürger der Stadt während der regenreichen Jahreszeit keine nassen Füße bekamen. Sie schützte sie die Fußgänger auch vor den Pferdeäpfeln und anderem Müll, der von den eisenbeschlagenen Rädern der Karren in das Pflaster gedrückt wurde. Sie beschloss, einen Beschwerdebrief an Gaius Cuspius zu schicken, einem der vier Mitglieder des Magistrats, die mit der Regierung der Stadt beauftragt waren. Immerhin lag es in seiner Verantwortung als Aedil, dass die Sklaven, die mit der Straßenreinigung betraut waren, ihre Arbeit gründlich erledigten.

Ihre Gedanken wurden von einem wilden Gepfeife unterbrochen, das von der anderen Straßenseite zu ihr herüberdrang. Dort waren mehrere Männer mit den Reparaturarbeiten eines Gebäudes beschäftigt, das bei dem schrecklichen Erdbeben vor siebzehn Jahren schwer beschädigt worden war. Julia stellte überrascht fest, dass die Pfiffe ihr galten. Sie errötete verlegen, fühlte sich innerlich jedoch sehr geschmeichelt von der unerwarteten Aufmerksamkeit und eilte weiter zur Bäckerei.

Als das große Erdbeben Pompeji getroffen hatte, war Julia noch ein Kind gewesen und hatte einen der schrecklichsten Tage ihres Lebens erlebt. Ähnlich schlimm war es gewesen, als ihr Stiefvater Aulus Vettius sie nach Rom geschleppt hatte, um sie mit dem ältlichen Senator Sutoneus zu verheiraten. Sie war diesem Mann noch nie zuvor begegnet und wusste von ihrem zukünftigen Gatten nur, dass er schon zwei Ehefrauen überlebt hatte.

Der Duft nach frischem Brot vermischte sich mit dem köstlichen Aroma von Linseneintopf, der im Thermopolium, einer Art Gaststätte mit Straßenverkauf, feilgeboten wurde. Julia verspürte plötzlich Appetit, blickte sich um und hielt nach ihrer Leibsklavin Sabina Ausschau, die sie am Forum zurückgelassen hatte, damit sie für das Abendessen ein paar Seebarben beim Fischhändler besorgte. Julia achtete nicht darauf, wohin sie trat, und wäre fast mit zwei stattlichen Seemännern zusammengestoßen, die vor der Taverne des Sotencus auf der Straße standen. Von dort aus starrten sie zum Balkon empor, wo eine junge Frau stand. Sie war eine der vielen hübschen Dienerinnen des

Etablissements. Die Frau tauschte Begrüßungsformeln mit den beiden Seeleuten aus, und von ihrem vertrauten Umgangston konnte man darauf schließen, dass es sich um Stammgäste handelte. Auf den Außenwänden der Taverne befanden sich derbe Sprüche und Zeichnungen, die die weitreichenden Talente der Dienerinnen anpriesen, zu denen auch Liebesdienste gehörten. Diese Frauen waren häufig günstiger als die Huren in den offiziellen Bordellen der Stadt, den Lupanarien.

Als ihnen klar wurde, dass sie möglicherweise eine feine Dame der Gesellschaft belästigten, murmelten die beiden Seeleute hastig eine Entschuldigung und eilten in das Innere der Taverne.

Julia konnte es nicht abwarten, nach Hause zurückzukehren, sich auszuruhen und etwas Kühles zu trinken, und ging daher raschen Schrittes weiter. Als sie den Hügel hinabstieg, ließ das Gedränge allmählich nach. Hier gab es nur noch wenige Händler, die Straßen waren mit den privaten Wohnhäusern der Städter gesäumt. Die Tür von Octavius Quoros Haus stand offen, und sie erhaschte den süßen Duft von Rosen und Jasmin aus seinem großen Garten. Ein paar Schritte weiter wurde dieser süße Geruch jedoch von dem abstoßenden Gestank nach Urin verdrängt.

Nur ein paar Schritte von Julia entfernt stand ein Mann mit angehobener Tunika und pisste in eine große rote Amphore, die vor dem Haus des Tuchwalkers stand. Der Mann war untersetzt, hatte muskulöse Oberschenkel und einen beeindruckenden Schwanz. Julia geriet kaum in Verlegenheit, als sie ihn anblickte, da man männlichen Passanten regelmäßig dabei zusehen konnte, wie sie sich in die Amphoren erleichterten.

Der Mann grinste und blinzelte Julia zu, dann ließ er die Tunika fallen. Mit einem lässigen Winken drehte er sich um und schlug den Weg in Richtung Sarno-Tor ein. Julia war sich sicher, dass er einer der Gladiatoren war, die letzte Woche in der Arena gekämpft hatten, und ihr Herz tat einen Satz. Viele römische Matronen zahlten hohe Summen, um mit einem Gladiator ins Bett gehen zu können, und viele junge Frauen waren in den einen oder anderen dieser Männer verliebt.

Die meisten Bürger der Stadt trugen Togen, die aufgrund der üppigen Bahnen aus Wollstoff nicht einfach selbst zu waschen waren. Der Großteil des Urins, der ein wichtiger Bestandteil der Reinigungsprozedur war, kam entweder von Tieren oder aus öffentlichen Bedürfnisanstalten, aber sämtliche Tuchwalkereien verließen sich auch auf den Nachschub, der aus den Amphoren stammte, die sie vor ihren Geschäften aufstellten.

Julia lupfte den Saum ihres Gewandes, um ihn nicht mit Staub zu beschmutzen, und ging an den Amphoren vorbei. Immerhin wurden diese Gefäße auch von Betrunkenen nach dem Besuch der Tavernen benutzt, doch ließ die Treffsicherheit dieser Männer zu wünschen übrig. Julia beschleunigte ihre Schritte und eilte auf ihr Haus zu. Sie war erleichtert, dass sie dem säuerlichen Gestank entkommen konnte.

«Herrin», hörte sie Sabina rufen.

Julia drehte sich um und entdeckte eine rotgesichtige Sabina, die verzweifelt versuchte, ihre Herrin einzuholen. «Du hast lange gebraucht», schalt sie sie milde, als die Sklavin sie erreicht hatte. «Hast du wieder mit Musa geflirtet?»

Sabinas kräftige Gesichtsfarbe verstärkte sich. «Natürlich nicht», sagte sie zögernd und versuchte immer noch, Atem zu holen.

Julia stieß ein sanftes Lachen aus. Musa war ein junger Mann, den man freigelassen hatte und der den Fischbetrieb von seinem reichen Besitzer gepachtet hatte. «Ich habe nichts dagegen, wenn du mit dem jungen Mann plauderst, solange du alle Aufgaben erledigst, die ich dir gebe. Er sieht gut aus und scheint recht liebenswürdig zu sein. Wenn es dein Wunsch ist, gebe ich dir einen Abend frei, damit du dich mit ihm treffen kannst.»

Sabina schlug die Augen nieder. «Ich weiß nicht so recht, ob ich Musa treffen möchte», stammelte sie, während sie ihrer Herrin durch den großzügigen Hauseingang folgte. Der Türsklave verschloss hinter ihnen das schwere Holztor, woraufhin der Straßenlärm verebbte. Sie gingen durch einen kurzen Gang ins Atrium.

«Es ist deine Entscheidung, Sabina. Denk darüber nach, während du den Fisch in die Küche bringst», sagte Julia. «Und vergiss nicht, der Köchin zu sagen, dass sie die spezielle Gewürzsauce zubereiten soll, die ich so gern esse.»

Sie war besser dran als viele ihrer Freunde und Bekannten, da sie eine Haussklavin besaß, die eine ausgezeichnete Köchin abgab. Man beschwerte sich in ihrem Freundeskreis immer wieder, dass es selten Sklaven gab, die eine anständige Mahlzeit zubereiten konnten. Manche der wohlhabenderen Bürger zahlten Unsummen, um vernünftige Köche aus Rom oder von noch weiter her zu importieren.

Sabina eilte in die Küche, und Julia reichte einem jungen Haussklaven ihre Einkäufe. Dann ging sie zu ihrem Lieblingsort im ganzen Haus, ihrem Garten. Julias Besitz war deutlich größer als der vieler ihrer Nachbarn. Er umfasste eine große Villa und einen ausgedehnten Garten, und es gab einen langgestreckten Badekomplex, der neben dem Haupthaus lag, sowie eine ganze Reihe von Werkstätten. Die Bäder wurden als Stützpfeiler der römischen Kultur betrachtet. Reinlichkeit war ein wichtiger Bestandteil des städtischen Lebens, da man im Gegenzug von den Barbaren sagte, dass sie in Schmutz und Elend lebten. Zurzeit gab es nur eine funktionstüchtige Badeanlage in der Stadt, da die anderen durch das Erdbeben zerstört und nicht repariert worden waren. Zwar gab es eine neue, weitaus luxuriösere Therme, die derzeit erbaut wurde, doch ihre Fertigstellung würde noch einige Zeit in Anspruch nehmen. Aufgrund dieser Umstände hatte sich Sutoneus zu Lebzeiten bereit erklärt, sein Badehaus einigen guten Freunden und Bekannten zeitweise zur Verfügung zu stellen. Er hatte auch in enger Beziehung zu Maecenus gestanden, dem größten Sklavenhändler der Stadt. Julia konnte ihn nicht sonderlich leiden, aber sie gestattete ihm immer noch jederzeit Zugang zu ihren Bädern, hauptsächlich weil er gut dafür zahlte. Außerdem war er sehr vermögend, einflussreich und jemand, den sie nicht verärgern wollte.

Mochte Julia ihren verstorbenen Ehemann auch nicht geliebt haben, so hatte sie seinen Reichtum während ihrer zehn Jahre währenden Ehe doch sehr zu schätzen gewusst, auch wenn sie den Luxus bis vor kurzem nie richtig hatte auskosten können.

Sie liebte ihr Haus mehr als alles andere auf der Welt. Das wurde ihr wieder einmal klar, als sie den sonnenbeschienenen Garten betrat. Vor ihr erstreckte sich ein rechteckiges Schwimmbassin. Es war von Säulen umgeben, um die sich Ranken mit karmesinroten Blüten wanden. An der Schmalseite des Beckens befand sich ein großer Brunnen und links daneben das Tablinum, ein Empfangsraum für Besucher, mit Statuen von Apollo und Aphrodite, die Sutoneus erst im letzten Jahr aus Griechenland hatte importieren lassen. Julia lauschte dem Zwitschern der Vögel, und die Luft war erfüllt von dem süßen Duft der Rosen, ihren Lieblingsblumen. Sie ging an dem Bassin vorbei und schlenderte auf die niedrige Brücke zu. Sie führte über einen Wasserlauf, der von Menschenhand angelegt worden war und das gesamte Grundstück durchzog. Er diente unter anderem zur Bewässerung der weitläufigen Obst- und Gemüsefelder am hinteren Ende des Gartens.

Julia setzte sich auf eine Steinbank im Schatten einer großen Zypresse und entspannte sich. Sie genoss die Ruhe und Beschaulichkeit ihrer Umgebung. Ihre Diener waren gut ausgebildet und eilten herbei, um ihr einen Becher mit Wein zu reichen, der mit Wasser verdünnt und mit Honig gesüßt worden war.

Den Sklaven folgte Borax, ihr Verwalter. Sutoneus hatte ihm in seinem Testament als Dank für seine jahrelangen treuen Dienste die Freiheit geschenkt. Borax hatte sich jedoch dafür entschieden, weiterhin für sie tätig zu sein. Von seinem Gürtel baumelte ein schwerer Schlüsselbund, in den Händen hielt er eine Wachstafel und einen Griffel, um alle Belange des Haushalts, die seine Aufmerksamkeit erforderten, zu notieren.

«Herrin», begrüßte sie Borax mit einem freundlichen Lächeln.

«Ich hoffe, dass die Barben, die Sabina gekauft hat, ein gutes Abendessen abgeben werden.»

Wenn sie den Tag allein verbrachte, nahm Julia die Hauptmahlzeit, cena, selten um drei Uhr nachmittags ein, wie es eigentlich üblich war. Sie zog es vor, später am Abend zu speisen, wenn es kühler war.

«Musa verkauft uns immer nur guten Fisch», erwiderte Borax. «Kein Wunder, wo er doch jetzt ein Auge auf Sabina geworfen hat.»

«Ich habe Sabina gesagt, dass ich nichts dagegen habe, wenn sie mit dem jungen Mann ein paar Stunden verbringen will», erklärte Julia, während sie nachdenklich an ihrem Wein nippte. «Ist heute jemand in den Bädern?»

«Maecenus hat drei besondere Sklaven hergebracht, um sie für seine wöchentliche Auktion morgen vorbereiten zu lassen», antwortete Borax.

Der Sklavenhändler war bekannt dafür, dass er die ungewöhnlichste Ware auftrieb, die häufig hohe Preise auf den Auktionen erzielte. Vor ein paar Monaten hatte er zwei junge und sehr schöne eineiige Zwillinge aus Ägypten feilgeboten. Und dann war da noch ein hübscher blonder Knabe aus Griechenland gewesen, der so etwas wie eine Sensation ausgelöst hatte. Er hatte noch nicht einmal die Pubertät erreicht, beherrschte aber angeblich schon jede nur erdenkliche sexuelle Praktik. Bei der Auktion war zwischen drei Bürgern ein wahrer Krieg um das höchste Gebot ausgebrochen. Der Preis, den Gaius Cuspius schließlich gezahlt hatte, war der höchste, der je für einen jungen männlichen Sklaven ausgegeben worden war.

«Ist heute etwas Interessantes dabei?», fragte Julia neugierig.

«Ich denke, dass es dich *sehr* interessieren könnte.» Borax warf einen Blick auf seine Wachstafel. «Die Sklaven von heute gehören zu der Ladung, die von Gouverneur Agricola kommt. Alle drei sind Krieger und waren an den Aufständen im Norden Britanniens beteiligt. Maecenus glaubt, dass er sicher zwei von ihnen, beides ausgezeichnete Kämpfer, an die Gladiatorenschule verkaufen kann.»

«Und der Dritte?»

«Maecenus meint, er sei der Beste von allen, und seine Talente wären in der Arena verschwendet. Seine Name ist Taranis ... er kommt aus Gallien. Er war einer der Anführer der Aufständischen. Aus irgendeinem mir nicht bekannten Grund hat Gouverneur Agricola beschlossen, ihn nicht mit den anderen Gefangenen nach Rom zu schicken.» Borax unterbrach sich und seufzte. «Obwohl es eine Verschwendung wäre, ihn zu töten. Sogar ich war ein wenig überwältigt, als ich ihn zum ersten Mal sah, Herrin. Der Sklavenhändler hat recht, er ist auf jeden Fall das beste Exemplar, das ich seit langem gesehen habe. Taranis ist groß, blond und sehr muskulös. Außerdem sieht er sehr gut aus.»

«Dann sollte ich ihn mir einmal ansehen.» Julia stellte ihren Becher ab und erhob sich. Ihr Herz klopfte ein wenig schneller. Ihre Freundin Poppaea hatte gerade gestern erst vorgeschlagen, dass Julia sich einen Haussklaven suchen sollte, den sie auch mit ins Bett nehmen konnte. Sutoneus hatte sie stets mit Argusaugen bewacht, sodass sie nie die Gelegenheit gehabt hatte, mit einem anderen Mann als ihrem alternden Gatten zu schlafen. Und der Sex mit ihm war immer sehr unangenehm gewesen. Als Witwe jedoch hatte sie jedwede sexuelle Freiheit, und sie fühlte sich mehr als bereit dafür, diese auch auszukosten. Sie wusste, dass Borax selten genug Interesse an Maecenus' Ware zeigte, daher war sie sehr gespannt auf den Sklaven, den er so attraktiv gefunden hatte.

Julia war aufgeregt und hoffte, nicht enttäuscht zu werden, während sie Borax durch den Garten folgte. Das Badehaus lag in einiger Entfernung zu der Villa und besaß einen Eingang zur Straße, sodass Julia nicht um den Verlust ihrer Privatsphäre besorgt sein musste. Es gab jedoch auch einen separaten Zugang über den Garten, den sie immer verschlossen hielt, wenn Gäste anwesend waren.

Julia liebte die warme Schwüle der Therme und den durchdringenden, süßen Geruch nach dem parfümiertem Öl, das dort benutzt wurde. Sie war nicht unvermögend, da Sutoneus sie gut versorgt hatte, doch die Vermietung der Therme hatte sich als gute Einnahmequelle erwiesen. Allerdings war es nicht gerade billig, sie in einem guten, funktionstüchtigen Zustand zu erhalten. Sie brauchte recht

viele Sklaven, um alles am Laufen zu halten und den großen Heizkessel im Untergeschoss zu befeuern. Von dort aus
wurde das Wasser erwärmt, aber auch die Luft, die durch
die Schlitze in der Decke in die darüberliegenden Räume
strömte.

Borax benutzte seinen Schlüssel, als er die schwere Holztür öffnete, die zu den Venus-Bädern führte. Sie betraten einen schmalen Korridor, wo sie ihre Schuhe auszogen und in
offene Sandalen mit Holzsohlen schlüpften, die ihre Füße
vor der starken Fußbodenhitze schützten.

Die feuchte Hitze bewirkte, dass sich Julia ein wenig
schwindelig fühlte, als sie durch den schmalen Bogengang
ging, der ins Tepidarium führte. Es gelang ihr kaum noch,
ihre Aufregung zu zügeln, als Borax einen schweren Vorhang beiseitezog. Wenn sie vorsichtig war, konnte sie die
Personen dahinter beobachten, ohne selbst gesehen zu
werden. Um die Raumtemperatur auf einem gleichbleiben-
den, angenehmen Niveau halten zu können, gab es in der
Therme keine Fenster. Der große Raum mit seinen mosa-
ikgekachelten Wänden und Fußböden wurde lediglich von
Fackeln und Öllampen erhellt. Auf den Pritschen, die am
weitesten von Julia entfernt waren, lagen zwei große, statt-
liche rothaarige Männer. Die Sklaven hatten ihnen das Öl
bereits in die Haut massiert und kratzten nun die Mixtur aus
Öl und Schmutz von ihren Körpern. Dazu benutzten sie ein
feines Schabeisen.

«Dort», flüsterte Borax.

Julias Aufmerksamkeit richtete sich auf den dritten Mann
im Raum, der auf dem Bauch lag. Sie konnte sein Gesicht
nicht erkennen, aber sie hoffte, dass es zu dem Rest seines
Körpers passte. Er war groß, so muskulös wie ein Gladiator, und seine Haut war weich und gebräunt. Anders als bei
den meisten Soldaten war sein Haar nicht kurzgeschoren,

sondern lang; es reichte ihm sogar über die Schultern und hatte eine sehr schöne Blondfärbung. Ihr Herz setzte einen Moment lang aus. Borax hatte recht, dieser Sklave war ein faszinierendes Geschöpf.

Die beiden anderen Männer hatten sich erhoben. Ein Sklave führte sie durch eine Tür in das Caladarium, wo sie in ein heißes Bad steigen würden, bevor man sie zurück in die kühleren Räume der Therme brachte.

Taranis blieb allein mit einer Sklavin zurück, die ihn massierte. Sie rieb parfümiertes Öl auf seinen muskulösen Rücken und die strammen Pobacken. Julia erkannte das Mädchen, doch sie besaß so viele Sklaven, dass ihr der Name nicht einfiel. Das Mädchen war jung, hübsch und – wie die meisten Sklavinnen in den Bädern – nackt bis auf einen schmalen Stoffstreifen, der ihr um die Hüften lag und kaum ihre Scham bedeckte. Schweiß bedeckte ihre Haut, die in dem flackernden Licht glänzte, und floss in dünnen Rinnsalen über ihre Brüste und den flachen Bauch.

Während sie das Öl kräftig einmassierte, hüpften ihre kleinen Titten verführerisch auf und ab. Julia sah, dass die Nippel der Sklavin aufgerichtet waren. Also war sie auch von dem Anblick des nackten Gottes erregt, dachte Julia und wünschte, sie könnte den Platz der Sklavin einnehmen und besäße die Freiheit, ihre Hände ungehindert über den prächtigen Körper des Mannes gleiten zu lassen.

Das Mädchen flüsterte Taranis etwas ins Ohr, woraufhin er sich auf den Rücken rollte und auf der Marmorplatte ausstreckte. Julia hielt den Atem an und griff unwillkürlich nach dem Arm ihres Verwalters. «Bei allen Göttern», keuchte sie. Dieser blonde Sklave sah nicht nur außerordentlich gut aus, auch sein Schwanz war – obwohl nicht erigiert – eine wahre Augenweide.

«Ein echtes Geschenk», grunzte Borax leise. «Kein

Wunder, dass der Gouverneur von Britannien ihn nicht zur Exekution nach Rom geschickt hat. Es wäre einfach pure Verschwendung, einen solchen Körper zu zerstören.»

Taranis genoss es, dass man sein Gesicht von dem Bart befreit hatte, der ihm während der langen Reise gewachsen war. Es war außerdem ein ziemlich gutes Gefühl, wieder sauber zu sein, insbesondere nachdem er Tage in dem verdreckten Laderaum verbracht hatte. Er konnte sich nicht mehr erinnern, wie viele Monate vergangen waren, seit er die Wärme und Wohltat der Thermen genossen hatte. Zwar verabscheute er die Römer, doch das galt nicht für die Annehmlichkeiten, die sie brachten. Auch wenn er gegen sie kämpfte, schätzte und bewahrte er viele römische Gepflogenheiten, die er in seiner Jugend kennengelernt hatte.

Taranis war der einzige Sohn eines Centurios aus Gallien, der viele Jahre lang für das Römische Reich gekämpft und sich dadurch die römische Staatsbürgerschaft erworben hatte. Sein Vater war nicht reich gewesen, aber er hatte genug Vermögen besessen, um Hauslehrer zu engagieren, die Taranis die gleiche Ausbildung zukommen ließen wie einem römischen Adligen. Sie hatten in Vesuna, im Süden Galliens, gelebt, und wenn Taranis nicht gerade seinem Studium nachging, dann genoss er die Wohltaten der Badehäuser, soff und hurte mit seinen jungen römischen Freunden herum.

Er hatte gehofft, seinem Vater in die Armee folgen zu können, wo er, als Bürger des Römischen Reiches, für die Machterhaltung desselben gekämpft hätte. Doch seine Vorstellungen hatten sich gewandelt, als er im Alter von achtzehn Jahren Paulus begegnet war, einem Mann, der der Lehre des Galiläers folgte und den christlichen Glauben vertrat. In Taranis' Brust schlug das Herz eines Kriegers, und einige Aspekte dieser neuen Religion fand er kaum akzeptabel. Doch eine Menge von dem, was Paulus predigte, ergab in seinen Augen Sinn, darunter auch das Gebot, dass vor Gott alle Menschen gleich seien. Taranis hatte begonnen, verschiedene Grundsätze seiner römischen Erziehung in Frage zu stellen, insbesondere alles, was mit Sklaverei zu tun hatte.

Dann waren eines schrecklichen Tages auf einen Schlag seine Pläne für die Zukunft zerstört worden. Es hatte alles damit begonnen, dass ein Sklave seinen Herrn, einen Magistrat der Stadt, umbrachte. Das Gesetz wollte, dass nicht nur jener Sklave mit dem Leben bezahlen musste, sondern alle Sklaven aus dem Haushalt des Magistrats: dreißig unschuldige Männer, Frauen und Kinder. Empört über diese grausame Brutalität, hatte Taranis gegen das Urteil protestiert und sich anschließend als Anführer einer Gruppe von aufgebrachten Bürgern wiedergefunden, mit der er zum öffentlichen Forum zog. Dort hatten sie gefordert, dass das Gesetz abgeschafft wurde. Der Gouverneur ihrer Provinz hatte ihnen die Ädilen auf den Hals gehetzt, und Taranis war, mit vielen anderen, eingesperrt und wegen Aufhetzung verurteilt worden.

Mit Paulus' Hilfe war es ihm gelungen, aus dem Gefängnis zu fliehen, doch er war gezwungen gewesen, seine Heimat zu verlassen. Um sein Überleben zu sichern, war er zum Söldner geworden und stand auf der Seite all jener, die gegen Rom kämpften. Seine Erziehung und seine ausgezeichnete Kenntnis des römischen Militärwesens machten Taranis zu einem unschätzbaren Trumpf für diejenigen, denen er sich anschloss.

Taranis seufzte leise vor Wonne auf, als seine Gedanken sich von der Vergangenheit abwandten und sich wieder voll und ganz auf die Gegenwart konzentrierten. Dieses Mädchen war besser als die meisten anderen Sklaven in den Thermen. Sie war klein und schlank, doch ihre Finger waren überraschend kräftig und griffen tief in seine Muskeln, um die Verspannungen in den Schultern, im Rücken und in den Pobacken zu lockern.

Als sie ihn mit ihrer weichen Stimme etwas verlegen bat, sich umzudrehen, hatte er sich auf den Rücken gerollt und sie dabei beobachtet, wie sie das erlesene Öl auf seiner Brust verrieb. Sie lehnte sich vor, lächelte ihn schüchtern an, und ihre kleinen Brüste streiften – ob gewollt oder ungewollt – über seinen rechten Oberarm. Die Berührung ihrer kleinen Titten erregte ihn. Taranis kämpfte gegen seine plötzliche Erregung an, während sie seine Arme abwechselnd massierte. Er zwang sich, bewusst zu atmen, um zu entspannen und die Lust zu unterdrücken, die sie in ihm entfachte, als sie seine breite Brust massierte.

Sie griff nach der kleinen Glasphiole und träufelte langsam etwas von dem parfümierten Öl auf seinen flachen Bauch und die muskulösen Schenkel. Sein Körper spannte sich erwartungsvoll, als ihre geschmeidigen Finger über seine Haut glitten.

Sie widmete sich zuerst seinen Beinen und griff kräftig in die festen Muskeln seiner Schenkel. Sie streichelte und massierte seine gebräunte Haut, und ihre Finger glitten langsam aufwärts, näherten sich verführerisch seinen Lenden, ohne diese jedoch zu berühren.

Trotz seiner Sorge um Sirona spürte Taranis, wie seine Lust stärker wurde und verräterisch durch seinen Körper wallte. Taranis schloss die Augen und versuchte, sich ausschließlich auf seine geliebte Sirona zu konzentrieren und alle anderen lustvollen Gedanken beiseitezuschieben. Wo mochte sie wohl sein? Was war ihr zugestoßen?, fragte er sich.

Die Römer gingen vermutlich davon aus, dass eine keltische Prinzessin ihren Preis wert war, daher hielt er es für unwahrscheinlich, dass man sie getötet hatte. Wäre dies ihr Ziel gewesen, dann hätte man sie mit ihrem Vater nach Rom geschickt. Wahrscheinlich war sie dazu bestimmt worden, einem einflussreichen Bürger als Sklavin zu dienen. Doch dieser Gedanke beruhigte ihn nicht, im Gegenteil, er verstärkte seine Sorge. Mochte sie zwar noch am Leben sein, so litt sie zweifellos. In seiner Jugend hatte Taranis selbst mit angesehen, wie viele reiche Bürger ihre Sklaven behandelten. Und Sirona war auffallend schön. Er hasste den Gedanken an die sexuellen Demütigungen, die sie würde erleiden müssen. Er konnte nur beten, dass ihr Herr sie gut behandelte, sie ihn vielleicht ein wenig leiden konnte und dass es ihr möglich war, ihr von den Göttern bestimmtes Schicksal zu akzeptieren. Trotzdem war er fest entschlossen, einen Weg zu finden, um zu fliehen und seine geliebte Sirona zu retten.

Die Finger der Sklavin glitten abermals nach oben und streiften sein Schamhaar. In der Vergangenheit hatten derartige Intimitäten zu jedem Besuch der Bäder gehört, doch es erstaunte ihn ein wenig, dass die Sklavin hier so forsch zu Werk ging. Schließlich war er kein zahlender Gast, sondern nur ein Sklave, den man für die Auktion am nächsten Tag vorbereitete. Aber er war nicht gewillt, zu protestieren, als er so dalag und die sanfte Stimulation genoss.

Das Mädchen strich über seinen flachen Bauch, und ihre Bewegungen wurden wagemutiger, als sich ihre Finger einen Weg durch das goldene Haar seiner Lenden bahnten und an der sensiblen Stelle über seinem Penis innehielten. Ihr warmer Atem strich über seinen Bauch, als sie sich vorbeugte und mit sanften Fingern seinen Schwanz an der Wurzel streichelte.

Sofort verstärkte sich seine Erregung, und er öffnete die Augen und starrte das Mädchen an. Die Sklavin war attraktiv, daran bestand kein Zweifel. Sie hatte eine schlanke Figur, dunkle Augen und volle Lippen. Schweiß rann ihr über die weiche, olivenfarbene Haut, vom Hals zu den kecken Brüsten, wo er wie kostbare Juwelentropfen im Schein der Lampen glitzerte. Ihre Titten war ein wenig zu klein für seinen Geschmack und würden sich nicht so gut seinen Handflächen anpassen, wie es bei Sironas vollen Brüsten der Fall war, aber sie waren straff und schön anzuschauen. Die kleinen braunen Nippel waren hoch aufgerichtet, und wenn ihn der Anblick ihres Gesichts nicht trog, dann reichte die Massage seines Körpers aus, um sie zu erregen.

Das Mädchen nagte nervös an der vollen Unterlippe, als sie ihn fragend anblickte und ihre Finger wieder sanft über seine Schwanzwurzel strichen. Taranis stöhnte leise auf. «Certe», murmelte er nickend, als sein Schwanz sich unwillkürlich zu regen begann.

Er ließ den Kopf auf das gefaltete Stück Leinen zurücksinken, das ihm als Kopfkissen diente, und ihre Finger umfassten seinen Schwanz. Er spürte das bekannte Kribbeln seiner wachsenden Erregung, als das Mädchen seine Finger an seinem Schaft auf und ab gleiten ließ. Die feuchte Luft, die Wärme des Tepidariums und die massierenden Bewegungen der Sklavin fühlten sich vertraut und tröstlich an. Seine Wonne wuchs, als sie ihn fachkundig zu wichsen begann und dafür sorgte, dass sein Puls noch mehr in Wallung geriet.

Taranis hörte, wie sie vor Überraschung aufkeuchte, als sein Schwanz steifer wurde. Er wusste, dass die Götter ihn gesegnet hatten und er im Vergleich zu anderen Männern sehr gut ausgestattet war. Frauen mochten große Schwänze, das war eine simple Wahrheit. Und da er nie Schwierigkeiten gehabt hatte, das weibliche Geschlecht für sich zu interessieren, war er selten in Bordelle gegangen. Die Frauen schienen sich nicht nur für seinen Schwanz zu begeistern, sondern auch für seinen muskulösen Körper und sein Aussehen. Das war ihm in der Vergangenheit ein wenig zu Kopf gestiegen, sodass er es sich zum Ziel gesetzt hatte, so viele Frauen wie möglich zu verführen. Doch als er Sirona begegnet war und sich leidenschaftlich in sie verliebt hatte, änderte sich dies schlagartig. Doch auch wenn dem so war, so konnte er trotzdem seine Lust von seiner Liebe zu Sirona trennen, insbesondere da die Sklavinnen in den Bädern häufig mindestens genauso gut waren wie Huren, wenn es darum ging, ihren Kunden Lust zu verschaffen.

Ihr Griff schloss sich fester um seinen Schaft, und ihre öligen Finger glitten geschmeidig an ihm auf und ab. Taranis stöhnte wieder auf, als sie mit der anderen Hand seinen Sack berührte und ihn sanft knetete. Dann spürte er eine warme, weiche Zunge, die die Spitze seines Schwanzes leckte und die Eichel umspielte. Sie zog sie in ihren Mund und lutschte daran.

Sie musste ihr langes dunkles Haar, das zuvor von einem Lederband zusammengehalten worden war, gelöst haben, denn nun strich es aufreizend über seinen Bauch und seine Beine, während sie ihn virtuos blies. Die feuchte Wärme ihres Mundes umschloss seinen Schwanz, und für einen Moment fühlte sich Taranis versucht, die Hand auszustrecken und sie ebenfalls zu berühren. Aber sie war nicht Sirona, und so ballte er die Fäuste und hielt seine Arme ohne Bewegung an den Seiten. Das bedeutete jedoch nicht, dass ihm der weiche, verführerische Körper der jungen Sklavin nicht schmerzhaft bewusst war. Ihr glatter Bauch presste sich an die Seite seines Oberschenkels, und er konnte den moschusartigen Duft ihrer Haut riechen. Dann hörte er ihren unregelmäßigen Atem und die leisen Sauggeräusche, als sie sich anstrengte, so viel wie möglich von seinem Schwanz in den Mund zu nehmen. Ihr Mund strengte sich sehr an, und sie fickte ihn damit wie eine Expertin, verstärkte den Druck ihrer Lippen und ließ wieder nach, während sie an seinem Schwanz sog. Und die ganze Zeit über spielten ihre Finger mit seinen Eiern.

Plötzlich kroch eine schmale Hand über seine Brust und zog an einem Nippel, drückte und zupfte daran, während sie den Druck auf seinen Kolben verstärkte. Taranis' Herzschlag war außer Kontrolle, und alle seine Sinne konzentrierten sich auf die unmittelbar bevorstehende Erleichterung. Er keuchte auf, und die Hitze und Feuchtigkeit des Raums schien sich mit jedem Atemzug zu verstärken. Sie bediente sich einer aufreizenden Technik, indem sie mit federleichten Berührungen über seinen Schaft und die sensible Spitze züngelte, während sie gleichzeitig alles daransetzte, ihn so gut wie möglich zu saugen, ihre Finger an seinen Nippeln spielen zu lassen und seine Eier zu streicheln und sanft zu drücken.

Er beschwor Sironas Bild vor seinem inneren Auge herauf, und es gelang ihm, sich einzubilden, dass es ihr prächtiges, kupferfarbenes Haar war, das über seinen Bauch strich, und ihre Lippen, die seine Sinne betörten. In diesem Moment erreichte er den Gipfel der Lust und hörte sein eigenes lautes Stöhnen in den Ohren, als sein Samen in den willigen Mund der Sklavin schoss.

Ausgelaugt von der Heftigkeit seines Orgasmus, brauchte er ein paar Augenblicke, um zu verschnaufen und wieder Kontrolle über seinen Körper zu bekommen. Er öffnete die Augen und sah, dass ihn die Sklavin mit einem provozierenden Lächeln ansah und sich mit der Hand über die schmalen Brüste rieb. Dann zupfte sie an einem der steifen braunen

Nippel und hob ihr Leinentuch, um ihm einen Blick auf ihr Geschlecht zu gewähren. Die Botschaft war eindeutig: Sie wollte ihn. In der Vergangenheit hätte Taranis diese Einladung vielleicht angenommen und das Mädchen in einen privaten Alkoven gebracht, um sie dort so zu verwöhnen, wie er von ihr verwöhnt worden war. Aber heute stand ihm keinesfalls der Sinn danach.

Taranis richtete sich auf und ignorierte ihre flehenden Blicke. Dann deutete er auf eines der feuchten Tücher, die auf den niedrigen Bänken lagen. Sie tat ihr Bestes, um sich die Enttäuschung nicht anmerken zu lassen, griff nach dem Tuch und reichte es ihm. Dann wartete sie ab, während er sich reinigte. Schließlich erhob er sich, griff nach einem weiteren Leinentuch und schlang es sich um die Hüften. Zu seiner Linken, am anderen Ende des Raums, entdeckte er im flackernden Schein der Lampen eine kleine, sehr hübsche Frau. Sie lugte hinter einem Vorhang hervor, der eine Art von Alkoven zu verbergen schien. Ihm fiel auf, dass ihre Wangen von der Wärme stark gerötet waren und dass ihr hellbraunes Haar etwas zerzaust war. Es sah nicht so aus, als wollte sie ein Bad nehmen, und als sie begriff, dass er sie entdeckt hatte, zuckte sie nervös zusammen und verschwand hinter dem Vorhang. Taranis war verwirrt. Es war nicht üblich, dass Männer und Frauen die Bäder gleichzeitig benutzten. Außerdem war sie, von ihrer sorgfältigen Frisur und der kostbaren Kleidung her zu urteilen, eine Patrizierin.

Ihre unerwartete Anwesenheit hatte seine Neugier geweckt, gefolgt von der Erkenntnis, dass sie das, was eben zwischen ihm und dem Sklavenmädchen passiert war, beobachtet haben könnte. Er trat vor, zog den Vorhang beiseite und konnte gerade noch sehen, wie die Frau und ein hochgewachsener Mann durch die schwere Holztür am anderen Ende des Ganges verschwanden.

Sirona, die mittlerweile eine saubere Tunika trug, wurde von zwei kräftigen Sklaven aus dem Haus geführt. Von der Position der Sonne her zu urteilen, war es schon spät am Nachmittag, und es war immer noch sehr heiß. Der Senator hatte sie die ganze Zeit über ignoriert, seit sich Tiro einen schnellen Höhepunkt verschafft hatte. Als Aulus jedoch den Raum verließ, hatte sie mitbekommen, wie er den Befehl gab, dass man sie zu seinem Haus bringen möge.

Sie konnte nur vermuten, dass sie gerade auf dem Weg dorthin waren, denn man hatte sie ohne große Umstände in eine Sänfte gestoßen und die dicken Vorhänge sofort fest zugezogen und verschnürt, sodass sie keine Chance hatte, zum Hafen zu blicken, um festzustellen, ob die *Cronus* noch dort lag. Sie fragte sich, was mit Taranis geschehen war, während sie in der stickigen, schaukelnden Dunkelheit saß.

Es kam ihr wie Ewigkeiten vor, bis sie endlich anhielten und die Vorhänge zur Seite gezogen wurden. Sirona stellte fest, dass sie sich in einer engen, gepflasterten Gasse befand, die an beiden Seiten von Gebäuden gesäumt war. Einer der Sklaven griff unverzüglich nach ihrem Arm, zog sie aus der Sänfte und schob sie durch einen schlichten Korridor in das Haus des Senators. Das Hausinnere war luxuriös ausgestattet. Sie erhaschte einen kurzen Blick auf die kostbaren Möbel und bezaubernden Wandmalereien, bevor man sie in die hinteren Räume zu einem kleinen privaten Badehaus brachte. Dort wurde sie von zwei streng aussehenden Sklavinnen ausgezogen, die ihr anschließend die Haut einölten und sie striegelten, bis sie brannte und am ganzen Körper rötlich glänzte. Man wusch ihr mehrere Male kräftig das Haar mit einer stark riechenden Flüssigkeit, die wahrscheinlich dazu diente, etwaige Läuse abzutöten. Dann band man es ihr auf dem Kopf zusammen und befahl ihr, in ein Bassin einzutauchen, dessen heißes Wasser sie fast verbrühte.

Sie war erleichtert, dass niemand den Versuch unternommen hatte, sie von dem Haar zu befreien, das der Senator an bestimmten Stellen ihres Körpers so abstoßend gefunden hatte. Er hätte sicherlich den Befehl gegeben, es ihr entfernen zu lassen, wenn er denn vorgehabt hätte, eine wie auch immer geartete sexuelle Beziehung mit ihr einzugehen. Dieser beruhigende Gedanke sorgte zusammen mit der Hitze des Badewassers dafür, dass sie sich ein wenig entspannte. Sie fühlte sich allmählich etwas besser. Sirona hoffte, dass man hier bald mit ihr fertig wäre und sie vielleicht die Gelegenheit bekäme, sich auszuruhen. Sie fühlte sich emotional und körperlich erschöpft. Doch es schien, als sei ihr noch keine Ruhepause vergönnt, denn man ermahnte sie, aus dem Bassin zu steigen, und übergab sie einer bedrohlich wirkenden, äußerst muskulösen Frau. Diese befahl Sirona, sich auf einer Marmorliege auszustrecken, die mit Leinentüchern bedeckt war. Die Frau massierte sie mit kräftigem Druck, bis Sironas Haut überall nach dem parfümierten Öl roch und so weich war wie nie zuvor. Ihre Muskeln fühlten sich an, als könnten sie keine weiteren Belastungen mehr ertragen.

Sirona fühlte sich wunderbar gereinigt, als man sie in einen kleineren Flügel des großen Hauses brachte, der deutlich weniger aufwendig gestaltet war. Sie vermutete, dass es sich um die Unterkünfte der Sklaven handelte. Mittlerweile war sie nicht nur hungrig, sondern sehnte sich verzweifelt nach etwas zu trinken. Nach ihrer Begegnung mit dem Senator hatte sie beschlossen, weiterhin so zu tun, als spräche sie kein Latein, was bedeutete, dass sie nun lediglich auf ihren Mund deuten konnte und dabei Schluckbewegungen nachahmte, in der Hoffnung, dass man sie verstand und ihr etwas zu trinken gab. Sirona war sehr erleichtert, als man ihr kurz darauf einen Becher mit Wasser in die Hand drückte, das mit Zitrone und Honig gewürzt war, und man ihr ein wenig Zeit gab, es hinunterzustürzen.

Dann begann eines der Sklavenmädchen, den restlichen Dreck unter ihren Fingernägeln wegzukratzen und ihre Nägel anschließend zu feilen und zu polieren, bis sie glänzten. Ein weiteres Sklavenmädchen widmete sich Sironas Haaren, entwirrte sie und kämmte die Knoten aus den langen Locken, die sich darin während der vielen Wochen ihrer Gefangenschaft gebildet hatten. Sirona schrie ein paarmal ungewollt vor Schmerzen auf, als das Mädchen zu kräftig an ihren Haaren zog. Schließlich waren alle Knoten und verfilzten Stellen beseitigt, und ihre Locken flossen ihr in kupferfarbenen Wellen über den Rücken.

Sirona konnte sich nicht erklären, weshalb man sich so viel Mühe mit einer neuen Haussklavin gab. Wieder begann sie zu fürchten, dass der Senator diese aufwendige Behandlung doch angeordnet hatte, weil er vorhatte, mit ihr ins Bett zu gehen. Sie saß stumm da und zwang sich, nicht an ihn zu denken, geschweige denn daran, wie der Sex mit ihm sein mochte, während sie dem Geplauder der Sklavinnen lauschte. Diese unternahmen nicht den geringsten Versuch, freundlich zu sein oder gar mit ihr zu sprechen, und so wurde Sirona noch ängstlicher und fühlte sich ganz allein in dieser fremden Umgebung.

Dann zog man ihr eine lange Tunika aus feinstem grünem Leinen über, die fast der Farbe ihrer Augen entsprach, und knotete ihr einen einfachen weißen Gürtel um die schmale Taille. Nicht noch mehr, dachte Sirona betrübt, während eine der Frauen eine hölzerne Kosmetikschachtel zur Hand nahm. Sie war gerade dabei, Sironas Augen mit Schminke zu umranden, als Tiro den Raum betrat.

Augenblicklich verstummten die Sklaven. «Nein, keine Schminke», sagte er mit fester Stimme. «Das ist nicht nötig.

Steh auf, Sirona, lass dich anschauen», fuhr er in ihrer Sprache fort.

Sie erhob sich und wandte sich langsam zu ihm um.

«Eine Verbesserung, die alle Erwartungen übertrifft», sagte Tiro. Er lächelte den Frauen zu, die sich um Sirona gekümmert hatten. «Gut gemacht», lobte er auf Latein. «Ihr könnt jetzt euren anderen Pflichten nachgehen.» Dann entließ er sie mit einer Handbewegung.

Die Sklaven folgten allesamt seinem Befehl auf ruhige, aber heitere Art, als mochten und respektierten sie Tiro. Dann besitzt er also einen gewissen Einfluss in diesem Haushalt, dachte Sirona, obwohl es ihr nicht gelang, ihre letzte Begegnung zu vergessen, bei der er so unterwürfig seinem Herrn Lust verschafft hatte.

«Es tut gut, wieder sauber zu sein», sagte sie und freute sich, mit jemandem reden zu können. «Magst du mich auch für eine Barbarin halten, so kann ich dir nur sagen, dass wir, entgegen deiner Meinung, es nicht schätzen, uns in Dreck und Schmutz zu suhlen.» Sie hielt einen Moment inne und fügte dann hinzu: «Allerdings muss ich zugeben, dass ich nicht verstehe, weshalb man so viel Aufheben um mein Aussehen macht.»

«Unser Herr legt sehr viel Wert darauf, dass alle Mitglieder dieses Haushalts reinlich und ordentlich sind», erwiderte Tiro, als wäre die Reinigungsprozedur, die man Sirona hatte angedeihen lassen, nichts Ungewöhnliches. «Jetzt komm mit. Ich werde dich im Haus herumführen und dir deine Aufgaben zeigen. Eigentlich sollte das einer der anderen Hausklaven tun, aber ich habe mich entschlossen, dir die Ehre meiner Aufmerksamkeit zuteil werden zu lassen, da du offenbar kein Latein verstehst. Halte mich nicht zum Narren, Sirona. Du bist von edler Herkunft, bestimmt wirst du wenigstens ein paar Brocken unserer Sprache verstehen, da bin ich mir sicher, trotz deines Schweigens und deiner Haltung des Nichtverstehens heute nachmittag. Höre auf meinen Rat: Es ist nicht sehr klug, sich in Zukunft derart widerstrebend und ungehorsam zu benehmen.» Er lächelte schmallippig. «Ich vermute, dass dich eher der Widerstand als fehlende Sprachkenntnisse geleitet hat. Doch du solltest dich besser aufs Überleben konzentrieren. Ich bin mir sicher, dass du bald genug Latein beherrschen wirst, um Befehle unverzüglich und folgsam auszuführen.»

«Mit deiner Hilfe wird mir dies sicherlich gelingen», konterte sie mit süßer Stimme, da es sicherlich nicht klug war, sich Tiro zum Feind zu machen.

3

Taranis lief unruhig in seiner Zelle auf und ab und ignorierte dabei seine Genossen Leod und Olin. Diese hatten sich auf ihre strohgefüllten Matratzen in der Ecke geworfen und schnarchten vor sich hin, nachdem sie die erste vernünftige Mahlzeit seit vielen Wochen zu sich genommen hatten.

Die vergitterte Tür lag gegenüber dem Säulengang, der von flackernden Fackeln erleuchtet wurde. Beim Betreten des Gebäudes hatte Taranis zufällig eine Bekanntmachung entdeckt, die eine Sklavenauktion für den nächsten Morgen ankündigte. Offensichtlich wurde diese gerade von mehreren Sklaven vorbereitet, die Sitzgelegenheiten aufstellten. Die Stühle in der vordersten Reihe waren den reichsten und angesehensten Bürgern der Stadt vorbehalten. Die weniger einflussreichen würden auf den Bänken Platz nehmen, während sich das einfache Volk stehend noch weiter hinten drängte.

Taranis waren Sklavenauktionen nicht unbekannt, er hatte ein paar davon mit seinem Vater besucht. Auch seine Familie hielt sich, wie jede andere, Sklaven, und wenn diese zu alt wurden oder starben, dann musste man sie ersetzen. Als Heranwachsender war Taranis mit Freunden zu den Auktionen gegangen, allerdings nicht immer, um zu kaufen, sondern oft aus Neugier. Anlass war die Ankündigung von erstklassiger weiblicher Ware gewesen, da diese Frauen häufig komplett nackt präsentiert wurden. Damals hatte er sich keinerlei Gedanken gemacht, wie es den Sklaven wohl erginge, geschweige denn geahnt, dass er eines Tages die gleiche, demütigende Tortur über sich würde ergehen lassen müssen.

Doch im Vergleich zu manch anderen Etablissements, die er von früher kannte, waren die Bedingungen hier nicht schlecht. Die Zellen waren sauber und mit vernünftigen Matratzen ausgestattet, und man hatte ihnen anständig zu essen gegeben. Nichtsdestotrotz fragte sich Taranis besorgt, was sie am kommenden Tag erwartete. Der Tod auf dem Schlachtfeld war der Demütigung, als Sklave unter den Hammer zu kommen, bei weitem vorzuziehen.

Plötzlich hörte er Stimmen, die Befehle auf Latein bellten und – typisch – viel zu laut brüllten. Taranis zog sich in den Schatten seiner Zelle zurück, als er sah, wie mehrere gutgekleidete Bürger vorbeigingen. Dann trafen weitere Gäste ein, die lachend und scherzend in den säulenumrahmten Innenhof geführt wurden. Ein kleiner, nagender Zweifel machte sich in seinem Kopf breit. Was, wenn es sich hier um eine Vorbesichtigung der Auktionsware handelte? Ihm fielen wieder die vielen Gerüchte ein, die er diesbezüglich gehört hatte, aber dann versuchte er sich damit zu beruhigen, dass weder er noch seine Gefährten eine derartige Sonderbehandlung verdient hatten.

Leod wurde von dem schrillen Gekicher zweier Frauen geweckt, die an der Zelle vorbeigingen. «Was ist los?», fragte er gähnend und streckte sich.

«Sieht aus, als wäre eine Festlichkeit im Gange», erklärte Taranis beiläufig. Seine beiden rothaarigen Kameraden waren einfache Männer, Krieger, die weitab des Römischen Reiches aufgewachsen waren. Sie kannten wenig von der Kultur ihrer Entführer, und Taranis beabsichtigte keineswegs, ihre Sorgen zu schüren. Schließlich bestand immer noch die Möglichkeit, dass er sich wegen der Vorgänge da draußen irrte und der Sklavenhändler ein privates Gelage veranstaltete. «Schlaft weiter, ihr braucht eure Erholung.»

Noch mehr Gäste schlenderten an der Zelle vorbei. Es waren reiche Leute, wie man an den blütenreinen weißen Togen und den erlesenen Juwelen erkennen konnte. Die meisten waren männlich, aber es gab auch ein paar Frauen unter ihnen. Reiche römische Matronen, die prächtig verzierte Kleider trugen und deren Haar sich kunstvoll auf ihren Köpfen türmte. Einer der Männer trug sogar die Toga eines Senators. Es war sehr ungewöhnlich, dass man jemanden, der eine derartig wichtige Position innehatte, außerhalb von Rom antraf.

Schließlich schien es, als wären auch die letzten Gäste eingetroffen, denn von diesem Moment an herrschte Stille. Der Säulengang lag in fast vollkommener Dunkelheit vor ihm, und Taranis begann sich zu fragen, ob seine Befürchtungen unbegründet gewesen waren, während er dem beruhigenden Zirpen der Grillen lauschte. Die Stille der Nacht wurde nur hier und da von Olins Schnarchen unterbrochen. Dann erstarrte er, als er eine ganze Reihe Fackeln auf der anderen Seite des Innenhofs entdeckte. Die flackernden Lichter kamen näher, und eine kleine Gruppe Aufseher näherte sich der Zelle, deren Tür mit einem hässlichen Knarzen geöffnet wurde. Eine bärbeißige Stimme sagte: «Die Gefangenen sollen herauskommen – der Mann aus Gallien zuletzt!»

«Was?», murmelte Leod, als er und sein triefäugiger Gefährte sich aufsetzten. Beide verstanden nur wenige Brocken Latein.

«Wir sollen aufstehen und herauskommen», erklärte Taranis. «Einer zur Zeit, du gehst zuerst, Leod.»

Er trat beiseite, um Leod als Ersten hinaustreten zu lassen. Dann sah er, wie ein Sklave, der die Aufseher begleitete, ein Paar Fußketten aus dem Korb holte, den er zuvor auf dem Boden abgestellt hatte. Der Sklave kniete sich vor Leod hin und befestigte die eisernen Fesseln sorgsam an seinen Knöcheln. Dann holte er Handschellen hervor und legte sie um Leods Handgelenke.

Olin trat nervös vor. Auch er wurde auf gleiche Weise in eiserne Ketten gelegt. Leod blickte fragend zu Taranis, der immer noch in der Zelle stand. Dieser verspürte nicht einmal ansatzweise Lust, ihm zu erklären, dass sie sich höchstwahrscheinlich auf einer Vorbesichtigung befanden, wo man sie betatschen, ihr Fleisch befühlen und womöglich auf ihr Intimstes hin überprüfen würde. Und zwar von jedem beliebigen der reichen Gäste. Taranis schluckte schwer und zwang sich, seinen beiden Gefährten aufmunternd zuzulächeln.

Dann war er an der Reihe, die relative Sicherheit der Zelle zu verlassen. Sobald er hervorgetreten war, wurde auch er in Ketten gelegt, doch anders als bei seinen Freunden sorgte man bei ihm dafür, dass seine Arme sicherheitshalber auf dem Rücken gefesselt waren. «Los, gehen wir», schnauzte der Mann Taranis an und stieß ihn unsanft an der Schulter vorwärts. Es war nicht gerade einfach, sich vorwärts zu bewegen, wenn man eigentlich nur schlurfen konnte. Die drei Gefangenen wurden erst durch den säulengeschmückten Innenhof, dann durch einen weiteren, kleineren Hof geführt und betraten anschließend einen großen, hell erleuchteten Saal. Taranis blinzelte, während sich seine Augen noch an das Licht gewöhnten. Die Wände waren in leuchtenden Farben bemalt, und die Luft war getränkt von schweren Düften und süßen Parfüms. Eine kleine Gruppe Musiker spielte eine unbekannte Melodie, die seltsam und bezwin-

gend klang. Die Gäste hatten sich auf Speisesofas nieder-
gelassen, die an drei Wänden aufgestellt worden waren, und
beobachteten zwei nackte Frauen mit großen Brüsten, die
sich in einem erotischen Tanz zum Takt der Musik wieg-
ten. Überall standen spärlich bekleidete Sklavinnen und
Sklaven bereit, um die Gäste mit Speisen und Getränken
zu versorgen.

Die drei Gefangenen wurden an eine Stelle direkt hinter
den Tänzerinnen geführt, in die Nähe der einzigen leerste-
henden Wand im Raum. Hier war dieser sogar noch besser
ausgeleuchtet, und die Hitze der Lampen und Fackeln
sorgte schon bald dafür, dass Taranis der Schweiß ausbrach.

«Was geht hier vor sich?», fragte Olin unbehaglich,
als man die drei angeketteten Männer in einer Reihe auf-
stellte.

Taranis wurde befohlen, sich zwischen die beiden anderen Männer zu stellen, dann kniete sich einer der Soldaten
nieder und befestigte seine Fußfesseln an einem der eisernen Ringe, die auf dem mosaikverzierten gefliesten Fußboden verankert waren.

«Seid stark, es wird rasch vorüber sein», flüsterte Taranis
beruhigend, als sich die Tänzerinnen aus ihrem Blickfeld
bewegten und die Musik leiser wurde.

Die Blicke aller Anwesenden ruhten auf den drei Männern, als Maecenus, der Sklavenhändler, auf sie zutrat. Er
war ein stattlicher Mann mit einer korpulenten Leibesmitte,
groben Gesichtszügen, einer narbenübersäten Haut und einer Knollennase. Das alles machte ihn für das weibliche Geschlecht abstoßend, aber Taranis wusste, dass dies nicht von
Belang war. Sicherlich besaß er sehr viele Sklaven, die tag-
täglich gezwungen wurden, ihm auf jede erdenkliche Weise
Lust zu verschaffen. Von seiner reichverzierten Kleidung
und dem schweren Goldschmuck her zu urteilen, war er so

reich wie Krösus höchstpersönlich. Das lange, dunkle Haar des Sklavenhändlers war ölig und hing ihm in kleinen Löckchen auf die feisten Schultern. Taranis fand, dass er noch nie zuvor eine weniger attraktive Gestalt gesehen hatte.

«Die Tunika», befahl Maecenus knapp.

Ein Sklave trat hinter die drei Männer und löste den Schulterriemen von Leods kurzer blauer Tunika.

«Nicht», protestierte Leod, als ihm das Gewand vor die Füße fiel und nur noch ein knappes weißes Lendentuch seinen Körper bedeckte.

«Halte durch», zischte Taranis. «Rühr dich nicht, Leod. Glaube mir, wenn du dich sträubst, machst du alles noch viel schlimmer. Halte deinen Kopf hoch und ignoriere sie alle, dann wird es am schnellsten vorüber sein.»

Leod, der es gewohnt war, den Befehlen seines Anführers zu gehorchen, blieb daraufhin stocksteif stehen und starrte unbewegt geradeaus. Dann öffnete der Sklave Olins Gewand, woraufhin auch dieser regungslos geradeaus starrte. Die beiden Männer besaßen einen sehr muskulösen Körperbau, doch ihre Haut sah in dem hellen Licht außergewöhnlich blass aus. Römer gingen oft vollkommen nackt der körperlichen Ertüchtigung nach, wohingegen Kelten ihre Haut selten entblößten. Sowohl Leod als auch Olin besaßen ungewöhnlich helle Haut, die mit Sommersprossen übersät war und in starkem Kontrast zu ihren roten Haaren stand. In Britannien hatten sie, wie es unter Kelten eben üblich war, lange Bärte und Schnauzbärte getragen, doch diese waren ihnen trotz ihrer heftigen Proteste abrasiert worden.

Maecenus begann, die vielen Vorzüge der beiden Kämpfer, die zu verkaufen er beabsichtigte, herauszustreichen, und lobte ihre kriegerischen Fähigkeiten in den höchsten Tönen. Leod und Olin verstanden kaum etwas von dem, was er sagte, und blickten fragend zu Taranis hinüber, während Maecenus seine Gäste höflich einlud, die beiden Sklaven näher in Augenschein zu nehmen.

«Sie wollen sehen, was sie kaufen – ihr werdet höchstwahrscheinlich in die Arena kommen», sagte Taranis, denn dies war die einzige positive Sache, die ihm einfiel, um die beiden ein wenig zu beruhigen. Ein Leben oder, besser gesagt, das Sterben als Gladiator war ein deutlich günstigeres Schicksal für einen Krieger als als Haussklave verkauft zu werden.

Taranis war stolz auf seine Gefährten, die völlig bewegungslos verharrten, keinen Muskel bewegten und sich weder Abscheu noch Demütigung anmerken ließen, als einige der männlichen Gäste näher kamen und sie prüfend ansahen.

Von den Teilen ihrer Gespräche her zu urteilen, war Taranis' Vermutung richtig gewesen: Die beiden Briten an seiner Seite waren für die Arena vorgesehen. Taranis hoffte, dass auch er verkauft würde, um als Gladiator kämpfen zu können. Er war in allen möglichen Kampftechniken gut trainiert und konnte seine Gegner mit dem Schwert oder dem Speer bezwingen. Wenn es Gladiatoren gelang, die Kämpfe zu überleben, dann konnten sie genug verdienen, um sich schließlich freikaufen zu können. Es gab sogar welche, die so geschätzt und respektiert wurden, dass man sie in die oberen Schichten der Gesellschaft aufnahm. Die Mehrzahl der Gladiatoren waren allerdings Sklaven oder Kriegsgefangene, aber es war nicht ungewöhnlich für ärmere Bürger, sich an eine Gladiatorenschule zu verkaufen, um, getrieben von der Legende des unerhörten Reichtums, ihren Familien das Überleben zu sichern.

Leod und Olin hatten Glück – keiner der Anwesenden übertrat die Schwelle der Intimität und bestand darauf, sie auf entwürdigende Weise genau zu untersuchen. Viel mehr schienen sie daran interessiert zu sein, die Muskelkraft der beiden Briten und ihr Durchhaltevermögen in der Arena abschätzen zu wollen.

Schließlich trat Maecenus vor und fragte mit einem schmierigen Grinsen: «Ehrenwerte Gäste, habt ihr eure Überprüfung beendet?»

Die Gäste nickten und lächelten und begaben sich anschließend wieder plaudernd zu ihren Liegestätten. Währenddessen hatte Maecenus zwei Aufseher herangewinkt, die neben der Tür gewartet hatten. Sie kamen herbeigeeilt und lösten Leods und Olins Fußfesseln von dem Ring im Boden, drückten ihnen anschließend die Tuniken in die Hand und begleiteten die beiden jungen Krieger aus dem Raum.

Taranis gefiel es nicht, den Leuten nun ohne seine beiden Gefährten gegenüberstehen zu müssen, aber wenigstens würden Leod und Olin auf diese Weise die Demütigungen erspart bleiben, die man, welcher Art auch immer, für ihn vorgesehen hatte. Seltsam, dachte er, da war er als Römer geboren und aufgewachsen und fühlte sich trotzdem nicht im Geringsten mit den Anwesenden im Raum verbunden. Sogar vor seiner Gefangennahme hatte er in einer völlig anderen Welt gelebt. Letzthin hatte er allerdings häufiger zu den heidnischen Gottheiten seiner Vorfahren gebetet und gehofft, dass Jupiter und die anderen römischen Götter ihn nicht verlassen hatten.

Maecenus wartete, bis seine Gäste mit Erfrischungen versorgt und ihre Gläser wieder aufgefüllt waren, dann wandte er sich mit kaltem Blick Taranis zu. «Man hat mir berichtet, dass du einst römischer Bürger gewesen bist. Aber du hast dich gegen dein Volk gestellt und deine Herkunft verleugnet», zischte er ihm zu. «Jetzt wirst du für deinen Verrat bezahlen müssen», fügte er mit Befriedigung hinzu. «Seine Tunika, Nubius.»

Taranis spürte, wie die Hände des Sklaven seine Schultern streiften, als dieser die Verschlüsse löste und der Stoff auf den Boden fiel. Ihm hatte vor diesem Moment schon gegraut, da das Lendentuch, das man ihm zum Tragen gegeben hatte, sehr viel schmaler war als jene, die Leod und Olin erhalten hatten.

Es handelte sich um einen dünnen Stoffstreifen, der um seine schmale Taille lag. Daran war ein noch dünnerer Streifen befestigt, der straff durch seine Pospalte geführt war. Das Vorderteil bestand aus einem winzigen Stück Stoff, das kaum seinen Schwanz und seine Hoden bedeckte. Taranis war sich keineswegs bewusst, wie anziehend er aussah, als er dort fast nackt und in Ketten dastand. Er war so schön wie ein griechischer Gott mit seinen feinen Gesichtszügen, die wie gemeißelt aussahen, und seinem langen goldenen Haar. Seine Haut war leicht gebräunt und von einem dünnen Schweißfilm bedeckt, der sie in dem flackernden Licht zum Glänzen brachte.

Maecenus begann, die perfekten körperlichen Vorzüge seiner Ware herauszustreichen, die Kraft und das Kampfvermögen dieses stattlichen Kriegers, der als Römer aufgewachsen war, sich aber gegen sein Volk gestellt und seine Herkunft verraten hatte. Nachdem er seinen kurzen Verkaufsmonolog beendet hatte, lud er einige der Gäste, die er ausdrücklich beim Namen nannte, ein, die Ware genauer in Augenschein zu nehmen. Man konnte davon ausgehen, dass es sich bei ihnen um die reichsten und angesehensten Bürger handelte, die auf diese Weise dazu überredet werden sollten, am nächsten Morgen bei der Auktion die höchsten Gebote abzugeben.

Taranis sah, wie sich ein paar der Gäste erhoben. Unter ihnen befanden sich zwei Frauen und der Senator. Er wusste genau, dass er es lieber mit einer ganzen Armee römischer

Krieger aufgenommen hätte, als sich diesen Leuten zu stellen, die auf ihn zugingen.

Schweißperlen bildeten sich auf seiner Stirn und tropften ihm in die Augen. Er blinzelte unbehaglich, doch war er nicht einmal in der Lage, sich die Augen zu reiben. Ihm blieb nichts anderes übrig, als einfach stehen zu bleiben, angekettet an den Fußboden und unfähig, sich zu bewegen oder gar zu schützen gegen das, was auf ihn zukam. Er hatte sich noch nie zuvor so hilflos gefühlt, als die kleine Gruppe von Menschen ihn umringte. Ihre Hände berührten seine Arme, Beine, die Brust und den Rücken. Er hätte am liebsten die Augen geschlossen und das Geschehen ausgeblendet, doch das wäre feige gewesen, und so tat er es nicht. Stattdessen starrte er unbewegt geradeaus, bemüht, sich nicht zu bewegen oder zusammenzuzucken, als er immer und immer wieder angestupst und begrapscht wurde.

Die Gäste trugen allesamt intensiv duftende Öle und Parfüms, und als sie ihn umkreisten, bewirkten die süßlichen Gerüche, dass ihm schwindelig wurde. Er fand es weniger schlimm, von den Frauen berührt zu werden, denn ihre Hände waren sanft, und irgendwie war dies weniger demütigend. Wie mochte es wohl sein, an eine der edlen Damen verkauft zu werden? Von ihren Mienen her zu urteilen, dachten diese römischen Matronen nur an das eine. Keine von ihnen war unattraktiv, sodass er sich einzureden versuchte, dass es nicht allzu schlecht wäre, das Sexspielzeug einer reichen Frau zu werden und die Nächte in ihrem Bett zu verbringen, um ihr sämtliche sinnlichen Wünsche zu erfüllen.

Er war noch immer mit diesen Gedanken beschäftigt, als er spürte, wie ihm weiche, dickliche Finger über die Brust fuhren. «Er ist so schön», sagte eine männliche, lispelnde

Stimme, während die Wurstfinger über seine Nippel rieben und sie drückten. Taranis kämpfte gegen den aufsteigenden Ekel an, als der zu kurz geratene, dickbäuchige Römer seinen Körper enger an ihn drängte. «So bezaubernd», gurrte er. «Welcher Mann würde diesen Hintern nicht besitzen wollen?»

«Hast du schon genug von deinem hübschen, jungen Griechen, Gaius?», fragte der Senator, ein großgewachsener Mann mit grauem Haar.

«Nein, natürlich nicht», erwiderte Gaius gereizt. «Aber dieser hier ist so anders – so männlich.» Er fuhr fort, Taranis zu betatschen, und ließ seine Hand über den flachen Bauch wandern.

«Maskulin?», wiederholte der Senator. «Könnte es sein, dass du erwägst, ihm *deinen* Hintern anzubieten, statt umgekehrt, wie es sonst üblich ist?», fügte er mit einem höhnischen Grinsen hinzu.

Taranis spürte, wie eine andere Hand seine Pobacken umschloss, doch das machte ihm wenig aus, denn er wusste, dass sie zu einer Frau gehörte, da er ihre vollen Brüste an seinem Rücken spürte. Der weiche Stoff ihres Seiden-Gewandes strich über seine Beine.

«Das ist nicht fair, Aulus. Schließlich genießt auch du es gelegentlich, junge Männer zu ficken», entgegnete Gaius schnippisch. Im Gegensatz zu dem scharfen Ton seiner Stimme war seine Berührung sanft, als er die Wölbung zwischen Taranis' Beinen streichelte.

«Mag sein», raunte der Senator. «Doch offen zuzugeben, dass du den Wunsch verspürst, einem Sklaven deinen Hintern anzubieten –»

«Das habe ich nicht gesagt!», protestierte Gaius. «Ich werde zu keinem Cinaedus, da maßt du dir entschieden zu viel an.» Die Cinaedi waren römische Männer, die es genossen, den passiven Part beim gleichgeschlechtlichen Sex zu spielen. Wenn jemand in aller Öffentlichkeit einen einflussreichen Römer beschuldigte, diese Art von Sex zu bevorzugen, dann galt das als äußerst beleidigend, auch wenn derartige Geschlechtsakte häufig genug hinter geschlossenen Türen vollzogen wurden.

«Mag sein, dass ich das tue», lenkte der Senator ein und beobachtete Gaius, der noch immer damit beschäftigt war, Taranis zu betatschen. «Vergib mir meine dreisten Mutmaßungen, mein Freund», fügte er mit einem ironischen Lächeln hinzu.

In diesem Moment fuhren die Hände des widerlichen Schleimers unter den Stofffetzen, der nur notdürftig Taranis' Männlichkeit bedeckte, woraufhin dieser mühsam ein Ächzen unterdrückte, das der Ekel unwillkürlich in ihm hervorrief.

«Bitte.» Maecenus legte eine Hand auf den Oberarm des pummeligen Mannes. «Ich bitte dich, davon Abstand zu nehmen.»

«Aber du verdirbst Gaius Cuspius' Vergnügen, Maecenus», warf der Senator ein und hörte sich dabei eher amüsiert als verärgert an. «Er hat sich schon den ganzen Abend auf diesen Moment gefreut.»

«Nichts liegt mir ferner», beeilte sich Maecenus zu versichern. «Den Grund werdet ihr, meine ehrenwerten und hochgeschätzten Gäste, in Kürze erfahren. Wenn ich euch jetzt bitten dürfte, zu euren Sitzen zurückzukehren», fügte er hinzu und blickte zu der Dame hinüber, die noch immer hinter Taranis stand und seine Pobacken befingerte. «Ich habe eine kleine Überraschung, die euch sicher alle begeistern wird.»

«Komm, Poppaea, lass mich dich zu deiner Liege geleiten», sagte Aulus und bot ihr galant den Arm.

«Gern, Aulus», sagte die Frau mit rauchiger Stimme und trat auf den Senator zu.

«Er stellt sich sonst nicht so mit seiner Ware an», beschwerte sich Gaius lauthals, während er sich zögernd den anderen Gästen anschloss. Taranis beobachtete sie und hoffte, dass die demütigende Behandlung damit abgeschlossen war, obwohl er selbst nicht daran glaubte. Er versuchte, sich daran zu erinnern, wie es war, ausgestreckt auf einer gemütlichen Liege zu ruhen, eine Toga zu tragen, von Sklaven bedient zu werden und zu essen, zu trinken und zu lachen, während man ein wenig über die Politik diskutierte oder den gegenwärtigen Zustand des römischen Imperiums erörterte. Doch es gelang ihm nicht. Sein früheres Leben schien nur noch Teil eines Traums zu sein, an den er sich kaum mehr erinnerte.

Maecenus klatschte in die Hände und ließ sich auf einem Stuhl nieder, den einer der Sklaven für ihn herangeschafft hatte. Dann begannen die Musiker eine östliche Weise mit einer hypnotisierenden Melodie zu spielen, und eine Tänzerin schwebte herein. Sie war schlank, doch mit ungewöhnlich großen, festen Brüsten für diese grazile Figur. Ihre Haut besaß die Farbe von Bernstein, und ihr langes, glattes schwarzes Haar schwang über ihren Po, als sie sich zur Musik bewegte.

Die Nippel der Tänzerin waren goldbemalt, doch davon abgesehen war sie vollkommen nackt, bis auf eine feine Goldkette, die ihr um die Hüfte lag. Als sie näher kam, entdeckte Taranis eine weitere Kette, die an der ersten befestigt war. Diese war kaum zu sehen, lag versteckt zwischen den Pobacken der Tänzerin und war straff nach vorn gezogen, sodass sie nur aufblitzte, wenn sich die entblößten Schamlippen teilten.

Die Tänzerin kam hüftschwingend näher, vollführte seltsame, verführerische Bewegungen im Takt zu der langsamen, beschwörenden Melodie. Sie war hübsch, sehr hübsch, und stand nun so dicht vor ihm, dass er den feinen Schweißfilm auf ihrer dunklen Haut erkennen konnte.

Sie schien nur für ihn und nicht für die Gäste zu tanzen. Taranis konnte nicht anders, als sich an die festlichen Gelage seiner römisch geprägten Jugend zu erinnern, wo man Sklaven gezwungen hatte, zur Unterhaltung der Gäste erotische Tänze und sexuell stimulierende Vorführungen zu zeigen. Sollte er nun etwa auch den führenden Part in solch einer unzüchtigen und entwürdigenden Vorstellung spielen?

Die Tänzerin fing nun an, ihn zu berühren, und strich ihm mit sanften Fingern über die nackte Haut. Trotz seiner Nervosität reagierte sein Körper, und er wurde erregt. Noch immer im Takt der Musik tanzend, ging die Tänzerin vor ihm auf die Knie und lehnte sich zurück. Dann spreizte sie ihre Schenkel weit und schenkte ihm einen ungehinderten Blick auf ihre nackte Spalte. Zwischen ihren Schamlippen war die goldene Kette erkennbar, die straff auf dem feuchten, rosigen Fleisch lag. Die goldenen Kettenglieder drückten gegen die Klitoris der Tänzerin und rieben bei jeder ihrer Bewegungen aufreizend über den Eingang zu ihrer engen, kleinen Möse.

Das Mädchen erhob sich graziös und presste ihren Körper eng an ihn, rieb ihre goldbemalten Nippel an seinem Oberkörper. «Du willst mich, nicht wahr?», raunte sie ihm mit heiserer Stimme zu, während sie ihn umarmte und seine Pobacken drückte. «Mein Herr hat von den Bädersklaven erfahren, dass die ansehnliche Größe deines Schwanzes ihm gefallen könnte, insbesondere, wenn er vollständig erregt ist», fügte sie hinzu, löste das schmale Lendentuch von seinen Hüften und zog es herab. «Ich will ihn sehen und seine erlauchten Gäste ebenso.»

Sie trat einen Schritt zurück und ließ den kleinen Stoffstreifen zu Boden fallen, offenbarte Taranis nackt und
schutzlos der Besuchermenge. Ohnmächtig vor Wut, starrte Taranis zu Maecenus hinüber und zerrte vergeblich an
seinen Ketten.

Doch die Tänzerin war noch lange nicht mit ihm fertig. Sie kam wieder näher und rieb ihren Unterleib an ihm,
woraufhin ihn eine seltsame Mischung aus Verzweiflung
und Erregung durchströmte. Jetzt bewegte sie sich wieder
im Rhythmus der Musik, sank abermals auf die Knie und
nahm sanft seinen Schwanz in die Hand. Vorsichtig leckte sie über die Spitze, dann glitten ihre Lippen über die
gerundete Eichel. Die warme Feuchtigkeit ihres Mundes
schürte das Feuer in seinen Venen, und Taranis spürte, wie
sein Schwanz steif wurde.

Trotz aller Ängste und der lauernden Schamgefühle
reagierte sein Körper automatisch auf die sanften Lippen
des Mädchens, und sein Schwanz wurde härter. Es erregte
ihn noch mehr, als ihre Lippen seinen Schaft tiefer in ihren
Mund zogen und sie anfing, sanft seine Eier zu streicheln.
Taranis konnte sich weder bewegen noch entkommen,
stattdessen blieb ihm nichts anders übrig, als einfach nur
dazustehen und sich der entwürdigenden Behandlung hinzugeben.

«Nein», stöhnte er, als ihre Zunge über die straffe Haut
seiner Schwanzspitze glitt.

Taranis war so gefangen von den Geschehnissen, dass er
zunächst nicht mitbekam, was in seiner unmittelbaren Umgebung geschah, bis er weitere Hände auf seinem Körper
spürte, die ihn sanft streichelten. Maecenus hatte den anderen beiden Tänzerinnen befohlen, ihre Gefährtin zu unter-
stützen. Die Frauen rieben ihre riesigen Brüste an seinem
nackten Körper, und ihre Hände streichelten jeden Teil da-

von. Sicherlich konnte kein Mann, nicht einmal der große Gott Jupiter persönlich, diesem hier widerstehen, dachte Taranis, als er spürte, wie sie seine Hoden sanft drückten und liebkosten. Schlanke Finger glitten zwischen seine Arschbacken und umkreisten behutsam seinen Anus. Die Hände der Frauen schienen jeden Zentimeter seiner Haut zu kosen und jeden Winkel und jede Falte seines Körpers zu erkunden. Trotzdem war Taranis immer noch gewillt, seine Erregung zu bekämpfen, und zwang sich, nicht auf die Zärtlichkeiten zu reagieren. Doch Widerstand war zwecklos, und seine Erregung wuchs und wuchs, bis ihn die Lust schier zu überwältigen drohte. Ihm wurde bewusst, dass er kurz davor war zu kommen.

Jeder Zentimeter seines Unterleibs war angespannt, und seine Eier begannen sich zusammenzuziehen, als die Lust in dunklen Wellen über ihm zusammenschlug und seinen Widerstand brach. Plötzlich ließen die drei Frauen zu seiner Überraschung von ihm ab und knieten sich unterwürfig vor Maecenus nieder.

Taranis rauschte das Blut in den Ohren, sein Körper schrie förmlich nach Erfüllung, und er begriff zunächst nicht, was mit ihm geschah, als Maecenus die Frauen wegschickte und sich erhob und auf ihn zutrat. «Prächtig, nicht wahr?» Maecenus deutete auf Taranis' erigierten Schwanz. «Fast so groß wie der göttliche Priapus persönlich, nicht wahr?», erklärte er mit einem anzüglichen Grinsen. «Wer würde nicht gern diesen Lustspender besitzen, meine Herrschaften? Ist er nicht jeden Preis wert?»

Wie verletzbar und ausgesetzt Taranis nun war, mit seinem steifen Schwanz, der bretthart emporragte. Maecenus berührte das stramme Organ, tippte es leicht an, sodass es emporfederte und sich das Licht der Fackeln in der glänzenden Hautoberfläche fing, die noch feucht war von den

Lippen der Tänzerin. Taranis war noch nie zuvor gezwungen worden, solch eine erbärmliche Demütigung ertragen zu müssen. Er wollte sich zwingen, seine Erregung abklingen zu lassen, doch aus irgendeinem bizarren Grund sorgte seine missliche Lage dafür, dass er frustrierend hart blieb.

«Kommt, Senator und Aedil», sagte Maecenus einladend und blickte zu Aulus Vettius und Gaius Cuspius hinüber, die auf ihren Liegen lagerten. «Ihr hattet den Wunsch geäußert, die Ware genauer in Augenschein nehmen zu können, und dies ist eure Gelegenheit.» Er stieß ein zotiges Lachen aus, als er Taranis anblickte, dessen Wangen sich vor Scham scharlachrot gefärbt hatten.

Gaius kam mit Hilfe eines Sklaven mühsam auf die Füße und watschelte mit gerötetem Gesicht und heftig schwitzend auf Taranis zu. «Bei allen Göttern», keuchte er, als er vor ihm stand. «Mein Schwanz ist fast so hart wie der des Sklaven.»

«Aber nur halb so groß», bemerkte Aulus, der ihm gefolgt war. «Gaius ist so geil geworden, dass er fast auf dem Liegesofa gekommen wäre.» Er zwinkerte Maecenus verschlagen zu. «Du alter Bock, weißt du doch nur allzu genau, wie du deine Ware am besten präsentierst. Ich gehe jede Wette ein, dass man sich morgen bei der Auktion darum prügeln wird, das höchste Gebot für diesen hier abzugeben.»

«In der Tat, so möge es geschehen», erwiderte der Sklavenhändler und trat einen Schritt beiseite, um den beiden Männern ungehinderten Zutritt zu Taranis zu gewähren.

«Komm schon, Gaius, du darfst jetzt mit ihm machen, was du willst, seinen Schwanz streicheln, seine hintere Pforte probieren – du hast die Wahl, nicht wahr?», sagte Aulus höhnisch. Doch in seinen Augen glomm eine kalte Begierde, die seine Verachtung Lügen strafte.

Halte durch, befahl sich Taranis, denke an die beiden

Krieger, die du mehr als alles andere auf der Welt bewunderst: Achilles und Alexander. Beide hatten sowohl Männer als auch Frauen in ihren Betten willkommen geheißen. Doch leider trug dieser Gedanke wenig zu seiner Beruhigung bei, denn Taranis hatte noch nie den geringsten Funken Lust für einen anderen Mann verspürt, geschweige denn für eine fette Wachtel wie Gaius Cuspius.

Er tat sein Bestes, um unbewegt zu erscheinen, ließ aber trotzdem einen unmerklichen Schauder erkennen, als Gaius mit seiner verschwitzten, dicklichen Hand seinen Schwanz berührte. Taranis' Erektion hatte gerade ein winziges bisschen nachgelassen, woraufhin Gaius nun anfing, seinen Schwanz eifrig zu reiben. Bis zu diesem Augenblick hatte Taranis gedacht, dass seine Demütigung ihren Höhepunkt erreicht habe, doch nun wusste er, dass dem nicht so war. Er biss die Zähne zusammen und starrte unbewegt geradeaus, fixierte seine Augen auf einen unbestimmten Punkt vor ihm und redete sich ein, dass Sironas Hände ihn berührten und nicht die der widerlichen fetten Wachtel.

Doch das Problem war, dass dieser Gedanke seinen Schwanz dazu brachte, sich nun wieder voll aufzurichten. Gaius stöhnte entzückt auf. «Du und ich, wir könnten es so gut miteinander haben. Du brauchst mich nicht zu fürchten, Barbar. Ich würde dich sehr gut behandeln, wenn du mich zufriedenstellst.» Das heftige Reiben wurde zu einem langsamen, sinnlichen Streicheln. Gaius flüsterte leise: «Dein Schwanz sieht so köstlich aus, dass ich ihn am liebsten auf der Stelle in den Mund nehmen würde.»

Taranis war entsetzt. Sein Ständer hätte auf der Stelle in sich zusammensinken müssen, aber zu seiner Frustration tat er dies nicht. Was ihn noch mehr entsetzte, war die Tatsache, dass er allmählich eine verborgene, unerklärliche Lust dabei empfand, von diesem Mann missbraucht zu werden.

«Du musst sehr vorsichtig sein, wenn du dich dazu entschließen solltest, dich von diesem Mann ficken zu lassen,
Gaius. Du bist solcherart Vergnügungen nicht gewohnt, da
du in der Vergangenheit immer derjenige gewesen bist,
der den aktiven Part übernommen hat», sagte Aulus. «In
Anbetracht seiner riesigen Größe würde dich der Sklave
möglicherweise gleich beim ersten Mal in zwei Hälften
spalten», mokierte sich Aulus, während er mit kalten Augen
auf Taranis' Erektion starrte. «Du solltest dir überlegen,
ihn zu ficken, das wäre bedeutend sicherer, wenigstens im
Augenblick», fügte er hinzu, während er beiläufig Taranis'
Hinterteil befummelte.

«Er ist wirklich sehr groß», stimmte Gaius zu und schien
sich dieses Mal nicht an den abfälligen Bemerkungen des
Senators zu stoßen. «Diese läufige Hündin namens Poppaea
würde nichts lieber tun, als ihn zu kaufen. Sie hat so viele
Liebhaber gehabt, dass ihre Fotze bestimmt so ausgedehnt
ist wie das Aquädukt Aqua Augusta. Aber ich werde zu verhindern wissen, dass sie ihre gierigen Krallen nach dieser
Beute ausstreckt.»

«Poppaea kann dich überbieten, wenn ihr der Sinn danach steht», betonte Aulus. «Es sei denn, du strebst deinen
eigenen Bankrott an.»

«Und du bist reich genug, um uns beide zu überbieten»,
erwiderte Gaius neidisch, während er weiterhin Taranis'
Schwanz umfasste.

«Wenn ich mich zufällig dazu entschließen sollte, diesen
Sklaven zu kaufen, würdest du dann von mir erwarten, dass
ich *dir* erlaubte, dich ebenfalls seiner zu bedienen?» Aulus
zog fragend eine Augenbraue hoch, während seine Hand
in die Spalte zwischen Taranis' Pobacken glitt und seinen
Anus streichelte. «Da erwartest du aber viel von mir, alter
Freund.»

«Ich erwarte nichts, was du nicht zu geben bereit bist», entgegnete Gaius entrüstet.

«Mag sein», antwortete Aulus gleichgültig. «Doch ich vermute, dass dieser Sklave es bei weitem vorziehen würde, einer Frau zu dienen. Diese Barbaren aus Gallien haben einen schrecklich einfachen Geschmack.»

«Vergiss aber nicht, dass er als Römer geboren und aufgewachsen ist», brummelte Gaius. «Mag sein, dass er glaubt, weibliches Fleisch zu bevorzugen, aber im Laufe der Zeit werde ich ihn schon dazu bringen können, seine Meinung zu ändern.»

«An welche Methoden der Überredungskunst hattest du gedacht?», hakte Aulus nach, während er wiederholt seinen Finger in den engen braunen Muskelring von Taranis' Anus steckte.

Taranis biss die Zähne zusammen und bot alle Widerstände auf, um sich weder zu bewegen noch irgendeine Art von Emotion zu zeigen. Diese intimen Berührungen seines Körpers waren völlig ungewohnt für ihn und das, was sie in ihm hervorriefen, war ihm neu.

«Freundlich oder grausam, was immer nötig ist», fuhr Gaius fort, nicht ahnend, was Aulus gerade mit Taranis anstellte. «Er würde schon recht bald lernen, welche Wonnen ich für ihn bereithalte. Ein Loch ist schließlich so gut wie jedes andere – beide sind auf ihre Art befriedigend.»

«Würdest du dem zustimmen, Sklave?», flüsterte Aulus mit rauer Stimme Taranis ins Ohr, während er seinen Finger noch tiefer in ihn hineinschob. Taranis erstarrte, überzeugt, dass sein Schwanz noch härter geworden war durch das ungewohnt intensive Gefühl. Doch dann entfernte Aulus seinen beleidigenden Finger, wie Taranis erleichtert feststellte, und trat auf Gaius zu. «Ich denke, das reicht jetzt.» Er zog sanft Gaius' Hand von Taranis' Schwanz fort, dann grinste er seinen Freund breit an. «Wenn ich so darüber nachdenke, dann sollte ich vielleicht tatsächlich für ihn bieten. Er ist ein wenig zu reif für meinen Geschmack, aber es könnte mir trotzdem Spaß bereiten, ihn in Ketten zu legen und durchzuvögeln. Wenn ich meine Ladung erst einmal losgeworden bin und ihn ordentlich gezähmt habe, dann wäre es mir ein großen Vergnügen, ihn an dich weiterzureichen, alter Freund.»

«Da ich weiß, wie kaltblütig und grausam du sein kannst, Aulus, sogar zu deinem eigenen Fleisch und Blut», antwortete Gaius, «bin ich mir sicher, dass du ihn mit vollendeter Leichtigkeit zu zähmen weißt.» Während er dies sagte, stand die Lust immer noch in seinen aufgeschwemmten Zügen, insbesondere, da nun Aulus den harten Schwanz des Gefangenen umfasste.

«So ist es!», erwiderte Aulus, dessen Finger Taranis so kalt wie Eis vorkamen. «Wenn ich dies einmal demonstrieren dürfte.» Mit diesen Worten quetschte Aulus die Spitze des Schwanzes zwischen Daumen und Zeigefinger, woraufhin die von Taranis so unerwünschte Erektion auf der Stelle abklang. Er blickte Taranis einen Moment lang herausfordernd an, dann wandte er sich Maecenus zu. «Ich denke, wir haben genug gesehen, bist du auch meiner Meinung?»

«Wie du meinst, Senator», erwiderte der Sklavenhändler rasch. Dabei war er so unterwürfig, als gälte es, Aulus Vettius unter keinen Umständen zu verärgern.

Julia war aufgeregt und ziemlich nervös, als sie mit Borax am nächsten Tag das Auktionshaus betrat.

«Wir haben nichts zu befürchten, Herrin», beruhigte sie Borax, der wusste, dass sie besorgt war wegen des zweifelhaften Rufs des Hauses. «Die Hälfte aller noblen Familien Pompejis dürfte anwesend sein, wie es scheint», sagte er und warf einen Blick auf die Sänften und Pferdewagen, die vor dem Etablissement standen. «Diese Auktion hat ein großes Interesse ausgelöst», fügte er hinzu, während er sie in das Haus führte. «Wie es scheint, wollen alle einen Blick auf die Barbarenkrieger aus Britannien und ihren Anführer werfen.»

Maecenus hatte bewusst erst die minderwertige Ware feilgeboten und das Beste für den Schluss aufgehoben, in der Hoffnung, dass die reicheren Bürger versucht wären, auch auf billigere Sklaven zu bieten. Doch sein Plan war nicht aufgegangen. Die Auktion war fast beendet, und die meisten der begüterten und einflussreichen Bürger waren erst vor kurzem eingetroffen. Was bedeutete, dass alle Stühle in der ersten Reihe besetzt waren und es kaum noch Platz auf den Bänken dahinter gab.

«Ich hole dir einen Stuhl», sagte Borax, während er auf die Anwesenden blickte.

«Keine Sorge, ich finde schon einen Platz auf den Bänken, kein Grund, Theater zu machen.» In Wahrheit hatte Julia keine Lust, in der ersten Reihe neben Poppaea und ihren Freundinnen oder gar neben Gaius Cuspius und seinen Speichelleckern zu sitzen. Sie war nicht in der Stimmung, ihren abfälligen Kommentaren und gemeinen Bemerkungen zu lauschen.

Borax führte sie zu einer Bank. Er hatte den älteren Mann am Ende nicht erst bitten müssen, Platz zu machen, da dieser die Stieftochter von Aulus Vettius erkannte und augenblicklich zur Seite rückte.

«Danke», sagte Julia mit einem höflichen Lächeln, während sie Platz nahm. Da es sich für Borax nicht schickte, neben seiner Herrin auf der Bank zu sitzen, war er gezwungen, ein paar Schritte zurückzutreten, um niemandem hinter ihm die Sicht zu versperren.

Julia sah, wie ein großer, gutgebauter rothaariger Mann

zur Versteigerung angeboten wurde. Doch sie war nicht an ihm interessiert und blickte sich daher im Raum um, während sie sich fragte, welchen Preis sie wohl für Taranis bezahlen müsste. Dabei würde Poppaea wahrscheinlich die Käuferin sein. Sie war außerdem eine reiche Frau und verfügte über sehr gute Beziehungen: Die zweite Frau Neros war die ältere Schwester ihrer Mutter gewesen. Was jedoch Julias Freundinnen nicht wussten, war, dass sie, Julia, eine sehr große Summe Geld zusammen mit einigen anderen Besitztümern von Sutoneus geerbt hatte.

Die Gebote für den Britannier kamen rasch, und es dauerte nicht lange, bis der Preis für ihn sehr hoch gestiegen war. Bald schon stellte sich heraus, dass Decimus Valens, der Trainer der größten Gladiatorengruppe in Pompeji, daran interessiert war, diesen Sklaven zu kaufen. Julia hatte keine Ahnung, welchen Preis man für einen Gladiator zu zahlen hatte, doch sie wusste, dass ein guter Haussklave um die dreitausend Denar kostete. Nichtsdestotrotz war sie ein wenig erstaunt, als die Auktion bei etwas über fünfzehntausend Denar endete.

«Glaubst du, dass er jetzt, wo er beide britannischen Krieger besitzt, sie bei den nächsten Spielen gegeneinander antreten lassen wird?», fragte Julias Sitznachbar seinen Begleiter.

Nachdem die beiden Britannier weggeführt worden waren, wurde der Innenhof von einer greifbaren Spannung erfüllt. Nun war der Augenblick gekommen, auf den die meisten Anwesenden gespannt gewartet hatten – nun kam der Mann aus Gallien an die Reihe, von dem alle schon so viel gehört hatten.

Maecenus war ein pfiffiger Geschäftsmann, der Taranis nicht sofort auf die Bühne brachte, sondern lieber wartete, um die Spannung noch ein wenig zu steigern. Daher befahl er seinen Sklaven, Erfrischungen für diejenige, die danach verlangten, herumzureichen. Es war ein sonniger, windstiller Tag, sodass die Hitze in dem überfüllten Innenhof für die große Menschenmenge kaum zu ertragen war. Um etwas Schatten zu erzeugen, hatte Maecenus angeordnet, dass man ein Stoffsegel über die Köpfe des Publikums spannte, doch es konnte wenig gegen die Hitze ausrichten. Julia war warm, und sie wusste, dass ihre Gesichtsfarbe aufgrund der Hitze ein äußerst unvorteilhaftes Pink angenommen hatte. Der Schweiß rann ihr aus allen Poren und sammelte sich in ihrem Schoß und untern ihren Armen.

Die Minuten verstrichen, und die Spannung wuchs immer mehr, bis die Menge schließlich unruhig und das Stimmengewirr immer lauter wurde. Julia hörte Poppaeas kreischendes Gelächter, das von ein paar Sitzreihen vor ihr herüberklang. Nervös rang Julia die Hände. Sie hatte noch nie zuvor für einen Sklaven geboten, denn es gehörte zu Borax' Pflichten, alle neuen Haussklaven zu kaufen. Doch heute würde sie es selbst wagen.

Während sie voller Bedenken abwartete, hörte sie, wie der Mann zu ihrer Rechten sagte: «Alle sind wahnsinnig gespannt auf diesen Sklaven. Hast du gehört, was letzte Nacht bei der Vorbesichtigung geschehen ist?»

Julia beugte sich zu dem Mann hin und hoffte, mehr erfahren zu können.

Doch ihr war es nicht vergönnt, weitere Informationen zu erhaschen, als eine kalte männliche Stimme hinter ihr sagte: «Neugierig auf etwas Bestimmtes, Tochter?»

«Stiefvater?» Sie blickte nervös nach links und sah, wie sich der große, gebieterische Mann neben sie setzte, obwohl eigentlich nicht genug Platz für ihn war. Nun fand sie sich eingeklemmt zwischen ihrem Stiefvater und dem Fremden zu ihrer Rechten wieder.

«Nun, da du eine reiche Witwe bist, solltest du da nicht in der Lage sein, mich bei meinem Vornamen anzusprechen?»

«Natürlich.» Sie lächelte ihn beklommen an. Er besaß noch immer die unfehlbare Eigenschaft, sie zu irritieren, sodass sie sich wie ein verängstigtes Kind fühlte. Von dem Tag an, als er ihr Stiefvater geworden war, hatte er die absolute Autorität über sie und jedes Mitglied ihrer Familie gefordert. Der Kopf eines römischen Haushalts konnte über Leben und Tod seiner Ehefrau, seiner Kinder und seiner Sklaven bestimmen. «Es überrascht mich, dass du nicht vorn bei deinen Freunden sitzt, Aulus.»

«Das habe ich für eine Weile getan, aber ihr unablässiges Geschnatter langweilt mich», erwiderte er und legte ihr einen Arm um die Schultern. Jeder Außenstehende hätte diese freundschaftliche Geste als Zuneigungsbeweis gedeutet, doch Julia wusste, dass dem nicht so war. «Poppaea und Gaius zanken sich wieder einmal, und ich wollte einfach nur etwas Ruhe, insbesondere jetzt, wo der wichtigste Teil der Auktion beginnt. Ich nehme an, dass auch du deswegen hier bist, Tochter?»

«Ja», gab sie zu. «Ich war so neugierig wie alle anderen.»

«Meine Neugier ist bereits befriedigt worden», gab er beiläufig zurück. «Ich bin bei der Vorbesichtigung gewesen.»

«Bist du das?», entgegnete sie und fragte sich, was dort wohl vorgefallen sein mochte. Doch dann verschwand alles andere aus ihren Gedanken, als Taranis in den Hof geführt wurde.

Während der Auktion hatte man den anderen Sklaven lediglich Fußfesseln angelegt. Doch Taranis' Hände waren auf dem Rücken gefesselt, und er trug einen Halsring aus Metall, an dem zu beiden Seiten Kettenringe befestigt waren. Offensichtlich hielt Maecenus ihn für eine Bedrohung, denn die Ketten wurden von einem Paar muskelbepackter Aufseher gehalten, die Taranis in Position brachten und festhielten. Dieser Mann war eindeutig nicht verschüchtert wie viele andere Sklaven, und er war weit davon entfernt, ein willfähriger Mitwirkender des Spektakels zu sein. Vielleicht war das ein gutes Zeichen, wenigstens für sie, denn viele würden davor zurückschrecken, einen Sklaven zu kaufen, der jederzeit gegen seinen Herrn rebellieren konnte.

Julias Herz schlug schneller, als sie ihre Blicke über Taranis gleiten ließ. Er war wunderschön, und das, obwohl man ihn in Ketten gelegt und wenigstens vorübergehend gebändigt hatte. Er stand da, aufrecht und groß, und ignorierte Maecenus und die beiden Aufseher, die seine Ketten hielten. Sein Gesicht verriet die Anspannung, doch war seine Miene stolz, und seine ganze Haltung strahlte trotz der demütigenden Situation Würde aus. Ihre Seele erwärmte sich für ihn, fast so sehr, wie es ihr Körper schon längst getan hatte, und sie wusste ohne den geringsten Zweifel, dass sie ihn kaufen musste.

Taranis trug eine einfache knielange Tunika, und sein langes blondes Haar lag offen auf den kräftigen Schultern. Julia wusste, dass sie noch in ihrem Leben einen schöneren Mann gesehen hatte.

Maecenus gab das Startsignal, und das Bieten konnte beginnen. Der Anfang war eher zögerlich, da jene, die den höchsten Preis zu zahlen vermochten, sich noch zurückhielten und es sich leisten konnten, den Preis steigen zu lassen, bevor sie sich bemüßigt fühlten, ebenfalls die Hand zu heben. Nach den Ereignissen der letzten Nacht hatte es Maecenus nicht für nötig gehalten, einen Mindestpreis vorzugeben.

«Begehrst du ihn?», wisperte ihr Aulus ins Ohr. «Ich ge-

84

stehe, sogar ich finde ihn attraktiv, und du wirst nicht enttäuscht werden, das garantiere ich dir.»

«Was meinst du damit?»

«Warte ab, was Maecenus als Nächstes tun wird!», antwortete er kryptisch.

Einer von Maecenus' Sklaven trat vorsichtig vor und öffnete die Schulterverschlüsse von Taranis' Tunika. Der Stoff
fiel zu Boden und entblößte einen kurzen Rock aus weißem
Leinen, der auf griechische Art plissiert war und ihm um
die Hüfte lag. Ein bewunderndes Aufkeuchen ging durch
die Menge. Er war der Inbegriff eines männlichen Ideals,
das die Römer so sehr verehrten. Der schmale weiße Stoffstreifen bildete einen perfekten Kontrast zu der leicht gebräunten Haut des Sklaven, die man eingeölt hatte, um ihr
einen feuchten Glanz zu verleihen. Die gut entwickelten
Muskeln seiner breiten Brust, die starken Arme und die
nahezu perfekten Beine wurden dadurch noch stärker her-
vorgehoben. Der Sklave war ein faszinierendes Geschöpf,
und die Gebote prasselten gnadenlos und schnell herein:
zwanzig-, vierzig-, dann achtzigtausend Denar.

Als ein offensichtlich äußerst aufgeregter Gaius Cuspius
die Zahl auf einhunderttausend Denar erhöhte, hob Maecenus die Hand und sprach: «Verehrte Gäste – die wahren
Gebote beginnen erst jetzt!»

Er wandte sich um und blickte Taranis an, woraufhin
der Sklave am ganzen Körper erstarrte und ein flehentlicher
Ausdruck für den Bruchteil einer Sekunde über sein Gesicht glitt, bevor er wieder die absolute Kontrolle über sich
gewann.

Julia hielt gespannt den Atem an, als Maecenus einen
Schritt vortrat und mit einer Handbewegung dem Sklaven
den kurzen Leinenrock vom Körper riss und ihn in seiner
ganzen nackten Pracht den Blicken darbot. Es war, als habe

jemand Farbe auf die hohen Wangenknochen des Mannes geschmiert, als sie sich urplötzlich knallrot färbten. Er war offensichtlich beschämt, jedoch nicht allein aufgrund der Tatsache, dass er nackt war, sondern auch weil sich sein Geschlechtsorgan in einem deutlichen Zustand der Erregung befand.

«Er ist prächtig, nicht wahr?», fragte Aulus kühl. «Ich gehe jede Wette ein, dass es sogar Poppaea Schwierigkeiten bereiten wird, einen Schwanz dieser vielversprechenden Größe in sich aufzunehmen.»

Plötzlich überfiel Julia ein sexuelles Verlangen, das sich in jeder erogenen Zone ihres Körpers auszubreiten schien, als sie den umwerfend schönen nackten Mann anstarrte, dessen erigierter Schwanz stolz von seinen Lenden aufragte. Doch sie verspürte auch Mitleid für Taranis und fühlte seine Verlegenheit, da er so grausam von seinen Fängern zur Schau gestellt wurde. «Wie bloß?», murmelte sie, ohne zu bemerken, dass sie den letzten Gedanken laut ausgesprochen hatte.

«Maecenus hat zwei Sklavenmädchen in seine Zelle geschickt. Ich habe beobachten können, wie sie ihn nur wenige Momente bevor man ihn herausbrachte, bearbeitet haben», erklärte Aulus. Es schien ihn zu amüsieren, welche Wirkung dies auf Taranis gehabt hatte. «Sobald sein Schwanz vollständig erregt war, haben sie einen silbernen Ring eng um die Wurzel gelegt, um zu verhindern, dass er erschlafft. Der Sklave hat versucht, sich zu wehren, daher die Ketten.» Er drückte Julias Schulter. «Erregt dich sein Anblick?»

«Mir tut es leid, dass er so gedemütigt wird», entgegnete sie. «Kein Mann, nicht einmal ein Barbar, sollte auf so entwürdigende Weise zur Schau gestellt werden», fügte sie hinzu und versuchte, das Ziehen in ihrer Spalte zu ignorieren.

Das Bieten ging weiter und wurde immer wilder, als Aulus sagte: «Du enttäuschst mich, meine Liebe.»

Aulus strich ihr leichthin über den entblößten Arm. Plötzlich hörte Julia jemanden schreien: «Einhundertundsechzigtausend Denar!» Damit war Poppaeas letztes Gebot um ganze zehntausend Silberstücke überboten.

«Einhundertundsiebzig», rief Julia unverzüglich und hob die Hand, damit Maecenus die neue Mitbieterin leichter identifizieren konnte.

«So sehr willst du ihn also?» Aulus lachte heiser auf. «Dann wirst du Gaius überbieten müssen. Er möchte den Sklaven unbedingt in seinen Besitz bringen», fügte er flüsternd hinzu, während seine Lippen ihr Ohrläppchen sanft streiften. «Er ist fest entschlossen, ihn zu ficken, koste es, was es wolle.»

Mittlerweile stiegen die Summen in astronomische Höhen und übertrafen leicht die einhundertachtzigtausend Denar, die Gaius ein paar Wochen zuvor für den griechischen Jungen ausgegeben hatte. Bald schon waren nur noch Poppaea und Gaius dabei, sich gegenseitig zu überbieten, und sie hörte Aulus' erstauntes Grunzen, als der Preis zweihundertdreißigtausend Denar erreichte.

Die rote Färbung war auch jetzt noch nicht aus Taranis' Gesicht gewichen, aber es gelang ihm, emotionslos dreinzublicken, als wäre dieser Wahnsinn unter seiner Würde. Julia begehrte ihn verzweifelt, und sie bewunderte seine Noblesse, entschied jedoch, dass es klüger wäre, nicht eher wieder mitzusteigern, bis der ungebührliche Zank zwischen Poppaea und Gaius ein Ende gefunden hatte. Einer von beiden würde bald aufgeben müssen, es konnte schließlich nicht ewig so weitergehen. Der höchste Preis, der je für einen Sklaven bezahlt worden war, belief sich auf achthunderttausend Denar, soweit sie informiert war, aber das war in Rom geschehen und nicht hier in der Provinz.

«Gaius wird ihn niemals bekommen», sagte sie entschlossen und wandte sich mit kaltem Blick ihrem Stiefvater zu. «Ich kann den Gedanken nicht ertragen, was diese Kreatur ihm antun könnte.»

«Gaius ist ein hochangesehener Bürger von Pompeji», rief ihr Aulus in Erinnerung. «Du wagst es, derart beleidigend von ihm zu sprechen, während du gleichzeitig überlegst, eine horrende Summe für einen Sklaven zu bieten, und das nur, weil dieser attraktiv ist und einen Schwanz hat, der so groß ist, dass er dir sämtliche heimlichen Wünsche erfüllen kann! Findest du dich nicht ein wenig scheinheilig? Und war dir mein Freund Sutoneus etwa nicht Manns genug?»

«Er war ein widerlicher alter Mann, dessen Aufmerksamkeiten mich mit Ekel erfüllten», zischte sie ihm zu, beschämt bei dem Gedanken, dass jemand sie belauschen könnte.

«Zweihundertsechzigtausend Denar», wiederholte Maecenus hocherfreut Poppaeas letztes Gebot. «Verehrte Damen und Herren, ich sollte euch wohl besser daran erinnern, dass dieser Sklave, der auf den heidnischen Namen Taranis hört, ein ehemaliger Bürger des Römischen Reiches und zugleich ein mächtiger Krieger ist. Er wurde sehr gut ausgebildet und spricht, liest und schreibt mindestens vier Sprachen mit außergewöhnlicher Gewandtheit. Und natürlich ist er, das wollen wir nicht vergessen» – er tippte auf den erigierten Schwanz, den man kräftig eingeölt hatte und der nun in dem diffusen Licht glänzte –, «bestens ausgestattet, um seinem neuen Herrn oder seiner neuen Herrin auf jede erdenkliche Weise Vergnügen zu bereiten.»

Als Maecenus wieder seine Erektion berührte, brach Taranis in wütendes Gebrüll aus und zerrte verzweifelt an seinen Ketten. Ihm war anzusehen, wie kräftig er war, denn die beiden Aufseher mussten ihre gesamten Kräfte aufbie ten, um ihn unter Kontrolle zu halten. Dabei erwürgten sie ihn fast, als sich der Halsring tief in seine Kehle grub.

«Er muss vielleicht noch ein wenig gezähmt werden», räumte Maecenus mit Unbehagen ein. Er hatte sich während des kurzen Zwischenspiels mit den Aufsehern von dem Sklaven entfernt und unternahm nun keinen Versuch mehr, sich ihm wieder zu nähern. «Doch ich bin überzeugt, dass es viele Bürger gibt, die eine solche Herausforderung zu schätzen wissen.»

«Der Barbar besitzt Mut», wisperte Aulus, bevor er seine Zunge behutsam in Julias Ohr gleiten ließ und seine Hand an ihr herunterfuhr und sich seitlich um ihre vollen Brüste schmiegte. Sie saß so eng eingekeilt, dass sie nicht abrücken konnte. Leider schien es niemandem aufzufallen, dass sich ihr Stiefvater ihr gegenüber so schamlos aufführte. «Genau wie du, meine süße Tochter. Warum sich die ganze Mühe machen und so viel Geld für einen rebellischen Barbaren ausgeben, wenn ich selbst dich ganz leicht sexuell befriedigen könnte?»

«Nein, niemals», murmelte Julia, unfähig, sich aus seinem starken Griff zu befreien. Eine süße Schwere breitete sich zwischen ihren Schenkeln aus, und ihre Pussy wurde noch feuchter bei dem Gedanken, Taranis zu besitzen und seinen prächtigen Schwanz in sich zu spüren. «Es ist Sünde, so etwas überhaupt anzudeuten. Die Götter werden dich dafür bestrafen.»

«Sünde?» Aulus' Lachen war kalt. «Ich kann die Sünden, die ich begangen habe, nicht einmal mehr zählen, und kein Gott hat es je gewagt, Hand an mich zu legen.»

«Zweihundertneunzigtausend Denar», brüllte Gaius aufgeregt und versuchte, zappelnd auf die Beine zu kommen. Sein Gesicht war scharlachrot, und Schweiß trat ihm aus jeder Pore.

«Nachdem er erst kürzlich so viel für den griechischen Jungen ausgegeben hat, kann er es sich nicht leisten, noch sehr viel höher zu gehen, ohne sich in ernsthafte finanzielle Schwierigkeiten zu stürzen», erklärte Aulus, während er immer noch wie beiläufig seitlich über den Stoff ihres Gewandes strich, das ihre Brüste bedeckte. «Seine sexuellen Gelüste haben schon immer seinen Verstand beherrscht. Dessen ungeachtet ist Poppaea allerdings eine reiche und fest entschlossene Frau, die ihn leicht überbieten kann. Und wenn es hart auf hart kommt, dann kann ich sie sogar beide überbieten. Sogar dich, meine süße Julia.»

Sie erstarrte furchtsam, als seine Hand durch die Öffnung ihres Ärmels glitt und über die nackte Haut ihres Busens strich, der plötzlich sehr empfindlich für diese Berührung geworden war. «Das bezweifle ich», entgegnete sie kühn. «Ich würde sogar vierhunderttausend bieten, wenn es nötig wäre.»

«Ich besitze mehr, um das Gebot zu verdreifachen, ohne es überhaupt zu spüren», sagte er, während er gleichzeitig ihre Brust mit der Hand umfing und sie sanft drückte.

«Ich glaube dir nicht», entgegnete sie, beschämt und entsetzt von dem, was er mit ihr tat.

Mittlerweile wischte sich Gaius, der immer noch stand, nervös den Schweiß von der Stirn, da er soeben Poppaeas letztes Gebot von dreihunderttausend überboten hatte.

«Sutoneus hat dich gut versorgt», bemerkte Aulus, während er feststellte, dass Poppaea um weitere zweiundzwanzigtausend erhöht hatte. «Ich weiß genau, wie viel er dir hinterlassen hat, und ich sollte dich besser warnen, dass dies nur ein Tropfen auf den heißen Stein ist, verglichen mit meinem Reichtum und meiner Macht.»

Verzweifelt versuchte Julia, sich zu befreien und ihn dazu zu bringen, dass er seinen Griff lockerte, aber er hielt sie unvermindert eng an sich gepresst, während sich seine Finger brutal in die sanfte Rundung ihrer Brüste gruben.

«Dreihundertvierzigtausend», rief sie herausfordernd.

Taranis wandte den Kopf und starrte einen kurzen Augenblick lang in die Menge, um herauszufinden, welche der Frauen auch noch für ihn bot, doch Aulus hielt sie so fest an sich gepresst, dass sie sich kaum rühren konnte.

«Wenn du noch einmal bietest, meine liebe Tochter, dann schwöre ich, dass ich aufstehen und die Summe verdreifachen oder gar vervierfachen und diese Auktion zu einem abrupten Ende bringen werde», drohte Aulus gefühllos, während seine Finger ihren Nippel befühlten. Dieser versteifte sich, obwohl Julia wusste, dass sie sich eigentlich von der Berührung abgestoßen fühlen sollte. «Ich bezweifle, dass sogar Poppaea es für eine gute Idee hielte, gegen mich bieten zu wollen.»

«Warum widerstrebt dir der Gedanke so sehr, dass ich Taranis für mich beanspruchen könnte?», fragte sie und vernahm gleichzeitig Poppaeas Stimme, die lauter wurde und das Gebot erhöhte.

«Weil es sich nicht für dich schickt, diesen Sklaven zu kaufen. Sieh doch nur, wie Maecenus ihn für sexuelle Zwecke zur Schau stellt. Jetzt, da die Summen so himmelschreiend hoch geworden sind, wäre es viel zu offensichtlich für jeden anständigen, gesetzestreuen Bürger, dass du den Sklaven nur für dein Bett willst.»

«Was kümmert mich der Ruf oder die Konventionen», gab sie schnippisch zurück, als sie sah, wie Maecenus erwartungsvoll Gaius anblickte, der zögernd der Kopf schüttelte und sich still und geschlagen wieder hinsetzte.

«Nun, *mich* kümmern sie, und daher habe ich beschlossen, dass du diesen Sklaven nicht ersteigern sollst. Du wirst schließlich wieder und gut heiraten, da möchte ich nicht, dass irgendetwas deinen Ruf befleckt. Überlass ihn meiner zänkischen Exgeliebten Poppaea, die keinen Ruf zu verlieren hat. Der Schwanz des Sklaven ist groß genug, um ihren unstillbaren Appetit auf Sex wenigstens einmal zu befriedigen.»

«Wie kannst du so tun, als interessierte dich mein Wohlergehen, wenn du mich, deine Stieftochter, gleichzeitig derart übel in der Öffentlichkeit traktierst?», zischte sie, ohne ihn wissen zu lassen, dass ihr Körper förmlich nach Sex schrie, allerdings nicht mit ihm.

«Ich bin mächtig genug, den Konventionen zu trotzen, doch du bist es nicht. Willst du etwa Schande über deine Familie bringen?»

Julia verspannte sich, als sie hörte, wie Maecenus das Gebot von Poppaea bereits zum zweiten Mal wiederholte. Er blickte in ihre Richtung und wartete auf ihr nächstes Gebot.

«Wage es nicht», warnte Aulus. «Wenn du mir nicht gehorchst, dann wird Jupiters Zorn auf dich niedergehen. Und ich werde unverzüglich aufstehen und genug bieten, um dieser Auktion ein rasches Ende zu bescheren. Ich würde es durchaus genießen, den Barbaren mit allen Mitteln zu zähmen, die dafür notwendig sind, selbst wenn das hieße, dass ich ihn höchstpersönlich kastrieren müsste. Und dann werde ich ihn wieder und immer wieder ficken, bis sich meine Freunde wie Gaius seiner bedienen dürfen.»

Ihr sank das Herz, und alle Farbe schwand aus ihrem Gesicht. Maecenus wartete immer noch, dass sie ihr Gebot abgab, aber Julia wusste, dass sie geschlagen war. Es war trotzdem besser, wenn Poppaea ihn bekam, als dass ihr grausamer Stiefvater sein neuer Herr wurde. Sie hatte einmal mitbekommen, wie er einen Sklaven zu Tode geprügelt und jede Minute davon genossen hatte. Poppaea war ein Raubtier in Sachen Sex, aber sie war keine böse Frau, daher war es unwahrscheinlich, dass sie Taranis nachhaltiges Leid zufügte. Alles in allem behandelte sie ihre Sklaven stets gut.

«Ich werde nicht weiterbieten», versprach Julia bedauernd. Aulus lächelte, dann hob er die Hand mit dem Daumen nach unten, was Maecenus signalisierte, dass von ihrer Seite keine weiteren Gebote mehr zu erwarten wären. «Aber nur unter der Bedingung, dass du deine Hände von mir nimmst, Stiefvater», fügte sie mit drohender Stimme hinzu. «Schwöre, dass du mich nie wieder anfassen wirst.»

«Du legst dich aber mächtig ins Zeug.» Aulus ließ von ihrer Brust ab und zog seine Hand aus ihrem Gewand zurück. Dann legte er sie ihr wieder locker um die Schulter.

Just in diesem Augenblick verkündete Maecenus, dass er das letzte Gebot akzeptiert habe und der Sklave nun Poppaea gehöre, und zwar für die stolze Summe von dreihundertsechzigtausend Denar.

4

Sirona eilte durch den Innenhof der römischen Villa und hielt einen Krug mit dem besten Falerner Wein des Senators in den Händen. Sie blieb nicht einmal stehen, um einen Blick auf das riesige Bildnis des Gottes Priapus zu werfen, das sie sehr überrascht hatte, als sie es zum ersten Mal entdeckte. Ihr war unbegreiflich, was das großflächige Bildnis eines Mannes mit einem enormen Phallus, dessen Größe im deutlichen Gegensatz zu den restlichen Proportionen seines Körpers stand, im Empfangsraum eines angesehenen römischen Bürgers zu suchen hatte. Die Römer waren ein seltsames Volk, denn sie fanden nichts dabei, erotisch eindeutige Malereien wie diese oder andere als Wandschmuck in ihren Häusern zu haben. Tiro hatte ihr erzählt, dass man überall in Pompeji Bildnisse des Priapus sehen konnte, denn er galt als Fruchtbarkeitssymbol und diente als Schutzgott der römischen Häuser.

Am ersten Tag hatte Tiro mit ihr einen ausgedehnten Rundgang durch das große Haus unternommen und ihr praktisch alles gezeigt, bis auf die privaten Räume des Senators und seiner Frau. Sirona konnte eine gewisse Bewunderung für die Größe des Gebäudes und seine opulente Ausstattung nicht unterdrücken. Tiro hatte ihr erzählt, dass es dem Senator mit Hilfe einer enormen Summe gelungen war, einen bedeutenden Maler aus Rom herzulocken, der die meisten der wunderschönen Wandmalereien in fast jedem Raum geschaffen hatte.

Sirona begab sich in das größere der beiden Speisezimmer, das von einem großen begrünten Innenhof, dem Peristyl, abging. Dieser war von hohen Steinsäulen umgeben, die überdacht waren und zum Ausruhen einluden, wenn das Wetter schlecht war oder die Sonne zu heiß schien. Auch jener Säulengang, der Portikus, war mit prächtigen Malereien versehen.

In dem Triclinium befanden sich, wie der Name schon sagte, normalerweise nur drei Speisesofas, doch nun trugen Haussklaven weitere Liegen für die Gäste hinein. Es wurden mindestens zwanzig Personen erwartet, die an diesem Abend mit dem Senator speisen sollten.

Die Wände des Speisezimmers waren noch aufwendiger gestaltet als der Rest der Villa. Sirona war schon früher am Tag hineingehuscht, um sich die goldumrahmten Medaillons anzusehen, die vor einem dunkelockerfarbenen Hintergrund prangten. Die Medaillons zeigten Szenen aus der griechischen und römischen Mythologie: Herkules als Junge gegen Schlangen kämpfend, der Tod des Ixion, Ariadne und Dionysos. Sie stammten alle aus den Geschichten, die ihr Taranis früher einmal erzählt hatte. Allein ihr bloßer Anblick erinnerte sie an ihre verlorene Liebe.

«Da bist du ja, Sirona», sagte Tiro, als er den Raum betrat. «Ich habe mich schon gefragt, wo du steckst.» Er wandte sich zu den Sklaven um, die niedrige Tische im Raum verteilten. Hier würden sich in Kürze Platten mit kalten Speisen türmen – Appetithappen, bevor das eigentliche Essen begann.

Sirona hatte festgestellt, dass man in diesem Haushalt ähnlich speiste wie in ihrer Heimat Britannien. Man aß Brot, Käse, gebratenes Fleisch und einfaches Gemüse. Doch das

Menü des heutigen Abends sah weitaus seltsamere Gerichte vor, wie zum Beispiel einen Eintopf aus der Leber der Nachtigall, gekochte Mäuse, die in Honig und anschließend in Mohnsamen gewälzt waren, und sautierte Zungen von Storch und Flamingo. Diese ausgesprochen teuren Gerichte wurden ausschließlich serviert, um die Gäste zu beeindrucken und den Reichtum des Gastgebers zu demonstrieren.

Sirona stellte den Weinkrug auf einem Tisch neben einer großen Anzahl von kostbaren Kristallkelchen ab. «Ich wollte behilflich sein, da alle so beschäftigt schienen», sagte sie mit einem verlegenen Achselzucken. «Mir sind keine besonderen Pflichten aufgetragen worden.» Tiro hatte sie seit ihrer Ankunft sehr freundlich behandelt. Seltsamerweise schien er es regelrecht darauf anzulegen, sie von dem Senator fernzuhalten.

«Ja, ich verstehe.» Er wirkte abgelenkt, was sie nicht weiter verwunderte. Eine Festivität von diesem Ausmaß bedurfte einer aufwendigen Organisation, und Tiro leitete diesen Haushalt mit höchster Effizienz. Natürlich war sie nicht darüber informiert, in welchem Umfang er persönliche und intime Pflichten für den Senator zu erfüllen hatte, und es kam nie und nimmer in Frage, dass sie sich danach erkundigte. «Doch vergiss nicht», fügte er hinzu, «dass die Gäste jeden Moment eintreffen können.»

«Du wünschst, dass ich mich unverzüglich in die Sklavenunterkünfte begebe?»

«Ja», bestätigte er. «Du weißt, wie die Anordnungen des Senators lauten.»

Aus irgendeinem Grund, der ihr nicht näher bekannt war, hatte Aulus Vettius den Wunsch geäußert, dass niemand außer den Mitgliedern seines Haushalts über ihre Existenz informiert waren.

«Ich werde sofort gehen.» Sie wandte sich um und ging

den Weg zurück durch den Gang ins Atrium. Sirona war gerade im Begriff, die Treppe emporzusteigen, die in das Obergeschoss führte, als sie spürte, dass jemand hinter ihr war, obwohl sie keine Schritte gehört hatte. Sie glaubte, dass es sich um einen der Sklaven handelte, und machte sich nicht die Mühe, sich umzuschauen. Doch dann spürte sie eine Hand, die nach ihrer Schulter griff, und sie erstarrte ängstlich, als ihr eine innere Stimme verriet, dass es sich um Aulus Vettius handelte.

Er drehte sie zu sich um. «Warum die Eile, Sklavin?», sagte er mit kalter Stimme, während sich seine langen Finger in ihr Fleisch gruben. «Wie erstaunlich. Jetzt, wo man dich gesäubert hat, bist du verblüffend schön.» Er strich ihr über die blasse Wange.

Sirona kämpfte gegen die markerschütternde Furcht und gegen die Erregung an, die die Berührung dieses Mannes in ihr hervorriefen. Doch sie war vernünftig genug, sich seinem Griff nicht zu entziehen. Stattdessen schlug sie gehorsam die Augen nieder, wie es jeder Sklave unter diesen Umständen getan hätte, und hoffte, dass diese Begegnung kurz verlief, da die Ankunft der Gäste bevorstand. Was natürlich nur galt, wenn diese pünktlich waren.

Seine Finger glitten von ihrem Hals zu ihrem Ausschnitt, doch in diesem Augenblick klopfte jemand laut gegen das Tor zur Straße. Sirona dankte ihren Göttern für die Rettung, während Aulus leise fluchte, als der Türsklave durch das Atrium herbeieilte, um die ersten Gäste einzulassen.

Sie erwartete, dass Aulus seinen Griff lockern würde, doch das tat er nicht, sondern stieß sie stattdessen durch eine offenstehende Tür in einen Raum, der ihm als Schreibstube diente. Er knallte die Tür ins Schloss und schubste sie gegen einen langen Tisch mit Schnitzereien, der über und über mit Papyrusrollen bedeckt war.

«Tiro hat dich sorgfältig von mir ferngehalten, meine schöne Heidin.» Er befingerte die langen Strähnen ihrer seidigen Locken. «Ich habe keine Ahnung, weshalb. Schließlich bin ich derzeit noch dein Herr, nicht wahr?»

Derzeit? Seltsame Worte, dachte sie. Plante er etwa, sie an jemand anders zu verkaufen?

Seine Hände waren überall, glitten über ihren kurvigen Körper und den dünnen Stoff ihres knöchellangen Gewandes. Sirona erschauerte und wandte den Kopf ab, fixierte mit den Augen eine Stelle an der gegenüberliegenden Wand, die das Bildnis eines nackten Mannes schmückte. Er war auf einer Liege hingestreckt, während eine ebenfalls nackte Frau mit gespreizten Beinen auf seinen Hüften saß und offensichtlich mit ihm den Geschlechtsakt vollführte.

«Wagst du es nicht einmal, deinen Herrn anzublicken?», knurrte Aulus und zog kräftig an ihrem Haar, als er sie zwang, den Kopf zu ihm herumzudrehen und zu seinen kalten grauen Augen aufzuschauen. «Oder bewunderst du gar meine Wandmalereien?» Er lachte leise in sich hinein. «Erregen sie dich, Barbarin?»

Dann zog er sie gewaltsam näher an eine der Wände heran und zwang sie, die Bilder anzusehen. Diese waren weniger sorgfältig ausgeführt als die anderen Gemälde des Hauses, aber genau das verstärkte ihre erotische Wirkung. «Welches gefällt dir am besten?» Er riss sie herum, damit sie sich das Gemälde auf der nächsten Wand ansah. Es zeigte eine Frau, die an dem Schwanz eines Mannes sog. «Dieses wohl kaum, wenn ich an dein unnützes Verhalten bei unserer ersten Begegnung denke», stieß er höhnisch aus. «Vielleicht ziehst du dieses hier vor?» Er stieß sie zu dem nächsten Gemälde. Es zeigte eine Frau, die auf allen vieren kniete, und einen Mann, der im Begriff war, sie von hinten zu penetrieren. Sirona wollte sich das Bild nicht ansehen, doch sie konnte der

Versuchung nicht widerstehen. Trotz ihrer großen Angst vor Aulus fand sie den Anblick seltsam erregend.

Nun griff der Senator wieder nach ihr und drehte sie zu sich herum. «Jetzt weißt du ganz genau, was von dir erwartet wird, Barbarin. Die Gemälde sagen alles, nicht wahr?»

Auch wenn sie kein Wort Latein verstanden hätte, so war die Bedeutung seiner Worte unmissverständlich. Sie erstarrte vor Schreck, als er ihren locker geknüpften Taillengürtel löste und ihr das Gewand mit einem Ruck über den Kopf zog. Da es den Sklaven seines Haushalts nicht vergönnt war, jegliche Art von schützender Unterwäsche zu tragen, stand sie nun völlig entblößt vor ihm.

Sie wusste, dass sie es nicht wagen durfte, sich gegen ihn zu wehren, als er grob ihre Brüste befingerte. Denn wenn sie es tat, dann würde er – davon war sie überzeugt – nach ein paar männlichen Sklaven rufen und ihnen befehlen, sie festzuhalten, während er sich, auf welche Weise auch immer, brutal an ihr verging. Sie strauchelte und hatte gerade das Gleichgewicht wiedergefunden, als er sie nach hinten schubste, bis ihre nackten Hinterbacken gegen die Tischkante stießen. Sirona klammerte sich so heftig an die Kante, dass ihre Knöchel weiß hervortraten, während er den Kopf beugte und seine Lippen um einen ihrer Nippel legte. Seine Hände strichen dabei unablässig über ihren Körper. Er sog so kräftig an ihrer Titte, dass sie aufstöhnte, halb wegen ihres Widerwillens, halb, weil er sie auf eine perverse Art erregte.

«Sieh an», murmelte er, als er begann, mit den Fingern ihre Möse zu erkunden. «Tiro hat also nicht deine gesamte Körperbehaarung entfernen lassen. Vielleicht hat er meine Anordnungen bezüglich der Maske ein wenig zu wörtlich genommen. Aber das ist nicht von Bedeutung …»

Seine Zähne nagten schmerzhaft an ihrem weichen

Fleisch, während seine Finger unbarmherzig in sie eindrangen. Sirona keuchte überrascht auf, als sie entsetzt feststellte, dass ihre Möse fast sofort feucht wurde. Oh, wie sehr sie doch die unwillkommenen Reaktionen ihres Körpers auf seine Aufmerksamkeiten hasste.

Aulus grunzte lustvoll auf und stieß seine Finger noch tiefer in sie. Ihre Beine zitterten, und sie lehnte sich gegen den Tisch zurück, dessen Kante sie noch immer fest umklammert hielt, um allein durch ihre Willenskraft ihren Körper davon abzuhalten, auf Aulus zu reagieren. Dann zog er sich von ihr zurück, und sie hoffte, dass ihr weitere Demütigungen erspart blieben, aber er holte lediglich mit der Hand aus und fegte über die Tischoberfläche, um Platz für sie zu schaffen. Die Papyrusrollen verteilten sich in alle Richtungen, einige fielen unbeachtet zu Boden, als er sie umdrehte und ihren Oberkörper auf die harte polierte Tischplatte drückte. Er hielt sie fest, presste seine Hand auf ihr Kreuz und befingerte ihr Hinterteil.

Sirona hörte plötzlich das Geräusch einer Tür, die geöffnet wurde, dann ein leises, überraschtes Aufkeuchen.

«Aulus?» Die Dame des Hauses, Livia, besaß eine sehr hohe, fast kindliche Stimme. «Ich habe nach dir gesucht.»

Erleichtert sackte Sirona auf dem Tisch zusammen. Es war zwar durchaus üblich, dass sich der Herr des Hauses mit seinen Sklaven und Sklavinnen auch sexuell vergnügte, doch würde er dies bestimmt nicht vor den Augen seiner Ehefrau tun, oder?

«Livia, meine Liebe.» Aulus' Stimme klang gepresst vor unterdrückter Wut.

«Es tut mir leid, ich hätte dich nicht stören dürfen.» Sie klang nervös, ja verängstigt. «Ich gehe wieder –»

«Nein. Warte!» Aulus zog Sirona hoch und drehte sie so, dass sie Livia anblicken musste. Livias Miene nach zu urteilen, hatte sie Todesangst vor ihrem Mann. Sirona konnte den Anblick der armen Frau kaum ertragen und starrte daher auf den Boden zu ihren Füßen. «Ich habe gerade die Bekanntschaft unserer neuen Sklavin aus Britannien gemacht», erklärte Aulus, und seine Stimme troff vor Sarkasmus. «Willst du mir etwa das Vergnügen verwehren, Weib?»

«Nein, natürlich nicht.» Livia starrte Sirona verwirrt an. «Aber, Aulus, solltest du unter diesen Umständen das Mädchen nicht besser in Ruhe lassen –»

«Wagst du es etwa, *meine* Handlungen anzuzweifeln?», unterbrach er sie zornig.

«Unter normalen Umständen würde ich das nie wagen, das weißt du doch. Aber wenn Lucius etwas davon mitbekäme. Du weißt, wie gut er mit Titus befreundet ist.» Sie sprach nervös und hastig, als müsste sie sich zwingen, die Worte hervorzubringen, obwohl sie sie lieber nicht sagen wollte.

«Dein geliebter Sohn», stieß Aulus zwischen zusammengebissenen Zähnen hervor. «Manchmal wünschte ich –» Er hielt inne, als er eine laute Stimme vernahm, die vom Atrium herkam. «Wie es scheint, ist unser Ehrengast, Cnaius, eingetroffen, meine Liebe.» Seine Wut war noch nicht verflogen, doch er schien sie ein wenig besser kontrollieren zu können, als er Sirona grob von sich stieß. «Wir sollten ihn jetzt besser begrüßen, Livia», fuhr er fort und wandte sich dann Sirona zu, die nach ihrer Tunika griff. «Zieh das sofort wieder an, Mädchen, und dann warte hier, bis du sicher sein kannst, dass keiner der Gäste dich beim Verlassen des Raums sieht. Geh in dein Zimmer. Ich wünsche nicht, dich heute Abend noch einmal zu sehen.»

Taranis schritt in dem kleinen Raum auf und ab, in den man ihn seit seiner Ankunft in Poppaea Abetos Haus gesperrt hatte. Wenn er in der Vergangenheit für drei Tage derart seiner Freiheit beraubt worden wäre, hätte ihn die Langeweile in den Wahnsinn getrieben, aber seit seiner Gefangennahme war er Tatenlosigkeit gewöhnt und hatte sie schon unter weit schlimmeren Bedingungen ertragen müssen. Wenigstens gab man ihm reichlich und gut zu essen, und er durfte sich frei bewegen.

Er bemühte sich redlich, die Demütigung zu vergessen, die er bei der Versteigerung über sich hatte ergehen lassen müssen, und er war dankbar, dass er wenigstens von einer Frau gekauft worden war und nicht von dieser schrecklichen Kreatur namens Gaius Cuspius. Poppaea war bestimmt etliche Jahre älter als er, und sie war ein wenig zu dürr für seinen Geschmack, aber er fand sie nicht unattraktiv, obwohl man sie im landläufigen Sinn nicht als schön bezeichnen konnte.

Nur wenige Stunden nachdem man ihn zu ihrem Haus gebracht hatte, hatte Poppaea in Begleitung von zwei kräftigen Haussklaven majestätisch seine Kammer betreten. Sie hatten ihn niedergezwungen, festgehalten und gebrandmarkt, allerdings nicht am Oberarm wie bei den anderen Sklaven, sondern an der Innenseite des Oberschenkels nahe seinem Geschlecht. Schlichtweg, wie sie ihn aufklärte, damit er sich immer daran erinnern würde, weshalb sie so viel Geld für ihn bezahlt hatte.

Am nächsten Morgen hatte sie ihm einen weiteren Besuch abgestattet und ihm ein kleines Gefäß mit einer süß duftenden Salbe überreicht, mit der er die Brandwunde auf seinem Oberschenkel einreiben sollte, damit sie schneller heilte. Er hatte ihr lächelnd und kopfschüttelnd das Gefäß zurückgegeben und gesagt, dass es besser wäre, den Schmerz nicht zu betäuben. Denn dieser würde ihn schließlich leider stets daran erinnern, weshalb sie ihn gekauft hatte.

Sie war wütend geworden, aber er hatte auch ein Schimmern in ihren Augen entdeckt, das nach Bewunderung aussah. Doch dann hatte Poppaea den Tiegel auf seine Pritsche geworfen und ihm knapp erklärt, dass er die Salbe benutzen oder es lassen könne, da es ihr völlig egal sei. Anschließend hatte sie sich auf dem Absatz umgedreht und war aus dem Raum gestürmt.

Später hatte sich Taranis dazu entschlossen, die Salbe auszuprobieren. Sie war lindernd und betäubte den stechenden Schmerz der Verbrennung. Die Wunde würde zwar in ein paar Tagen verheilt sein, doch was auch immer in der Zukunft geschah, die Brandmarkung würde ihn ewig an Poppaea erinnern.

An jenem Morgen hatte man ihn zum Badehaus gebracht, das zwar klein, aber gut ausgestattet war, und anschließend gab man ihm eine frische Tunika, die aus einem viel weicheren und feineren Material bestand als die, die ihm Maecenus gegeben hatte. Würde sie heute nach ihm rufen lassen?, fragte er sich. Offen gesagt, war er recht überrascht, dass es so lange dauerte, denn er hatte jedes Mal, wenn sie ihn anblickte, die Begierde in ihren Augen gesehen. Er vermutete, dass Poppaea Abeto eine sehr sinnliche Frau war und dazu noch stark und sehr unabhängig.

Er blieb stehen und wandte sich um, als die Tür seiner Zelle geöffnet wurde und ein Sklave, der auch bei seiner Brandmarkung dabei gewesen war, ihn zu sich winkte. «Komm mit, Sklave, die Herrin will dich sehen.»

«Mein Name ist Taranis», erwiderte er und folgte dem Mann aus der Zelle.

Taranis erhielt keine Antwort, als er die breite Treppe emporstieg, die ins Obergeschoss führte. Die Dämmerung kam rasch herbei. Durch ein Fenster konnte Taranis den blauen Himmel sehen, auf dem sich rote und goldene Streifen abzeichneten, als die Sonne versank.

«Hier hinein.» Der Mann blieb vor einer kunstvoll geschnitzten Tür stehen.

Davor hielt ein weiterer von Poppaeas kräftigen Sklaven Wache, der nun anklopfte und die Tür vorsichtig einen Spaltbreit öffnete. «Herrin, der keltische Sklave ist hier.»

Taranis wappnete sich innerlich, als er den Raum betrat. Er war sich nicht ganz sicher, wie er mit seiner neuen Herrin umzugehen hatte. Ihr Schlafzimmer war riesig, mit prunkvollen Möbeln und so prächtig ausgestattet, dass es einer Kaiserin würdig war. Die letzten Sonnenstrahlen fielen durch die Vorhänge, und eine angenehme Brise wehte durch den Raum.

«Taranis, komm näher.» Poppaea lag auf ihrem üppigen Bett, an einen Berg von bestickten Kissen gelehnt. «Salvo, du kannst jetzt gehen.»

«Aber, Herrin?» Der Sklave blickte misstrauisch zu Taranis hinüber.

«Du und Clovis könnt vor der Tür Wache halten. Wenn ich euch brauche, werde ich nur rufen müssen.» Seine Sorge schien sie zu amüsieren.

Taranis wartete nicht ab, bis der Sklave gegangen war, sondern schritt unverblümt auf das Bett zu und blickte auf Poppaea nieder. Ihr Haar war kunstvoll frisiert, und ihr Gesicht trug so viel Schminke, als wollte sie ausgehen, doch sie war splitterfasernackt bis auf einen langen Schal, den sie kunstvoll um ihren schlanken Körper drapiert hatte. Alles war so sorgfältig inszeniert worden, dass es fast schien, als wollte sie ihn verführen. Doch dazu gab es keinen Grund: Wenn sie nach Sex verlangte, dann musste sie ihm lediglich befehlen, sie zu befriedigen. Wenn er nicht bestraft werden wollte, dann hatte er zu gehorchen. Aber gut, wenn sie eine Illusion aufrechterhalten wollte, dann würde er ihr geben, wonach sie verlangte.

«Meine Herrin.» Seine Worte waren höflich, aber seine Augen glitten auffordernd sinnlich über ihren halbentblößten Körper.

«Deine Wunde, heilt sie gut?»

«Selbst wenn sie schmerzte, so wäre das nicht von Belang», erklärte er unterwürfig. «Ich habe schon viel Schlimmeres ertragen.»

«Kampfverletzungen», sagte sie nachdenklich. «Hast du schon viele Kämpfe ausgefochten, Taranis?»

«Genug», antwortete er, wohl wissend, dass ihm die größte Herausforderung noch bevorstand. «Aber wir schweifen ab. Es ist doch nicht meine Lebensgeschichte, die dich interessiert, oder?» Und mit diesen Worten entledigte er sich seiner Tunika und ließ sie zu Boden fallen.

«Ich habe dir nicht befohlen, dich auszuziehen.» Sie erhob sich und stützte sich auf einen Ellenbogen, woraufhin der Stoff verrutschte und eine straffe Brust freigab. Ihr Körper war offensichtlich von der Geburt eines Kindes unberührt, und ihre Brüste waren klein und fest.

«Nein, das hast du nicht», entgegnete er. «Aber ist es nicht das, was du von mir willst? Ich hege nicht die Absicht, dich zu enttäuschen. Sicherlich möchtest du herausfinden, ob ich die enorme Summe wert bin, die du für mich bezahlt hast?»

«Sklaven haben zu gehorchen», erwiderte sie und musterte ihn von oben bis unten. Sie betrachtete vielsagend seine Leistengegend, und er spürte, wie sich sein Schwanz unwillkürlich regte, als ihm die Kampfeslust durch die Venen schoss.

«Wenn du Gehorsam willst, dann musst du dir das schon von deinen anderen Sklaven holen.»

Er trat auf das Fußende des Bettes zu und zog ihr den Stoff vom Körper. Dann griff er nach ihren Beinen und spreizte sie auseinander, wobei er ignorierte, dass sie überrascht nach Luft schnappte. Poppaea versuchte, sich zu entwinden, doch er grub seine Finger noch tiefer in ihr Fleisch und hielt sie fest, während er auf ihren nackten Venushügel starrte. Ihr Atem ging schneller, und sie schien aufgebracht zu sein, aber gleichzeitig auch sehr erregt. Taranis ließ seine Hände an ihren Beinen emporgleiten und zwang sie weiter auseinander, während er sich auf das Bett kniete. Wie bei den meisten Patrizierfrauen, war ihre Möse glatt rasiert. Die Schamlippen waren geschwollen und ein winziges bisschen gerötet, als habe sie sich an der Stelle bereits selbst gestreichelt. Taranis konnte sich lebhaft vorstellen, wie sie hier gelegen und auf ihn gewartet und sich dabei die Finger in den Schlitz geschoben und sich gierig die Klitoris gerieben hatte.

Erwartete sie, dass er sanft mit ihr umging und unterwürfig herauszufinden versuchte, wie er ihr Lust verschaffen konnte? Dass er demütig ihren sexuellen Forderungen nachgab? Irgendwie glaubte er nicht daran. Sie hatte gewusst, dass er ein Krieger war, als sie ihn kaufte, also würde er ihr jetzt geben, was sie erwartete, und noch viel, viel mehr.

Er zog ihre geschwollenen Liebeslippen auseinander und ließ einen Finger in sie hineingleiten. Sie war nass und glatt wie Seide, ihr Fleisch umschloss ihn gierig, als er tiefer in sie eindrang. Poppaea stieß ein sanftes, fast unterwürfiges Wimmern aus und wand sich hilflos auf dem Bett, als er seine Finger immer wieder in ihre Fotze tauchte. Ein tief wurzelndes Verlangen durchströmte ihn. Verletzter Stolz und Abscheu waren, so schien es, ein ebenso starkes Aphrodisiakum, wie es die Liebe stets sein konnte.

Taranis zog seine Finger heraus und ersetzte sie durch seine Lippen, seine Zunge umkreiste zart ihre Klitoris, bis sich Poppaea wand und aufbäumte wie eine Besessene.

«Berühre mich», flehte sie.

Er strich mit der Zunge über die kleine Knospe, die daraufhin anschwoll, bis sie so hart und fest war wie eine kleine, süße Weintraube. Taranis umschloss sie mit seinen Lippen und begann zu saugen, bis sie vor Lust flehentlich zu wimmern begann. Dann drang er mit der Zungenspitze in ihre weiche, nasse Fotze ein, während seine Hände ihre kleinen Brüste umfassten. Sie fühlten sich erstaunlich fest an, und er begann, sie grob zu kneten. Er berührte ihre Nippel, quetschte und drückte sie, während sein Mund noch immer mit ihrer Klit beschäftigt war. Sekunden später durchfuhr ein Zittern ihren Körper unter ihm, und sie stieß einen kurzen, spitzen Schrei aus, als sie kam.

Taranis war noch nicht mit ihr fertig. In diesem Moment war sie nicht mehr länger seine Herrin, sondern er war, für kurze Zeit wenigstens, ihr Herr. Ohne weitere Umschweife legte er sich auf sie und stieß seinen Schwanz tief in sie hinein. Er bewegte sich jetzt immer schneller, rammte seinen Kolben in sie hinein, als gehörte er zu einer Armee im Angriffstaumel und nähme die erste Frau in Besitz, deren er habhaft werden konnte. Es fühlte sich gut an, so gut; das Blut rauschte in seinen Ohren. Bitterkeit und Lust verschmolzen zu etwas noch Kraftvollerem, das sich in einem Orgasmus von solcher Heftigkeit entlud, dass er sogar Taranis in Erstaunen versetzte. Er spürte, wie sie sich unter ihm aufbäumte und wieder zu zittern anfing, als sie noch einmal kam, ächzend, fast wehklagend vor Glückseligkeit.

Taranis blieb noch in ihr und hielt seinen Unterleib an sie gepresst, während er auf Poppaea niederblickte und mit den Armen das Gewicht seines Körpers stützte. Auf ihrem Gesicht lag ein zutiefst befriedigter Ausdruck, doch er wartete ab, ob sich ihre Zufriedenheit bald in Zorn verwandelte. Er war nicht gerade sanft mit ihr umgegangen, und es bestand die Möglichkeit, dass er das Verhalten dieser Frau völlig falsch interpretiert hatte.

«Jeden Denar wert», murmelte sie und schlang ihm einen Arm um den Hals. Dann zog sie sein Gesicht zu sich heran und küsste ihn leidenschaftlich auf die Lippen.

Taranis erwiderte den Kuss, wohl wissend, dass es eine sehr lange Nacht werden konnte. Vielleicht hatte es doch sein Gutes gehabt, dass er die letzten paar Tage Ruhe genossen hatte, dachte er, als er sich zur Seite rollte und sie an sich zog. Mit einer Zärtlichkeit, die er nicht empfand, streichelte er ihre Brüste und fuhr mit den Händen besitzergreifend über ihren schlanken Körper.

Während sie ihn küsste und ihre Zunge tief in seinen Mund gleiten ließ, hörte er ein leises Geräusch, gefolgt von dem Klicken einer Tür, die geschlossen wurde. Poppaeas leidenschaftliches Stöhnen musste auf Salvo zunächst wie ein Hilferuf gewirkt haben. Nun hatte er sich davon überzeugt, dass Taranis in ihrem Bett lag und seiner Herrin Wonnen bereitete, von denen sie jede einzelne Minute genoss.

«Das stimmt aber so nicht», beschwerte sich Sirona bei Tiro, während die Sklaven sich beeilten, sie fertig anzuziehen. «Meine Tante hätte so etwas nie getragen.»

«Ich weiß», entgegnete Tiro mit einem schiefen Lächeln und zuckte die Achseln. «Aber du darfst unserem Herrn nicht widersprechen. Du sollst dies tragen, wenn du heute Nacht auftrittst.»

Fast zwei Wochen waren seit dem festlichen Abendessen vergangen, und zu ihrer großen Erleichterung hatte sie Aulus seither nicht mehr gesehen, da er sich in Rom aufgehalten hatte. Der Senat war zusammengerufen worden, nachdem Kaiser Vespasian nach kurzer Krankheit verstorben war. Aulus war an diesem Tag zurückgekehrt, gerade rechtzeitig für das Fest, das er schon seit geraumer Zeit zu Ehren seines Stiefsohns geplant hatte. Dieser war ein römischer Legat, was einem General entsprach. Er war erst seit kurzem nach Pompeji zurückgekehrt, nachdem er fast ein Jahr in Judäa gedient hatte. Das Fest wurde selbstverständlich auch anlässlich der Machtübernahme des neuen Kaisers Titus Flavius Vespasianus abgehalten, dem Sohn des verstorbenen Kaisers.

Die Römer liebten Spektakel, insbesondere solche, die die Macht des Römischen Reiches verherrlichten. Daher hatte Aulus beschlossen, ein Maskenspiel auszurichten, das die Gefangennahme und den Sieg über die britannische Heerführerin und Königin Boudicca durch die römischen Heerscharen zum Thema hatte.

Sirona war dazu auserkoren worden, den Part ihrer verstorbenen Tante, ebenjener Boudicca, zu spielen, die sich einst Rom widersetzt und die Angreifer von den Küsten Britanniens vertrieben hatte. Natürlich waren die Szenen, die Aulus zu zeigen beabsichtigte, weit von jeglicher Wahrheit entfernt, denn ihre Tante war nie gefangen genommen worden. Sirona hatte von ihrem Vater erfahren, dass Boudicca nach der schrecklichen Niederlage und dem Tod von fast achtzigtausend ihrer Gefolgsleute geflohen war. Sieg oder Untergang war ihr Kampfruf gewesen, und als alles verloren war, hatte sie eine tödliche Dosis Gift geschluckt und war in den Armen ihres Bruders gestorben. Als die Römer anfingen, auch noch Jagd auf die letzten Icener zu machen, waren Borus, seine Frau und Sirona, die damals noch ein Baby war, nach Norden geflohen und hatten dort bei einem befreundeten Stamm, den Briganten, Unterschlupf gefunden.

Sirona trug einen goldenen Brustpanzer, der sich kunstvoll an ihren Körper schmiegte und dazu gedacht war, ihre Brüste zu umschließen und anzuheben, doch er war so

109

knapp geschnitten, dass er kaum Sironas Brustwarzen bedeckte. Ihr Unterkörper und die Schenkel waren kaum verhüllt von einem gerafften Rock aus dünnem Tuch. Ihre Füße steckten in feinen Sandalen mit Goldbändern, die im Zickzack bis zu ihren Knien geflochten waren.

«Ich hasse es.» Sirona starrte sich in dem Spiegel aus hochpoliertem Silber an. Wie bei allen Spiegeln war ihr Bild ein wenig verzerrt, doch sie konnte trotzdem genau erkennen, wie provozierend diese Kostümierung war. «Das hier ist absolut fehl am Platz, es würde besser zur Göttin Athene passen als zu einer keltischen Kriegerin.»

«Es ist das, wonach der Senator verlangt hat», erinnerte sie Tiro. «Nun, weißt du, was du zu tun hast?» Er war ihren Part ein paarmal mit ihr durchgegangen, obwohl es keine echte Probe für das Spektakel gegeben hatte.

«Natürlich, das ist ja nicht besonders schwer.» Sie berührte das hölzerne Schwert an ihrer Hüfte, das überzeugend echt aussah. «Meine Anhänger und ich bekämpfen die Männer, die wie römische Soldaten aussehen. Wir verlieren, alle Männer werden abgeschlachtet, und ich werde gefangen genommen und dem General vorgeführt. Er verurteilt mich zum Tod. Ende der Geschichte», entgegnete sie gereizt.

«Gut», erwiderte Tiro, der keinen Anstoß an ihrem Verhalten nahm. Er lächelte ihr aufmunternd zu. «Ich bin sicher, dass dein Auftritt sehr überzeugend sein wird.»

«Wie in der wahren Geschichte», antwortete sie und bemühte sich, nicht allzu sarkastisch zu klingen, schließlich war das Ganze nicht seine Schuld. «Bis auf die Tatsache, dass ich nicht hingerichtet werde», fügte sie hinzu und fühlte sich plötzlich nervös und aufgeregt.

«Natürlich nicht. Es handelt sich hier um ein Fest und nicht um eine griechische Tragödie.» Tiro tätschelte ihren

Arm. «Du machst dir zu viele Sorgen, Sirona. Deine Situation ist nicht so schlimm, wie du befürchtest.»

«Was willst du damit sagen?»

«Das wirst du noch früh genug herausfinden», entgegnete er geheimnisvoll. «Jetzt lass uns dir deinen Helm aufsetzen. Du wirst schon bald bereit sein müssen.»

Sironas Haar wurde locker auf ihrem Kopf zusammengesteckt. Dann setzte ihr Tiro sanft den Helm auf, der überraschend schwer und viel zu stark verziert war. Damit wirkte er so lächerlich wie ihre übrige Kostümierung. Gekrönt war der Helm von einem großen weißen Federbusch, der sie im Schlachtfeld zu einem ausgezeichneten Zielobjekt gemacht hätte.

«Es wird schon alles gutgehen», meinte Tiro beruhigend, bevor er das Zimmer verließ, um sicherzugehen, dass die Feierlichkeiten einwandfrei vonstattengingen.

Sirona griff nach einem hauchdünnen Tuch und schlang es sich um den Oberkörper, sodass es ihre Nippel und den Ansatz ihrer Brüste bedeckte. Plötzlich bemerkte eine der Sklavinnen, die ihr beim Anziehen geholfen hatte, was sie da tat. Als das Mädchen nach dem Stoff griff und ihn ihr wegziehen wollte, schlug Sirona sie kräftig auf den Arm. Nervös trat die Sklavin einen Schritt zurück und unternahm keinen weiteren Versuch mehr, sie zu berühren.

Sekunden später öffnete sich die Tür, und ein männlicher Sklave erschien und winkte Sirona, ihm zu folgen. Sie durchquerten einen Gang und kamen zu den Ställen, wo bereits ein Streitwagen auf sie wartete. Es war nur halb so groß wie ein echter Wagen und wurde von zwei hübschen weißen Ponys gezogen. Sirona kämpfte gegen ihre Nervosität an, sprang auf, nahm die Zügel und griff nach ihrem Schwert.

Dann wartete sie ab, während sie dem entfernten Gelächter der Gäste lauschte, die sich unterhielten und wahrscheinlich schon gespannt auf den Beginn der Vorstellung warteten. Dann drang plötzlich das Scheppern einer Fanfare zu ihr herüber, worauf die Ponys nervös zu tänzeln begannen. Sirona griff fester nach den Zügeln und hielt sie zurück. Ihre Gefolgsleute, die nicht im Geringsten nach echten keltischen Kriegern aussahen, hatten sich hinter ihr versammelt. Sie waren ein Pulk ungewaschener Männer, in Lumpen und Felle gehüllt und mit Schlamm und Dreck beschmiert.

Dann hörte sie einen weiteren Fanfarenstoß und das Klappern von eisenbeschlagenen Sohlen auf Straßenpflaster, als der kleine Trupp verkleideter römischer Soldaten Position bezog. Vielleicht hätte sie das Ganze sogar ein wenig amüsant gefunden, hätte sie im Publikum gesessen und einfach nur zuschauen dürfen. Doch stattdessen war sie gezwungen, bei dieser lächerlichen Scharade mitzuwirken.

Beim dritten Fanfarenstoß begann sie, wie vorgegeben, ihren Streitwagen aus dem Stall auf die schmale Gasse hinter der römischen Villa zu lenken. Der breite Zugang des Peristyls war offen gelassen worden. Sie fuhr hindurch und ließ die Zügel schnalzen.

Die Soldaten blickten etwas nervös drein, als der Streitwagen auf sie zudonnerte und Sirona einen keltischen Kriegsruf ausstieß und ihr Schwert erhob. Sie war geschickt genug, um niemanden zu überfahren, als die als Barbaren verkleideten Römer ihren Wagen umringten, um sie zu beschützen, und einer der Soldaten vorsprang und nach dem Zaumzeug des ersten Ponys griff. Der Kampf war einigermaßen überzeugend, aber sehr kurz. Holzschwerter trafen auf Holzschwerter, während ihre falschen Gefolgsleute den Angreifern sinnlose Beleidigungen an den Kopf warfen. Sirona bekam kaum etwas von den begeisterten Anfeuerungsrufen des Publikums mit, als in Sekundenschnelle auch der letzte barbarische Kelte am Boden lag und sie von ihrem Streitwagen gezogen wurde.

Dann wurde sie vor den Mann geschleppt, der den Anführer der römischen Soldaten markierte. Sie alle sollten nur spielen, aber sie fand, dass die Männer ihr mit unnötiger Brutalität das Schwert abnahmen und ihr den Helm vom Kopf rissen. Ihr prächtiges Haar wallte ihr über den Rücken, dann wurde sie gezwungen niederzuknien. Grobe Hände zerrten ihr das hauchdünne Tuch vom Körper, mit dem sie ihre Brüste bedeckt hatte. Zornig versuchte sie, sich zu wehren, aber daraufhin wurde sie von noch mehr Händen festgehalten. Einer der Männer zog einen Dolch hervor, dessen polierte Klinge beängstigend echt aussah. Damit fuhr er durch die Träger des Brustpanzers, riss daran, und Sirona blieb nackt bis zur Taille zurück. Dies war doch nicht mehr länger Teil des Maskenspiels, oder?, dachte sie und wehrte sich mit Leibeskräften, als einer der Männer nach ihrem Rock griff. Dann fiel ihr Blick für kurze Zeit auf Aulus, der in seinem prächtigen Sessel thronte und amüsiert lächelte. Dieser Schweinehund, er hat alles von Anfang an geplant, dachte sie und schrie wütend auf, als ihr der dünne Stoff vom Körper gezerrt wurde. Abgesehen von ihren Sandalen war sie nun vollkommen nackt.

Eine Hand schob sich grob zwischen ihre Schenkel und befingerte ihre Pussy. Sirona bekam Todesangst bei dem Gedanken, dass die Männer sie nun vergewaltigen würden, aber es schien, dass sie davor noch weitere Demütigungen würde ertragen müssen, als ein Soldat mit einer kleinen, geknoteten Peitsche auf sie zukam.

Ihre Angst und ihre Instinkte diktierten ihr, sich zu schützen. Da man ihre Haut kräftig eingeölt hatte, damit sie im Licht der Lampen schön glänzte, war es recht einfach für Sirona, sich dem Griff des Soldaten zu entwinden.

Sie boxte einen der Männer in den Solarplexus, woraufhin dieser keuchend hinfiel und nach Atem rang. Dann verpasste sie dem anderen Angreifer mit ihrem sandalenbekleideten Fuß einen gezielten Tritt zwischen die Beine. Sie rollte sich zur Seite und kam mit einem geschmeidigen Sprung auf die Füße, als ein anderer Soldat versuchte, nach ihr zu greifen. Doch statt zurückzuweichen, sprang sie auf ihn zu und brachte ihn damit aus dem Gleichgewicht. Er taumelte noch, als sie ihm den Dolch aus dem Gürtel zog und geschwind wegrannte, noch bevor er seine Balance wiedergefunden hatte.

Sirona hielt den Dolch abwehrend vor sich, während sie in dem flackernden Licht dastand und das kleine Grüppchen falscher Soldaten drohend anstarrte. Diese wussten offensichtlich überhaupt nicht, was sie als Nächstes tun sollten, während das Publikum schrie und tobte und glaubte, dass dies alles zum geplanten Ablauf des Maskenspiels gehörte. Aulus runzelte jedoch erbost die Stirn und sprach aufgeregt zu einem großen Mann, der in der vollen Aufmachung eines römischen Generals neben ihm stand.

Sirona war so unglaublich wütend über das, was soeben mit ihr geschehen war, dass sie sich kaum beherrschen konnte. Beim Anblick der Soldaten, die hilflos herumstanden, wurde ihr klar, dass sie keine echte Bedrohung mehr darstellten und dass sie entscheiden musste, was sie jetzt tun wollte.

«Steht da nicht so rum», schrie Aulus. «Greift sie euch!»

«Nein!», rief der Mann neben ihm ungehalten. «Lasst sie in Ruhe!»

Sirona konzentrierte sich nur noch auf den Mann, den sie über alle Maßen hasste, denjenigen, der sich diese Demütigung speziell für sie ausgedacht hatte. Sie lief mit

114

erhobenem Dolch auf den Senator zu und ahnte nicht, wie wunderschön sie in diesem Augenblick war: eine vollkommen nackte Barbarin mit heller, glänzender Haut und langem dunkelrotem Haar, das ihr über den Rücken wallte. Sie wünschte sich nichts verzweifelter, als Aulus den Dolch in die Brust zu stoßen. Aber würde sie nah genug an ihn herankommen? Kaum. Zur Hölle mit den Römern und dem Senator, dachte sie, während sie zielte und den Dolch auf den Senator schleuderte.

5

Aulus überlief ein Angstschauder, als der Dolch seinen Oberarm streifte und mit einem dumpfen Geräusch in der Lehne seines Sessels stecken blieb. Die Klinge hatte seine Toga durchbohrt und hielt ihn auf seinem Sitz fest. Er war zu erschrocken, um sich zu rühren, als sich ein scharlachroter Fleck auf der feinen weißen Wolle seiner Toga auszubreiten begann.

Daraufhin brach das totale Chaos aus. Nun, wo sie keine Waffe mehr besaß, sprangen die verkleideten Soldaten, die noch vor wenigen Augenblicken vor Sirona zurückgeschreckt waren, auf sie zu. Sirona wich zurück, kämpfte aber gegen ihren Fluchtinstinkt an, da sie mit einem Blick über die Schulter erkannt hatte, dass die Haussklaven des Senators von hinten an sie heranschlichen. Sie blickte hilflos um sich und suchte nach ihrem Freund Tiro, aber dieser war nirgends zu entdecken. Ihr war klar, dass es auch ihm unmöglich war, ihr jetzt noch zu helfen.

Viele Hände griffen nach ihr, und sie machte keinerlei Anstalten, sich zu wehren – was hätte dies jetzt noch für einen Sinn? Die wütende Miene des Senators machte deutlich, dass sie sämtliche Rechte auf Gnade verspielt hatte. Sie hatte ihn vor seinen Freunden blamiert und würde nun für ihre Taten bestraft werden.

«Aulus, Gott sei Dank bist du am Leben», rief Gaius

Cuspius aufgeregt, als er auf den Senator zugewatschelt kam und sich den Schweiß von der Stirn wischte. «Diese keltische Schlampe ist eine wahre Furie, nicht wahr?»

«Wie es scheint.» Die Stimme des Senators klang aufgewühlt, aber er versuchte, sich zu beherrschen.

Er blickte den Mann neben sich fragend an. Lucius schien sich kaum daran zu stören, dass sein Stiefvater nur knapp dem Tod entgangen war. Ruhig entfernte er den Dolch aus der Armlehne des Sessels und steckte ihn in seinen Gürtel. Mit zitternder Hand zog Aulus die blutgetränkte Toga zur Seite und warf einen Blick auf die Wunde.

«Es ist nur ein Kratzer, kein Grund zur Besorgnis», erklärte Lucius herablassend.

«Vielleicht nicht für einen Krieger, Lucius … äh … General», sagte Gaius, der von Natur aus ein erbärmlicher Feigling war. Er war sich nicht sicher, wie er diesen ernsthaften jungen Mann ansprechen sollte, der dem neuen Kaiser so nahestand. «Das Weib hatte es ganz klar darauf abgesehen, deinen Vater umzubringen. Du musst sie auf der Stelle töten lassen.»

«Nein», erwiderte Lucius deutlich vernehmbar. «Das werde ich nicht.» Er hob eine Hand, und aus dem Schatten des Peristyls trat eine kleine Gruppe echter Soldaten hervor. «Bring das Mädchen her, Centurio.»

Das war so ungewöhnlich, dass das Publikum begann, laut zu tuscheln. Gebannt beobachteten die Gäste, wie die Soldaten mit militärischer Präzision vormarschierten. Als sie die Männer, die Sirona umringten, beiseitestießen, machte niemand den kleinsten Versuch, sie aufzuhalten. Die Männer hatten ihre Arme gequetscht und ihre Finger tief in ihr Fleisch gegraben. Der Griff der echten Soldaten jedoch war leicht, und Sirona wusste, dass sie erst zupacken würden, wenn sie versuchte zu fliehen. Sie war sehr ängstlich, als man sie nach vorn führte, bis sie direkt vor dem Senator und dem Anführer der Soldaten stand.

«Sie hatte vor, mich umzubringen», sagte Aulus, und seine Stimme schwankte immer noch ein wenig. «Es ist nur dem Willen der Götter zu verdanken, dass ich noch lebe.»

«Und dafür gibst du ihr die Schuld?», fragte Lucius kühl und mit gedämpfter Stimme. «Warst du es nicht, der sie auspeitschen und vergewaltigen lassen wollte?»

«Die Ereignisse haben sich überstürzt. Die Männer wurden von der Hitze des Augenblicks überwältigt und haben überreagiert. Ich habe nichts dergleichen angeordnet.»

«Wirklich?», fragte Lucius, und seine Stimme troff vor Sarkasmus. «Ich kann dir leider keinen Glauben schenken. Keiner, der dir dienen muss, würde es wagen, die Dinge eigenmächtig in die Hand zu nehmen.»

Verwirrt lauschte Sirona dem Gespräch. Aulus schien ein wenig verängstigt zu sein und sich gar vor dem Mann zu fürchten. Und wenn dieser wirklich der Stiefsohn des Senators war, warum verhielt er sich dann so respektlos?

«Das interessiert mich wenig, doch wir müssen diese Angelegenheit jetzt klären.» Aulus nahm ein feuchtes Tuch von einem knienden Sklaven entgegen und betupfte damit unbeholfen seine Wunde. Als das Blut abgewischt war, stellte sich heraus, dass es kaum mehr als eine tiefe Schramme war. «Sie muss dafür bestraft werden, dass sie mich hat umbringen wollen.»

«Das Mädchen hat nicht versucht, dich zu töten», sagte Lucius höhnisch. «Wenn sie das hätte tun wollen, dann würde der Dolch nun in deinem Herzen stecken. Keltische Frauen sind Kriegerinnen, die Seite an Seite mit ihren Männern auf dem Schlachtfeld kämpfen. Sie sind im Umgang mit Waffen trainiert – das Mädchen wollte dir einen Schrecken einjagen, sonst nichts.»

«Trotzdem muss sie dafür bestraft werden, wir dürfen keinem Sklaven erlauben, ungestraft davonzukommen.» Aulus senkte die Stimme. «Sie sind uns zahlenmäßig fünf zu eins überlegen, denk nur an die Aufstände, Lucius.» Er zuckte zusammen, als ein Sklave ein sauberes Tuch, das mit einer Kräutermischung getränkt war, auf die Wunde legte. «Sie ist so schön, daher werde ich nichts tun, was ihre Schönheit beeinträchtigt. Sobald sie angemessen bestraft wurde, kannst du sie mitnehmen. Es wird mich freuen, sie nie wiedersehen zu müssen.»

«Du hast kein Recht, ihr etwas anzutun.» Jetzt sprach Lucius so laut, dass alle ihn hören konnten. «Agricola hat mir diese keltische Prinzessin zum Geschenk gemacht.» Er hielt kurz inne. «Bestehst du etwa darauf, dass wir uns vor diesen noblen Herrschaften über die Verstöße einer Barbarin zanken?»

«Nein», lenkte Aulus gezwungenermaßen ein, als er die entschlossene und grimmige Miene seines Stiefsohns sah.

«Ich möchte dich daran erinnern, dass deine Sklaven keineswegs mit meinen Männern zu vergleichen sind.» Lucius blickte die Soldaten an, die erst kürzlich mit ihm aus Judäa gekommen waren. Sie hatten sich so dicht um Sirona gestellt, dass lediglich Aulus, der Centurio, Lucius und die Leute in der unmittelbaren Nähe sie ansehen konnten.

Sirona war immer noch verwirrt, und sie war sich im Unklaren darüber, ob sie diesem Mann danken oder ihn fürchten sollte. Dessen ungeachtet war sie sehr froh, dass er sie vor dem Senator beschützen wollte.

«Gewiss, Lucius, mein lieber Junge», stimmte Aulus unglücklich zu. «Sie gehört dir, und du allein bestimmst ihre Strafe.»

Lucius nickte und trat dann einen Schritt auf Sirona zu. «Lucius Brutus Flavius, Legat der fünfzehnten Legion

Apollo», stellte er sich vor. Und fügte zu ihrer Überraschung in ihrer Muttersprache hinzu: «Du brauchst keine Angst vor mir zu haben, Sirona.»

Dann nahm er seinen Umhang ab und legte ihn ihr um die Schultern, sodass sie vor fremden Blicken geschützt war. Seine Männer wichen ein paar Schritte zurück, als Lucius beschützend den Arm um Sirona legte. Dann wandte sich Lucius seinem Stiefvater zu: «Ich danke dir für deine Gastfreundschaft. Es ist eine Schande, aber die Umstände zwingen mich, früher als geplant zu gehen.»

Taranis ging den Gang entlang, der zu Poppaeas Schlafgemach führte. Es war seltsam, wie sehr sich sein Leben in Kürze verändert hatte, doch es machte ihm nur halb so viel aus, wie er anfänglich gedacht hatte. Er sah in Poppaea eine Herausforderung, und der Sex mit ihr war anregend. Nun, da er regelmäßig zu ihr ins Bett stieg, hatte sich seine Position in ihrem Haushalt dramatisch verändert.

Ehrlich gesagt, hatte er nur wenig mit den anderen Haussklaven zu tun. Die meiste Zeit des Tages verbrachte er mit Poppaea. Sein Zimmer befand sich nicht einmal mehr innerhalb der Sklavenunterkünfte, sondern ganz in der Nähe zu ihrem Schlafgemach, sodass sie ihn nach Belieben Tag und Nacht zu sich rufen konnte. Und wie oft sie ihn rief! Sie hatte einen unersättlichen Appetit auf Sex.

Da sie ihn erwartete, machte er sich nicht die Mühe, anzuklopfen, sondern betrat geradewegs den Raum.

«Taranis, wo hast du gesteckt?», verlangte sie zu wissen, wie sie es immer tat, wenn er nicht Sekunden nachdem sie nach ihm geschickt hatte, bei ihr war.

«Ich war draußen und habe ein paar Übungen gemacht», erklärte er ihr, als er auf sie zutrat. Sie saß an ihrem Frisiertisch, und eine Sklavin kämmte ihr langes Haar. «Dann habe ich mich gewaschen und eine saubere Tunika angezogen.» Er besaß mittlerweile eine ganze Reihe davon, allesamt aus feinstem Tuch.

«Hol mir das blaue Gewand mit der Goldstickerei am Saum», befahl sie der Sklavin. «Es ist von einer Näherin geflickt worden, da eine Naht kaputt war.» Die Sklavin eilte fort. Poppaea wandte sich mit einem herzlichen Lächeln Taranis zu. «Du hättest dich nicht erst waschen und umziehen müssen, weißt du.»

«Aber ich habe gestunken – gefallen dir etwa schweißüberströmte Männer?» Taranis war sehr darauf bedacht, nur dann so persönlich mit ihr zu sprechen, wenn keiner der anderen Sklaven anwesend war.

«Wenn der Schweiß von einem Körper wie dem deinen tropft, dann lautet die Antwort ja», antwortete sie mit rauchiger Stimme, als er ihr das Haar beiseiteschob und sie auf den Nacken küsste. «Vielleicht sollte ich ein regelmäßiges Training für dich aufsetzen lassen. Ich möchte keinesfalls, dass diese prächtigen Muskeln verschwinden. Sprich doch mal mit meinem Prokurator, Eros. Er wird für dich ein Kampf- und Waffentraining mit meinen Leibwächtern arrangieren.»

«Ich muss allerdings *sehr* gut in Form bleiben, um dich immer zufriedenstellen zu können, meine Herrin», entgegnete Taranis, der sich über dieses Privileg freute.

Er massierte ihr sanft die Schultern. «Das fühlt sich gut an», sagte sie leise aufstöhnend.

Taranis ließ seine Hände an ihrem Körper hinabgleiten und umfasste ihre Brüste. «Und du siehst heute Morgen besonders bezaubernd aus.» Seine Worte waren aufrichtig gemeint. Poppaea wirkte viel attraktiver, wenn sie keine Schminke trug und ihr das Haar offen über die Schultern fiel.

«Das kann nicht sein», protestierte sie. «Mein Haar ist noch nicht frisiert, und ich trage kein bisschen Schminke im Gesicht.»

«Solche Hilfsmittel hast du nicht nötig.» Er zog sie sanft auf die Füße und drehte sie zu sich herum. Dies war das erste Mal, dass er es wagte, so kühn und intim mit ihr umzugehen, obwohl sie keinen Sex hatten. Bettsklaven gingen keine persönliche Beziehung mit ihren Besitzern ein.

«Aber ein blasser Teint ist sehr gefragt, und meine Augen sehen ohne ein bisschen Kosmetik nach nichts aus.»

«In der Öffentlichkeit, meinetwegen. Aber du wirst doch gut auf derlei Dinge verzichten können, wenn du allein mit mir in deinem Schlafzimmer bist?»

Die Haut ihres olivenfarbenen Teints rötete sich, und zum ersten Mal empfand Taranis echte Zuneigung für diese Frau, die so enorm viel für ihn geboten und ihn vor den widerlichen Klauen des Gaius Cuspius bewahrt hatte. Er küsste sie sanft, dann mit steigender Inbrunst. Sein Schwanz wurde steif. Ein guter Fick würde das perfekte Ende einer harten Trainingseinheit bilden, und in diesem Moment begehrte er Poppaea sehr.

Sie erwiderte den Kuss ebenso leidenschaftlich, aber als er ihr das Gewand abstreifen wollte, schob sie ihn von sich weg. «Nein, Taranis. Ich muss mich um ein paar Angelegenheiten kümmern, und ich erwarte Gäste.» Sie runzelte die Stirn. «Manchmal erlaube ich mir zu vergessen, dass du ein Sklave bist. Das ist gefährlich.»

«Warum?», fragte er und verheimlichte den plötzlichen Groll, der in ihm aufwallte.

«Weil ich möglicherweise anfange, echte Gefühle für dich zu entwickeln, und das macht es schwerer, dich zu kontrollieren.» Sie wandte sich ab und begann in ihrer Schmuckschatulle zu kramen. Dann zog sie eine schwere goldene Halskette mit dunkelblauen Steinen daraus hervor. «Das wird gut zu dem blauen Gewand passen.»

«Nur für einen Augenblick –», begann er und streckte die Hand nach ihr aus.

«Ich habe nein gesagt», erwiderte sie beißend und schlug ihm auf die Hand. «Ich habe jetzt keine Zeit für Sex.»

Trotz dieser Bemerkung wusste er, dass sie erregt war. Ihr Atem war schneller geworden, und durch den hauchdünnen Stoff ihres Kleides konnte er sehen, dass sich ihre Nippel steif aufgerichtet hatten. Dennoch hatte sie ihn herablassend abgewiesen, und zwar just in dem Augenblick, als er geglaubt hatte, ein Stück der echten Poppaea entdeckt zu haben. «Wie du wünschst, *Herrin*.» Taranis ging auf die Tür zu.

«Warte!», hielt sie ihn zurück. «Ich habe dich noch nicht entlassen.»

«Dann werde ich auch nicht gehen.» Entschlossen schob er den Riegel vor die Tür.

Poppaeas Wangenröte vertiefte sich. «Schieb *sofort* den Riegel zurück, Taranis», rief sie wütend. «Und geh mir aus den Augen.»

«Geh, bleib», wiederholte er und kam auf sie zu. «Was willst du eigentlich?» Dann packte er den Zipfel ihres Gewandes und zog es ihr vom Körper. «Manchmal erlaube ich mir zu vergessen, dass ich ein Sklave bin. Und das ist gefährlich.»

«Wie kannst du es wagen!» Sie schlug ihn hart ins Gesicht.

Taranis stieß ein höhnisches Gelächter aus, als er nach ihrem Handgelenk griff, damit sie ihn nicht noch einmal schlagen konnte. «Ich wage es, weil ich will, dass du auf die Knie gehst und an meinem Schwanz lutschst.» Poppaea starrte ihn ungläubig an. Sie atmete schwer. Taranis legte ihr die

Hände auf die Schultern. «Hinknien», sagte er und drückte sie nach unten, bis sie gehorsam vor ihm hockte. Dann riss er sich die Tunika über den Kopf und warf sie beiseite. Als sie sich nicht bewegte, griff er mit den Fingern in ihr Haar und zog ihr Gesicht näher zu sich heran. «Jetzt, Poppaea.»

Taranis wusste, dass er gerade ein enormes Risiko einging, aber er hatte seine eigenen Bedürfnisse und die Kontrolle über sein Leben viel zu lange unterdrücken müssen. Er würde sämtliche Strafen, die sie sich für ihn ausdachte, annehmen, wenn er nur diesen Moment für sich haben könnte.

Doch wie es schien, kannte er Poppaea besser als sie sich selbst. Sie protestierte nicht und versuchte auch nicht, wieder auf die Füße zu kommen. Im Gegenteil, sein brutales Vorgehen schien sie ungemein zu erregen, als sie nach seinem Penis griff und ihn in den Mund nahm. Er atmete scharf ein, als sich ihre Lippen um die geschwollene Spitze legten. Ihr heißer, hungriger Mund schluckte noch mehr von seinem dicken Schwanz, und mit einer Hand umfasste sie seinen schweren Hodensack. Sie übte mit den Lippen Druck auf seinen Fickprügel aus, während ihre Zunge die pralle Eichel umspielte.

Er fand es äußerst erregend, die Kontrolle über seine Herrin zu besitzen, und erschauerte wonnevoll, als sie fester an ihm sog. Mit ihrer Hand fuhr sie seinen muskulösen Oberschenkel empor und streichelte sanft die empfindliche Stelle zwischen seinen Eiern und dem Anus. Das süße Saugen und ihre weichen Lippen entlockten ihm ein lustvolles Stöhnen. Und als ihre Fingerspitze sich langsam einen Weg in seine hintere Pforte bahnte, war es kaum noch auszuhalten. Er spürte, wie sich das Lustgefühl in ihm zusammenzog und der Orgasmus näher kam, aber er war noch nicht fertig mit Poppaea.

«Ich will nicht in deinen Mund kommen», knurrte er heiser und zwang ihren Kopf von seinem Schwanz.

Sie blickte überrascht zu ihm auf, sagte jedoch nichts, da sie noch immer in der devoten Haltung des Augenblicks gefangen war.

Taranis hob sie auf die Arme und trug sie zum Bett. Dann warf er sie bäuchlings auf die Matratze. Er schnappte sich ein Kissen und schob es ihr unter die Hüften, bis ihr festes, kleines Hinterteil in die Luft ragte. Dann schlug er sie auf beide Hinterbacken, bis ihre olivenfarbene Haut knallrot war und sie sich aus Lust und Schmerz vor ihm wand. Anschließend grub er seine Finger fest in die brennende Haut ihrer Pobacken und stieß seinen Schwanz kräftig in sie hinein. Taranis zog ihren Körper ganz dicht an sich heran, um sie so tief wie möglich auszufüllen. Er begann, sie schnell und hart zu stoßen, benutzte sie auf die brutalste Weise, aber sie flehte um mehr, als ihr Körper unter ihm vor Wonne erbebte.

Sirona folgte dem Sklavenmädchen durch eine Vielzahl sehr hübscher Räume, die nur spärlich möbliert waren. Dann gingen sie an einem großen Peristyl vorbei, das von hohen dorischen Säulen gesäumt war, und kamen anschließend durch ein paar kleinere Gärten, die zu einem beeindruckenden Atrium führten. Von dort aus betraten sie eine breite Veranda, die in Terrassengärten im klassischen Stil überging. Sie waren mit gestutzten Hecken, blühenden Pflanzen und kleinen Zypressen bepflanzt. Dahinter befand sich eine kleine Gasse, und in der Entfernung konnte sie Pompeji entdecken. Das Haus des Senators hatte sie schon in seiner Größe überrascht, aber dieses hier war mindestens dreimal so groß. Als Lucius sie in der vergangenen Nacht hergebracht hatte, hatte sie nicht auf ihre Umgebung geachtet. Der Legat musste ein sehr wichtiger Mann sein, wenn er solch ein schönes Anwesen besaß. Diese prächtige römische Villa verwirrte Sirona jedoch umso mehr. Was hatte dieser Mann, Lucius, mit ihr vor? Sie ging ein paar Schritte in das helle Sonnenlicht. Die Villa war am Hang eines Hügels erbaut worden. Wenn sie direkt über das Haus hinwegblickte, erkannte sie in einiger Entfernung den hohen Berg, den sie zum ersten Mal am Hafen gesehen hatte. Mittlerweile wusste sie, dass es der Vesuv war.

«Sirona!» Er rief ihren Namen, als er seitlich vom Gebäude her auf sie zutrat. Lucius trug eine einfache weiße Tunika mit einem weiten Halsausschnitt, der ein beträchtliches Stück seiner stattlichen Brust entblößte, und einem Saum, der kurz genug war, um die untere Hälfte seiner muskulösen Schenkel unbedeckt zu lassen. Diese Art von Kleidung wurde normalerweise von Haussklaven getragen, abgesehen von dem kunstvollen Ledergürtel, der ihm um die schmalen Hüften lag.

Sirona lächelte ihn verlegen an und wusste nicht, wie sie ihn begrüßen sollte, als er mit federndem Schritt auf sie zumarschierte. «Ich hoffe, du hast gut geschlafen?», fragte er, als er schließlich vor ihr stand.

Seine Tunika war an manchen Stellen ein wenig schmuddelig, als habe er irgendeine handwerkliche Arbeit verrichtet, aber das war sehr unwahrscheinlich. Lucius sah nun deutlich weniger bedrohlich aus, da er seine beeindruckende Uniform abgelegt hatte, aber Sirona war immer noch überwältigt von seiner starken männlichen Ausstrahlung.

«Ja, ich habe letzte Nacht gut geschlafen – und auch den halben Tag, wie es scheint.» Nach dem Stand der Sonne zu urteilen, war es bereits später Nachmittag.

Lucius war ein sehr gutaussehender Mann mit olivenfarbener Haut, aristokratischen Gesichtszügen, kurzem schwarzem Haar und dunkelbraunen Augen. Sein gutes

Aussehen und dieser muskulöse Körper beeindruckten sie stärker, als es die ersten Eindrücke dieser bezaubernden Villa vermocht hatten.

«Das ist nicht weiter überraschend. Ich habe der Haussklavin befohlen, dir einen Schlaftrunk zu geben.» Er lächelte sie freundlich an. «Das schien mir eine weise Entscheidung zu sein, nach allem, was passiert ist.»

Daran hatte es also gelegen, dass ihr der Trank im Nachgeschmack so bitter vorgekommen war. Und das große Bett war so bequem gewesen, als schwebte man in der Luft, verglichen mit der harten Pritsche in dem winzigen Raum, den sie sich mit zwei anderen Sklaven im Haus des Senators hatte teilen müssen. Plötzlich fiel ihr auf, dass sich schon die ganze Zeit angeregt in ihrer Sprache unterhielten. «Es überrascht mich, dass du meine Sprache so gut beherrschst», sagte sie schüchtern.

«Vielleicht ist es nicht derselbe Dialekt, den du sprichst, und meine Erinnerung lässt mich manches Mal im Stich», gestand er fröhlich. «Aber meine Mutter hatte mich gewarnt, dass du kein Latein verstehst.»

Sirona vertraute ihm noch nicht genug, um ihm die Wahrheit zu sagen. Nun, eigentlich sollte sie ihm besser überhaupt nicht vertrauen, aber sie fühlte sich auf seltsame Weise zu ihm hingezogen, was sie sich nicht recht erklären konnte. «Du bist sehr freundlich», sagte sie verlegen. «Wegen letzter Nacht – du bist bestimmt wütend auf mich, weil ich den Senator verletzt habe, nicht wahr? Immerhin ist er dein Stiefvater.»

«Ich kann es nicht gutheißen, aber ich verstehe, warum du in der Hitze des Augenblicks so gehandelt hast.» Er zuckte mit den breiten Schultern. «Er hatte kein Recht, dich so zu behandeln.»

«Weil ich deine Sklavin bin und nicht seine?»

«Du bist nicht meine Sklavin.» Er legte ihr eine Hand auf den Arm und führte sie zurück ins Atrium. «Lass uns in den Schatten gehen und ein wenig entspannen. Die Essenszeit ist längst überschritten, und ich bin hungrig.» Er führte sie an den kleineren Gärten vorbei in ein Speisezimmer. «Betrachte dich als meinen Gast, Sirona. Mein Freund Agricola bat, dass ich mich um dich kümmere. Er glaubt, dass ich deine Schönheit ebenso zu schätzen wüsste wie er deinen Mut. Das ist der Grund, weshalb er dich zu mir geschickt hat.»

«Und nicht nach Rom, um wie mein Vater exekutiert zu werden», sagte sie traurig, als er sie zu einem Speisesofa führte.

«Setz dich», bat er und schlüpfte aus seinen Sandalen. Dann warf er sich auf das Sofa ihr gegenüber und lehnte sich gegen die Kissen.

Sirona ließ sich steif auf dem Speisesofa nieder. Es gelang ihr nicht, sich zu entspannen. Ihr war es immer seltsam und schrecklich unbequem vorgekommen, in einer halb liegenden Position essen zu müssen. Einige Sklaven betraten den Raum und stellten köstlich aussehende, aber einfache Speisen in verschiedenen Schüsseln auf den Tisch zwischen ihnen.

Als die Diener gegangen waren, folgte sie dem Beispiel ihres Gastgebers und wusch sich die Finger in einer Schüssel mit Wasser, die zu diesem Zweck bereitstand. Dann trocknete sie ihre Hände. «Zurzeit habe ich keine Neuigkeiten von dem Verbleib deines Vaters», sagte Lucius. «In Rom geht es ein wenig chaotisch zu nach Kaiser Vespasians plötzlichem Tod. Titus wird allerdings schon bald alles unter Kontrolle haben. Dann kann ich Verbindung zu ihm aufnehmen und herausfinden, ob dein Vater noch am Leben ist. Wenn ja, dann kann ich Titus vielleicht überreden, ihn zu verschonen. Der neue Kaiser ist ein edler und gerechter Mann.»

«Demnach besitzt du Einfluss in Rom?» Sirona hielt verlegen inne. «Entschuldige bitte, es geht mich natürlich nichts an. Ich habe ungefragt gesprochen.»

«Ich habe es dir schon gesagt, Sirona» – er schnitt einen frischen Brotlaib auf –, «du bist nicht meine Sklavin. Frage, was du möchtest.»

Er fing an zu essen, als hätte er seit Tagen keine anständige Mahlzeit mehr gehabt, während Sirona nur aus Höflichkeit ein paar Bissen zu sich nahm. Normalerweise hatte sie einen gesunden Appetit, aber an diesem Tag verspürte sie keinen großen Hunger.

Nachdem er verspeist hatte, was ihr wie ein riesiger Berg vorgekommen war, lehnte sich Lucius zurück. Dann wischte er sich die Hände an einem Tuch ab und trank einen großen Schluck Wein. «Vergib mir. Ich habe zu lange den Soldatenfraß essen müssen. Und darüber habe ich meine Gastgeberpflichten vernachlässigt. Möchtest du nicht den Wein probieren?»

Sie folgte seinem Vorschlag und probierte den Wein, der süß und erfrischend war. «Ich hätte gedacht, dass ein militärischer Befehlshaber wie du auch unterwegs Diener hat, die für ihn kochen und sich um seine Belange kümmern.»

«Ich verstecke mich nicht in meinem Zelt und führe ein Luxusleben, wie es andere Befehlshaber tun. Ich esse, was meine Männer essen, und teile Mühsal und Unannehmlichkeiten mit ihnen. Dafür respektieren sie mich und würden mir, wenn es nötig wäre, bis in den Hades folgen.»

«Darf ich fragen, wie du gelernt hast, meine Sprache so flüssig zu sprechen?» Sie war neugierig auf diesen Mann, der sich auf so vielerlei Weise von den anderen Römern, die sie bislang kennengelernt hatte, unterschied.

«Als ich jünger war, habe ich mehrere Jahre in Britannien gedient. Eine Zeitlang hatte ich eine Geliebte aus deinem Stamm. Sie war meine Lehrerin.» Er verstummte einen Moment und fügte dann hinzu: «Sie war nicht meine Sklavin, Sirona. Mittlerweile ist sie mit einem reichen Kaufmann verheiratet und eine sehr glückliche Frau.»

«Hast du in der Zeit Agricola kennengelernt? Ich nehme an, dass ihr miteinander befreundet seid – warum sonst hätte er mich hergeschickt?», erkundigte sie sich neugierig.

«Er war mein General, als ich in Thrakien diente.» Er grinste sie jungenhaft an. «Ich hatte ihn damals schon sehr bewundert und ihn im Laufe der Zeit recht gut kennengelernt. Ich betrachte es als Ehre, dass er mich seinen Freund nennt.»

«Dann sollte ich wohl auch froh darüber sein. Was wäre wohl sonst mit mir geschehen?» Sie fühlte sich zu Lucius hingezogen, und vielleicht würde sie ihn eines Tages mögen, ihm vielleicht sogar vertrauen können. Wobei es recht wahrscheinlich war, dass er die Wahrheit sagte und sie nicht seine Sklavin war. Trotzdem befand sie sich in einer sehr merkwürdigen Situation: Weit entfernt von zu Hause in einem fremden Land, angeblich als Gast im Haus eines äußerst attraktiven Mannes und gleichzeitig komplett abhängig von ihm.

«Ja, das solltest du wohl», stimmte er zu und verschlang ein großes Stück Mandelkuchen, das mit klebrigem Honig übergossen war.

Sie beobachtete ihn, wie er den Kuchen aß, und trank den Rest ihres Weins aus. Dieser sorgte dafür, dass sie sich ein wenig mehr entspannen konnte. Sie hatte erst wenige Male zuvor Wein probiert und konnte sich nicht erinnern, dass er ihr jemals so gut geschmeckt hatte. Wein wurde nach Britannien importiert, und zwar für die romanisierten

Britannier und ihre Eroberer, aber nicht für die barbarischen Horden im Norden.

«Der neue Kaiser … du sprichst von ihm, als würdest du ihn recht gut kennen?»

«Ich kenne Titus, seit ich ein kleines Kind war. Wir sind Cousins zweiten Grades über die Linie meines verstorbenen Vaters. Titus ist gute zehn Jahre älter als ich, und als wir zusammen dienten, hat er es sich zur Aufgabe gemacht, mich zu beschützen. So sind wir enge Freunde geworden. Er ist ein guter Mann, Sirona. Und er wird gut für Rom sein, vielleicht sogar gut für Britannien.» Er lächelte sie an. «Vielleicht wird er deinem Land den Frieden bringen. Schließlich haben viele aus deinem Volk friedlich mit uns zusammengelebt und den Luxus genossen, den wir mitbrachten.» Er lehnte sich vor, griff nach dem Weinkrug und füllte ihren silbernen Becher nach. «Vielleicht sollten wir besser keine Themen diskutieren, die zu Unstimmigkeiten zwischen uns führen könnten.»

Die Kluft zwischen ihr und Lucius war breiter als das Meer zwischen Britannien und Gallien, dachte sie, wagte es aber nicht, den Gedanken laut auszusprechen. «Wie du meinst.»

Es wäre unhöflich gewesen, keinen Wein mehr zu trinken, nachdem er ihren Becher aufgefüllt hatte, daher nahm sie ein paar große Schlucke.

«Bist du schon fertig? Du hast nicht viel gegessen.»

«Genug für mich.» Sie lächelte Lucius an. Der Wein breitete sich in ihrem fast leeren Magen aus und sorgte dafür, dass sie ihm gegenüber viel aufgeschlossener war. «Ich war nicht sehr hungrig. Der Wein ist übrigens sehr gut.»

«Der beste Farlerner von den unteren Hängen, wo die süßesten Trauben wachsen.» Er tunkte seine klebrigen Finger in die Schüssel mit Wasser. «Mittlerweile habe ich auch einige phönizische Weine schätzen gelernt. Diese sind allerdings kräftiger und weniger süß.»

«Ich habe diese Sorte noch nie getrunken, geschweige denn phonzischen Wein», erwiderte sie und stolperte über die korrekte Aussprache. Daraufhin wäre sie am liebsten auf der Stelle in Gekicher ausgebrochen. Sie hatte keine Ahnung, weshalb, vielleicht lag es am Wein oder an der bizarren Situation, in der sie sich befand. Gestern war sie noch eine Sklavin gewesen, heute ruhte sie auf einer Liegestatt und plauderte mit einem bedeutenden römischen Kriegsherrn über die Vorzüge verschiedener Weinsorten. Sie runzelte die Stirn, als ihre Gedanken etwas durcheinandergerieten. «Ich glaube, dass dieser Wein seine Wirkung auf mich nicht verfehlt. Ich fühle mich seltsam», meinte sie vorsichtig.

«Du hättest vorher mehr essen sollen. Meistens verdünnen wir den Wein mit Wasser, aber dieser hier ist unverdünnt und daher viel stärker als das bittere Bier, das deine Leute brauen», sagte er und lächelte sie neckend an. Dann erhob er sich und schlüpfte in seine Sandalen. «Komm, ich zeige dir mein Anwesen. Der Spaziergang wird dir guttun, und du bekommst wieder einen klaren Kopf.»

Er streckte seine Hand aus, und ihr blieb nichts anderes übrig, als danach zu greifen, während sie aufstand. Als ihre Haut die seine berührte, spürte sie einen Hauch von Begierde in sich aufsteigen. Lucius war ein sehr attraktiver Mann, aber sie rief sich ins Gedächtnis zurück, dass er auch ein römischer General war.

«Dein Besitz ist sehr groß», bemerkte sie, um die Unterhaltung aufrechtzuerhalten, als er sie aus dem Speisezimmer führte. Mittlerweile fühlte sie eine seltsame Benommenheit, und ihre Brustwarzen begannen zu prickeln, als er den Griff um ihre Hand verstärkte.

«Ja. Mein Stiefvater hatte das Gerücht vernommen, dass

sie bald zum Verkauf stehen würde. Das war kurz bevor ich nach Judäa aufbrechen musste. Daher schickte ich ihm die nötigen Mittel und ließ ihn die Villa in meinem Namen kaufen. Ich sehnte mich nach einem eigenen Ort, an den ich zurückkehren könnte. Ich ziehe es vor, der politischen Atmosphäre Roms sooft ich kann zu entkommen. Außerdem leben meine Mutter und meine Schwester in Pompeji.»

Sirona fragte sich, ob die Anziehung, die sie für ihn empfand, wohl auf Gegenseitigkeit beruhte, als er sie durch das große Peristyl führte, das noch ein paar Reparaturen nötig gehabt hätte. «Hier sieht es aus, als wäre noch eine Menge zu tun.» Sie war unfähig, klar zu denken, solange er sie berührte, daher entzog sie sich Lucius und spazierte in den Garten. Das Wasser in den Springbrunnen war versiegt, das Bassin wies Sprünge auf und war gefüllt mit Erde.

«Die Villa hat eine ganze Zeit leergestanden, und die Handwerker hatten gerade die ersten Renovierungen abgeschlossen, als ich meiner Mutter die Botschaft schickte, wann sie mich zurückerwarten könne. Sie hatte mir die wichtigsten Dinge bereitgestellt, mehr nicht.» Lucius sprang auf sie zu, als sie fast über ein paar lose Gesteinsbröckchen gestolpert wäre. «Vorsicht, Sirona», sagte er und schlang ihr einen Arm um die Taille, um sie zu stützen.

«Wie dumm von mir», sagte sie befangen und kämpfte gegen die plötzliche Welle der Lust an, die sie überkam, als er sie wieder berührte. Obwohl sie brutal auseinandergerissen worden waren, galt ihre Liebe noch immer Taranis, und sie wollte sich keineswegs zu diesem Mann hingezogen fühlen, wenn sie doch einsam und verletzlich war.

«Ich habe viele Pläne für diesen Garten», erklärte er und führte sie zu dem Säulengang. «Aber auch an dem Haus» – er lächelte zu ihr herab – «müsste dringend eine Frau Hand anlegen.»

Von dem ersten Moment, seit sie Taranis gekauft hatte, hatte Poppaea diese kleine Zusammenkunft geplant, um ihn ihren wichtigsten und angesehensten Freundinnen vorzuführen. Die meisten der Frauen waren bei der Auktion gewesen. Hübsch zurechtgemacht und bereit, ihre Gäste zu empfangen, warf Poppaea ihrem Sklaven einen bewundernden Blick zu, als dieser sie durch den Garten begleitete.

Sie wusste, dass er nicht glücklich war mit dem Kostüm, das sie ihn tragen ließ. Es war durch eine Bild des Halbgotts Herkules inspiriert, das sie einmal gesehen hatte. Taranis trug nichts als einen kurzen, plissierten Rock im griechischen Stil mit einem schmalen, vergoldeten Gürtel. Der Goldschmied hatte ihr eine exorbitante Summe für die beiden dicken Armreife abgeknöpft, die um seine Oberarme lagen und die Pracht seiner herrlichen Muskeln betonten. Sie hatte ihm ein sehr teures, parfümiertes Öl gegeben, mit dem er sich einreiben sollte, sodass seine Haut nun wunderschön in dem hellen Sonnenlicht glänzte. Taranis' langes Haar war so weit gekürzt worden, dass es ihm nur noch bis auf die Schultern fiel. Ihm wäre es lieber gewesen, es wäre ganz kurz geschnitten worden, aber Poppaea wollte, dass er es länger trug.

Sie hatte beschlossen, dass das Treffen in ihrem Garten stattfinden sollte. Sie hatte gerade sechs lebensgroße Statuen aus Griechenland importieren lassen, die nun dekorativ um ihr Schwimmbecken aufgestellt waren. Es handelte sich um männliche Nackte, doch es war wirklich schade, dass der Bildhauer sie mit so erbärmlich kleinen Geschlechtsorganen ausgestattet hatte. Poppaea warf Taranis einen verstohlenen Blick zu. Aber warum sollte sie sich ausgerechnet deswegen Gedanken machen, wenn sie diesen köstlichen, dicken Schwanz ganz in ihrer Nähe hatte, dessen Besitzer ihr jederzeit höchste Freude bescherte, wenn sie danach verlangte.

Poppaea setzte sich auf einen Stuhl, den man im Schatten einer kleinen Reihe von Zypressen aufgestellt hatte. Wie befohlen, stand Taranis neben ihr. Sie wollte, dass ihre Gäste ihn sofort bei ihrer Ankunft entdeckten.

«Sie müssen bald hier sein», sagte sie und verscheuchte nervös ein kleines Insekt, das ihren Kopf umschwirrte.

«Gewiss, Herrin», bestätigte er unterwürfig.

Sie hatte Taranis eingeschärft, sich heute von seiner besten Seite zu zeigen. Manchmal fragte sie sich, ob sie nicht zu nachgiebig mit ihm war, da sie ihn mehr wie einen Liebhaber als einen Sklaven behandelte. Aber sie wusste nur zu gut, dass sie Sex mit diesen schrecklich dienstbeflissenen Bettsklaven, die andere Frauen besaßen, nie und nimmer genießen konnte, da diese Sklaven viel zu unterwürfig für ihren Geschmack waren. Sex mit Taranis hingegen war anregend und unvorhersehbar. Manchmal ging er zärtlich und sanft mit ihr um, dann wieder grob und brutal. Es war jedes Mal anders und jedes Mal berauschend.

Schon vor Jahren hatte Poppaea herausgefunden, dass man sie mit einem gewissen Maß an Brutalität, sogar mit mildem Schmerz erregen konnte. Das hatte Taranis gespürt und ihre Phantasien wahrgemacht. Sie hatte noch lange nicht die extremen Grenzen ihrer Wünsche erreicht, doch das würde sie noch, zu gegebener Zeit. Taranis war alles, was sie sich erhofft hatte, und mehr. Doch es war nicht einfach, einen Krieger als Sklaven zu haben, da er immer wieder die Grenzen zwischen Diener und Herrin weit überschritt.

Poppaea blickte Taranis an und fand abermals, wie unglaublich gut er in diesem Aufzug aussah. Ja, er besaß diesen wahnsinnig schönen Körper und hatte einen der größten Schwänze, denen sie in all der Zeit begegnet war. Doch da war noch etwas an ihm, das sie ebenfalls anzog wie ein Magnet – diese reine, animalische Ausstrahlung. Als sie Taranis das erste Mal erblickt hatte, war er nackt gewesen, und man hatte ihn in Ketten gelegt. Und ihre Pussy war sofort bei seinem Anblick geradezu nass geworden. Doch sie hatte auch seine gefährliche Aura wahrgenommen und gewusst, dass er sich nie ganz zähmen lassen würde. Sie wusste, dass er ein Krieger im wahrsten Sinne des Wortes war. Deswegen riss er immer wieder die Grenzen zwischen ihnen nieder, da er sich nie unterjochen lassen würde. Wenn sie ehrlich zu sich selbst war, dann wollte sie ihn auch gar nicht anders haben.

Während sie ihn so anstarrte, unterdrückte sie den Wunsch, ihre Hand kurz unter den Rock gleiten zu lassen und sein Geschlecht zu streicheln. Allein diesen geilen Schwanz zu berühren machte sie scharf. Es war schon erstaunlich, dachte sie nachdenklich, sie hatte sich noch nie zuvor so stark zu einem Mann hingezogen gefühlt, und oft fand sie Taranis einfach zu anziehend, um ihm zu widerstehen.

«Wie es scheint, kommen deine Gäste an.» Seine Worte unterbrachen ihre Gedanken.

Sie blickte in Richtung des Tablinum, des prächtig ausgestatteten Zimmers, in dem sie ihre Gäste empfing, und entdeckte eine schmalgesichtige Livia und Corelia, die etwas sittenstrenge Ehefrau von Cnaius Nigidus. Die beiden Frauen kamen um das Schwimmbecken auf sie zugeschlendert.

Sie begrüßte ihre Freundinnen herzlich und amüsierte sich köstlich, als sie die kurzen, begehrlichen Blicke sah, die sie Taranis zuwarfen. Erregte sein Anblick sie etwa genauso sehr?, fragte sich Poppaea. Weitere Frauen betraten den Garten, allesamt Mitglieder der einflussreichsten Familien Pompejis. Zuletzt traf die gutmütige Julia Felix ein, die Poppaea als ihre vertrauenswürdigste und engste Freundin bezeichnete.

Julias Wangen färbten sich leicht rosa, als ihr Blick auf Taranis fiel, der neben Poppaea stand. Julia hatte bei der Sklavenauktion für ihn geboten, doch sich den überhöhten Preis wohl letztlich nicht leisten können. Poppaea fragte sich, was Julia um alles in der Welt mit einem Sklaven wie Taranis angestellt hätte, da sie ihr nie wie eine Frau mit ausgeprägter Sinnlichkeit vorgekommen war. Es wäre die totale Verschwendung gewesen.

Poppaeas Sklaven servierten gekühlten Wein und Obstsäfte, die mit Honig gesüßt wurden. Dazu gab es verschiedene Speisen, wie etwa gekochte Eier, die mit kleingehackten Sardellen gewürzt waren, kleine Teigtaschen mit Fleisch, saftige Oliven und Austern aus Brundisium. Während die Frauen tranken und von den Speisen naschten, tauschten sie den neuesten Klatsch aus. Pompeji war eine Brutstätte der Intrige, und dazu gab es häufig interessante Neuigkeiten aus Rom. Und natürlich starrten die Damen allesamt gelegentlich zu ihrem neuen Sklaven herüber und fragten sich höchstwahrscheinlich, wie er im Bett war. Poppaea ergötzte sich an jedem verstohlen-lüsternen Blick und sonnte sich im Neid, den ihr neuester Besitz hervorrief. Sie war davon überzeugt, dass jede echte Frau in Pompeji Taranis gern in ihrem Bett gehabt hätte und sich heimlich wünschte, dass er seinen Schwanz zwischen ihre zitternden Schenkel schob.

«Bei allen Göttern, ist es warm heute.» Sie blickte Taranis vielsagend an, der daraufhin nach einem Fächer aus Pfauenfedern griff und ihr gehorsam Luft zufächelte. Seine Miene war ausdruckslos, doch sie wusste, dass er das alles hier hasste – das Starren der Frauen, die Art und Weise, wie sie ihn heute kleiden ließ, um mit ihm anzugeben, und wie sie von ihm erwartete, dass er ihr bescheiden alle Wünsche von den Lippen ablas. Er hatte nicht gerade glücklich dreingeblickt, als sie ihm eröffnet hatte, dass sie ihn am liebsten völlig nackt zur Schau gestellt hätte. Doch in einer Situation wie dieser, mit zahlreichen höchst respektablen Frauen als Gästeschar, wäre das sogar für sie undenkbar gewesen.

«Sehr warm», stimmte ihr Livia zu. Ihr Gesicht war eindeutig gerötet, und das wohl nicht von der Hitze, wenn man beobachtete, wie sie Taranis hungrig beäugte. Der Sklave, der hinter Livia stand, begann, verstärkt mit seinem Fächer zu wedeln.

Poppaea hatte nie begriffen, weshalb Aulus Livia geheiratet hatte, die nicht im Geringsten attraktiv war. Doch immerhin war sie eine sehr reiche Witwe, die eng mit der Familie des verstorbenen Kaisers Vespasian befreundet war. Natürlich war das der einzige Grund, weshalb man Lucius schon so früh zum Legaten gemacht hatte.

«Das Wasser sieht sehr verführerisch aus», meinte Corelia. «Könnten wir vielleicht ein wenig schwimmen?»

Poppaea wusste, dass in Corelias Haus gerade Renovierungsarbeiten stattfanden und ihr Bassin daher nicht benutzbar war. Aber wenn Corelia diesen Vorschlag nicht gemacht hätte, dann hätte sie es selbst getan. «Ja, warum nicht?», stimmte Poppaea zu. «Meine Damen, wenn ihr keine passenden Unterkleider tragt, dann begebt euch ins Haus. Meine Sklavinnen werden euch etwas geben, worin ihr schwimmen könnt.»

Poppaea lächelte, als sich einige der Damen erhoben und nach drinnen eilten. Wahrscheinlich brauchten sie sogar jemanden, der ihnen beim Umziehen half. Manche von ihnen hielten sich Sklaven, die wirklich alles für sie tun mussten, sogar ein Stück Schwamm auf einen Stock spießen und ihre Herrschaften an gewissen Stellen reinigen, nachdem diese sich erleichtert hatten.

«Ich mache mir gar nicht erst die Mühe», sagte Julia und setzte sich neben Livia. «Du weißt ja, dass meine Mutter nicht gern schwimmt, weil sie sich vor dem Wasser fürchtet. Ich werde stattdessen ein Weilchen mit ihr hineingehen.»

«Natürlich.» Livia war so ein erbärmliches Wesen, dachte Poppaea, als sie aufstand. «Taranis, hilf mir mit meinem Gewand.»

Er trat einen Schritt vor und löste die goldenen, saphirbesetzten Fibeln, die ihr Gewand an den Schultern zusammenhielten. Allein das Gefühl seiner warmen Finger auf ihrer Haut sandte Lustschauder über ihren Körper. Das Gewand fiel zu Boden. Taranis bückte sich, um es aufzuheben, dann legte er es sorgfältig auf ihren Stuhl. «Was darf ich noch für dich tun, Herrin?», fragte er in seinem kultivierten Latein. Es war weit von dem Vulgärlatein entfernt, das die meisten Barbarensklaven sprachen.

Der Stoff ihres Unterkleides war fast durchsichtig, und das Kleid reichte ihr kaum bis zu den Oberschenkeln. Sie merkte, wie seine Augen auf ihrem halbnackten Körper ruhten, und sagte: «Ja, du kannst mich zum Wasser begleiten und mir die Stufen hinabhelfen. Gestern ist mir aufgefallen, dass sie recht rutschig sind.»

Seine blauen Augen wurden schmal, als er sie zum Bassin geleitete. Hatte er ihre Motive erkannt? Oder blinzelte er nur gegen die gleißende Sonne an? Sobald das dünne Leinen seines knappen Rocks nass wurde, würde es sich an die Wölbung seines Organs schmiegen. Poppaea war fest entschlossen, allen ihren Freundinnen zu zeigen, wie wunderbar er wirklich ausgestattet war.

Sie erreichten das Bassin, und Taranis schritt die ersten beiden Stufen hinunter. Dann griff er nach ihrer Hand und half ihr, hinabzusteigen. «Geh weiter», befahl sie, «ich möchte keinesfalls ausrutschen.»

Aufmerksam half er ihr die Stufen hinab, die überhaupt nicht rutschig waren.

Als das Wasser an den Saum seines Rocks schlug, blickte er sie fragend an. «Vielleicht sollte ich besser hier stehen bleiben und auch den anderen Damen helfen?», schlug er vor, als Corelia und die anderen erschienen und nun passend fürs Schwimmen gekleidet waren.

«Nein», sagte Poppaea knapp. «Hilf mir weiter hinein.»

Seine Kiefer pressten sich aufeinander, aber er sagte nichts, als er ihr die letzten Stufen hinabhalf und nun bis zur Taille im Wasser stand.

«Du darfst jetzt wieder hinaufgehen und den anderen helfen», befahl sie.

Dann wandte sie sich von Taranis ab und begann, langsam auf das tiefe Ende zuzuschwimmen. Taranis rührte sich jedoch nicht von der Stelle, sondern sah Poppaea nach. Unterdessen gelang es ihren Freundinnen mit Leichtigkeit, auch ohne Hilfe das Becken zu betreten. Die Frauen wateten an Taranis vorbei und blickten bewundernd auf seine nackte Brust. Dann fingen sie an, sich gegenseitig mit Wasser vollzuspritzen, zu lachen und zu kichern. Sie machten nicht die geringsten Anstalten, Poppaea im tieferen Wasser Gesellschaft zu leisten.

Poppaea schwamm ihre Bahn zu Ende und drehte sich dann um. Es überraschte sie, dass Taranis noch immer an der gleichen Stelle stand und sie ansah. Warum benahm er sich so aufsässig?, fragte sie sich gereizt. «Beweg dich», rief sie und kam sich ein wenig albern vor, als sie ihm heftig entgegenwinkte. «Geh jetzt aus dem Wasser, Taranis.»

Ja, er bewegte sich, aber nicht die Stufen empor, wie sie es angeordnet hatte. Stattdessen tauchte er ins Wasser ein und schwamm auf sie zu, während ihre Freundinnen ihm völlig verblüfft nachsahen.

«Wie kannst du es wagen!», zischte sie ihm zu, als er neben ihr auftauchte.

«Ich wage es eben.» Er lachte bitter auf und tauchte dann wieder unter. Taranis kam nicht sofort wieder nach oben, da er zwischen ihre Beine abgetaucht war. Poppaea erstarrte, dann riss sie überrascht die Augen auf, als sie seine Finger an ihrer Möse fühlte. Lust und Verlangen fuhren ihr durch den Körper, als sein Mund sich saugend um ihre Pussy legte und er mit der Zunge unablässig ihren Kitzler reizte.

Poppaea bemühte sich sehr, ihre Lustschreie zu unterdrücken, denn sie war sich nur allzu sehr der Anwesenheit ihrer Freundinnen bewusst, die alle in ihre Richtung starrten und sich offensichtlich fragten, was da gerade vor sich ging. Dann tauchte Taranis zu ihrer großen Erleichterung wieder neben ihr auf. Er nahm einen tiefen Atemzug und wischte sich das nasse Haar aus dem Gesicht.

«Man sollte dich in den Hades schicken», fluchte sie, «was glaubst du eigentlich, was du hier tust?»

«Das hier», erwiderte er sanft und steckte ihr drei Finger auf einmal in die Fotze.

Poppaea quiekte laut auf vor Überraschung. Das Gefühl war so köstlich, dass sie ihm liebsten befohlen hätte, noch tiefer in sie einzudringen. Er bewegte seine Finger langsam in einem sinnlichen Rhythmus. Ihr war noch nie zuvor klargeworden, wie wundervoll der Sex sein konnte, wenn man von Wasser umgeben war. Hätte sie das schon früher geahnt, hätte sie Taranis schon längst an dieser Stelle gefickt, jedoch nicht vor ihren Freundinnen.

«Hör sofort damit auf.» Jetzt flehte sie und befahl nicht mehr. Doch eigentlich wollte sie, dass er weitermachte. Das Gefühl seiner kühlen Finger, die in sie stießen und der wogenden Wellen an ihrer Möse war einfach unbeschreiblich gut.

«Ich will dich jetzt», knurrte er leise. Sie war in großer

Versuchung, einfach ja zu sagen, aber allein die Vorstellung war komplett verrückt. Er presste seinen muskulösen Körper an ihren, während seine Finger noch immer Wunder vollbrachten und sein Daumen über ihre Klit strich. Ihr Inneres schmolz dahin, sie spürte kaum die raue Beckenwand an ihrem Rücken. Alle ihre Sinne waren auf das geile Gefühl seiner sanft stoßenden Finger gerichtet und auf seinen steifen Schwanz, den er an ihrem Bauch rieb. «Willst du, dass ich ihn dir jetzt reinschiebe?», wisperte Taranis.

«Ja», keuchte sie und vergaß alles außer ihrer glühenden Leidenschaft für diesen Mann.

«Vor deinen Gästen?», fragte er mit beißendem Spott, zog seine Finger aus ihr heraus und entfernte sich ein wenig von ihr.

«Nein, natürlich nicht.» Sie fühlte sich völlig leer ohne ihn, wurde aber im gleichen Moment schrecklich wütend auf sich selbst, da sie viel zu leicht nachgegeben hatte. «Verlass sofort das Becken», befahl sie, und ihr Gesicht wurde scharlachrot vor Verlegenheit. «Geh in mein Schlafzimmer und warte dort auf mich.»

Taranis lächelte und stützte sich an der Kante des Schwimmbeckens ab. Dann hievte er sich mit seinen muskulösen Armen aus dem Wasser. Einen kurzen Augenblick stand er seitlich vom Becken und blickte auf Poppaea herab. Der triefend nasse Stoff schmiegte sich eng an seinen Körper und enthüllte ihren Freundinnen das volle Ausmaß seiner Erektion.

Dann schnappte er sich eines der Tücher, die für die Gäste bereitlagen, schlang es sich um die Hüfte und spazierte auf das Haus zu.

Taranis verstand Poppaeas Zorn. Er hätte nie der Versuchung nachgeben und es ihr zurückzahlen dürfen, obwohl sie ihn in dieser lächerlichen Kostümierung ihren höchst ehrenwerten Freundinnen vorgeführt hatte. Das Ganze hatte ihm nur allzu deutlich gezeigt, dass er nichts weiter als ein Sklave war. Doch ebendiese Tatsache hatte er letzthin recht gut verdrängen können. Und wenn sie zusammen in ihrem Schlafzimmer waren und er die totale Kontrolle übernahm, dann konnte er sogar fast alle Demütigungen ausblenden, die er letzthin hatte ertragen müssen.

Er betrat das Tablinum und ging an der Wand mit den Totenmasken von Poppaeas Ahnen vorbei. Rote Fäden waren straff zwischen ihnen gespannt und verbanden Vater und Kind und Ehegatten miteinander. Diese Verbindungen sollten auf ewig daran erinnern, wie sehr die Gegenwart mit der Vergangenheit verknüpft war.

Im Inneren des Hauses war es recht dunkel, verglichen mit dem grellen Sonnenlicht draußen. Seine Augen brauchten einen Moment, um sich anzupassen, und dabei hätte er fast Julia umgerannt.

«Oh!», rief sie aus und hielt überrascht inne.

«Vergib mir, verehrte Dame.» Er trat einen Schritt zurück.

«Nichts passiert», entgegnete sie fahrig, während ihre blassen Wangen rosafarben anliefen.

«Ich sollte nicht unaufgefordert zu dir sprechen», sagte er höflich, «und vergib mir bitte, wenn ich es trotzdem tue, aber als ich dich vorhin zum ersten Mal im Garten sah, da kamen mir deine Gesichtszüge so vertraut vor. Ich habe dich nicht einordnen können. Doch jetzt weiß ich, wo ich dich schon einmal gesehen habe.»

Sie schien Schwierigkeiten zu haben, ihn anzusehen. Doch dann hob sie schließlich den Blick und starrte einfach nur geradeaus. Doch da sie ein ganzes Stück kleiner war als Taranis, blieben ihre Augen an seiner nackten, noch feuchten Brust hängen. «In den Bädern», bemerkte sie schüchtern.

«Ja», bestätigte er, wohl wissend, dass es ihm verboten war, so mit ihr zu sprechen. «Ich hatte nicht gewusst, dass zur gleichen Zeit Damen in den Bädern anwesend waren.»

«Es waren auch keine Damen da. Es ist nur so, dass mir die Venus-Bäder gehören», gestand sie. Ihr Atem ging schneller, als sie in sein Gesicht blickte. «Ich habe dich zufällig dort entdeckt.» Die Röte auf ihren Wangen vertiefte sich. «Ich wollte nicht spionieren –»

«Ich hätte es nicht erwähnen sollen, verehrte Dame.» Es tat ihm leid, dass er sie in Verlegenheit gebracht hatte. Offensichtlich hatte sie gesehen, wie ihn das Sklavenmädchen verwöhnte, und es hatte ihr nicht gefallen. «Bitte gib nicht dem Mädchen die Schuld.»

«Das habe ich nicht.» Sie lächelte betreten. «Ehrlich gesagt, hatte ich den Vorfall schon längst vergessen, wenn du ihn nicht eben erwähnt hättest», fügte sie rasch hinzu. «Und, Poppaea ist keine schlechte Herrin, nicht wahr?»

Eine seltsame Frage an einen Sklaven. Fast schien es, als wäre sie um sein Wohlergehen besorgt. «Sie ist sehr anspruchsvoll und erwartet jederzeit meine ungeteilte Aufmerksamkeit.» Er verstummte. Julia schien nicht der Typ Frau zu sein, der viel über die intimen Pflichten wusste, die zu erfüllen von ihm verlangt wurde, daher wollte er sie nicht unnötig aufregen, indem er zu offen mit ihr sprach. «Meistens ist sie eine gute Herrin, und es steht mir nicht zu, mich zu beschweren. Ich habe mich nur ein wenig unbehaglich gefühlt, als sie mich gezwungen hat, diese lächerliche Kostümierung zu tragen und vor ihren Freundinnen einherzustolzieren.»

«Das war sicherlich schwer», stimmte sie zu. «Poppaea liebt es, mit ihren Besitztümern anzugeben. Aber du siehst nicht lächerlich aus, sondern einfach nur sehr stattlich.» Sie lachte verkrampft auf. «Ich gestehe, sogar ich war erleichtert, als es Poppaea gelang, dich auf der Auktion zu ersteigern. Nicht auszudenken, wenn Gaius gewonnen hätte. Ich mag ihn nicht, er hat eigenartige Vorlieben.»

Ihre Unterhaltung wurde von Sekunde zu Sekunde seltsamer. «Ich danke den Göttern, dass sie mich verschont haben.» Taranis legte nachdenklich die Stirn in Falten. «Du bist dort gewesen, glaube ich. Deine Stimme kommt mir bekannt vor.»

«Ja», gab sie schüchtern zu. «Nachdem ich dich in den Bädern sah, dachte ich – nun, ich hatte einfach beschlossen, einen Versuch zu wagen und dich zu kaufen, das war alles.»

Ausnahmsweise wusste Taranis nicht, was er sagen sollte. Julia schien ihm keine Frau zu sein, die sich Lustsklaven hielt.

Als er nicht antwortete, sagte sie: «Du hast etwas an dir, Taranis. Ich fühlte mich zu dir hingezogen.» Sie seufzte. «Du bist ein bemerkenswert gutaussehender Mann.»

«Es ist wirklich schade, dass du verloren hast», sagte er, ohne nachzudenken. Er mochte Julia. Sie wirkte freundlich und fürsorglich. Wahrscheinlich wäre sie als Herrin viel einfacher zufriedenzustellen als Poppaea.

«Ich habe nicht verloren. Meine Stiefvater hat mich davon abgehalten, weiterzubieten, obwohl ich es mir durchaus hätte leisten können», gestand sie, bevor sie sich rasch abwandte und davoneilte.

6

Taranis saß auf dem Fußboden neben einem der Fenster in Poppaeas Schlafgemach und hatte beschlossen, dass er sich wohl besser nicht schon ausziehen und auf dem Bett lümmeln sollte, wie er es sonst tat. Er fragte sich, wie sie sein unmögliches Verhalten ihren Freundinnen gegenüber erklärt hatte. Sie war so stolz auf ihn und hatte einfach nur mit ihm angeben wollen. In gewisser Hinsicht war sie sehr unsicher und brauchte den Neid der anderen, um sich überlegen und mithin als Nichte einer ehemaligen Kaiserin zu fühlen. Taranis hasste die Vorstellung, dass er zu ihrem Besitz gehörte, aber wenn er schonungslos ehrlich mit sich war, dann war er eben genau das. Er hatte sich völlig unangemessen vor einigen der angesehensten Bürgerinnen Pompejis benommen, hatte einfach den Verstand ausgeschaltet und gehandelt, ohne nachzudenken.

Poppaea stürzte zornig ins Zimmer, als er gerade befand, dass das Sitzen auf dem harten Boden ein wenig ungemütlich wurde. Hinzu kam, dass sein zerknitterter Plisseerock alles andere als trocken war. «Möge dich Poseidon mit seinem Dreizack aufspießen», zischte sie, als sie ihn erblickte. «Steh gefälligst auf, wenn ich mit dir rede. Du bist immer noch ein Sklave, auch wenn du das anscheinend vergessen hast.»

«Im Gegenteil», erwiderte er, als er auf die Füße kam.

«Ich denke jeden Moment daran, bei Tag und bei Nacht. Trotzdem hätte ich mich nie so verhalten dürfen. Es tut mir leid.»

«Leidtun reicht nicht, Taranis», brüllte sie, riss sich das Gewand vom Leib und schleuderte es ihm entgegen.

«Das erwarte ich auch nicht», stimmte er ihr zu, als er über das Gewand am Boden hinwegstieg und auf sie zukam. «Ich habe dich vor deinen Freundinnen in große Verlegenheit gebracht, und zwar deutlich stärker als du mich, wie es scheint.»

«Verlegenheit!», wiederholte sie wutentbrannt. «Sklaven ist es nicht gestattet, sich verlegen zu fühlen. Wenn ich dir befehle, splitternackt in der Stadt umherzulaufen, mit einer Juwelenkette um deinen Schwanz, dann hast du genau das zu tun, denn genau das machen Sklaven: Sie gehorchen Befehlen.»

Aus einem Instinkt heraus zog Taranis Poppaea in seine Arme und hielt sie dort fest. Sie zitterte noch immer vor Zorn und presste ihre Wange an seine breite Brust, als ihre Augen sich mit Tränen der Wut füllten.

«Ab morgen wird jeder in der Stadt über dein Verhalten herziehen. Corelia ist eine schreckliche Klatschtante. Sie werden mich alle auslachen, weil ich viel zu nachsichtig mit einem Sklaven umgehe. Ich werde mich über Wochen hinweg von der feinen Gesellschaft fernhalten müssen.»

«Lass mich im Forum auspeitschen. Dann sehen alle, dass du mich bestrafst», schlug er vor und schob ihr die feuchten Haarsträhnen aus dem Gesicht.

«Aber wenn ich das tue, dann wird dein wunderhübscher Rücken zerfetzt werden», erklärte sie schniefend. «Dafür bist du zu viel wert, Taranis. Ich muss meine Investition schützen.»

«Peitschennarben würden also meinen Wert mindern?»

«Du weißt genau, dass dem so ist», erwiderte sie, während er sanft seine Hände über ihren nackten Rücken gleiten ließ. «Möge mir Jupiter beistehen.» Sie trommelte mit den Fäusten gegen seine Brust. «Ich werde einen Weg finden, um dich zu bestrafen, Taranis.»

Er knabberte neckend an ihrem Ohrläppchen. «Und bis es so weit ist?»

«Wirst du das zu Ende bringen, was du im Schwimmbecken begonnen hast.»

Er hob sie auf seine Arme und trug sie zum Bett. Sanft legte er sie auf den Kissen ab. Dann lagerte sie dort und beobachtete ihn. Tränenspuren des Zorns zeichneten sich auf ihren Wangen ab und hatten ihre Augenschminke verwischt. In diesem Augenblick hatte sie wenig Ähnlichkeit mit der Nichte einer römischen Kaiserin, doch das war Taranis egal, als er ihr exakt das gab, wonach sie verlangte.

Er riss sich den zerknitterten Stoffstreifen, den er so hasste, vom Körper, schleuderte ihn von sich und hoffte, dass er ihn nie wieder würde tragen müssen. Dann trat er an das Fußende von Poppaeas Bett. Sofort spreizte sie die Beine für ihn und gestattete ihm den Anblick ihrer geschwollenen Schamlippen, die den rosa Schlitz ihrer Möse verdeckten. Allein ihr Anblick, wie sie dort lag und auf ihn wartete, machte ihn scharf. Er merkte, wie sein Schwanz härter wurde, als er sich an die heftige Erregung erinnerte, die sie beide im Schwimmbecken gespürt hatten, als er sie dort unter Wasser berührt hatte. Dasselbe heiße Feuer strömte auch jetzt durch seine Adern, aber dieses Mal wurde es gedämpft von einer seltsamen Mischung aus Zuneigung und Mitleid, die Taranis für seine Herrin empfand.

«Ich will dich so sehr», stöhnte Poppaea und hielt ihren Blick unverwandt auf seinen Schwanz gerichtet, der aufreizend zwischen seinen Beinen emporragte.

Sie seufzte, als er sich über sie beugte und heiße Küsse auf die Innenseiten ihrer Oberschenkel drückte und verführerisch an ihrer weichen Haut knabberte. Er war sich seiner aufgestauten Gefühle nur allzu deutlich bewusst, als er die Hitze spürte, die ihre Möse ausstrahlte, und er fragte sich, was wohl ihre vornehmen Freundinnen wohl denken mochten, wenn sie sie jetzt sähen: die Beine weit gespreizt wie eine Hure, die für ihren nächsten Freier bereit war. Plötzlich überkam Taranis der dringende Wunsch, sie genau so zu behandeln. Er hätte sich am liebsten einfach auf sie geworfen und ihr seinen Schwanz reingesteckt, brutal, wie eben ein Herr mit seiner Sklavin umging. Doch das konnte er keinesfalls tun. Schließlich hatte er Poppaea blamiert, und wenn er seine Position in ihrem Haushalt behalten wollte, dann würde er heute Nacht den gehorsamen Diener spielen müssen.

Poppaea stöhnte lüstern auf, als er ihre geschwollenen Schamlippen auseinanderzog, mit der Zunge mehrmals über ihre rosige Spalte fuhr, sanft gegen ihre Klitoris stupste und schließlich in ihre Möse glitt. Sie war feucht, glatt und seidig, und er spürte, wie Poppaeas Körper vor Lust zu zittern begann, als er mit der Zunge tiefer in sie eindrang. Ihre Wut hatte sie unglaublich geil gemacht, und als er ihre Klit noch einmal berührte und sanft daran sog, kam sie fast augenblicklich zum Höhepunkt.

Taranis wusste, dass er noch lange nicht fertig mit ihr war, als er sich so weit nach oben schob, bis er halb über ihrem Unterleib lag. Er nahm ihre Brustwarzen zwischen Zeigefinger und Daumen, zwickte sie und zog daran. Poppaea stöhnte auf, erregt von Lust und Schmerz, die so dicht wie auf Messers Schneide beieinanderlagen. Dann nahm er eine dunkle Spitze nach der anderen in den Mund.

«Bitte», flehte sie, «fick mich. Ich will deinen Schwanz in mir spüren, jetzt.»

Dieser Aufforderung gehorchte Taranis nur zu gern. Auch seine Erregung war mittlerweile mächtig gewachsen. Als er in ihre feuchte, glitschige Wärme stieß, war die Mischung aller Empfindungen so überwältigend, dass er fast auf der Stelle gekommen wäre. Doch er kämpfte um seine Selbstbeherrschung, ließ sich niedersinken und presste ihren Körper sanft gegen die Kissen. So blieb er einen Moment lang liegen, ohne einen Muskel zu bewegen, und atmete tief ein, bis er die Kontrolle über seine Lust zurückerobert hatte.

«Niemand hat mich je so gut ausgefüllt wie du», ächzte Poppaea vor Wonne und hob ihm gierig die Hüften entgegen. «Fick mich hart.»

Taranis fuhr mit den Händen über ihre schlanken Hüften und grub seine Finger tief in das Fleisch ihrer Pobacken. Dann machten sich seine Lippen wieder über ihre Brüste her, sogen fest an den Nippeln, die schon recht wund waren, und ließen sie noch stärker anschwellen. Ein genüsslicher Seufzer entrang sich ihrer Kehle, als er seine Hüften zu bewegen begann. Jetzt fickte er sie hart und tief und pumpte bald schon wie ein Besessener in sie hinein. Taranis legte sein ganzes Gewicht hinter jeden Stoß, als könnte er damit nicht nur seine eigenen Dämonen austreiben, sondern auch die Verletzungen, die er ihr zugefügt hatte.

«Ja», schrie sie und schlang die Beine um seine schlanken Hüften.

Ihre Körper bewegten sich im Einklang miteinander, woraufhin die Seile der Bettaufhängung unter ihrem Gewicht anfingen zu knarren. Taranis rauschte das Blut in den Ohren, als er seine Ladung in einem heftigen und langanhaltenden Orgasmus entlud. Poppaea keuchte und zitterte unter ihm, als auch sie ein weiteres Mal kam.

Sie nahmen ein spätes Abendessen zu sich, das auch Anlass zum Anstoßen war, wie Lucius ankündigte. Er hatte hart gearbeitet, um das Anwesen herzurichten, und Sirona hatte ihm geholfen, wo sie nur konnte, indem sie beispielsweise die Materialien ausgesucht hatte: schwere, üppig bestickte Vorhänge, die vor die Türbogen gehängt wurden, und leichte, glatte Baumwollstoffe für die Fenster, um das gleißende Sonnenlicht auszusperren. Lucius hatte die Möbel ausgesucht, da sich Sirona mit den römischen Vorlieben wenig auskannte. Er hatte die meisten Stücke auf der Basis von Zeichnungen bestellt, und nun wurden die Möbel von den Handwerkern in Pompeji hergestellt, während die kunstvolleren Stücke sogar aus Rom hertransportiert wurden. Wie es schien, spielte Geld für Lucius keine Rolle.

Sirona war mit nichts außer Lucius' Umhang am nackten Körper in diesem Haus angekommen. Doch jetzt besaß sie eine wahre Fülle von neuen Gewändern, unter denen sie wählen konnte: Kleider aus feinstem Leinen, besticktem Musselin und farbenprächtiger Seide. Lucius hatte ihr auch ein geschnitztes Kästchen mit Schminke geschenkt, die sie jedoch noch nicht ausprobiert hatte. Sie wusste, was die einzelnen Tiegel enthielten. Darin befanden sich Pulver aus weißem Blei oder Kreide, die den Teint blasser machen sollten, und schwarzes Antimon, das dazu diente, die Augen zu umranden oder die Wimpern zu färben. Des Weiteren gab es winzige Pulvertöpfchen mit verschiedenen Pink- und Rottönen, die für die Wangen und Lippen gedacht waren. Außerdem hatte Lucius verschiedene parfümierte Öle und Duftessenzen aus Rosenblüten, Myrrhe und anderen intensiven Gewürzmischungen für sie erstanden.

Und nicht zuletzt hatte er ihr Juwelen geschenkt, darunter eine ganze Anzahl von wunderschönen Halsketten und

Armbändern aus Gold und Halbedelsteinen, zusammen mit passenden, kunstvoll gearbeiteten Fibeln.

Lucius verwirrte Sirona. Im Laufe der Zeit hatte sie begonnen, ihn zu mögen, ja sogar zu bewundern, und die sexuelle Anziehungskraft war immer noch vorhanden, obwohl sie sich sehr anstrengte, sie zu ignorieren. Doch es überraschte sie, dass er nicht den geringsten Versuch unternahm, sie zu verführen. Er verhielt sich ihr gegenüber so höflich und respektvoll wie zu jedem anderen Gast. Nichtsdestotrotz hatte sie nach der Vielzahl der Geschenke und aufgrund der freundlichen Art, mit der er sie behandelte, beschlossen, ihn nicht länger zu täuschen. Vor ein paar Tagen hatte sie ihm vor dem Abendessen verlegen gestanden, dass sie Latein perfekt sprach.

Sie hatte erwartet, dass er verärgert reagieren würde, doch stattdessen hatte er gelacht und sie ein raffiniertes Luder genannt. Außerdem schien er sich köstlich darüber zu amüsieren, dass es ihr gelungen war, seinen Stiefvater während der ganzen Zeit zu täuschen, die sie in seinem Haus verbracht hatte. Mittlerweile hatte Sirona herausgefunden, dass Lucius Aulus Vettius nicht sonderlich mochte. Die Behandlung seiner Schwester und seiner Mutter hielt er für gedankenlos und grausam.

Sirona stand auch eine persönliche Leibsklavin zur Verfügung, ein süßes Mädchen aus Sizilien, das auf den Namen Amyria hörte und das seiner Herrin in diesem Augenblick in eines der neuen Kleider half. Dabei handelte es sich um einen seidenen Peplos, ein ärmelloses Frauengewand, das exakt den gleichen Grünton wie Sironas Augen hatte. Das Oberteil der bodenlangen Tunika wurde an den Schultern gerafft und fiel in hübschen Drapierungen über Sironas vollen Busen.

«Jetzt brauchen wir noch dieses», sagte Amyria und schlang ein breites goldenes Band um Sironas schlanke Taille, führte es über Kreuz nach oben und verknotete es straff unter Sironas Brüsten. «Das ist besser. Gefällt es dir, Herrin?», fragte Amyria, als sich Sirona im Spiegel betrachtete.

Das Band ließ das lose Gewand deutlich schmeichelhafter aussehen, da die Seide nun eng am Oberkörper anlag und von der Taille abwärts in sanften Wellen zu Boden fiel, was ihre Hüften und Beine beim Gehen betonte.

«Es ist sehr hübsch.» Sirona lächelte ihrem Spiegelbild zu. Sie fühlte sich ein wenig fremd in diesen kostbaren Gewändern, das Haar zu einer kunstvollen Hochfrisur aufgetürmt, wie es zurzeit in Rom der letzte Schrei war. Sogar die Haarnadeln aus Knochen waren wunderschön verziert, mit fein geschnitzten Tierfiguren oder Blumen.

«Und jetzt das.» Amyria legte ihr einen Halsreif um. Dieser bestand aus feinen, gewundenen Goldsträngen und war mit kleinen grünen Steinen besetzt.

«Ich erkenne mich selbst nicht wieder.»

Sirona war zwar eine keltische Prinzessin, doch sie trug diesen Titel nur dem Namen nach, da sie nie ein Luxusleben geführt hatte. Die meiste Zeit waren sie und ihr Vater auf der Flucht gewesen und von einem Ort zum nächsten gezogen. Abgesehen von den fünf Jahren in Camulodunum, die sie bei einer Familie verbracht hatte, die zwar romanisiert war, aber dennoch mit der Sache ihres Vaters sympathisierte. Während dieser Zeit hatte sie nicht nur fließend Latein gelernt, sondern konnte die Sprache seither auch lesen und schreiben.

«Es vervollständigt deine Schönheit», sagte Amyria mit einem warmherzigen, aufrichtigen Lächeln.

«Wenn mich doch nur Taranis so sehen könnte.»

«Herrin?»

Sirona errötete, denn ihr war nicht bewusst gewesen, dass sie diesen Gedanken laut ausgesprochen hatte. «Ich habe gerade an einen Freund gedacht – wir sind gemeinsam in dieses Land gebracht worden.»

Amyria wusste wahrscheinlich längst über ihre Vergangenheit Bescheid. Die meisten Haussklaven klatschten unablässig über ihre Besitzer.

«Ich befürchte, dass auch alle anderen, die bei mir waren, als Sklaven verkauft wurden», gestand sie traurig. «Taranis war der Anführer des Aufstands in Britannien. Ich habe nie erfahren, was aus ihm geworden ist.»

Amyria runzelte die Stirn, dann blickte sie sich um, um sicherzugehen, dass sie von niemandem belauscht wurden. «Ich bin mir nicht sicher, ob ich dir das erzählen darf. Der Herr hat uns verboten, von den Ereignissen zu sprechen, die geschehen sind, bevor du herkamst. Ich glaube, er befürchtet, dass du dich unnötig aufregen könntest.»

«Aber ich muss es wissen», entgegnete Sirona. «Wenn du mir irgendetwas erzählen kannst, dann zögere nicht, ich bitte dich.»

«In der Stadt kursieren Gerüchte von einem faszinierenden Sklaven. Es heißt, er sei groß, blond und sehr gutaussehend. Aber dieser kam aus Gallien, nicht aus Britannien.»

«Das ist er.» Sirona spürte, wie sich ihr die Brust zusammenzog, und plötzlich fiel ihr das Atmen schwer. «Weißt du, was aus ihm geworden ist?»

«Wie es scheint, wurde er von Poppaea Abeto gekauft, einer reichen Dame und einer Verwandten einer früheren Kaiserin. Sie hat dreihundertsechzigtausend Denar für ihn bezahlt. Das ist die höchste Summe, die je für einen Sklaven in Pompeji ausgegeben wurde …» Amyria zögerte und war sich offensichtlich unsicher, ob sie fortfahren sollte.

«Erzähl weiter, ich will alles wissen», drängte Sirona.

«Man sagt, dass der Sklave sehr gut ausgestattet ist und dass die besagte Dame ihn für ihr Bett haben wollte.»

Sirona wusste, dass sie erleichtert sein sollte, weil er in Sicherheit war, doch stattdessen durchfuhr sie eine plötzliche Welle der Eifersucht und des Schmerzes. Irgendwie konnte sie sich den Krieger, den sie kannte und liebte, nicht als Lustsklaven vorstellen, der von seiner Herrin ins Bett gezwungen wurde, wann immer ihr danach war.

«Danke, Amyria», sagte sie. «Es freut mich zu hören, dass er in Sicherheit ist.»

«Willst du auch wissen, was mit den anderen geschah?», erkundigte sich Amyria. «Ich kann mich gern umhören, wenn du dies wünschst.»

«Nein», antwortete Sirona entschieden. «Ich möchte deinen Herrn keinesfalls verärgern. Wahrscheinlich ist es am besten, wenn ich die Vergangenheit als das sehe, was sie ist – aus und vorbei.»

«Eine weise Entscheidung.» Amyria tätschelte ihr leicht den Arm. «Was sein soll, wird geschehen. Unser Schicksal liegt in den Händen der Götter. Der Herr ist ein guter Mann, und er hat dich gern.»

«Ja.» Sirona schluckte schwer und zwang sich, jeglichen Gedanken an Taranis in den hintersten Winkel ihres Gedächtnisses zu verbannen, wenigstens für den Augenblick. «Ich muss gehen, Lucius erwartet mich.»

An diesem Abend würden sie zum ersten Mal in dem neu hergerichteten Speisezimmer essen. Sirona eilte durch die Villa. Ihre lederbesohlten Sandalen waren auf dem aufwendig mit Mosaiken besetzten Boden nicht zu hören. Auch der größte Innenhof, das Peristyl, war mittlerweile fertig renoviert. Sie hatte erst an diesem Nachmittag Lucius dabei beobachtet, wie er mit nacktem Oberkörper ein paar

Sklaven geholfen hatte, die letzte Statue aufzustellen. Wenn sie ehrlich war, musste sie sich eingestehen, dass der Anblick seiner nackten Haut und des Muskelspiels auf seinem Rücken sie erregt hatte, als er geholfen hatte, die schwere Marmorstatue aufzustellen.

Er ist wirklich ein sehr gutaussehender Mann, dachte Sirona, als sie das Speisezimmer, wegen seiner drei Liegen auch Triclinium genannt, betrat. Lucius wartete bereits auf sie. Er lagerte auf einer der Klinen, erhob sich jedoch höflich, als sie hereinkam.

«Sirona.» Seine dunklen Augen glitten bewundernd über ihren wohlgeformten Körper. «Du siehst wunderschön aus.»

«Wie eine Prinzessin?», erwiderte sie mit einem ironischen Lächeln.

Sie war nervös, wie immer, wenn sie sich in seiner Nähe aufhielt, und sie fand es schwer, die Tatsache zu ignorieren, dass sie ihn begehrte. Bislang hatte sie deswegen große Schuldgefühle gehabt, weil sie glaubte, Taranis zu betrügen. Sie wusste jedoch, dass ihr Geliebter aus vergangenen Zeiten seine Tage mit einer anderen Frau verbrachte, um ihr – ob willentlich oder nicht – als Lustsklave zur Verfügung zu stehen. Es war daher sehr unwahrscheinlich, dass sie ihn je wiedersah.

«Setz dich», bat Lucius. «Jetzt, wo du wie eine römische Dame aussiehst, solltest du auch wie eine speisen», fügte er neckend hinzu und grinste sie an. «Lehne dich zurück, wie ich es tue, und hocke dort nicht auf der Kante, als wolltest du jeden Moment davonrennen.»

Sie hatten bisher jeden Abend gemeinsam gegessen, und sie hatte es noch nicht über sich gebracht, sich auf der Kline zurückzulehnen. «Wie du wünschst.» Sie begab sich in die entsprechende Position, indem sie sich auf den linken

Ellenbogen stützte, um mit der rechten Hand nach dem Essen greifen zu können.

Sie sah Lucius an, der es sich entspannt auf der Kline ihr gegenüber gemütlich machte. An diesem Abend trug er zum ersten Mal eine Toga beim Abendessen, aber er hatte die Tunika darunter weggelassen. Der feine weiße Stoff fiel ihm über eine Schulter und ließ die Hälfte seiner Brust und einen muskulösen Arm frei. Sekundenlang konnte sie den Blick nicht von seiner gebräunten nackten Haut losreißen.

«Hier, probiere den Wein.» Er deutete auf ihren Becher. Statt des hellgelben Farbtons leuchtete dieser Wein in einem dunklen Rubinrot.

«Er ist erst heute Morgen im Hafen eingetroffen.»

«Phönizischer Wein?»

«Ja. Sei ein bisschen vorsichtig. Er wäre ruiniert, wenn ich ihn mit Wasser hätte verdünnen lassen, aber so ist er sehr kräftig.»

Sirona hatte glücklicherweise nicht sehr unter den Folgen ihres ersten Weinkonsums leiden müssen, als sie ein wenig zu viel davon genossen hatte. Mittlerweile war sie jedoch daran gewöhnt, Wein zu trinken. Doch als sie jetzt an ihrem Becher nippte, stellte sie fest, dass diese Sorte viel stärker und fruchtiger im Geschmack war. «Er ist köstlich.»

Eine sanfte Brise drang durch die geöffnete Tür über den Innenhof herein. Die Fackeln flackerten kurz auf, und Sirona spürte, wie ihr die kühle Luft über die Haut strich. Sie lauschte den zirpenden Zikaden, die draußen in den Büschen sangen, und hatte das Gefühl, in einem seltsamen Traum gefangen zu sein, in dem sie ein Leben lebte, das nicht wirklich zu ihr gehörte.

Sie beobachtete Lucius, der aß, wie er es immer tat, nämlich wie ein Soldat, der sein Essen so rasch wie möglich zu sich nahm, da er nicht wusste, wann es das nächste Mal wieder etwas gab. Plötzlich hielt er inne und fragte: «Möchtest du nichts essen?»

«Doch, natürlich.» Sie stellte ihren Becher ab und griff nach einem Fleischröllchen, das mit gehacktem Ei und Oliven gefüllt war. «Ich dachte nur gerade über dein Leben als Soldat nach. Fällt es dir eigentlich schwer, ständig unterwegs zu sein, Lucius?»

«Es ist leichter für einen Mann wie mich als für dich, Sirona. Du bist viel zu schön, um das Leben einer Kriegerin zu führen. Deiner Schönheit sollte man huldigen und sie nicht auf dem Schlachtfeld verschwenden.»

Einen Moment lang war sie überwältigt von der Sinnlichkeit in seinem Blick, und ihr Herz schlug einen Purzelbaum. «Die Frauen in Britannien werden bei weitem nicht so verhätschelt wie hier», entgegnete sie nervös. Sein intensiver Blick verunsicherte sie. «Wir sind einfache Leute, und wir kämpfen, wie wir leben, auf ziemlich wilde und unkontrollierte Art.» Sie biss von dem Fleischröllchen ab, kaute und schluckte es schnell hinunter. Es lag ihr wie Blei im Magen.

«Ist das der Grund, weshalb dein Vater einen Söldner aus Gallien als Anführer seiner Armee angeheuert hat?»

Sirona zwang sich, das Röllchen aufzuessen, auch wenn ihr überhaupt nicht mehr nach essen zumute war. Stattdessen war sie von dem Begehren nach etwas viel Stärkerem erfüllt, als sie in Lucius' schönes Gesicht blickte. «Mein Vater war kein Narr.» Sie trank einen großen Schluck Wein, um das Essen in ihrer Kehle hinunterzuspülen. «Der Söldner war einst ein Bürger Roms», erklärte sie und war aus einem ihr unbekannten Grund nicht gewillt, Taranis' Namen in Lucius' Gegenwart auszusprechen. «Der sich sehr gut mit euren Gepflogenheiten und Kampfmethoden auskannte.»

«Agricola hat mir geschrieben. Er sagt, wenn dein Vater

mehr Männer vom Schlag dieses Söldners bei sich gehabt hätte, dann hätte er ihn, Agricola, vielleicht besiegt.»

«Es ist zu spät, um jetzt noch darüber nachzugrübeln.» Ihr war nicht danach, mit Lucius über die Vergangenheit zu sprechen, da sie sich nun auf die Zukunft konzentrieren musste. Sirona hatte die Tatsache zu akzeptieren, dass Taranis für sie verloren war, und das Beste aus ihrem neuen Leben machen. «Erzähle mir von Rom. Wie ist diese Stadt wirklich?»

Sirona zwang sich, noch ein wenig mehr von den verschiedenen Speisen zu kosten, aber sie sprach hauptsächlich dem kräftigen Rotwein zu, als sie Lucius' Ausführungen lauschte. Es überraschte sie nicht, dass er sich viel gewandter ausdrückte, wenn er in seiner eigenen Sprache redete. Er berichtete ihr von der Schönheit und der Größe der Ewigen Stadt und von der Macht und der Stärke der beiden Kaiser, die er so gut kannte und gekannt hatte. Vespasian hatte die meiste Zeit seiner kurzen Regentschaft damit verbracht, das Kolosseum errichten zu lassen. Dieses faszinierende Bauwerk stand neben dem Goldenen Haus des Nero. Titus wiederum plante, einhundert Tage lang Spiele auszurichten, darunter eines, bei dem das gesamte Kolosseum für einen Tag lang mit Wasser geflutet werden sollte, sodass eine Seeschlacht ausgetragen werden konnte. Es sollte das aufregendste Spektakel werden, das Rom je gesehen hatte.

«Das würde ich mir gern einmal ansehen», sagte Sirona, die sich nicht der Tatsache bewusst war, dass es sich um einen echten Kampf handelte, bei dem viele sterben würden.

«Vielleicht ist das sogar möglich», erwiderte Lucius. «Ich kann dich nach Rom mitnehmen, Sirona.» Dann lächelte er milde, als er sah, dass sie ein Gähnen hinter vorgehaltener Hand zu verstecken versuchte. «Du siehst erschöpft aus.

Lass uns einen Spaziergang im Garten machen. Das wird dir helfen, das Essen besser zu vertragen, bevor du dich zurückziehst.»

Sirona war erfüllt von einer warmen, sinnlichen Trägheit, und doch verwirrten sie ihre widersprüchlichen Gefühle, als sich Lucius erhob und auf sie zutrat. Sie war auf das angenehme Kribbeln gefasst gewesen, das sie stets durchströmte, wenn sich ihre Hände berührten, aber nicht auf die heftige Lust nach Sex, die ihr fast den Atem raubte, als Lucius ihr aufhalf.

Sie musste ihre plötzliche Erregung vor Lucius verbergen, als dieser ihr besitzergreifend einen Arm um die Taille schlang und sie in den kürzlich fertiggestellten Garten führte. Der Springbrunnen funktionierte wieder, und das Geräusch des Wassers war beruhigend. Sie konnte nicht anders und lehnte sich gegen Lucius, spürte die kraftvolle Stärke seines Körpers und roch den süßen Duft des Öls, das er auf der Haut trug. Ihre Sinne waren so betört, dass sie unwillkürlich aufseufzte, als sie in den nächtlichen Himmel emporblickte.

«Bist du traurig?», fragte er.

«Nein, ich dachte nur gerade daran, wie schön der Himmel aussieht. Es scheint hier viel mehr Sterne zu geben als in meiner Heimat.»

«Ich glaube, es liegt daran, dass der Himmel in Britannien bewölkter ist als hier. Als ich dort war, habe ich die Sonne oft vermisst.» Seine Hand glitt aufwärts, bis sie fast unter ihren Brüsten lag.

«Und mir fehlt manchmal der graue Himmel.» Sie wandte sich um und blickte ihn an. In diesem Augenblick war sich Sirona vollkommen der Tatsache bewusst, dass sie im Begriff war, eine Kluft zwischen ihnen zu überwinden. Nichts konnte sie davon abhalten, sich fallenzulassen. Sie hob die Hand und strich ihm zärtlich über die schmale Wange, während sie sich stärker an ihn schmiegte.

«Ich will dich zu nichts zwingen», sagte er mit sanfter Stimme. «Aber fühlst du wie ich?»

«Ja», hörte sie sich murmeln.

Dann lagen seine Lippen auf ihren, und er küsste sie inbrünstig und erforschte ihren Mund. Sirona erwiderte eifrig seine Küsse und wünschte sich, dass sie so heftig wurden wie die tobende Lust, die ihren Körper durchströmte.

Sie fühlte sich ein wenig benommen, und die Sterne über ihren Köpfen schienen sich plötzlich zu drehen, als Lucius sehnsüchtig mit der Zunge ihren Mund erkundete. Sirona überließ ihm die totale Kontrolle über die Situation und erschauerte erwartungsvoll, als Lucius sie auf die Arme hob und in sein Schlafgemach trug. Dort waren sämtliche Lampen erleuchtet, und als er Sirona wieder auf die Beine stellte, sah sie das tiefe Begehren in seinen dunklen Augen.

Verlegen nestelte er an dem goldenen Band, das ihre Taille umschloss. «Sag mir, dass ich aufhören soll, wenn du es lieber nicht willst», bat er, nicht ahnend, wie verzweifelt sie sich wünschte, seinen nackten Körper zu sehen und seine warme Haut dicht an ihrer zu spüren.

«Ich will nicht, dass du aufhörst», sagte sie. Ihr wurden die Knie weich. Dann zog sie ihm die Toga vom Arm und entblößte seine Brust. Sirona entdeckte eine feine Linie aus seidigem, dunklem Haar, die sich pfeilartig zu seinen Lenden hin verjüngte. Sie lehnte sich vor und streifte sie mit den Lippen, woraufhin Lucius leise stöhnte.

«Lass mich nur machen.» Sirona schob seine Finger beiseite, öffnete das Band und ließ es zu Boden fallen. Lucius' Hände griffen nach den feinverzierten Fibeln, die die dünne Seide an den Schultern zusammenhielten. Jetzt stellte er

161

sich schon geschickter an, als er sie öffnete und der weiche Stoff an ihrem Körper hinabglitt und ihr zu Füßen fiel.

Lucius nahm ihre volle Brust in die Hand und rieb mit einer rauen Fingerspitze über den aufgerichteten, schmerzenden Nippel. Ein köstliches Gefühl durchzuckte sie, und ihre Möse fühlte sich warm und nur allzu bereit für ihn an. Sie zog an dem Gürtel, der seine Toga in der Taille zusammenhielt. Die langen Stoffbahnen aus feinster weißer Wolle glitten zu Boden und bedeckten vollkommen die Stelle, an der bereits ihr grünes Seidenkleid lag.

Mittlerweile wünschte sich Sirona verzweifelt, ihn nackt zu sehen. Sie trat sich die dünnen Sandalen von den Füßen und zog fordernd an seinem kurzen Lendentuch. Er half ihr, den Stoff beiseitezuschieben und seinen Schwanz zu enthüllen, der bereits steif und voll erregt war. Heiße, unkontrollierte Lust überwältigte sie, und ihre Möse war nass vor Verlangen, als er sie sanft zum großen Bett führte. Gemeinsam ließen sie sich auf die Überdecke fallen und erforschten einander mit hungrigen Händen.

Lucius blickte zu Sirona hinab, als könne er nicht genug von ihrem Anblick bekommen, während er jede geschmeidige Kurve ihres Körpers erkundete. Seine Hände waren die eines Soldaten, rau durch den Umgang mit der Waffe. Sie zitterte, als er ihren Busen streichelte. Dann küsste er sie wieder und drang mit der Zunge tief in ihren Mund ein.

Sirona ließ alle Zweifel, die lange an ihr genagt hatten, hinter sich. Sie wollte nur noch Lucius, dessen Lippen an ihrem Hals hinab zu ihrem Schlüsselbein glitten. Dann bemächtigten sich seine Lippen ihrer Brustspitzen, und das sanfte Ziehen löste eine wahre Flut von Lustschauern aus, die durch ihren Körper gingen. Er legte die Zunge um den hart geschwollenen Nippel, während seine Hände zärtlich ihre Brüste drückten und streichelten. Dann glitt sein Mund tiefer, und seine Zähne knabberten liebevoll an ihrem flachen Bauch. Sie wollte ihn auch berühren, doch als sie die Hände nach ihm ausstreckte, schob er sie weg. «Noch nicht», bat er, als er ihr sanft die Schenkel spreizte. Ihr Pulsschlag geriet völlig außer Kontrolle, als seine Finger das rotbraune, seidige Haar ihres Buschs streichelten, den er längst nicht so beleidigend zu finden schien, wie man es vielleicht von einem Römer gedacht hätte.

Lucius schob seine Finger zwischen ihre geschwollenen Schamlippen und stöhnte entzückt auf, als er spürte, wie feucht sie schon war. Sanft nahm er zwei Finger auf einmal, während sein rauer Daumen über ihre Klitoris rieb. Ihr zartes Fleisch war schon so geschwollen und empfindlich, dass Sirona spürte, wie sich die Lust in ihr rasant steigerte. Sie seufzte auf und fühlte keinen Hauch mehr von Verlegenheit oder Bedauern, als er ihre Beine weiter auseinanderschob und sein Gesicht in ihrer Möse vergrub. Sirona erschauerte vor Wonne, als seine Zunge durch ihren schmalen Spalt fuhr und sich einen Weg zu ihrer festen, kleinen Liebesperle bahnte. Die er zuerst nur sehr sanft streifte, doch diese Berührung war viel zu zart, um ihr zu genügen. Sirona hob die Hüften an, und ihrer Kehle entrang sich ein forderndes Stöhnen nach mehr. Dann schlossen sich seine Lippen fester um die kleine Knospe, umspielten und neckten sie, während seine Finger tiefer in sie eindrangen. Sironas Sinne schwanden fast vor Lust, sie schienen ihren Körper zu verlassen und auf den dunklen Schopf hinabzublicken, der sich zwischen ihren Schenkeln vergraben hatte, während die süße Wonne sie komplett gefangennahm. Nur wenige Minuten später wurde sie am ganzen Körper von einem leidenschaftlichen Höhepunkt erfasst, der sie packte und schüttelte, bis sie befriedigt, aber mit dem Verlangen nach mehr auf die Laken zurückfiel.

«Meine süße Liebste», murmelte Lucius und hielt ihren zitternden Körper an sich gepresst.

«Bitte, Lucius.» Sie gierte noch immer nach ihm, wollte ihn in sich spüren und streckte die Hand nach seinem Schwanz aus. Ihre Finger schlossen sich um seine erregte männliche Kraft, und sie begann, ihn sanft zu reiben.

«Nein, tu das nicht», bat er mit zitternder Stimme. «Sonst bin ich gleich zu nichts mehr fähig.»

Sie wollte noch nicht, dass er kam, dazu wünschte sie sich zu sehr, dass er in sie hineinstieß, also zog sie ihre Hand zurück. Als Lucius sich auf sie schob, erzitterte sie vor lustvoller Vorfreude. Dann ließ er seinen Schwanz tief in ihre Pussy gleiten. Es fühlte sich so unglaublich gut an, diesen Mann in sich zu spüren, den sinnlichen Duft seines Körpers zu riechen und die sengende Hitze seiner Haut an ihrer zu genießen, als sein Körpergewicht gegen ihren Bauch und Unterleib drückte.

Er hielt einen Moment lang inne und sah sie mit so viel Zärtlichkeit an, dass es ihr den Atem verschlug. Zum ersten Mal, seit sie Britannien hatte verlassen müssen, fühlte sie sich sicher und beschützt in den Armen dieses Mannes, dessen Schwanz tief in ihr verborgen lag.

Sie wusste, dass er sie leidenschaftlich begehrte, aber er hielt sich zurück und bemühte sich, sanft zu ihr zu sein. Doch sie wollte längst keine Zärtlichkeit mehr, was sie jetzt brauchte, waren seine starken und kräftigen Stöße. «Fick mich, jetzt», flehte sie.

Er begann, sich zu bewegen und nahm sich ihren willigen Körper mit heftigen, langen Stößen. Sie stöhnte vor Lust, als er sein Tempo beschleunigte und in eine Position rückte, die es seinem Schwanz erlaubte, ihre harte, geschwollene Klit zu massieren. Eine Empfindung ging in die nächste über, und ihre Erregung schraubte sich langsam und köstlich höher. Sie spürte die ersten Wellen des Höhepunkts in ihrem Körper, und in diesem Moment begann auch sein Schwanz zu zucken. Lucius stöhnte laut auf, als er von einem alles überwältigenden Höhepunkt geschüttelt wurde, und in diesem Augenblick wurde auch Sirona von einem Wirbelwind der Ekstase emporgehoben, als sie ein zweites Mal heftig kam.

Taranis glaubte, Poppaeas Stimme vernommen zu haben, die nach ihm rief, beschloss aber, dass dies nur Teil seines verwirrenden Traums sei, den er gerade erlebte, bis ihn plötzlich Finger an der Schulter packten und ihn wach rüttelten. Langsam tauchte er aus der Benommenheit auf und zwang sich, die Augen zu öffnen, aber er konnte zunächst nichts erkennen, da alles vor ihm verschwamm. Als er versuchte, seine Hände, die über seinem Kopf lagen, zu bewegen, spürte er den harten, unangenehmen Ruck der Ketten an seinen Handgelenken.

Er blinzelte und versuchte, klarer zu sehen. Sein Kopf schmerzte, und seine Gedanken gingen wild durcheinander. Es war Morgen, wenn man von dem Licht ausging, das durch die Vorhänge hereinfiel, aber er konnte sich immer noch nicht daran erinnern, weshalb seine Arme gefesselt waren. Einen kurzen Moment später stellte er fest, dass er auch seine Beine nicht frei bewegen konnte. «Was zum Hades?», murmelte er heiser.

«Du bist an Händen und Füßen gefesselt», verkündete Poppaea.

Er wandte ihr seinen schmerzenden Kopf zu und stellte fest, dass sie in der Nähe des Kopfendes an seinem Bett stand. «Ich habe nicht –» Seine Worte verloren sich, während sie ein paar Schritte um das Bett ging und ihm das dünne Laken vom nackten Körper zog.

«Ich habe dir letzte Nacht gesagt, dass ich dich bestrafen werde, und genau das werde ich *jetzt* tun.» Sie starrte auf ihn herab, während er sich mit der Zunge über die trockenen Lippen fuhr. «Nur für den Fall, dass du dich fragst – ich habe den Wein, der dir letzte Nacht ausgeschenkt wurde und den du so gierig getrunken hast, mit einer Droge versetzt. Ich brauchte Zeit, bis ich endgültig entschieden hatte, was ich mit dir anstellen sollte. Du hast hoffentlich nicht geglaubt, dass du mit deinem unverschämten Benehmen im Schwimmbecken davonkommen würdest, oder, Sklave?»

Taranis schluckte schwer, sein Mund fühlte sich so rau und ausgetrocknet an wie die Wüste von Theben. Vorsichtig versuchte er sich zu bewegen. Die Ketten hielten ihn zwar zurück, waren aber nicht so straff gespannt, wie er zunächst angenommen hatte. «Ich weiß nie genau, was ich bei dir zu erwarten habe», gestand er mit rauer Stimme, und die Anstrengung brachte ihn zum Husten.

Hinter seinem Bett hatte einmal eine große Stoffbahn gehangen, doch diese hatte man nun abgenommen. Dahinter war eine Wand zum Vorschein gekommen, an der zwei Eisenringe befestigt waren, die jeweils eine von Taranis' Ketten hielt.

«Hier.» Sie hielt ihm einen Becher Wasser an die Lippen, das er gierig trank.

«Danke», sagte er, erleichtert, dass sie ihm gegenüber doch ein wenig Gefühl zeigte. Welche Strafe sie sich auch immer für ihn ausgedacht hatte, es war sehr wahrscheinlich, dass sie sie in diesem Schlafzimmer ausführen würde, und damit hoffentlich weit entfernt von den Blicken der anderen Haussklaven. «Du lässt mich nicht im Forum auspeitschen?»

«Nein», entgegnete sie schnippisch. «Und wage es gefälligst nicht, Scherze zu machen.»

Er zuckte zusammen, als ihn der Schlag eines Rohrstocks an Bauch und Brust traf.

«Wie ich dir schon gesagt habe, Taranis, bist du eine Investition. Ich werde dich bestrafen, aber ich habe nicht die Absicht, dauerhafte Spuren zu hinterlassen.»

Plötzlich strömte Sonnenlicht in den Raum, als jemand die Vorhänge zurückzog. Taranis blinzelte wieder, als sich seine Augen an die Helligkeit gewöhnten, dann sah er einen großgewachsenen, recht dunkelhäutigen Fremden neben dem Fenster stehen. «Hast du dir Hilfe für meine Bestrafung geholt?»

«Sogar jetzt wagst du es, auf eine Art mit mir zu sprechen, die für einen Sklaven nicht angemessen ist», antwortete sie kühl. «Aber da du schon fragst, werde ich es dir sagen, Taranis. Es könnte sein, dass ich in gewissen Belangen etwas Hilfe benötige, und Africanus ist die einzige Person, der ich in dieser Hinsicht vertraue.» Sie ließ das Ende des Rohrstocks gegen das Bett schnalzen. «Wie du weißt, geht mein Geschmack in verschiedene Richtungen, und ich wünsche nicht, dass meine Haussklaven davon erfahren. Sie klatschen viel zu viel für meinen Geschmack, und ich bin eine zu weichherzige Herrin, um sie zu zwingen, ihre Zungen im Zaum zu halten, indem ich sie um ihr Leben fürchten lasse.»

«Viel zu weichherzig», murmelte er ironisch, während er sich beunruhigt fragte, worin genau die Hilfe bestand, die dieser Mann leisten sollte.

«Was soll ich zuerst an dir ausprobieren? Diesen hier?» Sie hielt den Stock hoch. «Oder das?» Sie zeigte ihm eine kleine Peitsche aus sehr weichem Leder, das an vielen Stellen geknotet war. Sie sah aus, als könnte sie Schmerz hervorrufen, ohne die Haut zu verletzen.

«Die Wahl liegt bei dir, nicht bei mir, Herrin.» Taranis

starrte Poppaea aus seinen blauen Augen überraschend unbewegt an. Ihr größter Wunsch war es, seine Angst zu sehen, aber ebendiese Freude verweigerte er ihr.

«So ist es.» Sie schlug ihm ein paarmal mit dem Stock auf die Brust. Nun war er vorbereitet, und es gelang ihm, nicht zu zucken, selbst dann, als die Schläge violette Male auf seiner Haut hinterließen.

Mit der Stockspitze stieß sie leicht gegen seinen schlaffen Penis. Taranis fühlte einen Anflug von Angst, der ihm heimtückisch das Rückgrat emporkroch. Doch er sagte sich, dass Poppaea es nicht wagen würde, seiner Männlichkeit zu schaden, war sie doch das, was sie an ihm am meisten schätzte.

«Ich will hören, wie du um Gnade winselst, Sklave.» Mit zusammengepressten Lippen setzte sie den Stock ab und griff nach der kleinen Peitsche. Gut geübt, hieb sie damit auf seinen flachen Bauch ein. Es schmerzte höllisch, aber seine Haut blieb unverletzt.

Taranis ballte die Fäuste, doch weder schrie er auf, noch zuckte er zusammen, als sie ihn wieder und wieder schlug. Die grausamen Peitschenstränge strichen ihm über den Bauch und die Brust. Es gelang ihm sogar, ein Keuchen zu unterdrücken, als sie ihn seitlich am Schwanz erwischten, obwohl das unangenehme Gefühl an dieser sensiblen Stelle seines Körpers deutlich stärker war.

Poppaea hörte sofort auf und runzelte die Stirn. Dann beugte sie sich vor und untersuchte besorgt seinen Penis. «Vielleicht ist es besser, wenn wir ihn jetzt umdrehen, Africanus.»

Der Mann trat ein paar Schritte vor und packte Taranis. Mit einem Grunzen hievte er ihn auf die Seite. Und mit einem weiteren lauten Grunzen und einer Menge Anstrengung gelang es ihm, Taranis auf den Bauch zu rollen. In diesem Moment verstand Taranis, weshalb ihm die Ketten nicht zu eng angelegt worden waren. Nun wurden sie an seinen Armen und Beinen straff gespannt und über Kreuz gelegt.

«Leg ihm die Fußketten neu an und sorge dafür, dass seine Beine gespreizt sind», befahl Poppaea knapp.

Taranis spürte, wie die Ketten für kurze Zeit gelockert wurden, als der Mann sie löste, und es anschließend einen kräftigen Ruck gab, als seine Beine weit auseinandergezerrt wurden und Africanus die Fesseln wieder anlegte. Taranis wandte den Kopf, aber in der gefesselten Position auf dem Bauch liegend konnte er nicht viel von Poppaea erkennen. Er wartete auf den vertrauten Schmerz der Peitsche, aber nichts dergleichen geschah. Stattdessen zwang Africanus ein sehr dickes Kissen unter seinen Bauch, woraufhin Taranis' Pobacken angehoben wurden. Er fühlte sich sehr verletzbar, als sein schlaffer Schwanz auf das raue Laken seines Bettes fiel.

Von Vorfreude konnte in dieser Position keine Rede sein, da er nicht die geringste Ahnung hatte, was Poppaea vorhatte. Er tippte auf die Peitsche, aber er traute Poppaea nicht über den Weg. Bei ihr musste man auf alles gefasst sein. Dann glaubte er gehört zu haben, dass sie etwas zu Africanus sagte, konnte jedoch die geflüsterten Worte nicht verstehen. Als sie wieder in sein Blickfeld rückte, sah er, dass sie ihr loses Gewand abgestreift hatte. Es schien ihr überhaupt nichts auszumachen, dass sie in Anwesenheit von Africanus nackt war.

«Fickst du auch mit ihm?», fragte Taranis spöttisch.

Poppaea lachte leise auf. «Du bist doch nicht etwa eifersüchtig, Taranis, oder? Ich würde es vielleicht mit ihm tun, wenn ich könnte, aber der arme Africanus hat seine Männlichkeit vor Jahren im Kampf gegen die Syrer verloren.» Sie blickte sich zu dem dunkelhäutigen Mann um. «Zeig es ihm.»

Africanus zog sich mit gemessenen Bewegungen die Tunika aus. Sein ehemals muskulöser Soldatenkörper hatte weiche Konturen bekommen und an bestimmten Stellen Fett angesetzt. Doch dem schenkte Taranis kaum Beachtung; er starrte auf den einen verkrüppelten Hoden. Mehr war nicht vorhanden. Er hatte schon viele schreckliche Kriegsverletzungen gesehen, darunter auch verlorene Gliedmaßen, aber nichts hatte ihn derart aus der Fassung gebracht wie das hier. Es war der Albtraum eines jeden Mannes. «Bei allen Göttern.»

«Africanus hat sich seinem veränderten Schicksal sehr gut angepasst.» Poppaea warf dem Fremden ein nachsichtiges Lächeln zu. «Er verschafft sich Befriedigung, indem er andere beobachtet oder ihnen Schmerzen zufügt. Manchmal übernimmt er auch die Rolle der Frau.»

«Und benimmt sich wie ein Cinaedus», murmelte Taranis verächtlich. «Er mag es, wenn Männer ihn ficken?»

«Er hat Vergnügen an vielerlei Dingen – genau wie ich.» Poppaea streichelte sanft Taranis' muskulöse Pobacken. «Du solltest nichts anprangern, was du selbst nicht ausprobiert hast. Denk nur daran, was geschehen wäre, wenn ich Gaius gestattet hätte, dich zu kaufen.»

«Ich wäre lieber gestorben, als ihn ranzulassen –», sagte Taranis leise vor sich hin. «Und mir ist es lieber, wenn du lebst», entgegnete sie und griff wieder nach der Peitsche, die sie auf seinen Rücken und das Hinterteil niedersausen ließ. Sie schlug ihn einmal, zweimal, viele Male. Als der Schmerz immer stärker wurde, hörte er auf zu zählen.

Poppaea hielt inne. Sie atmete schwer, und er ahnte, dass das Auspeitschen sie erregte. Das hatte er erwartet. Doch womit er nicht gerechnet hatte, war die Art, wie die Peitsche ihm das Blut in den Adern rauschen ließ. Der Schmerz hatte immer mehr zugenommen, doch zuletzt hatte er sich gewandelt, war fast sexuell stimulierend in seiner Intensität geworden. Taranis hatte gespürt, wie sein Schwanz eine Nuance steifer wurde.

Sanft ließ sie eine Hand zwischen seine Beine gleiten und streichelte seine Eier und seinen Schwanz. «Aha, der Schmerz erregt dich also noch nicht so sehr?», schnurrte sie. «Nun das wird er mit der Zeit noch.»

Er antwortete nicht, weil er keinen Sinn darin sah. Taranis befürchtete, dass – wenn sie weitermachte – eine dunkle, tief verborgene Seite seiner Psyche beginnen würde, die großen Schmerzen willkommen zu heißen. In der Vergangenheit waren ihm Männer begegnet, die von Schmerzen erregt wurden, und er wollte sich keinesfalls dieser speziellen Bruderschaft anschließen.

Er erschauerte überrascht, als sich Poppaea niederbeugte und die brennende Haut küsste. Langsam ließ sie die Zunge in die Ritze zwischen seinen Pobacken gleiten. Sie streichelte noch immer seinen Schaft, und als er fühlte, wie ihre feuchte Zungenspitze seinen Anus umkreiste, wurde sein Schwanz steif, und ein leiser Lustseufzer drang ihm über die Lippen. Möge Poppaea im Hades schmoren, dachte er, als sie ihn wichste. Ihre Hand glitt langsam und bedächtig an seinem dicken Ständer auf und ab. Er hätte sie am liebsten angefleht, schneller zu pumpen, seine schmerzenden Eier zu streicheln und mit ihrer kleinen, aufreizenden Zunge tiefer in seinen Anus zu dringen, aber er tat es nicht. Er ballte die Fäuste nur noch heftiger zusammen, während sich seine Muskeln anspannten, und zog an seinen Ketten. Er hasste, aber genoss gleichzeitig die langsamen, sinnlichen Bewegungen ihrer Finger. Taranis gab sich keinen Illusionen hin und wusste, dass sie ihn so stark wie möglich zu erregen versuchte. Aber hier ging es um seine Bestrafung, also würde Poppaea nicht zulassen, dass er kam. Stattdessen würde sie ihn noch ein Weilchen länger auf die Folter spannen, ihre Hand dann fortnehmen und ihn um Erlösung betteln lassen.

Wenn er seinen Argwohn allerdings einmal beiseiteließ, dann fühlte es sich gut an, und so schloss er die Augen und gab sich dem sinnlichen Wohlgefühl hin, das den brennenden Schmerz in seinen Pobacken allmählich überdeckte. Doch dann keuchte er überrascht auf und spürte den vertrauten Schmerz, als die Peitsche wieder auf seinen Rücken und die Hüften niedersauste. Da Poppaea ihn noch immer wichste, konnte es sich nur um den Schweinehund Africanus handeln, der ihn nun auspeitschte. Er schlug viel kräftiger zu, und jeder Hieb war schmerzhafter als der vorangegangene. Doch Poppaea bearbeitete noch immer seinen Schwanz und steigerte so Taranis' Erregung.

«Nein», hörte sich Taranis keuchen. Er verspürte eine seltsame Mischung aus Schmerz und Wonne, die sich zu einem exquisiten Gefühl der Marter vereinigten.

«Das reicht», befahl Poppaea knapp und zog ihre Hand fort. Taranis stand frustrierend nah vor dem Orgasmus. «Ich habe dir doch gesagt, dass keine bleibenden Male auf seiner Haut zurückbleiben sollen.» Sie wirkte zornig, als sie hinzufügte: «Diese Schläge waren viel zu fest.»

«Es tut mir leid, Herrin.» Africanus' tiefe, gutturale Stimme schien nicht zu seinem verstümmelten Körper zu passen, wie Taranis in seinem Gefühlswahn dachte.

Sein Schwanz ächzte nach Erlösung. Wenn er ihn doch nur gegen das raue Laken pressen und sich irgendwie einen Höhepunkt verschaffen könnte. Doch seine Ketten saßen zu straff, und er konnte sich keinen Zentimeter bewegen. Sowohl sein Schmerz als auch seine Lust lagen komplett in

Poppaeas Händen. Er war überzeugt, dass sie noch lange nicht mit ihm fertig war, und er hatte sich noch nie so nervös und verletzlich gefühlt wie in diesem Moment.

Dann hörte er, wie sich jemand bewegte, und vernahm gedämpfte Stimmen, aber es war ihm unmöglich, den Kopf zu wenden und nachzusehen, was geschah. Plötzlich spürte er kühle Öltropfen, die auf seine brennenden Pobacken fielen und die Haut beruhigten. Dieser Effekt wurde dadurch verstärkt, dass Poppaea anfing, ihm sanft das Öl in das geschundene Fleisch zu massieren. Das Gefühl wurde noch köstlicher, als ihre Finger in die enge Ritze zwischen seine Pobacken glitten und dort aufreizend die kleine, runzelige Öffnung umkreisten.

«Fühlt sich das gut an?», fragte sie, als ihre Finger den engen Ring lockerten und hineinglitten.

Ein seltsames Feuer durchfuhr Taranis, als ihre Finger so heimtückisch jenen Teil seiner Anatomie eroberten, den er nie zuvor mit Lust in Verbindung gebracht hatte. Doch allein die Tatsache, dass sie ihn so intim dort berührte, ließ seinen Schwanz wieder anschwellen. Er war mittlerweile nur allzu gern bereit, sich diesem fremden Vergnügen hinzugeben, doch in genau diesem Moment rückte Poppaea in sein Blickfeld. Unterdessen setzten die Finger noch immer ihren köstlich schonungslosen Angriff auf seinen Anus fort. Bei Jupiter, es musste Africanus sein, der ihn dort berührte. Trotz des plötzlichen Ekels, der ihn bei dem Gedanken daran kurz überfiel, war er noch immer auf das höchste erregt, als die Finger tiefer und tiefer in ihn hineinglitten. Poppaea hingegen hatte sich eine merkwürdige Vorrichtung um die Hüften geschnallt.

«Ich habe einen handgeschnitzten Schwanz in mir, Taranis, der fast so groß ist wie dein echter und der mich hervorragend ausfüllt. Wohingegen dieser hier» – sie berührte den

Dildo aus poliertem Ebenholz, der von ihrem Becken aufragte und von breiten Ledergurten gehalten wurde – «kleiner ist. Ich konnte mir nicht vorstellen, dass ein größerer das Richtige wäre für dein unschuldiges kleines Loch.»

Taranis konnte keinen klaren Gedanken fassen, solange sich diese Finger aufreizend in ihm bewegten. Er hatte in der Vergangenheit schon Gerüchte von Huren gehört, die gelegentlich einen falschen Phallus einsetzten. Wenn er nicht gewusst hätte, was Poppaea mit dem Dildo vorhatte, dann hätte er ihren Anblick sogar erregend gefunden.

«Bitte nicht», flehte er und wusste doch genau, dass alles Bitten und Betteln Poppaea kein Jota von ihrem Vorhaben abbringen würde. Mittlerweile hatte Africanus seine Finger aus ihm herausgezogen, und Taranis hätte erleichtert sein müssen. Doch das war er nicht, denn er wusste, dass sie gleich durch diese geschnitzte Obszönität ersetzt würden, die seiner Herrin vor der Hüfte lag.

Poppaea ließ sich mit gespreizten Schenkeln auf seinen Beinen nieder. Trotz seiner Furcht und der Anspannung wurde ein gewisser Teil von ihm von Vorfreude ergriffen, ja war sogar erregt von der Aussicht, was sie mit ihm zu tun beabsichtigte.

«Du hast mich oft genug gefickt, Taranis», wisperte sie sanft, während sie die harte Spitze des Dildos gegen seinen Anus presste. «Und nun werde ich *dich* ficken.»

Taranis kämpfte gegen seine widersprüchlichen Gefühle an. Wenn er sich verspannte, würde er alles nur viel schlimmer machen, so viel wusste er, und so zwang er seinen Körper, sich zu entspannen. Immerhin hatte er das Gefühl von Africanus' Fingern genossen, die in ihn hineingeglitten waren, also würde es kaum schlimmer kommen können. Außerdem würde er von Poppaea gefickt werden und nicht von einem Mann. Nicht zuletzt, so versicherte er sich, war

174

der Dildo auch nicht allzu riesig, als Poppaea begann, ihm das geölte Ding hineinzuschieben.

Das Gefühl war nicht unbedingt schmerzhaft, sondern eher seltsam und trotzdem sinnlich, als der Ebenholzdildo immer tiefer in seine hintere Öffnung eindrang, bis er ihn ganz auszufüllen schien. Kam das hier etwa dem Gefühl nahe, das eine Frau empfand, wenn sie von einem Mann gevögelt wurde?, fragte er sich, fast außer Verstand, als Poppaea ihre Finger in das wunde Fleisch seiner Hüften grub und ihn mit langsamen, geschmeidigen Bewegungen in den Arsch fickte. Zu seinem großen Erstaunen fand er Gefallen daran, von einem harten Schwanz gepfählt zu werden, und er genoss das Gefühl von absoluter Unterwerfung. Schon bald hatte er das Bedürfnis, seine Beine weiter spreizen zu wollen, um den Dildo noch tiefer in sich aufnehmen zu können, als Poppaea heftiger in ihn hineinpumpte.

Feste Finger griffen nach seinem Schwanz, die unmöglich zu Poppaea gehören konnten, aber das war ihm längst egal. Er gab sich einfach nur noch den Myriaden neuer Empfindungen hin, als diese Hände seinen Schwanz kräftig zu massieren begannen und seine Eier kraulten. Er war angekettet und vollkommen hilflos, während Poppaea wie eine Besessene in ihn hineinstieß und irgendein Mann ihn wichste. Mittlerweile war er jenseits aller Gedanken, sondern gab sich einfach nur noch diesen höllischen Wonnen und der wahnsinnigen Lust hin, die seinen Körper beherrschten.

Seine Muskeln zogen sich zusammen, die Sehnen an seinem Hals traten hervor, und er wölbte den Rücken. Alles zog sich zu einem einzigen Erleben zusammen, das so mächtig war, dass er fast das Bewusstsein verloren hätte, als ihn der Höhepunkt überrollte und er den Gipfel einer dunklen Lust erreichte, die er noch nie zuvor erlebt hatte.

7

«Ich wünschte, du müsstest jetzt nicht gehen, Lucius»,
sagte Sirona, als sie ihren Geliebten beim Durchqueren des
Schlafzimmers beobachtete. Er sah so verführerisch aus in
seiner Nacktheit, und sie konnte nicht anders, als seine breiten Schultern und das stramme Hinterteil zu bewundern.

«Ich muss mich mit Admiral Plinius treffen. Wie ich
dir schon sagte, ist er für ein paar Tage zu Besuch bei dem
ehemaligen Konsul Pedius Cascus in Herculaneum. Es ist
leichter, ihn dort zu sehen, als den ganzen Weg nach Misenum zu reisen.»

Es war das erste Mal, dass er sie allein in seinem Haus
zurückließ. Gut, eigentlich war sie nicht allein, da es hier
einen ganzen Haushalt voller Sklaven gab, die sich um ihr
Wohlergehen kümmerten.

«Ich verspreche dir, dass ich bis morgen Mittag wieder
zurück bin, meine Süße. Und beim nächsten Mal nehme ich
dich mit, aber das hier ist keine Vergnügungsreise, sondern
es geht um militärische Angelegenheiten.»

«Ich weiß.» Sie war noch nicht bereit, seine Freunde
zu treffen, geschweige denn seine Kameraden vom Militär.
Wenn sie das tat, würde sie sich mit Menschen umgeben, die
sie in ihrem früheren Leben verachtet hatte. Doch nun würde
sie sie akzeptieren, denn sie waren Teil seines Lebens, und
Sirona hatte begonnen, etwas für Lucius zu empfinden.

Sie setzte sich auf, und das dünne Laken glitt von ihrem Körper. Lucius stöhnte bei ihrem Anblick auf und ging wieder auf das Bett zu. «Ich bin Soldat, Sirona, und ich hätte nie gedacht, dass ich einmal so heftig in eine Frau vernarrt sein würde, dass ich darüber meine Pflichten gegenüber dem Imperium vernachlässige.»

«Und dann handelt es sich bei dieser Frau auch noch um eine Barbarin», neckte sie ihn und quiekte überrascht auf, als er sich auf das Bett warf und sie packte. «Du siehst so verführerisch aus, wenn du gerade erst erwacht bist», knurrte er.

Dann bemächtigte sich sein Mund ihrer Lippen, und er küsste sie leidenschaftlich. Während seine Lippen zu ihren Brüsten glitten, streckte sie eine Hand nach seinem Schwanz aus und umschloss ihn fest mit den Fingern. Als Lucius sanft an ihren Brustspitzen sog, schoss ihr die Lust wie ein Stromschlag durch den Körper. Lucius' Duft war so unglaublich männlich, und der Wohlgeruch ihres Liebesspiels der vergangenen Nacht lag ihm noch auf der Haut. Sanft fing sie an, seinen Schaft zu streicheln, und spürte, wie er immer praller in ihrer Hand wurde, während seine Finger ihren Bauch streichelten und sich verführerisch langsam ihrem Geschlecht näherten.

«Leg dich hin, lass mich machen», beharrte sie und drückte ihn auf die Matratze zurück.

Er grinste sie frech an. «Und was nun? Ich bin ein Sklave in deinen Händen, meine verehrte Dame.»

Sirona lachte leise und beugte sich vor. Sie umkreiste mit der Zunge die Spitze seines Schwanzes, dann fuhr sie über seinen prallen Schaft. Lucius keuchte auf, und sein Schwanz zuckte und wurde noch härter. Hingebungsvoll stülpte sie ihre Lippen über die dicke Eichel und zog sie in den Mund, während ihre Finger die Wurzel massierten.

Es verschaffte ihr ein eigentümliches Gefühl der Macht, einfach die Kontrolle über ihr Liebesspiel übernommen zu haben, als sie Lucius vor sich liegen sah, der vor Lust stöhnte und sich wand. Sie streichelte seinen Schwanz und lutschte ihn.

«Gefällt dir das?», fragte sie vorsichtig und blickte ihn an. «Willst du etwa immer noch gehen?»

«Das wollte ich eigentlich nie, verdammter Plinius», murmelte er, als sie sich mit gespreizten Beinen auf ihn setzte und seinen Schwanz sanft zur Öffnung ihrer Pussy dirigierte. Sirona ließ sich langsam auf ihn sinken und verlängerte damit auch Lucius' Genuss, tief in ihre warme, feuchte Möse einzudringen. «Ah», stöhnte er, «das fühlt sich *so* gut an.»

Sie hob ihren Körper so weit an, bis er fast aus ihr herausgeglitten wäre, dann ließ sie sich erneut auf ihn sinken. Nun fing sie an, ihn erst langsam, dann schneller zu ficken, und beobachtete sein schönes Gesicht, auf dem sich wilde Lust und sinnliches Vergnügen abzeichneten.

Sirona beugte sich vor und rieb ihre Nippel an seiner festen Brust. Er streckte die Hand aus und griff nach einer ihrer vollen Brüste und knetete sie, während er mit der anderen Hand zu der Stelle fuhr, an der sich ihre beiden Körper berührten. Seine Fingerspitzen rieben über ihre Klit, woraufhin sie die reine Lust wie ein Schlag durchfuhr, der so stark war, dass sie fast aus dem Rhythmus gekommen wäre.

Mit einem hungrigen Seufzen bewegte sie sich schneller und rieb ihre Pussy gegen seinen Unterleib, bis ihre Lust den Höhepunkt erreichte. Sie keuchte, als sie kam, und spürte, wie sein Schwanz in ihr zuckte. Als auch Lucius seinen Orgasmus bekam, presste sie ihre Lippen auf die seinen und stieß ihre Zunge tief in seinen Mund.

Taranis schlenderte die Via Abundantia entlang und erfreute sich des Gefühls der Freiheit, das er jedes Mal verspürte, wenn er allein in der Stadt umherging. Er war wie viele andere Bürger gekleidet, mit einer einfachen, wollweißen Tunika ohne Ärmel, mit zwei vertikal verlaufenden blauen Streifen. Niemand gönnte ihm einen zweiten Blick – oder wenigstens glaubte er das. Was er nicht zu bemerken schien, waren die vielen bewundernden Blicke der vorbeigehenden Frauen. Viele hielten ihn wahrscheinlich für reich, da er dicke goldene Reife an den Armen und um den Hals trug. Doch wer genau hinsah, konnte die Gravur auf dem Halsreifen erkennen, die keinen Zweifel aufkommen ließ, dass Taranis der Sklave von Poppaea Abeto war. Sie hatte dem Goldschmied befohlen, ihm den Reif um den Hals zu schweißen, sodass er ihn nicht abnehmen konnte. Dann hatte sie ihm erklärt, dass er sich glücklich schätzen könne, weil die meisten Sklaven lediglich billige Eisenringe an den Fingern trügen.

Taranis beschloss, einen Umweg nach Hause zu machen, da Poppaea ausgegangen war, um Freunde zu besuchen und in den nächsten Stunden nicht zurückerwartet wurde. Deshalb bog er nicht links an der Taverne ab, sondern ging die Hauptstraße weiter. Er rümpfte vor Ekel die Nase, als er den Geruch von abgestandenem Urin wahrnahm, der aus der Amphore vor der Tuchwalkerei drang.

Dann bemerkte er eine Frau, die vor ihm ging. Er konnte nur ihren Rücken erkennen, doch etwas an ihr kam ihm seltsam bekannt vor. Plötzlich sah er, wie ihr Fuß gegen einen hervorstehenden Stein des Straßenpflasters stieß und sie ins Straucheln geriet. Fast wäre sie gefallen, wenn er ihr nicht unverzüglich zur Seite geeilt wäre und ihren Arm ergriffen hätte.

«Danke», rief sie ein wenig aufgelöst und dann, als sie ihn erkannte: «Taranis?»

Er lächelte Julia freundlich an und vergaß dabei, ihren Arm loszulassen. «Ist alles in Ordnung? Du siehst ein wenig blass aus.»

«Ich habe zufällig meinen Stiefvater im Forum getroffen. Er war auf dem Weg zu meinem Bruder», antwortete sie ein wenig atemlos. «Etwas, das er sagte, hat mich aufgeregt.»

«Dann sollte ich dich nach Hause begleiten», meinte Taranis, da ihr wirklich die Farbe im Gesicht fehlte und sie am Körper zitterte. «Ist es noch weit?»

«Nein, nur ein kurzes Stück die Straße hinunter. Aber wird Poppaea nichts dagegen haben?»

«Nein, mittlerweile vertraut sie mir in allen persönlichen Angelegenheiten.» Er blickte auf die Wachstafel, die er in den Händen hielt. Darauf hatte er in einer kurzen Liste alle Dinge notiert, die in Poppaeas zweitem Haus in der Nähe der Stabianer Thermen erledigt werden mussten. Sie hatte ihn gebeten, das Haus zu inspizieren, da sie erwog, es zu vermieten. «Daher wird sie mir auch vertrauen, für das Wohlbefinden ihrer besten Freundin zu sorgen. Ich bin mir sicher, dass sie es als meine Pflicht erachtet, dich nach Hause zu begleiten.»

«Dann hat sich deine Situation verbessert?», fragte sie schüchtern.

«Ja», bestätigte er.

«Bitte nicht», bat sie, als er ihren Arm loslassen wollte. «Ich würde mich gern etwas an dich lehnen. Ich fühle mich noch immer ein wenig schwach.»

«Gewiss.» Es schien ihm angebracht, näher an sie heranzutreten und sie ein wenig fester zu halten. «Übrigens bin ich zurzeit auch Poppaeas Verwalter.»

Poppaeas ehemaliger Verwalter war ein paar Tage nach dem Vorfall im Schwimmbecken krank geworden. Überraschenderweise hatte Poppaea entschieden, dass sie nur

Taranis mit seiner Vertretung betrauen konnte. Nun verbrachte er seine Tage damit, ihre Korrespondenz zu erledigen, sich um die Finanzen und Verwaltungsangelegenheiten zu kümmern und um alle weiteren Pflichten, mit denen sie ihn überhäufte. Das war recht viel Verantwortung, insbesondere da sie immer noch von ihm erwartete, dass er auch nachts ihre Bedürfnisse befriedigte. Trotzdem war dieser Zustand dem des Daseins als reiner Lustsklave bei weitem vorzuziehen.

«Das sind gute Neuigkeiten», erwiderte Julia, die sich offenbar über seinen neuen Posten für ihn freute. Verwalter waren, ob Sklave oder Freie, hochangesehene Mitglieder eines Haushalts. Während sie langsam die Straße hinabgingen, erzählte Julia: «Mein Stiefvater und ich kommen nicht gut miteinander aus.» Dann berichtete sie Taranis ein wenig von ihrer unglücklichen Ehe mit Sutoneus.

Es tat ihm leid, zu hören, dass ihr Leben einmal so unerfreulich gewesen war, aber es erstaunte ihn nichtsdestotrotz, dass sie so offen zu ihm sprach.

«Ist das dein Haus?», fragte er, als sie vor einer großen Holztür mit Bronzebeschlägen stehen blieben.

«Ja. Bitte entschuldige, dass ich unentwegt von mir geplaudert habe, aber es ist so nett, mit jemandem zu sprechen, der verständnisvoll ist.» Sie lächelte ihn schüchtern an. «Es ist sehr heiß, warum kommst du nicht mit hinein und ruhst dich ein wenig aus ... wenn du genügend Zeit hast?»

«Ich bin nicht in Eile», sagte Taranis, «warum also nicht?»

«Dann komm», sagte sie einladend, als der Türsklave das Tor öffnete.

Taranis wollte nicht respektlos vor den Augen ihres Haussklaven erscheinen, und da sie wieder recht gut auf eigenen Beinen stehen konnte, ließ er ihren Arm los. Er folgte ihr durch die Villa bis zu einem großen Garten, an dessen Ende sich natürlich die Venus-Bäder befanden. Er kannte sich allmählich immer besser in der Stadt aus.

«Bitte, setz dich, Taranis.» Julia deutete auf eine breite Steinbank, die im Schatten eines Baums stand.

Er nahm Platz und stellte erstaunt fest, dass sie sich freundschaftlich neben ihn setzte. Nicht minder überraschte es ihn, als zwei Sklaven erschienen, die einen leichten Tisch und ein Tablett mit einer Karaffe Wein und zwei Bechern trugen. Sie stellten beides vor Julia ab und entfernten sich wieder. Sie goss ihm und sich von dem gekühlten Wein ein, der mit Wasser verdünnt und mit Honig gesüßt war.

«Danke», sagte Taranis, als sie ihm den Becher reichte.

Julia behandelte ihn wie einen respektablen Gast, und er fand enormen Gefallen daran. Erleichtert stellte er außerdem fest, dass die Farbe in ihre Wangen zurückgekehrt war. Sie war wirklich eine sehr hübsche Frau, stellte er fest, mit ihren weichen weiblichen Gesichtszügen, den vollen Lippen und glänzenden haselnussfarbenen Augen.

«Ganz im Gegenteil, ich sollte dir danken, dass du mich vor dem Hinfallen bewahrt und mich nach Hause begleitet hast.»

«Es war mir ein Vergnügen.» Er war nicht einfach nur höflich, sondern fand sie nur noch liebreizender und freundlicher als bei ihrem ersten Treffen. «Es tut mir leid, dass dich dein Stiefvater verärgert hat.»

«Aulus denkt, dass ich wieder heiraten soll, und zwar schon bald.»

«Und das beunruhigt dich?» Taranis erkannte den Namen wieder und fragte sich, ob es der seltsame Zufall wollte, dass es sich ausgerechnet um den Mann handelte, der ihn auf so beschämende Weise inspiziert hatte, bevor er verkauft worden war. «Du bist Witwe, also wirst du doch sicherlich selbst entscheiden dürfen, wen du heiraten willst, oder?»

«Nein, er ist fest entschlossen, das für mich zu entscheiden.» Sie seufzte. «Aulus Vettius ist Senator und ein sehr einflussreicher Mann. Oder besser gesagt, er war es, als Vespasian noch lebte.»

Dann handelte es sich wirklich um denselben Mann, stellte Taranis fest. «Und jetzt?»

«Jetzt besitzt er glücklicherweise deutlich weniger Einfluss. Mein Bruder Lucius ist Legat der fünfzehnten Legion Apollo und ein enger Freund von Kaiser Titus. Sie sind in vielerlei Hinsicht wie Brüder.»

Taranis fand es beachtlich, dass sie zu ihm wie zu einem Freund sprach. Es war schon lange her, seit er sich so frei gefühlt hatte wie jetzt, als er in diesem Garten an Julias Seite saß. «Und wird er dir helfen? Wird dein Bruder deinen Stiefvater davon abbringen, dich zu einer Ehe zu zwingen, die du nicht wünschst?»

«Da bin ich mir sicher. Lucius ist ein guter Mann.» Sie seufzte frustriert auf. «Manchmal ist es nicht einfach, eine Frau zu sein –» Sie hielt inne und blickte Taranis nachdenklich an. Dann legte sie ihm die Hand auf den Arm und sagte: «Aber es ist viel einfacher, als ein Sklave zu sein. Insbesondere, wenn man als Bürger Roms geboren und aufgewachsen ist.»

«Poppaea ist keine schlechte Herrin», sagte er mit einem schiefen Lächeln. Sie hatten gelegentlich mit Fesselspielen experimentiert, aber glücklicherweise hatte sie den falschen Phallus nicht wieder an ihm ausprobieren wollen. Er hatte sein Bestes getan, um dieses Erlebnis aus seinem Gedächtnis zu streichen, hauptsächlich, weil er viel stärker von dem erregt worden war, was sie mit ihm angestellt hatte, als er sich eingestehen mochte. «Ich übertrete die Grenzen häufig, und sie bestraft mich trotzdem nicht so, wie sie es könnte.»

«Wahrscheinlich, weil du sie in anderer Hinsicht zufriedenstellst.» Julia errötete verlegen, als würde sie nicht gern über die wahre Natur seiner Beziehung zu Poppaea nachdenken wollen. «Ich bin zwar im Haus gewesen, aber ich habe später von dem Vorfall im Schwimmbecken gehört. Ist sie sehr wütend gewesen?»

«Wütend? Ein wenig», antwortete er ausweichend. Sie hatte ihn knapp drei Tage lang an den Fußknöcheln gefesselt gehalten, ohne eine Faser am Körper, ohne die Möglichkeit, sich zu säubern. Und trotzdem war sie regelmäßig für den Sex vorbeigekommen. «Es war meine Schuld. Ich habe sie vor ihren Freundinnen blamiert.»

Je länger er blieb, desto besser gefiel ihm Julia. Sie war ganz anders als Poppaea, und er fragte sich, wie viel besser sein Leben wohl aussähe, wenn es ihr gelungen wäre, ihn zu kaufen. Die Wahrheit ging sogar so weit, dass er sich darauf gefreut hätte, die Nächte in ihrem Bett zu verbringen. Im Laufe der Zeit hätte er vielleicht sogar etwas für sie empfinden können. Er mochte sie, und ihr schien es ähnlich zu ergehen. Dies war der Zeitpunkt, an dem er beschloss, sie um Hilfe zu bitten. «Ich habe mich gefragt …»

«Ja?» Sie rückte näher an ihn heran.

«Ich bin auf einem Schiff mit anderen Gefangenen hier angekommen, die ebenfalls während des Aufstands in Britannien gefangen wurden. Unter ihnen war eine junge Frau, Sirona, die Tochter des Borus, des Königs der Icener.»

«Und jetzt möchtest du wissen, was aus ihr geworden ist», sagte Julia verständnisvoll. «Hab keine Angst, Taranis. Ich weiß, dass sie in Sicherheit ist.»

«Du weißt das?» Er kämpfte gegen seine plötzlich aufkeimenden Gefühle an.

«Ja. Der Gouverneur von Britannien hat meinen Bruder mit ihrer Fürsorge beauftragt. Er und Lucius sind miteinander befreundet.»

«Ich verstehe nicht ganz. Ist sie die Sklavin deines Bruders?»

Sie strich ihm beruhigend über den Arm. «Nein, keine Sklavin, Taranis. Mein Bruder behandelt sie respektvoll wie einen Gast. Solange sie in seinem Haushalt bleibt, kann ihr nichts geschehen.»

«Und das macht seiner Frau nichts aus?» Er wollte alles wissen, was er in Erfahrung bringen konnte, wagte jedoch nicht, allzu viele Fragen zu stellen.

«Lucius ist nicht verheiratet. Er ist Soldat und hat sich bislang nie damit befasst, eine Frau zu finden.»

Eine plötzliche Welle von Eifersucht erfasste ihn. Offensichtlich war da so ein junger, wahrscheinlich auch noch vermögender und einflussreicher Mann mit Sironas Fürsorge befasst. Sie war wunderschön, und Taranis war sich vollkommen sicher, dass Lucius schlichtweg in Versuchung geraten musste, sie entweder zu zwingen oder dazu zu verführen, das Bett mit ihm zu teilen.

«Mach nicht so ein besorgtes Gesicht.» Julia lächelte ihm aufmunternd zu. «Lucius ist ein freundlicher und ehrenvoller Mann, der sie gut behandeln wird. Mein Bruder lebt unmittelbar vor den Toren der Stadt. Ich werde ihn besuchen und einen Weg finden, mit diesem Mädchen, Sirona, zu sprechen. Du fühlst dich für ihre Sicherheit verantwortlich, das kann ich verstehen.»

«Der König hat mich beauftragt, sie zu schützen.» In seinen Augen wäre es keine weise Entscheidung, Julia mitzuteilen, wie sehr er und Sirona tatsächlich miteinander verbandelt waren und dass Borus bereits seine Einwilligung zu ihrer Hochzeit gegeben hatte. Er hatte gehofft, die Zeremonie nach dem letzten Kampf abhalten zu können, doch dann war Agricola gekommen und hatte alle Pläne zerstört.

«Ich werde Sirona erzählen, dass du wohlauf und munter bist, und ich kann dir ihre Botschaft übermitteln.» Dann sagte sie mit einem nervösen Schulterzucken: «Wenn man davon ausgeht, dass Poppaeas Lustsklave tatsächlich wohlauf und munter ist.»

«Sei versichert, dass ich meinen Pflichten einigermaßen freiwillig nachkomme», gab er zu. Es machte ihn ein wenig nervös, dass Julia ihn auf eine Art anblickte, die seiner Position als Sklave eigentlich nicht angemessen war. «Wie auch immer, mein Schicksal ist nicht von Bedeutung. Ich weiß, dass ich überleben werde. Sirona hingegen … Ich möchte einfach nur wissen, dass sie in Sicherheit ist und es ihr gutgeht. Ich danke dir sehr, dass du das für mich tust, Julia.»

Einen Augenblick lang war ihm nicht bewusst, dass es sich nicht geziemte, sie beim Vornamen anzusprechen, noch weniger, sie auf die Wange zu küssen, aber er tat trotzdem beides. Doch in genau diesem Augenblick wandte Julia den Kopf, sodass sich ihre Münder trafen. Sie zuckte nicht zurück, sondern legte ihm die Arme um den Hals und küsste ihn leidenschaftlich. Völlig unerwartet durchflutete Lust seinen Körper, und Taranis erwiderte den Kuss. Er war nicht fähig, der Süße ihres Mundes zu widerstehen, als sich ihre Zungen berührten und umspielten. Dann wanderten seine Hände zu ihren Brüsten und streichelten sie sanft durch das dünne Kleid.

Plötzlich wurde ihm klar, dass dies nicht sein durfte, und er zwang sich, aufzuhören. «Wenn du mich doch nur gekauft hättest», hörte er sich sagen, während ihm das Herz laut in der Brust schlug.

«Hätte ich doch nur.» Sie hörte sich atemlos an und schien ein wenig zu zittern, als sie schüchtern den Blick senkte.

«Das wünsche ich mir schon die ganze Zeit.» Verlegte spielten ihre Finger mit den Falten ihres Kleides. «Ich hätte das niemals tun dürfen, Taranis, du gehörst Poppaea.»

«Mein *Körper* gehört ihr, Julia», sagte Taranis mit sanfter Stimme, als er sich erhob. Am liebsten wäre er noch länger geblieben, aber ihm war bewusst, dass er das nicht tun durfte. «Doch über mein Herz und meine Seele bestimme noch immer ich.» Mit diesen Worten drehte er sich um und ging davon.

Sirona setzte sich auf und verpasste ihrem Kissen einen Knuff. Sie wollte sich keinesfalls wieder zurücklehnen und weiterschlafen, denn sie hatte sehr seltsame, aufwühlende Träume gehabt, die noch immer am Rande ihres Bewusstseins lungerten. Sie wusste, was sie so beunruhigte – und wem wäre es anders ergangen, wenn unerwartet Aulus Vettius in seinem Haus auftauchte, und zwar nur eine Stunde nachdem Lucius es verlassen hatte? Sie hatte sich gezwungen, ihn zu begrüßen, wie sie es bei jedem anderen Bürger auch getan hätte, doch sein kühles, verächtliches Starren hatte ihr Unbehagen bereitet, ebenso seine nur knappe Erwiderung ihres Willkommensgrußes. Vielleicht lag es daran, dass sie ihn in perfektem Latein angesprochen hatte, und ihm klargeworden war, wie leicht sie ihn hatte täuschen können.

Von diesem Augenblick an war sie ihm ausgewichen, während er in der Villa umherging und den Sklaven Befehle erteilte, als wäre er der Hausherr persönlich. Sirona war zwar dem Senator aus dem Weg gegangen, aber nicht seinem Begleiter, Tiro. Dieser war lediglich mitgekommen, um herauszufinden, ob es Sirona gutging. Natürlich hatte sie ihm gesagt, dass es ihr sehr gut erginge. Sie war sich sicher, dass er sie und Lucius für ein Liebespaar hielt. Schließlich trug sie edle Gewänder und teure Juwelen, und die Sklaven behandelten sie mehr wie eine Herrin als einen Gast.

Sie hatte Tiro in der Villa herumgeführt und dabei sichergestellt, dass sie nicht zufällig auf den Senator stießen. Tiro hatte die Nillandschaftsmalereien in dem etruskisch gehaltenen Atrium bewundert, ebenso das Tablinum mit seinem erst kürzlich restaurierten ägyptischen Fresko. Der Rundgang endete in dem riesigen Prunksalon am Ende des Hauses. Dies war der einzige Raum, der auf Lucius' Anweisung hin nicht wiederhergerichtet worden war, und sie hatte keine Ahnung, weshalb. Doch ihr gefiel der Salon, wie er war, wegen seiner faszinierenden lebensgroßen Wandmalereien. Sie schienen ihre eigene Geschichte zu erzählen, aber Lucius war stets so darauf bedacht gewesen, diesen Raum zu meiden, dass sie sich nicht wohl dabei gefühlt hätte, ihn um eine Erklärung zu bitten. Tiro hatte ihr schließlich erklärt, dass sie einen Initiationsritus aus dem Dionysoskult zeigten. Es war noch nicht lange her, dass die Anbetung ebenjenes Gottes vom Senat unter Strafe gestellt worden war, da sie allerlei rituelle Opferhandlungen beinhalteten, dazu Flagellation und andere wilde sexuelle Ausschweifungen.

Wahrscheinlich lag es an Tiros Erläuterungen, dass Sironas Träume von merkwürdigen Bildern dieser bizarren Riten heimgesucht wurden, in denen allesamt auf die eine oder andere Weise Aulus Vettius vorkam. Irgendwie gelang es ihr nicht, die beängstigenden Bilder loszuwerden, als sie nach dem Becher mit Wasser griff, der immer neben ihrem Bett stand. Doch der Becher war leer. Es war schon weit nach Mitternacht, und daher wollte sie keinen der Sklaven aufscheuchen. Sie würde selbst in die Küche gehen und den Becher auffüllen.

Sirona zog sich ein loses Gewand über und verließ das Zimmer. Zum Glück war es nicht vollkommen dunkel, da

Vollmond herrschte und das Peristyl in ein unheimliches, silbriges Licht getaucht war. Sie hörte das leise Zirpen der Zikaden, und dann drang ihr ein weiteres Geräusch ins Bewusstsein, das sich nach Musik anhörte. Angeblich war sie mit den Sklaven allein im Haus, woher konnte also die hypnotisch klingende Melodie kommen?

Sie schlich durch die dunkle Villa, und der marmorne Fußboden fühlte sich kalt unter ihren nackten Füßen an. Ihr klopfte das Herz laut in der Brust. Dann kam sie zu dem großen Salon und lugte an dem üppig bestickten Vorhang vorbei, der die Türöffnung bedeckte. Und dann entdeckte sie sie. Mindestens ein Dutzend nackter Männer und Frauen, die sich um einen Mann mit einer seltsamen Maske versammelt hatten. Eine dunkelhaarige Frau, die an den Händen gefesselt war, kniete vor ihnen, und der Mann mit der Maske schlug mit einer verzierten Peitsche auf sie ein. Die Szene entsprach genau den Bildern der dionysischen Riten, die an den Wänden des Zimmers prangten.

Dann änderte sich die Musik, der misstönende Klang von Zimbeln erklang, und ein junger, schöner Mann trat vor. Auch er war nackt und trug einen Lorbeerkranz auf den langen dunkelblonden Locken. In der Hand hielt er einen Kristallbecher mit einer roten Flüssigkeit, die Wein oder sogar Blut sein konnte, wie Sirona nervös feststellte. Er bot den Becher einem Mann an, der halb von den anderen verdeckt dastand.

Die Frau, die gerade ausgepeitscht wurde, schien die Prozedur enorm zu genießen, denn sie stöhnte vor Lust und rieb die zusammengebundenen Hände eifrig an ihren Brüsten. Um sie herum begannen auch die anderen, einander zu berühren, und dabei streichelten Männer auch Männer und Frauen auch Frauen, das Geschlecht schien hier keine besondere Rolle zu spielen. Dann fingen sie an, sich heftiger zu bewegen, drückten hier nackte Brüste, rieben dort Schwänze und stießen sie zwischen Oberschenkel oder Pobacken. Luststöhnen und -seufzer durchdrangen die seltsame Musik, und dann sanken alle zu Boden und begannen, auf jede erdenklich Weise zu kopulieren.

Sironas Atem beschleunigte sich, und sie spürte, wie sich ihre Nippel aufrichteten und ihre Möse feucht wurde. Wen hätte dieses sonderbare Ritual nicht erregt? Ein merkwürdiger Geruch, von dem sie vermutete, dass es sich um Rauchwerk handelte, zog durch die nächtliche Luft und schien in jede Pore ihres Körpers einzudringen. Er schien zu bewirken, dass ihre Gedanken um nichts anderes mehr als sinnliche Vergnügungen und fleischliche Genüsse kreisten. Fast schon verstand sie, was sich vor ihren Augen abspielte. Dann beobachtete Sirona, wie ein Mann die gefesselte Frau von hinten nahm. Ein weiterer Mann mit einem steifen, eingeölten Penis, kniete sich hinter das Paar und führte seinen Schwanz in den Anus des sich rhythmisch bewegenden Mannes ein.

Sirona konnte nicht glauben, was sie da sah, und sie fühlte sich, als sei auch sie allmählich Teil dieser sexuellen Ausschweifung. Sie drückte mit der Hand gegen ihre Pussy und war halb versucht, sich in das Zimmer zu schleichen und sich der puren, unverfälschten Lust hinzugeben. Doch der Gedanke ängstigte sie auch, und eine kleine Stimme in ihrem Gehirn befahl ihr, wegzurennen und sich nicht umzublicken.

Sie ignorierte die Stimme der Vernunft, wenigstens im Augenblick, und sah zu dem Mann mit der Peitsche. Dann stellte sie fest, dass er ihr verdächtig bekannt vorkam, wenn er auch diese Maske trug. Aber natürlich, es war Aulus Vettius – warum sonst war er am vergangenen Nachmittag in die Villa gekommen? Natürlich um zu prüfen, ob Lucius wie geplant nach Herculaneum gereist war. Diente dieser Raum mit seinen Wandmalereien etwa einzig dem Zweck, dieser Zeremonie den entsprechenden Rahmen zu geben? Schließlich war es Aulus gewesen, der Lucius geraten hatte, die Villa zu kaufen.

Sirona fiel wieder ein, dass Amyria ein wenig unruhig gewesen war, als sie ihr eine gute Nacht gewünscht hatte, und es ihr Sorgen bereitete, dass der Schlüssel zu Sironas Schlafzimmer anscheinend verlorengegangen war. Hatte sie etwa vorgehabt, sie einzuschließen, weil sie möglicherweise wusste, was heute Nacht geschah?

Sirona entschied, dass es jetzt besser war, zu verschwinden, bevor sie noch entdeckt und womöglich in den Raum gezerrt wurde, wo man sie zwingen würde, an dieser wilden Sexorgie teilzunehmen. Sie würde mit Lucius darüber sprechen müssen, wenn er zurück war.

Doch bei allen Göttern, das konnte nicht wahr sein! Ihre Brust zog sich zusammen, und ihr Atem ging nur noch in abgehackten Schüben, als sie nun den anderen maskierten Mann sah, der ein paar Schritte vorgetreten war, nachdem er sich bislang im Hintergrund gehalten hatte. Dieser Mann war auf das höchste erregt und kniete sich hin, als wollte er die Frau besteigen, die zuvor ausgepeitscht worden war. Sirona schlug sich die Hand vor den Mund, um ihren verzweifelten Schrei zu unterdrücken, denn der maskierte Mann sah ihrem Geliebten Lucius auf unheimliche Weise ähnlich.

Sirona konnte sich nicht mehr daran erinnern, wie sie in ihr Zimmer gelangt war, als sie unter die Laken schlüpfte und sich verzweifelt einzureden versuchte, dass sie sich getäuscht hatte und der Mann unter keinen Umständen Lucius sein konnte. Der Mann, den sie kannte und sehr mochte, hätte niemals an einer solchen bizarren und illegalen Zeremonie teilgenommen. Lucius betete zu den Göttern, aber er tat dies in den Tempeln, wie alle anderen auch. Er stand dem Kaiser nahe, war dem Römischen Reich treu ergeben und hatte einen hohen militärischen Rang inne. Er hätte niemals gegen die Gesetze des Senats verstoßen. Außerdem befand er sich weit entfernt von hier und wurde vor Mittag nicht zurückerwartet.

Sie schloss die Augen, aber sie war viel zu beunruhigt und aufgeregt, um Schlaf finden zu können. Schließlich musste sie eingedöst sein, dann als sie ihre Augen öffnete, aufgeschreckt von einem entfernten Geräusch, sah sie, dass der Himmel schon etwas heller geworden war. Dann hörte sie wieder das Geräusch, das diesmal lauter war, und begriff, dass sich jemand im Zimmer aufhielt. Vor Angst war sie wie gelähmt.

Ein weiteres Geräusch drang ihr an die Ohren, und sie hätte sich am liebsten unter die Decke verkrochen, doch sie zwang sich, den Kopf zu heben. Eine dunkle Gestalt näherte sich ihrem Bett. Sie öffnete den Mund, um zu schreien, aber ihre Kehle war wie zugeschnürt, und so gelang ihr lediglich ein gedämpftes Aufquieken.

«Ich bin's», grunzte eine betrunkene Stimme. Lucius ließ sich schwerfällig auf das Bett plumpsen. Er war nackt und stank nach schalem Wein. Sämtliche Verdächtigungen, die sie zu unterdrücken versucht hatte, kamen wieder zum Vorschein.

«Was tust du da?», fragte sie nervös, als er sich abmühte, zu ihr unter das Laken zu schlüpfen.

Er rollte sich an sie heran und presste seine heiße, verschwitzte Haut an ihren Körper.

«Du hast gesagt, dass du vor Mittag nicht zurück sein würdest.»

«Sirona.» Er lachte leise in sich hinein. «Du hörst dich wie eine wütende Ehefrau an.»

Der starke Geruch nach abgestandenem Wein verursachte ihr Brechreiz, als er ihr einen feuchten Kuss gab. «Konnte es nicht mehr länger ohne dich aushalten, Süße.» Er schob eine Hand zwischen ihre Beine und fing an, grob ihr Geschlecht zu befingern.

Ihr gefiel nicht, was er da tat, und doch erregte sie die Berührung seiner forschenden Finger. «Lucius, bitte!»

Er erstickte ihren Protest mit einem weiteren, alkoholgeschwängerten Kuss, doch dieses Mal roch sie kaum noch den Wein in seinem heißen Atem, als sein Mund sie förmlich verschlang. Argwöhnisch versuchte Sirona, ihn von sich zu schieben.

«Lass mich in Ruhe, du bist betrunken.»

Er lachte rau auf, rollte sich auf sie und schob ihre Schenkel mit seinem Knie auseinander. «Kann ja noch nicht so betrunken sein, wenn mir das noch gelingt», murmelte er und drückte seinen steifen Schwanz an die Öffnung ihrer Möse. Dann stieß er zu, obwohl sie noch lange nicht feucht genug für ihn war. «So heiß und eng», stöhnte er und ignorierte ihr schmerzerfülltes Aufkeuchen, als er begann, in sie zu hämmern.

«Nein, verdammt.» Sie grub ihre Nägel tief in seine muskulösen Schultern und trommelte gegen seine Brust.

Mit einem amüsierten Glucksen ließ er sich mit seinem vollen Gewicht auf sie fallen und nagelte sie fest. Dann packte er ihre Arme und hielt sie gewaltsam über ihrem Kopf fest. «Meine süße Barbarin, ich bete dich an», nuschelte er an ihrem Ohr. «Wenn du mich so bekämpfst, dann erregt mich das umso mehr.»

Dann machte sich sein Mund über ihre Brüste her und küsste und leckte ihre Nippel. Schließlich schlossen sich seine Lippen enger um eine der Spitzen und sogen kräftig daran. Dieses Ziehen und das Gefühl seines Schwanzes, der sie ausfüllte, verstärkten ihre Erregung, und so hatte sie weder die Kraft noch den Willen, länger gegen ihn anzukämpfen. Sie stöhnte leise auf, als sein Körper anfing, sich zu bewegen, und sie genüsslich langsam und sinnlich fickte.

Sirona streichelte seine Brust, und ihre Finger griffen nach seinen Nippeln. Als sie an den festen Knospen zupfte, stützte sich Lucius auf die Arme und fing an, in sie hineinzupumpen. Sirona grub die Finger immer tiefer in seinen muskulösen Körper, längst nicht mehr, um ihn aufzuhalten, sondern um ihn anzufeuern, als seine Bewegungen härter und unkontrollierter wurden. Das ganze Bett wackelte von der Heftigkeit seiner Stöße, während sich vor Sironas geistigem Auge plötzlich Szenen mit vielen nackten Körpern abspielten, die auf jede erdenkliche Weise in Anbetung des Gottes Dionysos fickten. Es war, als habe ein seltsamer, lüsterner Gott sich ihrer Gedanken bemächtigt. Nun konnte sie die ungezügelten Stöße von Lucius noch mehr genießen und war von einem lustvollen, ursprünglichen Fieber ergriffen, das sie noch zuvor verspürt hatte.

Ihre Lust wurde größer, und sie kam zum Höhepunkt. In diesem Augenblick hörte sie, wie Lucius aufgrunzte und sein Schwanz wild in ihr zu zucken anfing. Sirona lag da und war zu überwältigt und zu erschöpft, um sich zu bewegen, als er von ihr herunterrollte und sich zur Seite fallen ließ. In ihrem Kopf überschlugen sich die Gedanken, und wie sehr sie sich auch bemühte, an Schlaf war in dieser Nacht nicht mehr zu denken.

Poppaea hatte zu einem ihrer speziellen Abendgelage gebeten und die wichtigsten Männer der Stadt eingeladen. Abgesehen von den weiblichen Hausssklaven waren nur ein paar von Poppaeas weniger anständigen Freundinnen anwesend und dazu zwei Famosae, Huren aus guten Familien, die sich ausschließlich an Bürger von höherem Status verkauften.

Es war das erste Mal, dass Taranis Aulus Vettius und Gaius Cuspius seit der demütigenden Nacht vor der Auktion zu Gesicht bekam. Allein der Anblick der beiden Männer bescherte ihm Unbehagen. Poppaea konnte Gaius nicht besonders gut leiden, aber er war ein Aedil, und sie glaubte, ihn nicht ausschließen zu dürfen, da auch die drei anderen Magistrate, die die Stadt regierten, ihre Einladung angenommen hatten.

Poppaeas Ehrengast war der wichtigste Mann in Pompeji: Cnaius Alleus Nigidus Maius, ein früherer höherer Magistrat, der mit den Befugnissen eines Censors ausgestattet war. Poppaea hatte Taranis erzählt, dass Cnaius viele einflussreiche Freunde in Rom hatte und in einigen Kreisen sogar über mehr Macht verfügte als Aulus Vettius. Er hatte schon zahlreiche Gladiatorenkämpfe aus eigener Tasche bezahlt, und man hatte ihm zu Ehren erst kürzlich sein Abbild als Statue im Forum aufgestellt.

Nun starrte Cnaius Taranis bereits seit einiger Zeit nachdenklich an. Plötzlich lehnte er sich über den Tisch, der zwischen Poppaeas und seiner Kline stand, und sagte: «Dein Sklave Taranis gehört in die Arena. Er ist ein starker und erfahrener Krieger. Und ein ausgezeichneter Kämpfer, wie ich hörte. Er wäre die perfekte Attraktion für meine nächsten Spiele.»

«Ein Gladiator?», kreischte Poppaea entsetzt. «Mein schöner Taranis in der Arena? Niemals!» Sie wandte sich zu Taranis um, der neben ihr stand und eine Tunika aus der teuersten und feinsten weißen Wolle trug, die an den Armen und am Saum mit dicken Goldfäden bestickt war.

«Ich könnte einmal den Sklaven fragen, wie *er* darüber

denkt», erwiderte Cnaius mit einem aufreizenden Grinsen. «Vielleicht zieht er die Spannung der Spiele einer Existenz als verhätschelter, gehorsamer Diener vor.»

«Ich spreche für ihn», antwortete Poppaea knapp. «Er hat keineswegs den Wunsch, um sein Leben kämpfen, geschweige denn, gar in der Arena zu sterben. Nicht wahr, Taranis?», fragte sie und blickte zu ihm auf. Er neigte respektvoll den Kopf. Dann fügte sie hinzu: «In meinem Bett ist es viel gemütlicher, oder etwa nicht?»

Sie streifte seine Wange mit den Lippen in einer zärtlichen Geste, die weder an Cnaius noch an Aulus unbemerkt vorüberging, die neben ihr saßen.

«Ja, Herrin», erwiderte Taranis. «Ich lebe, um dir zu dienen.» Er glaubte, dass diese schmeichelnden Worte ihr noch mehr gefielen.

Sie lächelte ihn hingebungsvoll an. «Mir ist ein wenig kühl. Geh und hole mir ein Tuch zum Umhängen.»

Als Taranis davonging, hörte er Aulus mit kalter Stimme sagen: «Du gehst viel zu nachsichtig mit diesem Sklaven um. Allein wie er aussieht! Er ist besser gekleidet als jeder höhere Bürger.»

Taranis hörte Poppaeas Antwort nicht mehr, denn er eilte durch die Villa und erklomm die Stufen zu ihrem Schlafzimmer. Er hielt Aulus für einen äußerst unangenehmen Zeitgenossen. Hinter seiner glatten Fassade als ehrwürdiger Senator lag viel Grausamkeit, und er konnte Julia sehr gut verstehen, die sich vor ihm fürchtete. Seine Gedanken verharrten bei Julia, wie so oft in den letzten Tagen. Es hatte sich noch keine Gelegenheit ergeben, um sie wiederzusehen, aber er verlangte verzweifelt nach Neuigkeiten von Sirona.

Nachdem Taranis ein passendes Umhängetuch gefunden hatte, machte er sich wieder auf den Weg nach unten.

Er hatte das Tablinum fast erreicht, als ihm plötzlich ein kleiner, dicker Mann den Weg verstellte. «Taranis», sagte Gaius dümmlich.

Voller Unbehagen blickte Taranis auf den fetten, verschwitzten Mann mit dem geröteten Gesicht herab. Er konnte nicht einfach einen von Poppaeas Gästen aus dem Weg drängen, und so blieb er stehen und schwieg.

«Es ist so schön, dich wiederzusehen, und du siehst sehr gut aus, so attraktiv wie immer.» Gaius leckte sich genüsslich die Lippen und trat dichter an Taranis heran. «Natürlich nicht so attraktiv, als wenn du komplett nackt wärst und dein prächtiger Schwanz von deinen Lenden aufragte.» Er packte Taranis' Arm. «Ich war so glücklich, als ich Poppaeas Einladung bekam, und ich hatte gehofft, dass ich sie dazu überreden könnte, dich heute Abend ein wenig zu teilen.»

«Ich glaube nicht, Herr», antwortete er höflich und tat sein Bestes, um seinen Widerwillen zu verbergen.

Alles zog sich in Taranis zusammen, als die fette Wachtel noch dichter an ihn herantrat und eine verschwitzte Hand unter den Saum seiner Tunika und über seinen Oberschenkel gleiten ließ.

«Bitte.» Taranis wich Gaius aus und kämpfte gegen den dringenden Wunsch an, ihm ins Gesicht zu schlagen.

«Gaius, in Jupiters Namen, lass ihn in Ruhe.» Cnaius trat zwischen die beiden Männer. Das Glück war auf Taranis' Seite, denn Cnaius war gerade von einem Verdauungsspaziergang zurückgekommen. «Du hast keine Chance, warum akzeptierst du das nicht?», fragte er mit einem amüsierten Grinsen. «Nachdem Poppaea so viel für den Sklaven bezahlt hat, wird sie ihn mit niemandem teilen – und mit dir schon gar nicht.»

«Aber ich sehe nicht ein, weshalb es so sein muss.» Gaius schmollte trotzig.

«Aber ich.» Cnaius zwinkerte Taranis verschwörerisch zu. «Ich bin mir sicher, dass du Poppaeas Geld in jeder Hinsicht wert bist, junger Mann.»

Taranis hielt es für besser, sich aus dem Gespräch herauszuhalten, und so blieb er stumm.

«Du darfst ruhig mit mir sprechen, weißt du», sagte Cnaius. «Ich habe gegen eine Unterhaltung mit einem Sklaven nichts einzuwenden.»

«Wenn ich etwas zu sagen hätte», entgegnete Taranis. «Doch glaube ich, dass es besser ist, zu schweigen, solange der ehrwürdige Aedil anwesend ist.» Er zuckte mit den breiten Schultern. «Sonst wäre ich doch versucht, das auszusprechen, was ich denke.»

Cnaius warf den Kopf zurück und brach in lautes Gelächter aus. «Bei allen Göttern, ich würde es an deiner Stelle wirklich gut sein lassen, Gaius.» Er grinste Taranis an und sagte dann an den Aedil gewandt: «Poppaea teilt ihre Besitztümer nur äußerst ungern. Vielleicht sollte ich ihr erzählen, dass ich dich dabei erwischt habe, wie du dich ihrem Sklaven unsittlich genähert hast. Du weißt ja, wie unangenehm sie werden kann, wenn sie wütend ist.»

Ohne ein weiteres Wort watschelte Gaius frustriert davon und murmelte leise vor sich hin.

Wieder lachte Cnaius leise in sich hinein. «Ein Mann wie du sollte nicht dazu gezwungen werden, nach der Pfeife einer Frau wie Poppaea zu tanzen. Du bist durch und durch ein Krieger.»

«Ich glaube, dass sie mich aus exakt diesem Grund so begehrt», gestand Taranis. «Eben weil ich nicht wie ihre anderen Sklaven bin.»

«Mag sein», erwiderte Cnaius nachdenklich. «Aber wenn sich etwas an deiner Situation ändert, dann solltest du mir das umgehend mitteilen. Ich bin reich genug, um jeden Betrag zu zahlen, den Poppaea mir nennt. Vergiss nicht, Taranis, wenn du auch nur halb so gut kämpfst, wie mir zu Ohren kam, kannst du reich, berühmt und von vielen bewundert werden.»

«Vorausgesetzt, ich sterbe nicht vorher», betonte er. «Bevor ich verkauft wurde, habe ich gedacht, dass mir keine andere Möglichkeit bliebe, als Gladiator zu werden, aber jetzt bin ich mir da nicht mehr so sicher.»

«Aber ich.» Cnaius boxte Taranis kameradschaftlich gegen den Oberarm. «Die beiden Männer aus Britannien schlagen sich gut im Training. Ich bin mir sicher, dass sie erleichtert sein werden, wenn sie erfahren, dass es dir gutgeht.» Cnaius blickte auf das Tuch in Taranis' Hand. «Du solltest besser zu deiner Herrin gehen, bevor sie sich beschwert, dass du getrödelt hast.»

Taranis lächelte Cnaius zu. Er glaubte, dass er diesen Mann mögen würde, wenn die Umstände anders wären. «Danke, dass du mir geholfen hast, den ehrwürdigen Aedil loszuwerden.»

«Ehrwürdig? Niemals!» Cnaius lachte in sich hinein, als Taranis sich von ihm entfernte.

Taranis kehrte an Poppaeas Seite zurück und legte ihr fürsorglich das Tuch um die Schultern. Sie lächelte, machte aber keine Anstalten, ihn wegen der Zeit, die er gebraucht hatte, zu tadeln. Stattdessen wandte sie ihre Aufmerksamkeit wieder Aulus zu, der noch immer neben ihr auf der Liege lagerte. Taranis wusste, dass sie und der Senator einmal ein Liebespaar gewesen waren, aber er konnte nicht verstehen, wie sie es hatte ertragen können, diesem Mann überhaupt nahe zu sein. Aber da sie oft von ihren sexuellen Gelüsten beherrscht wurde, könnte es daran gelegen haben, dass Aulus gut im Bett war. Oder dass es ihm Freude bereitete, ihre ausgefalleneren Wünsche zu erfüllen.

Taranis stand da und beobachtete, wie Aulus vor den Augen aller Poppaeas Brüste streichelte. Dann glitt seine Hand unter ihr Kleid. Wenn Taranis Poppaeas Miene richtig deutete, liebkoste er ihr Geschlecht. Vielleicht schob er in diesem Augenblick seine kühlen Finger, die auch einmal für kurze Zeit in Taranis' Anus geglitten waren, in ihre Möse.

Es verdross Taranis, mit ansehen zu müssen, wie ein Mann, den er verachtete, seine Herrin auf diese Weise berührte. Daher blickte er sich im Raum um. Mittlerweile hatten die Gäste aufgehört zu speisen und widmeten sich frivoleren Dingen. Im Hintergrund spielte eine sanfte Melodie, als ein paar spärlich bekleidete junge Sklavinnen einen erotischen Tanz aufführten. Zwei der weiblichen Gäste hatten sich die Gewänder bis zur Taille heruntergezogen und stellten ihre Brüste zur Schau. Andere lachten und liebkosten lüstern jene, mit denen sie zusammenlagen. Gaius hatte es sich mit einem jungen Mann auf einer der Liegen bequem gemacht, einem dünnen Kerl mit verweichlichten Gesichtszügen, der seine sabbernden Aufmerksamkeiten zu genießen schien. Leider erwischte Gaius Taranis dabei, wie er ihn beobachtete. Daraufhin schob er augenblicklich sein williges Spielzeug vom Schoß und stand auf.

«Du magst diesen Sklaven viel zu sehr», hörte Taranis Aulus sagen. Wie man der entrückten Miene seiner Herrin ablesen konnte, steckten seine Finger noch immer in ihrer Möse. «Aber ich kann damit umgehen. Wie wäre es, wenn wir in dein Schlafzimmer gingen und ihn mitnähmen? Drei ist immer besser als zwei.»

«Nein.» Ihre Aufmerksamkeit war schlagartig zurückgekehrt. Sie richtete sich auf und legte ihm einhaltgebietend eine Hand auf den Arm, der noch immer unter ihrem Kleid steckte. Sie blickte Taranis an, dann sah sie den rot-

200

gesichtigen Gaius, der ihren Lustsklaven mit gierigem Blick anstarrte. «Du bist entlassen, Taranis. Geh auf dein Zimmer. Ich brauche dich heute Abend nicht mehr.»

Sie blickte Gaius finster an, der verlegen davonwatschelte, um sich wieder seinem jungen Freund zu widmen.

Als sich Taranis zum Gehen wandte, lachte Aulus mit kalter Stimme auf und zog seine frühere Geliebte an sich. «Bist du zu gierig, um ihn teilen zu wollen, Poppaea? Das wird sich bestimmt im Laufe der Zeit ändern.»

Taranis war erleichtert, dass er dem Geschehen nicht mehr beiwohnen musste. Er kam an einem Paar vorbei, das völlig in eine Konversation vertieft war und nicht mitbekam, was um es herum geschah. Er hörte, wie der Mann sagte: «Die Keltin soll angeblich eine Prinzessin sein. Die ganze Sache war ziemlich unglaublich.»

Taranis blieb stehen. Dann schlich er sich langsam an der Wand entlang, um so dicht wie möglich an das Paar heranzukommen und zu lauschen.

«Sie hat ihn tatsächlich vor all seinen Gästen mit einem Dolch angegriffen?», fragte die Frau erstaunt.

«Vor allen», bestätigte der Mann. «Aber wie sich herausstellte, hat die Waffe den Arm des Senators nur gestreift. Nichtsdestotrotz habe ich Aulus noch nie so wütend gesehen. Er hat gedroht, sie umzubringen.»

«Er hat sich schnell wieder erholt –» Die Frau unterbrach sich, als ein weiterer Mann auf sie zukam.

Dieser sprach über ein völlig anderes Thema, und Taranis eilte davon, als ihm klar wurde, dass er nichts mehr erfahren würde. Als er rasch die Sklavenunterkünfte durchquerte und durch den Hintereingang aus dem Haus rannte, überschlugen sich seine Gedanken. Er sehnte sich danach, mehr zu erfahren.

201

Julia spähte aus dem Fenster und war sich sicher, dass sie von irgendwoher ein Geräusch gehört hatte. Sie dachte, dass das ihr Nachtwächter auf seiner Runde sein musste, als sie das Licht einer Fackel am Ende des Gartens sah.

Sie trug nichts als ein dünnes Baumwollkleid am Körper, doch ihr war immer noch warm, und sie fühlte sich verschwitzt. Die Temperaturen waren diesen August höher als je zuvor. Sie sehnte sich nach den kühleren Tagen des Herbstes und hob das Haar von ihrem verschwitzten Nacken an. Vielleicht wäre es angenehmer, wenn sie es zusammenbände. Sie blickte sich nach einem Haarband um, als sie ein seltsames Scharren hörte. Nervös wandte sie sich dem Fenster zu. Hände umklammerten den hölzerne Sims, dann tauchte ein Gesicht auf. «Taranis?», rief sie überrascht aus.

«Das war nicht gerade leicht», erwiderte er atemlos, als er mit einem geschmeidigen Satz ins Zimmer sprang.

«Was tust du hier?» Sie errötete verlegen. Ihr Nachthemd war sehr dünn und schmiegte sich eng an ihren nackten Körper.

Taranis schien zu aufgewühlt zu sein, um auf ihre leichtbekleidete Aufmachung zu achten, als er mit ein paar Schritten bei ihr war und sie an den Schultern packte. «Ich musste dich sofort sehen.» Er keuchte, als wäre er heftig gerannt. «Bei dem Gelage heute Abend», sagte er erregt, «hörte ich, wie zwei Leute über Sirona sprachen. Sie haben gesagt, sie habe deinen Stiefvater angegriffen.»

«Ach, das», meinte Julia beiläufig. «Da machst du dir umsonst Sorgen.»

«Umsonst?», wiederholte er ungläubig.

«Ja.» Sie legte ihm sanft eine Hand auf den Arm und führte ihn zum Bett. «Setz dich, ich werde es dir erklären.»

Taranis war noch immer sehr aufgeregt und schien sich

nicht setzen zu wollen, Um ihr einen Gefallen zu tun, tat er es dann doch. «Erzähl.»

«Sirona *hat* in der Tat Aulus angegriffen, aber das ist schon länger her. Es geschah an dem Tag, als Lucius nach Pompeji zurückkehrte. Er hat Aulus davon abgehalten, Sirona zu bestrafen, und sie mit in sein Haus genommen.»

«Mit anderen Worten, Lucius hat sie gerettet?»

«Sie hat mir alles erzählt, als ich kürzlich mit ihr gesprochen habe.» Julia war erleichtert, dass er nun ein bisschen weniger besorgt zu sein schien. Sie bewunderte ihn sehr dafür, dass er seinen Eid gegenüber dem geschlagenen Keltenkönig noch immer ernst nahm. «Sirona ist eine bezaubernde junge Frau. Lucius behandelt sie wie eine Prinzessin und überschüttet sie mit Geschenken. Er betet sie an.»

«Er empfindet Zuneigung für Sirona?», fragte Taranis mit zusammengepressten Zähnen.

«Sehr viel.» Julia lächelte. «Es war sehr schön, meinen Bruder so glücklich zu sehen. Und sie scheint seine Gefühle zu erwidern.»

Nichtsahnend hatte sie ihm mit diesen Worten einen Dolch aus Eis ins Herz gestoßen. Er hatte so große Hoffnung gehegt, die sich jetzt zerschlagen hatte. «Tut sie das?»

«Ja, ist das nicht wundervoll?»

«Wundervoll», stimmte er zu.

Julia war ein wenig verwirrt, weil Taranis nicht erfreut zu sein schien. Offensichtlich wollte er sich erst Lucius ansehen und prüfen, ob dieser wirklich ein Ehrenmann war. Vielleicht könnte sie etwas Derartiges arrangieren. Wenn Taranis erst einmal mit Sirona gesprochen hatte und sah, wie glücklich sie war, würde es ihm gleich bessergehen. Zärtlich strich sie Taranis über die Wange. «Deine Sorge ist unbegründet, du wirst schon sehen. Du bist den ganzen Weg umsonst hergekommen.»

«Bestimmt nicht umsonst», raunte er und blickte auf ihre Brüste, die kaum von dem dünnen Baumwollstoff verdeckt wurden. «Du hast mich schließlich beruhigt, nicht wahr?»

«Ich hoffe, dass ich dazu stets in der Lage sein werde.» Julia hatte noch nie zuvor in ihrem Leben etwas Vergleichbares empfunden, sie fühlte sich aufgewühlt und gleichzeitig sehr verletzlich. Es erregte sie ungemein, einfach nur neben diesem Mann zu sitzen. Seine raue Männlichkeit, der süße, moschusartige Duft seiner Haut und der Anblick seiner straffen, muskulösen Arme wirkten sehr stark auf sie. Ihr gesamter Körper fühlte sich so schwach an, als würde er bei der kleinsten Berührung einfach dahinschmelzen. Anfänglich hatte sie ihn einfach nur begehrt, doch mittlerweile mochte sie ihn gern. War es möglich, dass sie im Begriff war, sich zu verlieben?

«Das hoffe ich auch.» Er lächelte. «Du bist sehr nett zu mir gewesen, Julia, und du hast mich wie einen Mann behandelt, nicht wie einen Sklaven.»

Allein seine tiefe Stimme ließ sie vor Lust erschauern. «Das tat ich, weil ich dich sehr gern mag, Taranis. Und ich respektiere dich. Aber du bist sicherlich ein Risiko eingegangen, als du herkamst. Poppaea wird sich schon fragen, wo du bleibst.»

«Nein, das wird sie nicht. Sie unterhält ihre Gäste.» Die Art, wie er das Wort «unterhält» aussprach, sprach Bände. Julia wusste, dass Poppaea sehr an Taranis hing, vielleicht sogar stärker, als sie zuzugeben bereit war. Trotzdem war ihr ein Mann nie genug, Poppaea würde immer noch weitere haben wollen.

«Poppaea kann einem manchmal unbegreiflich erscheinen.» Sie zuckte mit den Schultern und war sich der Tatsache deutlich bewusst, dass Taranis' Blick noch immer verlangend auf ihren Brüsten ruhte. Sie spürte, wie sich die Nippel aufrichteten.

«Während du …», hob Taranis mit sanfter Stimme an. «Ich glaube zu wissen, was du denkst, Julia.»

«Wie kannst du das?», sagte sie und fühlte sich ganz schwach vor Spannung und Vorfreude. Sie fragte sich, ob er wirklich wusste, wie sehr ihr Körper nach ihm verlangte.

«Weil sich deine Gefühle auf deinem Gesicht abzeichnen», erklärte er mit einem liebevollen Lächeln.

Julia fuhr überrascht zusammen, als er plötzlich seinen Mund auf ihren legte. Sein Kuss war tief, forschend und so sinnlich, dass er Gefühle und Gedanken in ihr hervorrief, von deren Existenz Julia bislang nichts geahnt hatte. Taranis zog sie sanft auf das Bett nieder und fuhr fort, sie leidenschaftlich zu küssen. Er fuhr mit den Fingern durch ihr langes braunes Haar und hielt ihr Gesicht zärtlich zwischen seinen Händen. Er küsste sie immer wieder, bis sie trunken vor Freude und völlig atemlos war. Sie erschauerte, als seine Lippen abwärts glitten und heiße Küsse auf ihren Busen pressten, der noch immer teilweise von dem dünnen Baumwollstoff bedeckt war. Behutsam umkreiste seine Zunge ihre Nippel, und gleich darauf klebte der feuchte Stoff an den aufgerichteten rosigen Spitzen.

Er schien von einer wilden Lust ergriffen zu sein, als er ihr das Kleid auszog, mit den Lippen über ihren Bauch strich und weiter ihren Körper entlangfuhr, bis zu ihrem Venushügel. Sie stöhnte leise und ein wenig verlegen auf, als er einen Finger zwischen ihre Schamlippen tauchte und vor sich hin lächelte, als er feststellte, wie feucht sie an dieser Stelle bereits war.

«So süß, so weich», flüsterte er, überrascht davon, dass sie ihn so sehr begehrte.

Taranis blickte Julia zärtlich an, woraufhin ihr das Herz

heftig in der Brust hämmerte. Sie hatte immer von diesem Augenblick geträumt, aber nie gedacht, dass dies einmal wirklich passieren könnte. Als Taranis sich von ihr zurückzog, verkrampfte sie vor Enttäuschung. Dann aber wurde ihr klar, dass er nur seine Tunika auszog. Als er sich wieder zu ihr umwandte, versuchte sie gerade mit zitternden Fingern, sich des Nachthemds zu entledigen.

Er lachte leise und half ihr dann dabei. Seine blauen Augen glitten zärtlich über ihren nackten Körper. Dann war er auch schon auf ihr, und seine Knie spreizten ihre Schenkel. Jetzt war alles andere überflüssig, und sie verspürte keinen Wunsch mehr nach einem Vorspiel, denn sie war erfüllt von dem leidenschaftlichen Begehren, ihn in sich zu spüren. Sie war heiß und feucht, als er seinen Schwanz in sie hineinstieß. Julia stöhnte auf. Sie hatte befürchtet, dass er vielleicht zu groß für sie war, aber als er seinen Schwanz noch tiefer in ihr versenkte, passten ihre Körper so unglaublich perfekt zusammen, dass sie laut vor Wonne aufstöhnte.

Taranis hielt einen Moment lang inne und blickte sie besorgt an.

«Ich tue dir doch hoffentlich nicht weh, oder?»

«Nein. Bitte.» Sie konnte nichts anderes hervorbringen, sondern klammerte sich an seine breiten Schultern und fühlte die erstaunliche Kraft seiner Muskeln unter den Fingerspitzen.

Taranis fing an, sich zu bewegen und sie mit geschmeidigen Bewegungen zu nehmen. Schon bald hob sie ihm ihre Hüften entgegen, um jedem köstlichen Stoß zu begegnen. Sie wagte es sogar, ihre Beine hinter seinem schönen Rücken zu verschränken, und als er heftiger zustieß, bewegten sie sich wie ein einziger Körper.

8

Sirona fühlte sich sehr nervös. Das war nicht verwunderlich, denn sie begleitete Lucius zum ersten Mal zu einem gesellschaftlichen Ereignis – eine kleine Feier seiner Schwester Julia. Sirona hatte sie vor gut einer Woche kennengelernt, als diese unerwartet zu Besuch gekommen war. Als Lucius sie beide für einen kurzen Moment allein gelassen hatte, hatte Julia rasch Sirona berichtet, dass es ihrem Freund Taranis gutging und er in Sicherheit war. Sie hatten keine Zeit gehabt, das Thema weiter zu erörtern, aber Sirona war sehr dankbar, wenigstens dieses erfahren zu haben. Vielleicht würde sie bei nächster Gelegenheit noch mehr von Julia erfahren können. Doch sie wusste, dass sie vorsichtig sein musste und nicht zu viel über die wahre Natur ihrer Beziehung zu Taranis verraten durfte, denn schließlich war diese Frau die Schwester ihres Liebhabers.

Seit sie diese seltsame Zeremonie beobachtet hatte, war ihr Vertrauen zu Lucius ein wenig erschüttert. Er hatte sich am nächsten Morgen ziemlich schlecht gefühlt und schien vergessen zu haben, wie brutal er sich ihr gegenüber benommen hatte. Seine Erinnerung an den gesamten Abend war getrübt. Laut seinen Erzählungen war er früher als geplant nach Pompeji zurückgekehrt und hatte zufällig zwei Männer getroffen, die mit ihm in Judäa gedient hatten. Sie waren in die Taverne gegangen und hatten getrunken, bis das Lokal schloss.

Sirona hatte auch wiederholt die Haussklaven befragt, aber jeder von ihnen behauptete, absolut nichts gesehen oder gehört zu haben. Sogar der Nachtwächter hatte darauf bestanden, dass niemand in jener Nacht die Villa betreten habe. Daher beschloss sie, dass es möglicherweise nicht klug wäre, Lucius gegenüber zu erwähnen, was sie gesehen hatte. Anschließend hatte sie versucht, das Ganze zu vergessen, aber das entpuppte sich als nicht so leicht, da sie von merkwürdigen erotischen Träumen über die Anbetung des Dionysos verfolgt wurde.

Nervös warf sie Lucius einen Blick zu, als ihre Sänfte vor Julias Haus hielt. «Glaubst du wirklich, dass mein Gewand dem Anlass angemessen ist?», fragte sie ihn zum zigsten Mal. Sie trug eines ihrer schönsten Kleider aus schwerer weißer Seide, das mit einer glitzernden Borte und echten Perlen bestickt war.

«Aber selbstverständlich», antwortete Lucius mit unendlicher Geduld. «Du siehst sehr schön aus, Sirona. Alles wird gutgehen, außerdem hast du meine Schwester doch schon kennengelernt.»

Er half ihr aus der Sänfte, nahm liebevoll ihren Arm und führte sie durch das Gebäude in Julias Garten. Sie gingen auf ein Schwimmbecken zu, das sehr einladend wirkte. Sirona hätte gern jederzeit die Möglichkeit gehabt, schwimmen zu gehen, da sie die Hitze häufig unerträglich fand. Lucius plante zwar, ein Bassin bauen zu lassen, aber die Arbeiten hatten noch nicht begonnen.

Die letzten Strahlen der untergehenden Sonne glitzerten auf der Wasseroberfläche, als Julia auf sie zukam, um sie zu begrüßen. Sie sah sehr hübsch aus, und ihr Gesicht war vor Aufregung gerötet.

«Lucius, Sirona.» Sie umarmte Sirona, als sei sie ein Teil der Familie und nicht bloß die barbarische Geliebte ihres Bruders.

«Julia.» Liebevoll küsste Lucius seine Schwester auf die Wange. «Du siehst bezaubernd aus heute Abend.»

«Das liegt daran, dass ich so glücklich bin», erwiderte sie fröhlich.

Obwohl die Dämmerung noch nicht vollständig hereingebrochen war, hatte man die Lampen und Fackeln, die dekorativ im Garten verteilt worden waren, bereits angezündet. Einige Gäste waren schon eingetroffen und saßen oder standen herum und erfreuten sich an der kühleren Luft des frühen Abends.

«Komm her, Poppaea, und begrüße Lucius.» Julia winkte eine schlanke, attraktive Frau mit dunkelrotem Haar zu sich, die reichlich mit teuren Juwelen behängt war.

Hatte sie eben Poppaea gesagt? Sirona versteifte sich. Und lautete der Name der Frau, die Taranis gekauft hatte, nicht ebenfalls Poppaea? Gut, es konnte sich möglicherweise um einen seltsamen Zufall handeln. Schließlich musste es Dutzende von Frauen mit diesem Namen in Pompeji geben. Sie warf Julia einen Seitenblick zu, um herauszufinden, ob diese ihr irgendwie einen diskreten Hinweis geben könnte, dass es sich in der Tat um diese Frau handelte, aber ihre Miene verriet nichts.

«Lucius, wie schön, dich nach so langer Zeit einmal wiederzusehen», schnurrte die rothaarige Frau mit rauchiger Stimme.

«Poppaea möchte dich um Rat in einer Angelegenheit bitten, die den Kaiser betrifft. Sie hofft, dass du ihr behilflich sein kannst, weil du Titus so gut kennst», erklärte Julia.

«Aber natürlich.» Lucius neigte höflich den Kopf.

Als Poppaea nach Lucius' Arm griff und ihn mit sich zog,

blieb Sirona stehen und fühlte sich ein wenig unbehaglich. «Warum gehst du nicht spazieren?», schlug Julia vor. «Ich weiß, wie seltsam und schwierig dir das alles hier vorkommen muss.» Sie lächelte Sirona freundlich an. «Wenn du über die kleine Brücke dort gehst und dem Pfad folgst, dann wirst du einen Teil des Gartens erreichen, der dir bestimmt gefällt. Davon bin ich überzeugt.»

Es schien ihr nur höflich zu sein, dem Vorschlag ihrer Gastgeberin zu folgen. Außerdem war das immer noch besser, als wie eine Idiotin dazustehen und abzuwarten, bis Poppaea Lucius nicht mehr mit Beschlag belegte. Zustimmend erwiderte sie Julias Lächeln und ging auf die niedrige Holzbrücke zu, die über einen schmalen Fluss führte. Dann folgte sie dem schmalen Pfad, der hinter ein paar Büschen und Bäumen verschwand. Mittlerweile war sie außer Sichtweite der Gäste und vom Grün der Pflanzen umgeben. Es war eine liebliche Umgebung, aber Sirona war trotzdem ein wenig erstaunt, weil es hier nichts gab, das für sie von besonderem Interesse gewesen wäre.

Sie blieb stehen. Es war noch hell genug, um erkennen zu können, dass sie allein war. Trotzdem verriet ihr ein Kribbeln im Nacken, dass jemand sie beobachtete. Sie fuhr zusammen, als sie ein Rascheln im Laub hörte, und dann griff auch schon eine Hand nach ihrem Arm. Eine weitere Hand schloss sich über ihren Mund, und sie wurde hinter ein paar Büsche auf eine kleine Lichtung gezogen. Ihr Herz raste vor Angst, als der Unbekannte sie gegen seinen festen, muskulösen Körper drückte und seinen Mund an ihr Ohr hielt. «Ich bin's», sagte eine schmerzlich vertraute Stimme.

Sirona konnte kaum begreifen, was sie da hörte. Sie war so überwältigt, dass ihr lediglich ein keuchendes «Taranis!» entfuhr.

«Ja, meine Liebste.» Er drehte sie um und schloss sie in

die Arme. Dann starrte er sie an, als könnte er kaum glauben, dass sie in Fleisch und Blut vor ihm stand. Sirona hatte noch nie zuvor in ihrem Leben stärker empfunden. Ihr Herz schien vor Freude fast zu bersten. Sie hätte niemals in ihren kühnsten Träumen geglaubt, ihn jemals wiederzusehen.

«Was?», fragte sie erschüttert und war erstaunt, wie gut er aussah. Taranis trug feinste Gewänder und goldenen Schmuck und sah noch besser aus, als sie ihn in Erinnerung hatte.

«Jetzt ist nicht die rechte Zeit für Erklärungen. Wir haben unser Treffen Julia zu verdanken.» Seine Lippen bemächtigten sich ihrer mit verzweifelter, süßer Kraft und offenbarten seine ganze Liebe und Leidenschaft für sie, als er sie innig und lang küsste.

Sirona schlang die Arme um seinen Nacken und schmiegte ihren Körper eng an seine muskulöse Brust. «Ich habe dich so sehr vermisst.»

Taranis sah ihr tief in die Augen. «Du hast jetzt einen Beschützer, einen wichtigen Mann, der Legat ist – ich dachte, dass du und er –» Er unterbrach sich kopfschüttelnd, als könnte er es nicht ertragen, ihr die Frage zu stellen, ob sie ein Liebespaar waren.

«Lucius bedeutet mir etwas», gab Sirona zögernd zu und erinnerte sich daran, wie sehr ihre Gefühle für Lucius sie anfänglich verwirrt hatten. Doch in diesem Moment wurde ihr klar, das sie nichts waren im Vergleich zu dem, was sie für Taranis empfand. «Er ist ein guter Mann, und er ist sehr gut zu mir gewesen.» Sie hob die Hand und strich ihm zärtlich über die Wange. «Aber du bist derjenige, den ich liebe, Taranis. Und das wird sich nie ändern.»

Er lächelte sie erleichtert an und ließ seine Hände über ihren Körper wandern, strich über jede sanfte Kurve unter dem seidenen Gewand. «Bei der göttlichen Andrasta, ich hatte fast vergessen, wie schön du bist. Ich liebe dich so sehr, Sirona», murmelte er ihr ins Ohr. «Das ist es, was mich die ganze Zeit aufrechtgehalten hat.»

«Wie viel Zeit haben wir?», fragte sie. Sie verzehrte sich leidenschaftlich nach ihm und danach, seinen Schwanz endlich wieder in ihrer Pussy zu spüren. Ihnen waren nur wenige kostbare Augenblicke vergönnt, die sie keinesfalls verschwenden wollte.

«Genug.» Taranis küsste sie erneut und drückte sie an sich. «Erzähl mir, was dir widerfahren ist.»

«Reden?», murmelte sie und ließ ihre Hand an seinem Körper abwärts gleiten. Sie erschauerte vor Vorfreude, als sie den harten Umriss seines Penis unter der Tunika spürte. «Ich will mehr als bloß reden, Taranis.»

«Aber doch nicht jetzt!» Er blickte sich auf der Lichtung um. Alles war still bis auf das Zwitschern eines Vogels in der Ferne. Es war, als wären sie meilenweit von jeglicher Zivilisation entfernt.

«Ich will dich nicht in Gefahr bringen.»

«Das ist mir egal, ich will dich jetzt», flehte sie und rieb seinen Schaft durch den dünnen Stoff.

Auch in seinen Bewegungen lag ein gewisses Drängen, als er die Fibeln entfernte, die Sironas Gewand an den Schultern zusammenhielten. Als die schwere Seide ihr bis zur Taille hinabglitt, stöhnte Taranis leise auf. Dann senkte er den Kopf und strich sanft mit den Lippen über ihre Nippel. Ihr Körper schmerzte vor Begehren. Die Lust, die sie bislang für Lucius empfunden hatte, verblasste im Vergleich zu diesem Gefühl. Sirona klammerte sich an Taranis und spürte, dass ihr vor Vergnügen, ihn endlich wieder so nah bei sich zu haben, fast die Sinne schwanden. Mit einer raschen Bewegung entledigte er sich seiner Tunika und breitete sie auf dem Boden aus. «Du willst doch dein hübsches Kleid nicht beschädigen.»

Sirona gab sich keinen Illusionen hin. Was Taranis nicht erwähnt hatte, war die Tatsache, dass sie schon bald zu Lucius zurückkehren und dabei ruhig, gelassen und unberührt wirken musste, als habe das göttliche Zwischenspiel niemals stattgefunden.

Zärtlich hob er ihr Gewand an. Sein Atem ging schneller, und er starrte auf ihre nackte Pussy. Auch Sirona konnte nicht den Blick von seinem schönen Gesicht mit dem liebevollen Ausdruck wenden, oder von seiner muskulösen Brust und seinem prächtigen Schwanz. Je länger sie ihn betrachtete, desto feuchter wurde sie. Wie er so in Fleisch und Blut zwischen ihren gespreizten Schenkeln kniete, war er noch viel großartiger als in ihren qualvollen Träumen. Taranis blickte sie mit so viel Zärtlichkeit und Begehren an, dass es fast mehr war, als sie ertragen konnte.

Er beugte sich vor und küsste sie abermals voller Leidenschaft, dann glitten seine Lippen zu ihren Brüsten und umkreisten die harten Spitzen mit seiner Zunge.

«Nein, ich möchte dich in mir spüren», flehte sie und wusste, dass Taranis recht hatte und dass jeder Augenblick die Gefahr, entdeckt zu werden, erhöhte.

Dann legte er sich auf sie und glitt in ihr weiches, feuchtes Inneres. Anspannung und Erregung durchströmten sie, als er im sinnlichen Rhythmus die Hüften zu bewegen begann, während er ihr gleichzeitig unverwandt ins Gesicht blickte, als wollte er sich ihre Züge für immer einprägen. Sironas Hände griffen nach seinen Schultern, und ihre Finger gruben sich tief in seine harten Muskeln. Sie zog ihn näher zu sich heran und wollte das gesamte Gewicht seines Körpers auf sich spüren, und als er härter in sie hineinstieß, wusste sie, dass nicht einmal in Myriaden Leben ein anderer Mann seinen Platz in ihrem Herzen einnehmen konnte.

Taranis fickte sie mit geschmeidigen, harten Stößen und brachte seinen Körper so in Position, dass sein Schwanz gleichzeitig ihre Klitoris stimulierte. Als sie sein Gewicht an ihrem Unterleib spürte, stieg ein so intensives Lustgefühl in ihr auf, dass sie glaubte, vor Glückseligkeit zu explodieren. Das Paradies schien näher zu rücken, als sie Taranis' heftigem, abgehacktem Keuchen lauschte.

Die Sonne war völlig untergegangen, und mit der nächtlichen Dunkelheit erschien der Mond am Himmel. Sein sanftes, silbernes Licht verlieh ihren Körpern ein fast schon unheimliches Schimmern, als ihre Wonnen den Höhepunkt erreichten. Sirona erlebte ihren Höhepunkt und lauschte Taranis, der ihr leidenschaftliche Liebesworte ins Ohr flüsterte, als auch er zum Orgasmus kam.

Aulus legte einen Finger an die Lippen, als einer der Männer in seiner Begleitung leise fluchte, weil er sich den Fuß an einem spitzen Stein gestoßen hatte. Die Männer, die er für diesen Auftrag angeheuert hatte, waren überwiegend ehemalige Soldaten und daher gut ausgebildet. Man hörte das gedämpfte Zischen von Metall, als sie ihre Schwerter zogen und mit militärischer Präzision an den Büschen entlangkrochen, bis sie in den dekorativer gestalteten Teil des Gartens kamen.

Trotz der Dunkelheit konnte man die beiden ineinander verschlungenen Gestalten auf der Lichtung erkennen. Die Situation ist einfach perfekt, dachte Aulus voller Häme, als er und seine Männer dastanden und beobachteten, wie der Mann zum Höhepunkt kam und die Frau leise aufstöhnte. Die beiden Liebenden waren so miteinander beschäftigt, dass sogar eine Elefantenherde unbemerkt an ihnen hätte vorbeitrampeln können.

Fast beneidete Aulus die beiden Sklaven und ihre Leidenschaft füreinander, als sie sich – noch immer vereint – umarmten und tief in die Augen blickten. Er hob die Hand zum Zeichen des Angriffs, und seine Männer stürmten voran. Als sie den nackten Sklaven von Sirona wegzogen, stieß sie einen entsetzten Schrei aus. Die Soldaten schlugen Taranis, als er sich zur Wehr setzte. Es gelang ihm, ein paar Hiebe und gezielte Tritte zu verteilen, aber es waren einfach zu viele, die ihn schließlich überwältigten.

Sirona versuchte verzweifelt, sich mit zitternden Händen den Rock wieder über ihre Beine zu ziehen. Sie wurde von zwei Männern gepackt und auf die Beine gerissen. Beide starrten ihr lüstern auf die nackten Brüste, als sie sie zu Aulus Vettius zerrten. Mittlerweile hatte man Taranis auf die Knie gezwungen. Er wurde von mehreren Männern niedergedrückt, die dem keuchenden Sklaven ein Messer an die Kehle hielten.

«Gut.» Aulus lächelte so selbstzufrieden wie ein Mann, der sein Ziel erreicht hatte. Er würde sich an Lucius rächen, und auch Poppaea bekam, was sie verdiente, weil ihr der Sklave viel zu viel bedeutete. Süß war der Sieg. Aulus war sehr zufrieden mit sich, weil er daran gedacht hatte, einen Spion in Julias Haushalt einzuschleusen, kurz bevor der gute alte Sutoneus gestorben war. Als er erfahren hatte, dass Julia Taranis in ihrem Haus wie einen willkommenen Gast empfangen hatte, war er vor Wut fast außer sich gewesen. Dann hatte er sich die Mühe gemacht, einen weiteren Sklaven aufzustöbern, der zu den gefangenen Rebellen aus Britannien gehörte. Nach einer intensiven Befragung hatte der Mann schließlich gestanden, dass Taranis und Sirona verlobt waren. Dies, zusammen mit der Tatsache, dass Julia so dumm war, dafür zu sorgen, dass sich die beiden Sklaven heute Nacht hier treffen konnten, war Auslöser für Aulus' Aktion gewesen. Die beiden Barbaren hatten ihm direkt in die Hände gespielt, ganz wie er gehofft hatte, da sie nicht voneinander lassen konnten.

«Hier entlang, Männer.» Er ging durch den Garten, gefolgt von seinen Soldaten, die die beiden Gefangenen mit sich schleppten.

Aulus lächelte, als er Julia entdeckte, die sich mit Poppaea und Lucius unterhielt. Sie standen alle beieinander, was noch besser war, dachte er, als sie sich plötzlich umwandten und feststellten, dass er auf sie zuging.

Ihre höflich lächelnden Mienen verwandelten sich in einen Ausdruck blanken Entsetzens, als sie den nackten Mann und die halb bekleidete Frau sahen, die Aulus mit sich führte.

Seine Gedanken befanden sich in hellem Aufruhr, doch Taranis konnte nichts tun, als sich dem Unvermeidlichen zu fügen, während man ihn durch den Garten zerrte. Es waren einfach zu viele Männer, sogar für ihn. Nur der große Herkules selbst hätte es schaffen können, alle Soldaten gleichzeitig zu bekämpfen. Taranis war sicher, dass Julia ihn nicht verraten hatte. Warum sollte sie auch, wenn er sie im Glauben gelassen hatte, dass er und Sirona nur Freunde waren?

Soweit er die verworrene Lage beurteilte, gab es keinen Ausweg. Er war mit der Liebe seines Lebens in flagranti erwischt worden. Verdammt sei seine Dummheit, bei Hades! Er hätte seiner Lust nach Sirona niemals den Vorrang vor seiner Verantwortung für sie lassen dürfen.

Aulus führte sie zu Poppaea, die neben Julia und einem dunkelhaarigen, gutaussehenden Mann stand, der Lucius sein musste, Sironas Beschützer. Taranis wurde gezwungen, vor ihnen auf die Knie zu gehen. Die Soldaten hielten ihn in dieser Position niedergedrückt, während er von allen entsetzt angestarrt wurde. Für einen kurzen Moment begegnete er Julias schockiertem Blick und sah, wie aufgewühlt und betrogen sie sich fühlte.

«Ich habe dir gesagt, dass du ihm nicht trauen sollst, Poppaea», verkündete Aulus mit widerwärtiger Selbstgefälligkeit.

Seltsamerweise schien Poppaea mindestens so empört zu sein wie Julia. Taranis hatte sie noch nie in einem derartig aufgelösten Zustand gesehen. Fast wirkte es, als sei er ihr Liebhaber und nicht ihr Sklave, der sie mit einer anderen Frau betrogen hatte. Ihr Gesicht war aschfahl, und ihre Hand zitterte, als sie sich den Fächer mit den Pfauenfedern vor das Gesicht hielt und heftig damit wedelte, als würde sie verzweifelt versuchen, ihre wahren Gefühle vor dem Senator zu verbergen.

Die Soldaten hielten Sirona noch immer an den Armen fest, was sie daran hinderte, das Oberteil ihres Gewandes wieder nach oben zu ziehen und ihre nackten Brüste zu bedecken. Sie stand mit gesenktem Kopf da und wagte nicht, Taranis oder Lucius anzublicken.

«Sirona, was ist geschehen?», fragte Lucius mit besorgter Stimme.

«Was glaubst du wohl, was geschehen ist?», giftete Aulus. «Ich habe die beiden am Ende des Gartens beim Rammeln erwischt.»

Lucius schüttelte den Kopf. «Sirona?» Von seiner gehetzten Miene her schloss Taranis, dass er sehr viel für Sirona empfand.

Sie hob schließlich den Blick und sah ihn an. Tränen liefen ihr über die Wangen. «Lucius, ich – » Sie schüttelte den Kopf, unfähig, ein weiteres Wort hervorzubringen.

«Lasst sie los», befahl Lucius mit scharfer Stimme. Als die Männer nicht sofort gehorchten, trat er einen Schritt nach vorn und entwand Sirona ihrem Griff. Zärtlich zog er die weiße Seide ihres Gewandes nach oben, bis der Stoff ihre Brüste bedeckte. Da es nichts gab, mit dem man das Gewand hätte befestigen können, nahm er ihre Hand und legte sie an die Stelle, wo sie den Stoff selbst festhalten konnte. «Schon gut, Sirona.» Er sprach sehr sanft zu ihr, doch die Muskeln in seinem Gesicht waren verkrampft vor Ärger.

«Es ist meine Schuld», sagte Taranis laut. «Ich habe mich ihr aufgezwungen.»

«Gezwungen?», wiederholte Poppaea ungläubig. «Ihr seid hier zusammen angekommen, ihr habt zusammen gekämpft. Soweit ich weiß, habt ihr euch immer geliebt. Rede nicht so verrückt daher, Taranis.»

«Aber ich habe es getan», beharrte er verzweifelt.

Einer der Soldaten schlug ihm kräftig ins Gesicht, sodass seine Lippe aufplatzte und zu bluten anfing.

«Sie hat mich in Britannien zurückgewiesen. Ich wollte sie, aber sie hatte nie etwas mit mir zu tun haben wollen. Dann, als ich sie im Garten sah, fand ich sie so wunderschön – ich konnte nicht anders.»

«Der Sklave lügt», sagte Aulus. «Das weiß ich ganz sicher.» Taranis grunzte vor Schmerz, als ihm ein weiterer Soldat fest in den Magen boxte. Aber er gab nicht auf. «Ich habe sie vergewaltigt.» Dann blickte er Sirona flehend an. «Sag es ihnen!»

Die hielt ihr krampfhaft fest und blickte Taranis verzweifelt an. Tränen strömten ihr noch immer über die Wangen. «Wie könnte ich?», flüsterte sie.

«Weil es wahr ist, richtig?» Lucius legte ihr schützend den Arm um die Schultern und zog sie dicht zu sich heran.

Poppaea und Julia richteten ihre Blicke überrascht auf Lucius. Es schien sie zu erstaunen, dass er Taranis' verzweifeltem Geständnis scheinbar glaubte.

Aulus hingegen schnaubte frustriert auf. «Wahrheit!», rief er verächtlich aus. «Du bist verrückt nach dieser Hure, Lucius. Sie war schon seine Geliebte, bevor sie herkamen. Sie hat dich die ganze Zeit betrogen. Der Sklave hat ihr niemals seinen Willen aufgezwungen.»

«Nein.» Lucius schüttelte energisch den Kopf. «Er *hat* sich sehr wohl Sirona aufgezwungen», sagte er leise und bestimmt, als er seinen Stiefvater drohend anblickte. «Sie trifft keine Schuld.»

Aulus zuckte unwillig mit den Schultern, da er es nicht auf eine Auseinandersetzung mit Lucius anlegte. Wenigstens sorgte sich Lucius genug um Sirona, dass er sie beschützen wollte, dachte Taranis erleichtert.

Poppaea fächelte sich noch immer heftig Luft zu, als würde sie jeden Moment ohnmächtig werden, während er es nicht wagte, Julia in die Augen zu sehen. Sie war so glücklich gewesen, nachdem er sie geliebt hatte, und er vermutete, dass er ihr weitaus mehr bedeutete, als sie zugeben wollte. Sie hatte sein Treffen mit Sirona aus reiner Herzensgüte arrangiert, und er hatte es ihr schlecht vergolten. Doch trotz seiner massiven Schuldgefühle hätte er niemals auf die wenigen kostbaren Momente mit Sirona verzichten wollen.

«Wir gehen», sagte Lucius, als Taranis mit wachsender Verzweiflung seine große Liebe anstarrte.

Sirona warf ihm einen letzten, resignierten Blick zu, der ihm verriet, wie sehr sie sich um seine Sicherheit sorgte, dann erlaubte sie Lucius, sie fortzuführen.

«Was hast du mit ihm vor?», fragte Julia an Poppaea gewandt.

Poppaea schien sich zum ersten Mal, seit Taranis sie kannte, ihrer selbst nicht sicher zu sein. Der Blick, mit dem sie Taranis ansah, verriet, dass sie todunglücklich war. Das nährte seine Hoffnung, für seinen Fehltritt nicht zu schwer bestraft zu werden, geschweige denn, zum Tode verurteilt zu werden, wie es wahrscheinlich üblich war. «Er muss bestraft werden», sagte Poppaea zögernd. «Aber was er auch immer sagt, ich denke, dass auch das Mädchen schuldig ist. Er hätte sie nie im Leben vergewaltigt. Taranis wird geglaubt haben, dass sie es auch wollte.»

«Bist du übergeschnappt, Weib?», rief Aulus ungläubig. «Du darfst nicht einmal eine Minute darüber nachdenken, ihn davonkommen zu lassen. Lucius ist ein Narr, wenn er glaubt, diese Hure Sirona beschützen zu müssen, aber du, Poppaea? Vergötterst du seinen Schwanz etwa so sehr?» Er starrte sie durchdringend an. «Oder steckt etwas anderes dahinter?»

«Ich werde ihn bestrafen, das habe ich früher schon getan.» Poppaea hörte nicht auf, hektisch mit dem Fächer zu wedeln.

«Was anscheinend nicht viel genützt hat», entgegnete Aulus aufgebracht. Dann wandte er sich wütend seinem Gefangenen zu, der noch immer von den Soldaten festgehalten wurde. «Er ist dein Lustsklave, und ich habe ihn dabei erwischt, wie er die persönliche Lieblingshure meines Stiefsohns fickte!»

«Na und?», antwortete Poppaea schnippisch, während ihre Wangen wieder an Farbe gewannen. «Ob Sklave oder nicht, er ist immerhin ein Mann. Und wir alle wissen, dass Männer von ihren Schwänzen beherrscht werden. Das Mädchen war nur eine vorübergehende Ablenkung. Ich habe eine enorme Summe für ihn ausgegeben. Daher will ich nicht, dass ihm etwas angetan wird.»

«Ist das deine Ausrede, dass du deine Investition schützen musst?» Seine Miene verhärtete sich. Aulus trat einen Schritt auf Poppaea zu, ergriff ihren Arm und schien sie so lange schütteln zu wollen, bis sie wieder bei Sinnen war. «Er muss bestraft werden», sagte er mit zusammengebissenen Zähnen. «Wenn du das nicht vernünftig erledigen kannst, übernehme ich es für dich.»

Poppaeas zögerte sichtlich. «Aber sein Wert sinkt, wenn er Narben davonträgt», protestierte sie schwach.

«Es gibt viele Wege, einen Sklaven zu bestrafen.» Aulus blickte Taranis durchdringend an. Taranis war klar, dass er mit jeglicher Strafe zurechtkäme, die sich Poppaea für ihn ausdachte, doch der Senator war in dieser Hinsicht eine ganz andere Kategorie. «Lass mich seine Bestrafung übernehmen, und ich werde dir den Sklaven anständig gezüchtigt zurückbringen. Ich verspreche, dass keine sichtbaren Male an seinem Körper zurückbleiben.»

Poppaea sackten die Schultern nach vorn. Sie schien sich gezwungen zu fühlen, zuzustimmen, obwohl sich alles in ihr dagegen sträubte. «Zwei Tage», sagte sie zögernd. «Allerhöchstens drei.» Sie warf Taranis einen besorgten Blick zu und wandte sich wieder Aulus zu: «Dann will ich ihn zurückhaben.»

«Einverstanden», antwortete Aulus mit einem so selbstgefälligen Grinsen, dass Taranis das Blut in den Adern gefror.

Die Sonne ging auf und tauchte das Peristyl im Haus des Senators in weich schimmerndes Morgenlicht. Taranis hob mühsam den Kopf. Er hatte die ganze Nacht nackt in Ketten gefesselt verbracht, und die Arme waren ihm dabei so hoch über dem Kopf zusammengebunden worden, dass seine Füße kaum den Boden berührten. Während die Stunden verstrichen, hatte er jegliches Gefühl in den Armen verloren. Seine Beine und der Rücken schmerzten von der ungewohnten Belastung. Das Leben mit Poppaea hat mich verweichlicht, dachte er, als er ein Sklavenmädchen erblickte, das über den gepflasterten Hof eilte. Sie blieb stehen und sah ihn neugierig an, doch als eine hochgewachsene Gestalt erschien und auf ihn zuging, huschte sie eilig davon.

«Ich hoffe doch stark, dass du meine Gastfreundschaft genießt, Taranis?», sagte Aulus kühl.

Er trat näher an seinen Gefangenen heran und fuhr ihm mit seinen klammen Fingern über die nackte Brust, den flachen Bauch und tiefer bis zu Taranis' Geschlechtsorganen. Taranis konnte nicht anders – unwillkürlich verkrampfte er sich, als die Finger seinen Penis berührten und anschließend leicht seine Eier kraulten.

«Kein Wunder, dass Poppaea diesen Schwanz so sehr liebt. Ich hatte fast vergessen, wie groß er ist.» Aulus packte den schlaffen Penis und blickte Taranis unverwandt in die Augen. «Fürchtest du dich, Sklave? Das solltest du auch.»

Taranis ignorierte das Flattern in seiner Magengegend und biss die Zähne zusammen. Er war entschlossen, so lange wie möglich standhaft und tapfer zu bleiben. Dann sah er, wie einer der Soldaten näher kam, der ihn in der Nacht zuvor ergriffen hatte. In seiner Hand hielt er eine große Peitsche mit geknoteten Strängen. Diese sah viel gefährlicher aus als das Exemplar, mit dem Poppaea ihn geschlagen hatte. Doch andererseits hatte er genug Auspeitschungen mitmachen müssen, um zu wissen, dass auch diese Geißel dazu gedacht war, sehr viel Schmerz zu erzeugen, ohne die Haut zu verletzen. Wieder einmal war er Poppaea geradezu dankbar, dass sie zwanghaft gegen alles war, was seine Haut auf immer entstellen konnte. Taranis war überzeugt, eine solche Bestrafung leicht überstehen zu können, ja, dass sie sogar einer weiteren Befingerung seines Körpers durch Aulus' kalte Hände eindeutig vorzuziehen war.

«Poppaea hat mir erzählt, wie sie dich nach dem unglückseligen Vorfall im Schwimmbecken bestraft hat. Ich denke, es wäre klug von mir, wenn ich auf ähnliche Weise vorgehen würde», sagte Aulus mit einem grausamen Lächeln.

Taranis fuhr sich mit der Zunge über die trockenen Lippen. Sprach Aulus von der Peitsche oder dem intimeren Teil der Bestrafung? Er bekam umgehend die Antwort am eigenen Leib zu spüren, als Aulus hinter ihn griff und mit den Händen aufdringlich zwischen seine Pobacken glitt. «Am Ende wirst du vielleicht sogar lernen, zu genießen, was ich mit dir vorhabe», versprach Aulus unterschwellig drohend. «Doch zuerst müssen wir dir deine rebellische Ader austreiben.» Er trat einen Schritt von Taranis zurück.

Dieser sah nun, wie eine große Zahl von Sklaven den Innenhof betraten. Der Soldat stellte sich hinter ihn.

«Ich bestehe immer darauf, dass meine Sklaven den Bestrafungen beiwohnen. Es wird sie daran erinnern, dass sie mir jederzeit zu gehorchen haben», erklärte Aulus mit eiskalter Stimme. «Fang an, Soldat.»

Taranis bereitete sich innerlich auf den stechenden Schmerz vor und biss die Zähne zusammen, als die Peitsche auf seinen Rücken niedersauste. Es tat höllisch weh, aber es war nicht so schlimm, wie er vermutet hatte. Schmerz war etwas Relatives, sagte er sich, während er die unendliche Pein ignorierte, die die Peitsche seinem Rücken und Hinterteil zufügte. Er hätte schon längst die Fäuste geballt, wenn ihm nicht jegliches Gefühl in den Armen abhandengekommen wäre und seine Beine nicht von Sekunde zu Sekunde schwächer würden. Sein Körper bäumte sich nun bei jedem Schlag auf, und er musste mühsam Luft holen, während er verbissen jeden Aufschrei unterdrückte. In den Gesichtern der Zuschauer spiegelte sich nicht das geringste Zeichen von Mitleid. Die meisten trugen die dumpfen Mienen derjenigen zur Schau, die es gelernt hatten, jede Behandlung hinzunehmen. Andere genossen das Geschehen

223

offensichtlich oder wurden sogar, wie Aulus Vettius, vom Zusehen erregt.

Taranis litt Höllenqualen, die ihn keinen klaren Gedanken mehr fassen ließen, als der Schmerz immer heftiger wurde. Doch dann verwandelte sich dieser Schmerz in seiner Intensität zu etwas fast Sinnlichem, wie er es schon einmal getan hatte. Entsetzt stellte Taranis fest, dass sich sein Schwanz regte und steif wurde. Warum, beim Hades, wurde er so von seinem Körper betrogen?

Plötzlich erhob Aulus eine Hand zum Zeichen, um der Züchtigung Einhalt zu gebieten. Erleichtert versuchte Taranis, wieder auf die Beine zu kommen, aber seine Knie zitterten so sehr, dass er gefallen wäre, wenn seine Arme nicht von den Ketten gehalten worden wären. Doch der Schmerz in seinen Schultergelenken war kaum zu ertragen, und so musste er seine Beine zwingen, sein Gewicht zu tragen. Nun trat Aulus hinter ihn und betrachtete prüfend die Spuren auf seinem Rücken.

Sanft fuhr er mit den Fingern über die scharlachroten Male, woraufhin sich Taranis schüttelte. «An einigen Stellen ist die Haut aufgeplatzt», informierte Aulus den Soldaten streng.

Taranis hörte, wie der Mann verängstigt eine Entschuldigung stotterte. Er wirkte erleichtert, als er sich nach einer knappen Geste des Senators entfernen durfte. Dann trat Aulus wieder vor Taranis, der dunkelrotes Blut an den Fingerspitzen des Senators entdeckte.

«Meine Herrin würde sehr zornig werden, wenn sie das sähe», sagte Taranis mit krächzender Stimme.

«Das kann dir egal sein», erwiderte Aulus herablassend. «Ich habe einen Sklaven, der mit der Behandlung solcher Wunden vertraut ist. Er wird einen Balsam auftragen, der dafür sorgt, dass keine Spuren zurückbleiben.» Aulus wischte sich die Finger an Taranis' flachem Bauch ab und hinterließ eine schmierige Blutspur auf seiner Haut. Dann griff Aulus' Hand nach unten und umfasste Taranis' Schwanz, der bei weitem nicht so schlaff war, wie Taranis es gerne gehabt hätte. Aulus grinste. «Wie es scheint, hat Poppaea dir etwas beigebracht. Oder hat dir Schmerz schon immer Vergnügen bereitet, Taranis?»

Es gelang ihm, genug Spucke im Mund zu sammeln, um sie dem Senator vor die Füße zu speien.

Mit versteinerter Miene trat Aulus zurück. «Du wirst mich schon recht bald auf Knien anflehen», sagte er.

«Niemals», brüllte Taranis, als der Senator sich umwandte und davonging.

Sirona wünschte, dass es nie Morgen werden würde, und doch fielen schon die ersten Sonnenstrahlen durch den dünnen Vorhang vor dem Fenster. Sie lag stocksteif neben Lucius und war verwundert, dass er so tief und fest schlafen konnte, während sie kaum ein Auge zugetan hatte. Erschöpft schloss sie die Lider und spielte im Geist ein weiteres Mal die Geschehnisse des vergangenen Abends durch.

Sie hatte nicht gewusst, was sie denken sollte, als sie sich auf den Weg nach Hause begaben, denn Lucius hatte kein Wort mit ihr gesprochen, noch hatte er ihr überhaupt einen Blick gegönnt. Als sie in seinem Haus angekommen waren, hatte er sie am Arm gepackt und war mit ihr ins Schlafzimmer marschiert. Sirona hatte ihn nervös angestarrt, während sie voller Angst um das Leben ihres Verlobten fürchtete. Lucius hatte sich die Toga vom Leib gerissen, anschließend seine Tunika, und beides zu Boden geschleudert. Als sie sich nicht bewegte, war er zu ihr gekommen und hatte sie entkleidet, als sei sie ein trotziges Kind. Anschließend hatte er sie grob auf das Bett geworfen.

Mit eiskalter Stimme hatte er ihr erklärt, dass er ihr schon geben würde, was sie wollte, wenn sie so sehr nach Sex verlangte. Dann hatte er sie mit einer Brutalität gefickt, die er erst einmal an den Tag gelegt hatte, nämlich als er betrunken über sie hergefallen war. Bald war sein Zorn einer wilden Leidenschaft gewichen, die sie trotz der Geschehnisse des Abends erregt hatte, sodass sie nur wenige Sekunden vor ihm gekommen war. Dann hatte Lucius etwas davon gemurmelt, dass er noch immer den Gestank des Barbaren an ihrem Körper roch, hatte sich zur Seite gerollt und war eingeschlafen. Sirona war überzeugt, dass Lucius Taranis' verzweifelten Beteuerungen, er habe sie vergewaltigt, keinen Glauben geschenkt hatte. Dann hatte sie einfach nur dagelegen, emotional zu erschöpft, um weinen zu können. Sie hatte kaum gewagt, sich Taranis' Schicksal auszumalen.

«Sirona.»

Sie hörte, wie er leise ihren Namen aussprach. Als sie ängstlich die Augen öffnete, stellte sie fest, dass Lucius sich auf einen Ellenbogen stützte und sie ansah. «Lucius», erwiderte sie verlegen, als sich ihre Blicke trafen. Sie wusste nicht, was sie sagen sollte.

Doch als sie aus dem Bett steigen wollte, griff er nach ihrem Arm. «Es tut mir so leid, ich bin letzte Nacht schrecklich zu dir gewesen. Kannst du mir jemals verzeihen?»

«Verzeihen?», brach es stotternd aus ihr hervor. «Du warst sehr zornig.»

«Aber ich habe überhaupt keine Rücksicht auf deine Gefühle genommen. Auch du warst völlig außer dir.» Er zog sie in die Arme und drückte sie fest an seine Brust. «Ich hatte kein Recht, so brutal mit dir umzugehen. Du bedeutest mir sehr viel, Sirona.»

«Ich weiß.» Auf gewisse Weise war es leichter, mit seinem Zorn umzugehen als mit seiner Zärtlichkeit. Sie wurde von enormen Schuldgefühlen geplagt. Lucius war so gut zu ihr gewesen, und doch hatte sie ihn, ohne einen weiteren Gedanken zu verschwenden, betrogen. Dessen ungeachtet liebte sie Taranis noch immer, und nichts konnte das ändern. «Lucius, ich muss dir etwas sagen. Taranis hat mich nicht –»

Er legte ihr einen Finger auf die Lippen. «Ich will es nicht hören», sagte er zärtlich. «Es ist vorbei. Wir werden uns bemühen und versuchen zu vergessen, was geschehen ist.»

Unmöglich, dachte Sirona, als sein Mund ihre Lippen bedeckte und er sie mit einer zärtlichen Leidenschaft küsste, die ihr offenbarte, wie sehr ihm sein Verhalten leidtat und wie viel sie ihm bedeutete.

Taranis hatte die Neugier der Haussklaven nunmehr seit geraumer Zeit ertragen müssen. Sie alle hatten wissen wollen, ob er die Tausende von Denar wert war, die Poppaea für ihn bezahlt hatte, als sie ihn piksten und in seinen Körper hineinstachen, seine Nippel grausam zwickten und neugierig seinen Schwanz erforschten. Er war äußerlich unbewegt geblieben und hatte stoisch versucht, sie zu ignorieren, ebenso wie den stechenden Schmerz auf seinem Rücken und die unaufhörliche Qual, die ihm diese unnatürliche Haltung seit Stunden bereitete.

Mittlerweile war sein Durst fast unerträglich. Die Sonne stand hoch am Himmel, und er befand sich nicht mehr länger im Schatten, sondern spürte die sengende Hitze auf seiner Haut. Doch es kamen noch mehr Sklaven zu zweit oder zu dritt vorbei, deren grausames Interesse die Last seiner Bestrafung verstärkte. Gerade fummelten zwei Frauen an ihm herum, betatschten grob seinen Schwanz und tauschten lüsterne Kommentare darüber aus, wie es wohl wäre, wenn

227

auch sie einen solchen Lustsklaven besäßen. Keine der beiden war auch nur im Entferntesten attraktiv. Sie stanken beide nach Knoblauch, und ihre Kleidung war mit Flecken übersät; wahrscheinlich arbeiteten sie in der Küche.

Plötzlich klatschte jemand knapp in die Hände, und zu seiner Erleichterung ließen die Frauen von ihm ab und traten beiseite.

«Zurück an die Arbeit», befahl ein freundlich aussehender junger Mann mit kurzem braunem Haar. Als die Frauen davoneilten, wandte er sich den beiden stämmigen Sklaven zu, die ihn begleiteten. «Lasst ihn runter.»

Als sie seine Ketten lockerten, hätten Taranis' Beine fast unter ihm nachgegeben. Er wäre gestürzt, hätten die beiden Sklaven ihn nicht festgehalten. Seine Arme fielen ihm nutzlos zur Seite, und als das Blut wieder durch seine Adern floss, hätte er vor Schmerz fast laut aufgeschrien. Halb zogen, halb trugen sie ihn in eine kleine Kammer und legten ihn dort auf eine schmale Pritsche. Taranis war so erschöpft, dass ihm alles egal war, als er mit dem Gesicht nach unten auf die dünne Matratze fiel.

«Kannst du deinen Kopf hoch genug heben, um das hier zu trinken?» Überrascht stellte Taranis fest, dass der junge Mann in Sironas keltischem Dialekt zu ihm sprach. Da er sich noch nicht auf den Rücken rollen konnte, hievte sich Taranis auf die schmerzenden Arme, während ihm der junge Mann einen Becher an die Lippen hielt. «Das hier wird den Schmerz lindern.»

Der Trank schmeckte nach Zitronen und süßen Kräutern, sodass Taranis ihn rasch hinunterstürzte. «Danke», würgte er hervor. «Wer bist du?»

«Mein Name ist Tiro. Du musst mir vertrauen», entgegnete der junge Mann und blickte zu den beiden Sklaven hinüber, die von der Tatsache verwirrt schienen, dass er in der Sprache der Barbaren mit dem Gefangenen redete. «Ich tue, was ich kann, um dir um Sironas willen zu helfen.»

«Geht es ihr gut?», fragte Taranis, der für komplizierte Erklärungen viel zu erschöpft war, aber trotzdem spürte, dass er Tiro vertrauen konnte.

«Ich weiß es nicht. Du musst dich jetzt ausruhen», erwiderte Tiro, als Taranis, dessen Beine noch lange nicht wieder kräftig genug waren, um sein Gewicht lange tragen zu können, wieder auf die Matratze fiel. «Ich verspreche, dass ich mich bemühe, so viel wie möglich herauszufinden. In der Zwischenzeit werde ich mich um deinen Rücken kümmern.»

Heilende Hände säuberten sein geschundenes Fleisch und sorgten für ein Gefühl der Linderung, dann trugen sie eine Salbe auf. Das und der Trank sorgten dafür, dass Taranis schließlich einschlief.

Als er in der kleinen Kammer mit der vergitterten Fensteröffnung aufwachte, war es dunkel. Der Schlaf hatte seinen gemarterten Muskeln gutgetan, und die Schmerzen in seinem Rücken hatten erheblich nachgelassen. Doch die Erholungspause endete abrupt, als die Tür aufflog und mehrere Sklaven mit Öllampen hereinkamen. Im nächsten Moment war die Kammer hell erleuchtet. Was nun?, fragte sich Taranis nervös, als er sich auf die Seite rollte. Aulus marschierte herein, begleitet von zwei schwerbewaffneten Soldaten.

«Auf die Füße», bellte Aulus. Als Taranis nicht sofort gehorchte, traten die beiden Soldaten vor und zerrten ihn hoch. «Legt ihn in Ketten.»

Sie schubsten Taranis gegen die Wand, legten ihm Handschellen an und befestigten diese mit kurzen Ketten in Hüfthöhe an der Wand. Gewiss kein weiteres Auspeitschen, dachte Taranis. Wenigstens hatten sie ihn nicht ans Bett gefesselt, denn das hätte ihm eher Sorgen bereitet. Dennoch traf ihn das Folgende völlig unvorbereitet. Die beiden Männer schoben einen Holztisch zwischen ihn und die Wand. Dann packte ihn einer der Soldaten am Nacken und zwang seinen Körper nach vorn, während der andere die Ketten straff anzog. Nun lag er mit dem Gesicht nach unten bäuchlings auf der rauen Tischplatte. Taranis hatte keine Chance, sich zu wehren, als seine Beine auseinandergezogen und seine Knöchel an die Tischbeine gefesselt wurden.

Er fühlte sich entsetzlich schutzlos. Würde Aulus ihn ficken wollen, wie Poppaea es getan hatte?, fragte er sich und schüttelte sich bei dem bloßen Gedanken daran vor Ekel. Seine Furcht wuchs, ihm brannte der Magen, und bittere Galle stieg seine Kehle hoch, als er hörte, wie die Tür geschlossen wurde. Anfänglich glaubte er, mit Aulus allein zu sein, als der Senator seinen Kopf senkte und Taranis durchdringend anstarrte.

«Immer noch so tapfer, Sklave? Irgendwie kann ich das nicht mehr so recht glauben.» Aulus richtete sich auf, zog seine Tunika aus und entblößte seinen nackten, vollkommen unbehaarten Körper. Taranis wurde von Widerwillen überwältigt, als Aulus verkündete: «Poppaea hat mir erzählt, wie sie dich mit dem Dildo gefickt hat, jetzt ist es Zeit für das Original.»

Ihm sank der Mut, als die Bedeutung dieser Worte in sein Bewusstsein drang. Er schloss die Augen, weil er Aulus' bloßen Anblick unerträglich fand, wie dieser vor ihm stand und sich hingebungsvoll den Schwanz streichelte. Taranis bemühte sich, nicht daran zu denken, was der Senator als Nächstes zu tun beabsichtigte, insbesondere, da er von der Gepflogenheit vieler römischer Bürger wusste, junge männliche Sklaven für ihr Sexvergnügen zu benutzen.

Plötzlich spürte er sanfte Hände an seinen Pobacken und

begriff, dass eine weitere Person anwesend sein musste. Ein dünnes Rinnsal aus kühlem Öl wurde ihm in den Spalt geträufelt, dann begannen die Finger, das Öl am Rand seines Anus zu verteilen, bevor sie langsam in ihn hineinglitten. Taranis zuckte zusammen, und für einen kurzen Moment überfiel ihn die Erinnerung an das seltsame Begehren, das Poppaea in ihm ausgelöst hatte, als sie ihn mit dem künstlichen Penis penetrierte. Doch die Vorstellung, dass Aulus dasselbe mit ihm anstellen könnte, war entsetzlich. Er konnte das unmöglich ertragen, dachte er, als Angst in ihm aufwallte.

«Streichle auch seinen Schwanz, Zymeria», befahl Aulus. «Ich will, dass er Penetration mit Lust assoziiert, damit er später ebenso freudig jede beliebige Anzahl meiner wichtigsten Freunde in sich aufnehmen kann.»

Bei Jupiter! Hatte Aulus überhaupt die Absicht, ihn jemals zu Poppaea zurückzubringen? Er würde lieber sterben, als zum Dasein eines Cinaedus gezwungen zu werden, dachte er, während Zymerias Finger zwischen seine gespreizten Schenkel glitten.

Taranis wollte nicht auf die Berührung reagieren, aber sein Körper betrog ihn wieder einmal, als die Sklavin den sensiblen Punkt zwischen seinen Eiern und seinem Anus stimulierte. Es fühlte sich so gut an, und obwohl er es hätte hassen müssen, genoss er die Empfindung. Dann sog er scharf den Atem ein, als sie seine Hoden streichelte und schließlich ihre schmalen Finger um seinen Schwanz schloss. Taranis spürte, wie seine Erregung wuchs, als sie anfing, ihn zu wichsen. Er war jedoch immer noch voller Angst vor dem, was Aulus mit ihm vorhatte.

Plötzlich wurden die sanften Hände der Sklavin weggezogen und durch lange, kühle Finger ersetzt, die die Wundmale auf seinen Pobacken nachzogen. Taranis erschauerte, als seine Pobacken auseinandergezogen wurden und er die seltsame Empfindung eines heißen, harten Schwanzes erlebte, der gegen seine Analöffnung gepresst wurde. Langsam drang diese Obszönität in seinen Darm ein. Taranis' Stöhnen war von Furcht durchsetzt, doch spürte er auch eine wilde, unkontrollierbare Sehnsucht, eine primitive Wollust, die er nicht erklären konnte, als der Schwanz tiefer in ihn hineinglitt. Er wusste, dass er nichts als Ekel empfinden sollte. Aber wenn er ehrlich war, dann war das primitive Gefühl, von einem echten Schwanz aufgespießt zu werden, viel erotischer als der künstliche Dildo, den Poppaea an ihm ausprobiert hatte.

Aulus drückte seinen Unterleib gegen Taranis' Striemen, und er hätte schwören können, dass er spürte, wie der Schwanz des Senators in ihm pulsierte. Eigentlich wollte er ihn anflehen, aufzuhören, und dann wiederum wollte er auf perverse Art, dass er weitermachte – er war schon so weit gegangen, dass es kein Zurück gab.

Langsam und bedächtig begann Aulus, ihn in den Arsch zu ficken. Seine Eier schlugen gegen Taranis' Pobacken, und seine dünnen Finger gruben sich tief in sein geschundenes Fleisch. Taranis stieß ein gequältes Stöhnen aus, als er sein Gesicht, das scharlachrot vor Scham war, gegen die Tischplatte presste.

Er bemühte sich verzweifelt, seine steigende Erregung zu unterdrücken. Das war jedoch unmöglich, denn die Sklavin kroch unter den Tisch und fing an, ihn zu blasen. Sein Schwanz war von ihrer warmen, nassen Kehle eingehüllt, während Aulus ihm unaufhörlich tiefer und tiefer in den Anus stieß.

Taranis hasste Aulus fast so sehr wie sich selbst, als der Senator ihn über den Fluss führte, direkt in den Kern der Unterwelt. Er empfand eine nie gekannte Lust, als ihn die scharfe Mischung aller Sinneseindrücke über die Schwelle katapultierte und in einen erotischen Abgrund stieß, aus dem es keine Wiederkehr gab. Als er kam und seine Ladung heftig in den willigen Mund der Sklavin ergoss, hörte er Aulus langanhaltend aufstöhnen und spürte, wie der Schwanz tief in ihm wild zu pulsieren anfing.

Er lag keuchend da, zitternd und aufgewühlt, und war zutiefst gedemütigt, sodass er sich wünschte, tot zu sein. Als sich Aulus aus ihm zurückzog, erschauderte er und fühlte sich völlig schutzlos und bis auf das letzte Innere entblößt.

Sekunden später packte ihn jemand an seinem schweißgetränkten Haar und zerrte seinen Kopf hoch. «Das hat dir gefallen, nicht wahr?», zischte Aulus an seinem Ohr.

Taranis brachte es nicht über sich, Aulus anzusehen, denn er wollte keinesfalls den Schwanz erblicken, der noch vor Sekunden in ihm gesteckt hatte. «Es war widerlich», brachte er krächzend hervor.

Aulus lachte kurz auf. «Irgendwie kann ich dir nicht so recht glauben, Taranis. Und ich gehe jede Wette ein, dass du in weniger als einem Tag vor mir auf die Knie fallen und mich anbetteln wirst, dass ich dich ficken soll.»

Es schien Stunden her zu sein, dass der Senator gegangen war, und jede Sekunde war Taranis wie ein ganzes Leben vorgekommen, als er ausgestreckt auf der Pritsche lag. Seine Handgelenke und Beine waren immer noch gefesselt, und er fühlte sich zu erschöpft und mutlos, um sich noch zu bewegen. Die Lampen in der Kammer brannten noch, waren aber nicht mehr so hell wie zuvor. Er wünschte, dass sie verlöschen und ihn in der Dunkelheit zurücklassen mögen. Taranis war überwältigt vor Scham, während er sich zwang, nicht an die Erregung zu denken, die er gespürt hatte, als Aulus ihn in den Arsch fickte. Er hatte sich gegen sein Dasein als Poppaeas Lustsklave aufgelehnt, aber nun würde er alles tun, um wieder in ihrem Bett zu liegen.

Tiro kam zu ihm und brachte ihm etwas zu essen. Taranis verweigerte dies, trank jedoch einen kräftigen Wein, in der Hoffnung, dass er ihm half, den Schmerz zu dämpfen. Doch es gab nichts, was die schrecklichen Erinnerungen mildern konnte. Er betete zu Andrasta, dass aus den zwei verbleibenden Tagen nicht mehr würden.

Doch der wohltuende Schlaf blieb ihm versagt, weil sein Geist viel zu sehr von dem Gedanken beherrscht wurde, was der Senator als Nächstes mit ihm vorhatte. Die Furcht war der wahre Feind, nicht Aulus Vettius, sagte er sich, als sich die Tür zu seiner Kammer erneut öffnete.

Taranis erzitterte und bemühte sich, seine widersprüchlichen Gefühle im Zaum zu halten, als Aulus Vettius hereinschlenderte und in der Hand einen Becher mit Wein hielt. Seine langen Finger spielten mit einem Schlüssel, von dem Taranis annahm, dass er zu den Handschellen an seinen Gelenken passte.

Mit plakativer Geste legte Aulus den Schlüssel auf den Tisch, auf dem Taranis noch vor kurzem so brutal ausgestreckt gelegen hatte. Dann näherte er sich der niedrigen Pritsche. Instinktiv setzte sich Taranis auf und versuchte, nicht zu zeigen, wie sehr er sich fürchtete, als der Senator sich neben ihn auf das Bett setzte.

«Wein?», fragte er mit kaltem Lächeln und starrte seinen Gefangenen nachdenklich an.

Taranis schüttelte den Kopf, woraufhin der Senator seine langen Finger langsam über seinen Oberschenkel gleiten ließ. Als Aulus seinen Penis berührte, unterdrückte Taranis einen unwillkürlichen Schauder, der halb von Ekel, halb von einer bizarren, primitiven Lust herrührte.

Fast augenblicklich begann sein Herz schneller zu

schlagen und versorgte somit auch seine Lenden mit mehr Blut. Aulus begann, sanft seinen Penis zu streicheln. Als er steif wurde, stieg Taranis die Schamröte ins Gesicht, denn er fragte sich, wie diese kühlen Finger überhaupt etwas anderes als Ekel hervorrufen konnten. Taranis verstand nicht im Geringsten, weshalb sein Körper auf diese Weise reagierte. Er saß stocksteif da, ertrug die Demütigung und ignorierte seine aufkeimende Lust, als Aulus spielerisch seinen Schwanz und seine Eier befingerte, während er genüsslich an dem Wein nippte. All er ausgetrunken hatte, kippte Aulus die letzten Tropfen über Taranis' Bauch und Schwanz.

Dann hielt er plötzlich inne, blickte zur Tür, und sagte: «Da bist du ja endlich, komm herein.»

Taranis hatte seine Situation als prekär empfunden, doch nun wurde sie katastrophal, denn Gaius Cuspius watschelte in den Raum.

«Schließ die Tür, wir wollen unter uns bleiben», sagte Aulus, während er den letzten Tropfen klebrigen Weins auf dem Schwanz seines Opfers verteilte. «Komm her, Gaius. Ich denke, du möchtest vielleicht etwas anderes trinken, etwas, das ein wenig besser schmeckt als mein üblicher Wein.»

Als Aulus aufstand, trat Gaius gierig vor und sank mühsam neben Taranis auf die Knie. Dieser versuchte, dem fetten Mann auszuweichen, doch Aulus griff nach der Kette, die seine Handgelenke zusammenhielt. Der Senator war kräftiger, als er aussah; er zerrte an der Kette und zwang Taranis zurück auf die Pritsche.

«Was für eine köstliche Erscheinung», sagte Gaius voll lüsterner Aufregung, als er sich nach vorne beugte und anfing, die Weintropfen von Taranis' Bauch abzulecken.

Taranis schüttelte sich, als der nasse Mund unweigerlich

abwärts in Richtung seines Geschlechts fuhr. Aulus lachte leise auf und festigte seinen Griff um die Kette.

Gaius' Kehle entrang sich ein tiefer, hungriger Laut, und als die schlabbrige Zunge der widerlichen Kröte über seine Eier und seinen Schwanz schleckte, bereitete das Taranis körperliche Übelkeit. Und bevor er sich versah, hatte Gaius auch schon seine fetten, sabbernden Lippen über seine Schwanzspitze geschoben. Taranis hatte eine gewisse Erregung von Aulus' Händen auf seinem Körper verspürt, doch jetzt sank seine Erektion bleischwer in sich zusammen. Das Gefühl dieses heißen, nassen Mundes, der scheinbar versuchte, seinen Schaft in voller Gänze zu schlucken, war einfach nur widerlich, und sein Ekel war nur allzu deutlich sichtbar für Aulus.

«Gefallen dir etwa die Aufmerksamkeiten meines Freundes nicht?», sagte er. «Gaius will dich so unglaublich gern ficken, Taranis.» Er lachte rau auf. «Natürlich leugnet er es, aber ich weiß, dass er schon lange davon phantasiert. Wie fühlst du dich bei dem Gedanken, Sklave?»

Taranis antwortete nicht, als er die geifernden Aufmerksamkeiten der widerlichen Kreatur ertrug. Doch dann stellte er erleichtert fest, dass Aulus das Spiel zu langweilig wurde und er die Kette losließ. Taranis setzte sich sofort auf und schaffte es, seinen Körper von Gaius wegzuzerren, wobei es ihm nicht einmal etwas ausmachte, dass dessen Zähne über seine empfindliche Eichel schabten.

Gaius schien überrascht, dass man ihm verwehrte, wonach er verlangte, und so hob er den Kopf und starrte Aulus stirnrunzelnd und frustriert an. Taranis entdeckte Schweiß auf Gaius' niedriger Stirn, und er roch den viel zu starken Rosenduft, der an der schwabbeligen Haut klebte, während auf seinen fetten Lippen die Spucke glänzte. Hätte er nur wenig mehr im Magen gehabt als die geringe Menge Wein, hätte er sich auf Gaius übergeben, als die ekelhafte Wachtel wieder gierig nach seinem Schwanz griff.

«Nein, lass ihn erst mal in Ruhe», sagte Aulus knapp. Dann packte er Gaius und zerrte ihn auf die Füße. «Nun, Taranis», meinte er und beobachtete, wie sich sein Gefangener schützend die Hände über das Geschlecht legte. «Du musst wählen.»

«Wählen?», wiederholte Taranis.

«Zwischen Gaius und mir», sagte Aulus mit einem fröhlichen Grinsen. «Entweder rufe ich jetzt die Wachen herbei und befehle ihnen, dich wie vorhin in Ketten zu legen, sodass Gaius so lange mit dir spielen kann, wie er will.» Er griff nach dem Schlüssel von Taranis' Ketten. «Oder du gehst vor mir auf die Knie und flehst mich an, dass ich dich ficke. Und dann wirst du mir freiwillig gehorchen.»

«Es gibt keine echte Wahl, nicht wahr?» Taranis starrte Gaius voller Verachtung an. «Dann muss ich mich für dich entscheiden, nobler Senator.»

«Wie ich es mir gedacht habe.» Aulus sah sehr zufrieden aus.

«Aber du hast gesagt, dass ich ihn haben könnte», beschwerte sich Gaius und zog einen Schmollmund.

«Tut mir leid, alter Freund», erwiderte Aulus achselzuckend. «Ich lasse den Sklaven entscheiden, und wie es scheint, will er mir Lust verschaffen. Ich habe dir gesagt, dass das geschehen würde, nicht wahr, Taranis?»

«Die Ketten», sagte Taranis mit resignierter, unglücklicher Stimme. «Du musst meine Beine befreien, Herr, wenn ich vor dir auf die Knie sinken und dich anflehen soll, mich zu ficken.»

Aulus lachte vergnügt in sich hinein und grinste selbstgefällig, als er das Schloss an den Ketten öffnete, die Taranis' Fußknöchel ans Bett fesselten. Er trat noch immer lächelnd zurück, als Taranis auf die Beine kam. Taranis glaubte dem Senator keineswegs, dass er seinen Teil der Abmachung einhielt. Sobald er mit ihm fertig war, würde er Gaius höchstwahrscheinlich doch erlauben, ihn zu benutzen, allein, um damit seine Demütigung vollkommen zu machen.

Taranis trat vor und beugte das Bein, als habe er in der Tat vor, vor dem Senator auf die Knie zu fallen. Doch das tat er nicht, sondern drehte sich etwas zur Seite und rammte Gaius fest den Kopf in den Magen. Dem fetten Mann ging der Atem aus, und er prallte hart gegen die Wand. Daraufhin wandte sich Aulus rasch zur Tür, um zu fliehen, aber Taranis war schneller. Er stürmte vorwärts und schlug den Senator mit geballten Fäusten seitlich an den Kopf. Halb benommen, gelang es Aulus nicht, sich zu wehren, als Taranis seine gefesselten Hände über den Kopf des Senators zog und ihn würgte, bis er anfing zu keuchen.

Gaius lag noch immer mit gespreizten Beinen auf dem Boden und rang verzweifelt nach Luft, während Aulus fast das Bewusstsein verlor. Taranis zischte ihm ins Ohr: «Ich werde dich in Ketten legen, Senator, und dann werde ich es dir so besorgen, wie du es mir besorgt hast.»

9

Das Amphitheater von Pompeji war ein sichtbares Zeichen der Macht des Römischen Reiches, und Cnaius Alleus Nigidus Maius war sein größter Wohltäter. Er hatte bereits viele Spiele ausgerichtet, darunter auch das gegenwärtig stattfindende Spektakel, das vier Tage dauerte. Es wurde zu Ehren des neuen Kaisers abgehalten und um das Fest der Vulcanalia zu begehen. Der Ablauf jedes Spieltags glich mehr oder weniger dem anderen: Zuerst kam die Tierhatz, venatio genannt, dann wurden Verurteilte den wilden Tieren zum Fraß vorgeworfen. Nachmittags fanden die beliebtesten Veranstaltungen statt, nämlich die Wettkämpfe der Gladiatoren. Hierbei traten Gladiatoren der örtlichen Schule gegeneinander an, und manchmal nahmen sogar Kämpfer aus der berühmten Gladiatorenschule in Capua an den Kämpfen teil.

Der letzte Tag der Spiele sollte in einem spektakulären Höhepunkt gipfeln, einer Darstellung des Kampfes um Troja.

Heute war der erste Tag, doch es waren mehr Menschen gekommen als erwartet, sodass fast alle der 24 000 Plätze in der Arena besetzt waren.

Julia sah besorgt zu Cnaius hinüber, der sie durch den breiten Tunnel am südlichen Ende der Arena führte. «Es ist alles vorbereitet», sagte Cnaius. «Du darfst kurz mit ihm sprechen.» Sie blieben bei einer schweren Holztür stehen, vor der ein bewaffneter Posten Wache hielt. «Nur kurz, Julia, die Tierhatz wird bald zu Ende sein.»

Julia hörte die aufgeregten Schreie der Menge, als einige Kämpfer versuchten, zwei Bären und drei wilde Bullen abzuschlachten.

«Danke, Cnaius.» Sie wusste, dass sie dies hier niemals ohne seine Hilfe hätte bewerkstelligen können.

«Ich hoffe nur, dass der Plan funktioniert.» Dann ging er fort, weil er nicht dabei sein wollte, wenn sie die Wache mit zwanzig Assen bestach. Das war eine anständige Summe, wenn man bedachte, dass man eine Hure schon für ein As bekam.

Der Wachposten öffnete die Tür, nachdem er sich davon überzeugt hatte, dass niemand ihn dabei beobachtete, wie er diese Frau zu dem Gefangenen ließ. Julia schlüpfte in die Zelle. Der kleine Raum war fensterlos und nur schwach von dem Schein zweier Öllampen beleuchtet. Außerdem war es heiß und stickig, und es stank erbärmlich. Das war nicht weiter verwunderlich, denn hier wurden nicht nur Gefangene untergebracht, sondern auch tote Gladiatoren aufbewahrt, bevor man ihnen die Ausrüstung abnahm und sie zum Begräbnis fortbrachte.

Taranis saß auf einer niedrigen Steinbank, die in die Wand eingelassen war. Er trug nichts als ein schmutziges Lendentuch und war, wie Julia empört feststellte, an Händen und Füßen mit Ketten gefesselt.

«Julia!» Er schien überrascht, sie zu sehen.

«Ich habe mir solche Sorgen gemacht», sagte sie, bestürzt über seinen Zustand.

Taranis lächelte Julia liebevoll an, als sie sich neben ihn setzte. Sie widerstand der Versuchung, ihn zu umarmen und ihm zu sagen, wie viel er ihr noch immer bedeutete. Sein

Körper war übersät mit halb verheilten Schrammen und blauen Flecken von seiner letzten Auseinandersetzung, bevor man ihn eingefangen hatte. Nachdem es Taranis gelungen war, aus dem Haus des Senators zu fliehen, hatte Aulus einige seiner privaten Wachen ausgeschickt, um ihn zu jagen. Schließlich hatte man ihn entdeckt, als er die Stadt durch das Tor nach Herculaneum verlassen wollte, und die Soldaten hatten ihm auf der Straße aufgelauert, die zu Lucius' Villa führte. Julia konnte nur vermuten, dass Taranis verzweifelt versucht hatte, Sirona zu sehen.

«Ich hätte nicht gedacht, dass du mir jemals verzeihen könntest, geschweige denn, dass du hierherkommen würdest, um mich zu sehen», sagte er zögernd. «Es tut mir sehr leid, dass ich dich enttäuschen musste.»

«Ich verstehe, warum du so gehandelt hast.» Als sie von seiner Gefangennahme und der anschließenden Einkerkerung erfahren hatte, war ihr bewusst geworden, dass er ihr stets etwas bedeuten würde, was auch immer geschah. Er hatte sie verletzt, aber sie hatte beschlossen, ihm zu verzeihen, insbesondere, als sie durch ihre Mutter erfahren hatte, dass Taranis und Sirona einander schon in Britannien versprochen waren. Wenn Taranis auch nur halb so viel für Sirona empfand wie umgekehrt, dann war es nur allzu verständlich, dass er die Frau, die er liebte, noch ein einziges Mal hatte wiedersehen wollen.

«Vergib mir, aber ich muss dich etwas fragen», sagte Taranis betreten. «Ist Sirona in Sicherheit?»

«Lucius liebt sie, und er war sofort bereit, ihr zu verzeihen. Allerdings glaubt er, dass alles deine Schuld war.»

Als sie die große Erleichterung sah, die sich auf seinem Gesicht abzeichnete, war sie einen Augenblick lang unglaublich verletzt und wünschte sich nichts mehr, als dass er auch so viel für sie empfinden möge.

«Danke, Julia.» Er seufzte schwer. «Ich weiß nun, dass Sirona und ich nie füreinander bestimmt waren. Aber wenigstens wurde ich gefangen genommen, bevor ich die Villa erreicht habe, sodass man sie nicht mit meiner Flucht in Verbindung bringt. Nun kann ich nur hoffen, dass sie im Laufe der Zeit ihr Glück mit Lucius finden wird.» Er sah sie zärtlich an, und sie erkannte, dass tiefe Trauer und Bedauern den Blick seiner blauen Augen trübten. «Du brauchst dir um mein Schicksal keine Sorgen zu machen.»

«Aber ich kann nicht anders.»

«Ich habe dich nicht angelogen, als ich dich in deinem Schlafzimmer aufgesucht habe. Du bedeutest mir wirklich etwas.» Er stockte. «Es ist alles ein schreckliches Durcheinander.»

Taranis war dazu verdammt, die schlimmste Strafe zu ertragen, die das Gesetz für Verbrecher vorsah. Er würde an einen Pfahl in der Arena gebunden und von den wilden Tieren in Stücke gerissen werden. All seine Taten waren hierbei berücksichtigt worden, denn er hatte nicht nur einen Senator und einen Aedil angegriffen, bevor er geflohen war, sondern er hatte sie beide auf recht beeindruckende Weise blamiert.

Ganz Pompeji war aus dem Lachen nicht mehr herausgekommen, als publik wurde, dass man Aulus und Gaius in einer äußerst peinlichen und kompromittierenden Position gefunden hatte. Taranis hatte beide komplett ausgezogen und Aulus auf dem Tisch festgebunden, wie man es noch kurz zuvor mit ihm gemacht hatte. Dann hatte er ihm Gaius auf den Rücken gefesselt, als sei dieser im Begriff, den Senator zu vögeln. Doch das Ganze wurde noch amüsanter durch die Tatsache, dass Gaius offensichtlich hocherregt gewesen war, als man die beiden Männer fand. Laut Auskunft des Sklaven, der sie befreit hatte, hatte Gaius' steifer Schwanz zwischen den Hinterbacken des Senators gesteckt. Dabei hatte er sich – soweit es seine Fesseln erlaubten – ruckartig vor- und zurückbewegt und verzweifelt versucht, zum Orgasmus zu kommen.

«Nun, aufgrund dieser Umstände ist mein Stiefvater unglaublich zornig und bis auf die Knochen blamiert.»

Taranis grinste. «Die Versuchung war einfach zu groß, sie auf diese Weise zurückzulassen.»

«Wir haben nicht viel Zeit», sagte sie, als sie feststellte, dass sie von dem ursprünglichen Zweck ihres Besuchs abgelenkt worden war. «Es gibt da ein paar Dinge, die ich dir unbedingt sagen muss.»

«Lass sie warten.» Seine Ketten waren so locker, dass er Julia einen Arm um die Schultern legen und sie an sich ziehen konnte. Taranis küsste sie so leidenschaftlich wie in der Nacht, als er sie geliebt hatte. Entschlossen schob sie ihn von sich. «Aber ich dachte, dass du gekommen bist, um dich von mir zu verabschieden», meinte Taranis verwirrt.

«Nein, kein Abschied», entgegnete sie und war überrascht, wie gut es ihm gelang, seine Furcht – sofern er sie verspürte – zu überspielen.

«Poppaea wird sicherlich versucht haben, diesen Wahnsinn zu stoppen, oder?» Er grinste schief. «Schließlich bin ich ihr als Investition zu viel wert, als dass sie tatenlos zusehen könnte.»

«Sie hat es versucht, aber es hat sich als unmöglich herausgestellt. Aulus und Gaius besitzen zu viel Einfluss in dieser Stadt, und du hast sie wirklich abgrundtief gedemütigt.»

«Wie kann dies dann kein Abschied sein? Löwen, Tiger, Wölfe, welche Bestien sie auch immer aussuchen werden: Ich habe keine Chance gegen sie. Wenn ich mich frei in der Arena bewegen könnte, wäre ich vielleicht in der Lage, mich zu verteidigen. Aber solange ich an einen Pfahl gebunden bin» – er schüttelte den Kopf –, «ist der Gedanke, dies zu überleben, nur ein Traum.»

«Es ist nicht völlig unmöglich.» Sie hob ihr Gewand hoch und zog den schmalen Dolch hervor, den sie an ihren Oberschenkel geschnallt hatte. «Cnaius hat dafür gesorgt, dass die Seile, mit denen du an den Pfahl gebunden wirst, angeritzt sind. Nicht so deutlich, dass man es sehen könnte, aber mit etwas Glück wirst du dich befreien können. Und mit diesem hier» – sie legte ihm den Dolch in die Hand – «wirst du wenigstens eine Chance haben.»

«Das ist alles, was ich brauche.» Er zog sie an sich und küsste sie wieder.

Taranis, dem man die Ketten abgenommen hatte, wurde von einer Reihe bewaffneter Aufseher durch ein tunnelartiges Gewölbe in die Arena begleitet. Über das Grölen der Menge hinweg hörte er die gequälten Schreie der ersten beiden Verurteilten, über die sich die wilden Raubtiere hergemacht hatten.

Seine Wiederbegegnung mit Julia hatte zwangsläufig nur kurz ausfallen können, aber sie hatte ihm Hoffnung gegeben. Diese war zwar aus purer Verzweiflung geboren, aber nichtsdestotrotz vorhanden. Selbst wenn es ihm gelänge, die Fesseln abzustreifen, konnte man einen kleinen Dolch doch kaum als angemessene Verteidigungswaffe bezeichnen. Aber so würde er wenigstens als Krieger sterben und nicht als Sklave.

Als sie sich dem Gittertor näherten, hörte er ein lautes Brüllen, das nur von einer Raubkatze stammen konnte. Ob Löwe, Tiger oder Leopard, es machte kaum einen Unterschied, denn sie waren alle eine tödliche Gefahr. Hinzu kam, dass man sie besonders darauf trainiert hatte, Männer wie ihn anzugreifen. Taranis entdeckte etliche Sklaven, die, von bewaffneten Aufsehern beschützt, die zerfetzten, blutüberströmten Leichen der beiden Verbrecher aus der Arena trugen. Er wusste, dass die Dompteure nun versuchen würden, die großen Raubkatzen zurück in ihre Käfige zu zwingen, bevor das nächste Spektakel, mit ihm als Hauptdarsteller, begann.

Taranis schluckte und beschloss, möglichst nicht auf die halbgefressenen Leichen zu blicken. Die Aufseher verstärkten ihren Griff. Sie schienen absolut davon überzeugt zu sein, dass er sich nun gegen sie wehren und versuchen würde, zu entkommen, aber Taranis hatte keineswegs die Absicht, sich so feige zu verhalten. Wie es bei solchen Hinrichtungen üblich war, trat nun ein Sklave auf ihn zu, der in den Händen einen Eimer mit Tierblut und einen Schwamm hielt. Er tauchte den Schwamm in das Blut und wollte gerade Taranis' Arme und Brust damit betupfen, als ein aristokratisch gekleideter Mann auf ihn zutrat und ihn davon abhielt.

«Nein», sagte Cnaius. «Der Magistrat hat beschlossen, dass dieser Verbrecher eines langsamen Todes sterben soll. Das Blut hingegen würde die Bestien dazu bringen, ihn von Anfang an deutlich heftiger anzufallen, und dann wäre alles viel zu schnell vorbei.»

Der Sklave sah nicht den geringsten Anlass, dem ehrwürdigen Wohltäter den Gehorsam zu verweigern, und eilte davon, da er seinen Teil der Pflichten als erledigt betrachtete.

«Ich habe getan, was ich konnte», flüsterte Cnaius Taranis zu. «Der Rest liegt nun an dir.»

Taranis bekam keine Gelegenheit zu antworten, denn in diesem Augenblick wurde auch schon das Gittertor aufgestoßen, und die Aufseher brachten ihn in die Arena. Taranis hielt das Haupt hoch erhoben, entschlossen, sich weder zu wehren noch zu flehen, wie es jeder gewöhnliche Verbrecher getan hätte. Damit überraschte er die Menge, die diesen Mann so gefasst dem Tod entgegengehen sah. Nur Christen waren so tapfer oder töricht, ihre Furcht nicht zu zeigen, wenn sie sich im Namen ihres Gottes dem Unvermeidlichen fügten. Doch dieser Mann hier war kein Anhänger des Galiläers, er war ein Barbar. Ganz Pompeji sprach von ihm als jenem Sklaven, der für eine unverschämte Summe verkauft worden war und sowohl einen Senator als auch einen Aedil bis auf die Knochen blamiert hatte.

Seltsamerweise johlte die Menge nicht vor Begeisterung, als Taranis an den dicken Holzpfahl gebunden wurde, an dem noch das Blut des vorher Hingerichteten klebte. Stattdessen herrschte eine unbehagliche Stille. Es war der 20. August, und die Sonne brannte unbarmherzig auf den fahlen Sand der Arena nieder, während die Zuschauer dankbar für die Leinensegel waren, die man über ihnen aufgespannt hatte, um sie vor der Hitze zu schützen.

Taranis wusste nicht, wie heiß es überhaupt war, da er sich auf den bevorstehenden Kampf konzentrierte, wie er es auch in der Vergangenheit stets getan hatte. Seine Arme waren an den Seiten gefesselt, und so konnte er unmöglich zu dem Dolch greifen, der verborgen in seinem Leinentuch steckte. Er würde versuchen müssen, die Stricke zuerst zu zerreißen. Taranis konnte nur hoffen, dass der Mann, den Cnaius bestochen hatte, seine Arbeit erledigt und die Stricke gut angeritzt hatte. Als sich die Aufseher abwandten, zog er kräftig an den Fesseln und spürte zu seiner großen Erleichterung, dass sie ein bisschen nachgaben. Sie würden nicht einfach zu zerreißen sein, aber mit der Verzweiflung kam die Kraft.

Endlich kam wieder Leben in die Menge, die überrascht und ein wenig enttäuscht aufschrie, als die eng vergitterten Tore aufgestoßen wurden und drei große Wölfe in die Arena liefen. Viele Zuschauer hatten etwas deutlich Beeindruckenderes erwartet, da auf die letzten beiden Verbrecher zwei hungrige Leoparden gehetzt worden waren, die sie binnen Sekunden in Stücke gerissen hatten. Taranis kämpfte gegen seine Fesseln an und beobachtete argwöhnisch die drei Wölfe, die durch die Arena kreisten. Die ungewohnte Umgebung und die Geräusche machten sie unruhig, als sie dicht an der Mauer des Amphitheaters entlangschlichen. Direkt über ihnen saßen im untersten Rang, der sogenannten ima cavea, die wichtigsten Bürger, die vom Rest der Zuschauer durch einen engen, wasserlosen Graben abgetrennt waren.

Taranis merkte, wie die Stricke weiter nachgaben und an einigen Stellen bereits rissen. Die Menge johlte wieder auf, dieses Mal noch lauter, denn eine weitere Kreatur wurde in die Arena gelassen: ein riesiger Löwe mit einer dicken goldbraunen Mähne. Dieser machte ein paar Sätze nach vorne, blinzelte ins Sonnenlicht und ließ sich dann auf die Hinterläufe nieder und blickte sich in der Arena um, als wollte er ihre Größe abschätzen. Taranis wusste, dass der Löwe wahrscheinlich stunden- wenn nicht sogar tagelang im Halbdunkel gehalten worden war und es daher nicht verwunderte, wenn er zunächst ein wenig orientierungslos war.

Er riss noch entschlossener an seinen Fesseln. Der Löwe würde nicht lange brauchen, um sich an die Umgebung zu gewöhnen, und Taranis ahnte, dass man ihn mehrere Tage lang hatte hungern lassen. Also biss er die Zähne zusammen, spannte die Muskeln bis an den Rand des Erträglichen an und zog noch kräftiger. Die Stricke schnitten ihm tief ins Fleisch, dann spürte er, wie sie weiter nachgaben, bis sein heftiges Zerren die ausgefransten Stränge zum Reißen brachte. Unterdessen hatten ein paar Tierbändiger die Arena betreten. Sie stachen auf den Löwen mit langstieligen Speeren ein und versuchten, das Tier in Taranis' Richtung zu drängen. Mit einem wütenden Brüllen ging der Löwe auf die Männer los und versuchte, sie mit den Tatzen zu erwischen. Die drei Männer wandten sich um und rannten – ein perfektes Beispiel für Feigheit – davon, gefolgt von dem Löwen, der ihnen auf den Fersen blieb. Kurz bevor sie das rettende Tor erreichten, geriet einer der Männer ins Straucheln und ließ seinen Speer fallen. Er blieb aber nicht stehen, um die Waffe aufzuheben, sondern rannte seinen Kumpanen in das Gewölbe hinterher. Das Tor wurde just in dem Moment zugeschlagen, als der Löwe aufgeholt hatte.

War der Speer Cnaius' Werk oder ein willkommenes Geschenk der Götter?, fragte sich Taranis, als es ihm endlich gelungen war, seine Arme und Hände zu befreien. Der mittlerweile recht schlechtgelaunte Löwe hatte Taranis entdeckt und kam, da er ihn möglicherweise für eine einfachere Beute hielt, auf ihn zugetrottet.

Auf der Hälfte der Strecke hielt der Löwe an und hob witternd das Maul in die Luft. Dann wandte er den Kopf in Richtung der drei Wölfe, die noch immer um den Rand der Arena schlichen und nicht wagten, Taranis anzugreifen, da nun ein größerer Feind in der Nähe war.

Taranis bewegte seinen Arm langsam und vorsichtig auf seinen Rücken, wo der Dolch im Lendentuch steckte. Es war tröstlich, zu wissen, dass er immerhin eine kleine Waffe in den Händen hätte. Wenigstens sorgen die Wölfe gerade für eine kleine Abwechslung, dachte er, als er sich hinabbeugte und die Seile durchschnitt, die seine Beine an den Pfahl fesselten.

Seine Bewegungen lenkten die Aufmerksamkeit des Löwen zurück auf ihn, der nun mit lautem Brüllen auf ihn zurannte. Rasch steckte Taranis den Dolch in den Bund seines Lendentuchs, beugte sich hinab und ergriff zwei Handvoll Sand, als der Löwe auch schon angriff. Für einen Moment schien die Zeit stillzustehen, und Taranis sah das weit aufgerissene Maul, die großen gelben Reißzähne und roch den stinkenden Atem der Bestie. Mit einer flinken Bewegung sprang er zur Seite und schleuderte dem Raubtier den Sand in die Augen.

Der Löwe stieß ein seltsames Wimmern aus, als er unbeholfen auf dem Boden landete, seinen Kopf schüttelte und versuchte, sich mit der Tatze den Sand aus den Augen zu wischen. Taranis nutzte die Gelegenheit und sprintete auf den Speer zu, der noch immer verlockend auf dem Boden lag. Er ließ sich zu Boden fallen, griff gleichzeitig nach dem Speer und kam durch geschmeidiges Abrollen leichtfüßig wieder auf die Beine.

Die Menge war vollkommen perplex, da so etwas noch nie zuvor bei einer Hinrichtung vorgekommen war. Alle Zuschauer johlten vor Begeisterung und waren nicht mehr länger auf der Seite der Bestien, sondern auf der des Sklaven, der hier so tapfer um sein Leben kämpfte.

Taranis zog den Dolch und hielt nun beide Waffen vor sich, als der Löwe, der sich wieder erholt hatte, außer sich vor Wut auf ihn zuhetzte. Als die Raubkatze angriff, trat Taranis vor und stieß ihm die Speerspitze in das dicke gelbe Brustfell. Das Tier wich mit blutender Wunde zur Seite aus. Taranis war zum Krieger geboren – ob Mann oder Tier, für ihn machte das im Kampf keinen Unterschied, und nun war er mit seinem Gegner auf Augenhöhe. Er hielt ein Auge auf die Wölfe gerichtet, die noch immer die Arena umkreisten, aber – angezogen von dem Geruch nach frischem Blut – langsam näher kamen, und wandte sich dem Löwen zu, um ihn, den König der Tiere, zu besiegen.

Jedes Mal, wenn die Raubkatze ihn ansprang, stieß Taranis mit dem Speer zu, woraufhin sie zurückwich. Der Adrenalinrausch des Kampfs verlieh ihm besondere Schnelligkeit und Stärke – Angst spielte keine Rolle mehr, denn hier ging es um Leben und Tod, und Taranis musste gewinnen, koste es, was es wolle. Der Löwe griff wieder und wieder an, und Taranis parierte mit seinem Speer, doch bei der letzten Attacke gelang es der Bestie, Taranis' linken Oberschenkel mit den Krallen zu streifen. Taranis spürte den Schmerz nicht einmal, als ihm das Blut aus der Wunde das Bein hinablief. Er wusste, dass die Kraft des Löwen allmählich nachließ, und als das Tier wieder wütend die Zähne fletschte und sich auf ihn stürzte, stieß Taranis ihm den Speer nochmals in die breite Brust. Er glitt an dem Brustbein des Löwen vorbei, dann durchbohrte die Spitze des Speers das Herz des Tiers, woraufhin dessen Vorderbeine nachgaben und es hechelnd zu Boden fiel.

Taranis sprang auf seinen Rücken und schlang einen Arm um seinen dicken Nacken. Er spürte das drahtige Fell der Mähne an seinem Arm, als er dem Löwen mit einer raschen Bewegung die Kehle aufschlitzte.

Taranis nahm kaum wahr, wie die Menge in laute Begeisterungsrufe ausbrach, als der Löwe sein Leben auf dem sandigen Boden aushauchte, denn nun griffen die Wölfe an, die der Geruch nach Blut angezogen hatte. Taranis war sich nicht sicher, ob er oder der sterbende Löwe ihre Beute sein sollte, aber das war auch nicht von Bedeutung. Wenn er diese Arena wieder verlassen wollte, dann würde er sie allesamt töten müssen. Sollte ihm das gelingen, konnte er nur darauf hoffen, dass man ihm sein Leben schenkte.

Mit einem lauten Knurren wollte einer der Wölfe auf den toten Löwen springen, woraufhin ihn Taranis mit seinem nackten Fuß fest in die Brust trat. Der Wolf stieß ein schmerzerfülltes Kläffen aus und fiel zurück auf den Boden. Mit einem Sprung zur Seite entfernte sich Taranis von dem toten Löwen, tat einen Satz nach vorn und packte einen weiteren Wolf am Genick. Ohne auf die zuschnappenden Kiefer zu achten, stieß er ihm den Dolch tief in die Seite, woraufhin das Tier zusammenbrach. Dann hörte er ein tiefes Knurren und konnte gerade noch rechtzeitig ausweichen, als ihn der dritte Wolf anfiel. Taranis riss mit einer einzigen geschmeidigen Bewegung seinen Speer aus der Brust des Löwen, zielte und warf. Als der Wolf tot auf dem Sand zusammenbrach, der Speer tief in seinem Körper vergraben, fing die Menge wieder vor Begeisterung an zu toben.

Der Wolf, den er getreten und dabei offensichtlich verletzt hatte, wollte sich kraftlos davonschleichen. Mit blutender Wunde rannte Taranis ihm hinterher. Dann, als sich der Wolf in die Ecke gedrängt fühlte, drehte er sich um und ging zum Angriff über. Mit weit aufgerissenem Maul zielte er auf Taranis' Arm. Doch bevor er zubeißen konnte, traf Taranis' kraftvoller Schlag ihn seitlich am Kopf. Halb benommen fiel der Wolf winselnd zu Boden, woraufhin ihn Taranis am Genick packte und auch ihm die Kehle aufschlitzte.

Keuchend richtete sich Taranis auf und wandte sich, von seinem eigenen und dem Blut der abgeschlachteten Tiere bedeckt, dem Publikum zu, um den donnernden Applaus entgegenzunehmen. Er stand dort in der Arena wie ein blutüberströmter Jäger aus der Vorzeit. Die Menge brüllte vor Begeisterung und stampfte mit den Beinen auf.

Dann erhob sich fast das gesamte Publikum, streckte die rechte Hand weit aus und richtete den Daumen nach oben zum Himmel. Taranis wusste, dass dem Magistrat nichts anderes übrigblieb, als ihm die Strafe zu erlassen. Erschöpft, aber unendlich erleichtert, hob Taranis beide Arme in einer herausfordernden Geste des Triumphs und ging auf das Gittertor zu, das nun für ihn weit geöffnet war.

Die Gladiatorenkaserne befand sich hinter dem größeren der beiden Theater von Pompeji, da die ursprünglichen Gebäude, die näher an der Arena gelegen hatten, bei dem schlimmen Erdbeben vor fast siebzehn Jahren schwer beschädigt worden waren.

Julia besuchte die Spiele wie jeder andere Bürger Pompejis auch, aber an diesem Ort war sie noch nie gewesen. Das rechteckige Trainingsfeld war riesig und wurde von einem überdachten Säulengang begrenzt, von dem aus die einzelnen Zellen abgingen. Jede Zelle konnte wiederum bis zu sechs Gladiatoren beherbergen, und allein im Erdgeschoss gab es mindestens fünfundzwanzig Zellen wie auch einen Raum für die Aufseher, ein Lager, eine Küche und einen Speisesaal.

«Wie viele Gladiatoren sind zurzeit hier?», fragte Julia den Aufseher, der sie begleitete.

«Augenblicklich haben wir einhundertachtzig, aber wir können bis zu zweihundert gleichzeitig unterbringen.»

Julia war nie bewusst gewesen, dass es hier tatsächlich so viele Männer gab, die täglich darauf trainiert wurden, sich gegenseitig umzubringen. Und nun war Taranis einer von ihnen. Glücklicherweise kam es recht häufig vor, dass sich reiche Frauen einen Gladiator als Liebhaber nahmen, und so war es ein Leichtes für sie, dem Aufseher ein paar Münzen zuzustecken, damit ihr der Zugang zu Taranis gestattet wurde.

Als Taranis gegen die Bestien kämpfte, hatte Julia die meiste Zeit die Hand vor ihre Augen gehalten, da sie Angst hatte, er könne getötet werden. Doch ihre Gebete waren erhört worden, und er hatte überlebt. Sie war so stolz gewesen, als sie ihn blutüberströmt in der Arena hatte stehen sehen, wie er den donnernden Applaus des Publikums entgegennahm. Der Magistrat hatte keine andere Wahl gehabt, als Taranis auf Wunsch der tobenden Menge die Strafe zu erlassen. Doch man hatte sich geweigert, ihn Poppaea zurückzugeben, und ihn stattdessen zu einem Leben als Gladiator verurteilt.

«Er ist hier drin», sagte der Aufseher und entriegelte eine Zellentür.

Julia war sehr beunruhigt, da sie nicht genau abschätzen konnte, wie stark Taranis verletzt war. Als sie den Raum betrat, sah sie Taranis auf einem niedrigen Bett liegen, den Körper mit einem dünnen Leinenlaken bedeckt.

Als er sie entdeckte, lächelte er und setzte sich auf. Zu ihrer großen Erleichterung sah er überraschend gut aus. «Julia, ich hatte gehofft, dass du kommen würdest.»

Taranis schwang sich herum und setzte die Füße auf den Boden, sodass nur der untere Teil seines Körpers von dem Laken bedeckt war. Sie konnte den dicken Verband sehen, der die Stelle bedeckte, an der die Klaue des Löwen ihre Spuren auf seinem Oberschenkel hinterlassen hatte. Andere Wunden waren nicht zu sehen.

«Taranis, geht es dir gut?», fragte sie zögernd. Sie fühlte sich ein bisschen nervös in seiner Gegenwart.

«Überraschend gut, ja», bestätigte er und klopfte auf die schmale Matratze neben sich. «Komm, setz dich neben mich.»

Ihre Haut fing bei dem bloßen Gedanken an zu kribbeln, dass er ganz und gar nackt unter dem dünnen Laken war, das seine Lenden bedeckte. Sie zwang sich, den Blick von seiner breiten Brust abzuwenden, dem flachen Bauch und der feinen Linie aus hellem, goldenem Flaum, die so ver-

253

führerisch in Richtung seines Geschlechts abwärts verlief. «Du siehst so viel besser aus, als ich erwartet habe.»

«Cnaius war so freundlich, nach einem Arzt aus der Gladiatorenkaserne in Capua zu schicken, damit er mich behandelt», erklärte Taranis, als sie sich neben ihn setzte. «Er praktiziert dort seit längerer Zeit, er scheint wahre Wunder vollbringen zu können. Sein Wissen über die Beschaffenheit des menschlichen Körpers ist erstaunlich. Daher erhole ich mich rasch. Das muss ich auch, denn Cnaius wünscht, dass ich übermorgen, am letzten Tag der Spiele, kämpfe.»

«So bald schon», sagte sie besorgt.

Sie saßen so dicht beieinander, dass sich ihre Beine berührten und nur der Stoff ihres Gewandes zwischen ihrem und seinem Körper lag. Ihre Haut prickelte, und sie fühlte sich so hilflos wie ein Kätzchen bei dem Gedanken an seinen köstlichen Schwanz, der unter diesem dünnen Laken verborgen war. Die Lust war Julia einst unbekannt gewesen, doch nun schien sie ihr Leben zu beherrschen, als sie in Taranis' schönes Gesicht starrte und den sauberen männlichen Duft seines Körpers einatmete.

«Ich habe keine andere Wahl», sagte er.

Normalerweise traten Gladiatoren nicht allzu häufig zum Kampf an, und wenn ein neuer Mann zur Truppe kam, dann musste er zunächst ein hartes, intensives Training durchlaufen, bevor man ihn in die Arena ließ. Trotzdem besaß Cnaius das Recht, darüber zu entscheiden, denn dem Gesetz nach gehörte Taranis ihm. Nachdem der Magistrat seine Strafe umgewandelt hatte, hatte man mit Cnaius ein spezielles Arrangement vereinbart.

Er hatte umgehend Poppaea die dreihundertsechzigtausend Denar zahlen müssen, die sie ursprünglich für Taranis ausgegeben hatte, während sie unter diesen Umständen nicht anders konnte, als dem Handel zuzustimmen.

«Ich könnte Cnaius bitten, dir mehr Zeit zu geben»,
schlug Julia vor.

«Mach dir keine Sorgen», sagte Taranis zuversichtlich.
«Ich habe schließlich schon viel Zeit beim Training mit
Poppaeas Wachen verbracht, daher bin ich immer noch
recht gut in Form. Vergiss nicht, Julia», sagte er mit einem
selbstbewussten Grinsen, «dass ich in der Vergangenheit
an genügend Kämpfen teilgenommen habe, die mich auf
Momente wie diesen perfekt vorbereitet haben.» Er küsste sie zärtlich auf die Wange. «Ich werde überleben, sorge
dich nicht.»

Sie konnte beileibe nicht verstehen, dass ihn das alles
nicht zu berühren schien. Mit großer Wahrscheinlichkeit
würde er gegen einen der erfahrensten Gladiatoren kämpfen müssen, die Pompeji zu bieten hatte. Sie konnte den
Gedanken nicht ertragen, dass er sterben würde, obwohl er
gerade gestern erst so tapfer um sein Überleben gekämpft
hatte. «Ich werde dem Apollo-Tempel einen Besuch abstat-
ten und dort für dich beten.»

«Warum Zeit mit Reden und Beten verschwenden?»,
raunte er. Seine Lippen legten sich auf ihren Mund, dann
küsste er sie leidenschaftlich und zog sie zu sich auf das
Bett.

Sie wusste nicht genau, wie er es angestellt hatte, aber
nur wenige Momente später hatte er sie ausgezogen und
presste ihren nackten Körper an sich. Julia erschauerte, als
seine Hände ihre Brüste streichelten und kneteten und
an den Spitzen zogen, bis sie sich versteiften und vor Verlangen schmerzten. Langsam fuhr er mit seinen großen
Händen über ihren Körper, zog die Linie ihrer Hüften und
die sanfte Wölbung ihres Bauchs nach. Dann strichen seine
Finger über ihren Venushügel. Sie hatte mit dem schmerz-
haften Zupfen der Haare aufgehört, und so vergrub er seine

Fingerspitzen in den dunklen, drahtigen Löckchen, die nun wieder an dieser Stelle sprossen.

«Süße Julia», murmelte er und küsste sie wieder, indem er seine Zunge tief in ihren Mund gleiten ließ. Dann zog er sie noch näher zu sich heran, bis sie den harten Umriss seines steifen Penis an ihrem Körper spürte. Ihre Möse wurde feucht, und als seine Hände ihre Oberschenkel spreizten und seine Finger in sie hineinglitten, war alles genau so, wie es sein sollte. Seine Finger bewegten sich leicht, und sie stöhnte vor Wonne auf.

«Aber ich bin doch derjenige, der verletzt ist», neckte er sie, als er sich auf den Rücken rollte und sie auf sich zog. «Also wirst du die harte Arbeit erledigen müssen.»

Julia wollte keine Sekunde länger darauf warten, seinen prächtigen Schwanz in sich zu spüren. Sie spreizte die Schenkel über seinen schmalen Hüften, griff nach seinem Schaft, der bereits prall war, und führte ihn langsam in ihre Vagina ein. Dann ließ sie sich niedersinken und glitt auf den Körper dieses Mannes. Es fühlte sich einfach wundervoll an, ihn wieder in sich zu haben.

«Du bist so groß. Beim ersten Mal hatte ich geglaubt, dass ich deine Männlichkeit niemals in mir aufnehmen könnte», gestand sie und bewegte ihre inneren Muskeln. Diese umschlossen seinen Schwanz nun umso enger, und Taranis fing an zu stöhnen.

«Doch es ist dir gelungen, und es fühlt sich so gut an», brachte er mühsam hervor, als sie anfing, die Hüften zu bewegen.

Sie starrte in sein schönes Gesicht, auf dessen Zügen seine Lust deutlich zu erkennen war. Ihre Beine zitterten schon wegen der reinen Freude, ihn wieder lieben zu können. Alles war nun so viel einfacher, da seine blauen Augen nicht mehr länger von den Geheimnissen überschattet waren, die er vor ihr gehütet hatte. Sanft hielt er sie an den Hüften, als sie ihren Körper anhob und sich dann wieder auf ihn sinken ließ und das bloße Vergnügen genoss, bis zum Anschlag von ihm gepfählt zu werden.

«Julia, schneller», flehte er und bäumte sich unter ihr auf, während er versuchte, seinen Schwanz noch tiefer in sie eindringen zu lassen.

Er griff nach ihren Brüsten, knetete sie sanft und zog an den Nippeln, als sie ihn ganz bewusst und langsam fickte, um das Vergnügen so lange wie möglich hinauszuzögern.

Doch darauf wollte sich Taranis nicht einlassen. Er packte sie an der Taille und rollte sie mit einer einzigen, geschmeidigen Bewegung auf den Rücken. Jetzt lag er oben und stieß mit festen, entschlossenen Stößen in sie hinein und rieb seine Hüften an ihrem weichen, willigen Körper. Seine Lippen schlossen sich um eine der vollen Titten, und schon schossen Lustschauder durch ihren ganzen Körper und bis in die Tiefen ihrer Pussy, als er seinen Rhythmus beschleunigte. Immer fester stieß er in sie hinein und sog an ihren aufgerichteten Brustwarzen, bis sie ihre Arme um ihn schlang und ihre Finger in das muskulöse Fleisch seines Rückens grub, der noch immer von blassen Wundmalen durch das Auspeitschen übersät war. Sie spürte die erstaunliche Kraft seines Körpers in sich, bis sie glaubte, vor süßer, vollkommener Lust zu vergehen.

Julia wurde so plötzlich und unvermittelt von einem heftigen Orgasmus geschüttelt, dass sie kaum spürte, wie auch der Schwanz tief in ihr seine Ladung entließ. Worte waren überflüssig geworden und wenigstens für eine kurze Weile auch die Sorgen um die Zukunft. Und dann, bevor sie wieder gehen musste, liebte Taranis sie noch einmal.

Sirona war noch nie zuvor in einem Amphitheater gewesen, geschweige denn, dass sie Spielen zugesehen hätte, bei denen Männer gezwungen waren, sich gegenseitig bis zum Tod zu bekämpfen. Es erschien ihr eine unglaublich barbarische Sitte zu sein, dass Männer im Namen der Unterhaltung sterben mussten, selbst wenn *sie* in den Augen der Römer die Barbarin war. Sirona hatte an diesem Tag nicht herkommen wollen, doch Lucius hatte darauf bestanden. Also hatte sie sich voller Bedenken zurechtgemacht, da sie nicht die geringste Lust hatte, dazusitzen und zuzusehen, wie Menschen gezwungen wurden, sich gegenseitig den Garaus zu machen. Kurz bevor sie aufbrechen mussten, hatte Lucius sie beiläufig, als wäre das Thema uninteressant, darüber informiert, dass Taranis an diesem Tag kämpfen würde.

Wie sollte sie es bloß ertragen, Taranis in der Arena kämpfen und vielleicht sogar sterben zu sehen?, fragte sie sich nervös, als sie das imposante Bauwerk zum ersten Mal mit eigenen Augen sah. Viele Leute schlenderten umher, darunter Programm- und Erfrischungsverkäufer. Sie hörte, wie sich die Leute aufgeregt über die Hauptattraktionen unterhielten und darüber, auf welche Gladiatoren sie wohl setzen sollten. Die meisten Besucher begaben sich unverzüglich zu den äußeren Treppen, die zu den oberen Rängen führten, wo das gemeine Volk saß.

Lucius ergriff ihren Arm und führte sie durch einen breiten Tunnel, der unter dem Theater hindurchführte. Es war noch immer sehr heiß, und es herrschte eine seltsame Atmosphäre an jenem Tag. Sirona hatte das ungute Gefühl, dass etwas Bedeutsames geschehen würde, und sie war sich sicher, dass diese Vorahnung nicht nur auf ihrer Angst um Taranis beruhte. In ihrer Heimat hatte sie oft gespürt, wenn ein Sturm oder ein Unwetter aufzog, und es schien, als wüsste sie, was Mutter Erde im Schilde führte. Doch am Horizont war nicht das geringste Zeichen für einen Sturm zu erkennen, und sie wusste, dass man zu dieser Jahreszeit selten mit Regen rechnen konnte, auch wenn die ausgetrocknete Landschaft dringend Wasser benötigte. Lucius hatte ihr erzählt, dass bereits einige öffentliche Brunnen in der Gegend ausgetrocknet waren. Möglicherweise war sogar die Aqua Augusta blockiert oder beschädigt. Das Aquädukt versorgte viele Städte und Dörfer der Gegend mit Wasser. Doch in Pompeji funktionierten die Brunnen so gut wie immer. Trotzdem hatte Admiral Plinius beschlossen, einen Wasserbaumeister aus Misenum mit der Untersuchung des Problems zu beauftragen.

Sirona und Lucius bogen nach links in einen Gang ab, der das Innere des Bauwerks zu umrunden schien. Nun waren nur noch wenige, exquisit gekleidete Bürger zu sehen, die zu ihren Plätzen gingen.

«Hier oben sind unsere Plätze», erklärte Lucius und führte sie eine Steintreppe hinauf. Sie hatten den unteren Rang erreicht. Ihre Sitze befanden sich in einer kleinen privaten Loge. Sie saßen somit ganz in der Nähe der wichtigsten Bürger der Stadt. Aulus Vettius war bereits dort und saß mit den vier Magistraten, die die Stadt regierten, zusammen. Sirona hasste jeden von ihnen, jeden einzelnen römischen Bürger. Bis auf Lucius, dachte sie, denn er hatte sich trotz allem ihr gegenüber meistens außergewöhnlich freundlich verhalten. Er führte sie in die Abgeschiedenheit ihrer kleinen Loge, die von einem Baldachin überdacht war, der sie vor der Sonne schützte.

Sirona setze sich auf einen geschnitzten, mit Kissen gepolsterten Sessel, und Lucius nahm neben ihr Platz. Die Arena war riesig, und das gleißende Sonnenlicht wurde von dem hellen Sand reflektiert. Eine außergewöhnliche Mischung wilder Tiere, darunter eine riesige, gefleckte Kreatur mit einem unglaublich langen Hals und ein Elefant, ein Tier, das sie bislang nur auf Bildern gesehen hatte, wurden von den Dompteuren zur Unterhaltung des Publikums herumgeführt. Sirona wusste, dass irgendwo unter ihr Taranis tief im Inneren des Gebäudes eingesperrt war und darauf wartete, zum Kampf anzutreten.

Sirona hatte keine Ahnung gehabt, was aus ihm geworden war, nachdem man sie so brutal auf Julias Feier auseinandergerissen hatte. Auch Lucius hatte ihr nichts erzählt, und sie war ans Haus gebunden. Sie hatte sich innerlich zu der Ansicht durchgerungen, dass er nur aus Rücksicht auf ihre Gefühle den Haussklaven verboten hatte, die in der Stadt kursierenden Gerüchte zu wiederholen. Erst als Julia am vergangenen Nachmittag auf einen kurzen Besuch im Haus ihres Bruders vorbeigekommen war, hatte Sirona gehört, was für schreckliche Dinge Taranis widerfahren waren.

Sie warf einen Blick zu Lucius hinüber, der sich nicht im Geringsten zu amüsieren schien. Seine Miene war angespannt, und er trommelte gereizt mit den Fingern auf die Armlehne seines Sessels. Ihre Beziehung hatte unter dem Vorfall mit Taranis gelitten, insbesondere da Lucius nun wusste, dass sie und Taranis in ihrer Heimat verlobt waren. Alle Probleme resultierten aus der Tatsache, dass Lucius äußerst eifersüchtig war, obwohl Sirona um ihrer zerbrechlichen Beziehung willen dazu übergangen war, ihre Liebe zu Taranis zu verleugnen. Doch es war ihr noch nie leichtgefallen, ihre wahren Gefühle zu verbergen, und Lucius hatte ihren Lügen keinen Glauben geschenkt. In vielerlei Hinsicht hegte sie noch Gefühle für Lucius, doch seine Eifersucht hatte eine Barriere zwischen ihnen errichtet, die auch Taranis' eventueller frühzeitiger Tod nicht würde zerstören können.

Plötzlich erscholl eine Fanfare, und Sirona zwang sich, in die Arena hinabzublicken. Die ersten beiden Gladiatoren erschienen. Einer davon, der Murmillo, war ein schwerbewaffneter Mann, der gegen den Retiarius antrat, einen mit Netz und Dreizack bewaffneten Gladiator.

Lucius warf einen Blick auf das Programm aus Papyrus, das er erstanden hatte. «Zehn Gladiatorenpaare werden gegeneinander antreten», informierte er sie. «Anschließend wird der Kampf um Troja nachgespielt.» Er sagte nicht, in welchem Teil Taranis kämpfen würde, und sie hielt es für klüger, ihn nicht danach zu fragen, da sie es schon früh genug herausfinden würde, nämlich wenn ihr Geliebter die Arena betrat.

Die Zeit verging langsam für Sirona, als sie starr geradeaus blickte. Doch ihre Augen nahmen die Männer nicht wahr, die vor ihr im Sand kämpften und starben, denn sie erlebte vor ihrem geistigen Auge alle kostbaren Momente, die sie je mit Taranis erlebt hatte. Es hieß, dass die allerletzte Sache, die ein Sterbender sah, sein vergangenes Leben war, das vor seinem inneren Auge ablief. Aber selbst wenn das stimmte, dann sah sie es trotzdem in diesem Augenblick.

«Sirona», sagte Lucius sanft. «Ist dir nicht gut?»

«Nein, ich beobachte lediglich die Kämpfer.» Ihre grünen Augen waren bar jeglichen Gefühls, als sie ihn anblickte. «Ist es nicht das, was du von mir verlangt hast? Dass ich mir ansehe, wie sich diese armen Geschöpfe zur Unterhaltung der Leute gegenseitig abschlachten?»

«Hier geht es um viel mehr als Unterhaltung», erwiderte er knapp. «Die Macht des Römischen Reiches wird ebenfalls heute unter Beweis gestellt.»

«Vielleicht ist es das, was mich an dem Ganzen so quält», entgegnete sie bissig. «Denn hier wird nur Grausamkeit bewiesen. Diese Männer sind Sklaven, die sich nicht um die Macht des Imperiums scheren, denn ihnen bleibt nichts anderes übrig als dieser Kampf.»

«Die meisten von ihnen sind Kriegsgefangene, Sklaven oder Verbrecher.» Es schien ihm nicht zu gefallen, dass sie es wagte, die Moral des Spektakels in Frage zu stellen. «Wären sie in Britannien Gefangene deines Volkes, dann wären sie wahrscheinlich schon tot. Hier gibt man ihnen wenigstens die Chance zu überleben.»

«Wir schlachten also unsere Gefangenen ab, während ihr sie großmütig zwingt, in der Arena zu kämpfen?» Sie schüttelte den Kopf, und Tränen sammelten sich in ihren Augen.

«Sie interessieren dich doch überhaupt nicht bis auf *ihn*! Du hast Angst, dass er stirbt.»

«Taranis wird nicht sterben», erwiderte sie trotzig. «Er ist sogar ein größerer Krieger als du, Lucius. Ich habe einfach keine Lust, ihn kämpfen zu sehen.»

«Du bleibst und du siehst zu!», befahl Lucius entschlossen.

Sirona zwang sich, wieder in die Arena hinabzublicken. Der Kampf um Troja würde gleich beginnen. Der Legende nach hatten damals fünfzigtausend Griechen die Stadt belagert, aber bei diesem Kampf standen nur jeweils dreißig bis vierzig Männer auf jeder Seite. Die Griechen trugen Kostüme, die an römische Uniformen erinnerten, während die Trojaner besser gekleidet waren und geflügelte Helme aufhatten.

Wo war Taranis?, fragte sie sich besorgt. Lucius hätte ihr bestimmt schon mitgeteilt, wenn er einer der behelmten Männer wäre, die sich in der Arena befanden, und Sirona wusste, dass sie ihn immer erkannt hätte, auch wenn sein Gesicht nicht zu sehen war. Ihre Finger krallten sich um die schmalen Armlehnen ihres Sessels, als sie beobachtete, wie der einst so fatale Kampf begann.

Die Römer liebten diese Form der Unterhaltung, denn sie erinnerte einerseits an das Theater und war andererseits sehr real mit den schreienden Männern, die grausam aufeinander einstachen. Alle kämpften tapfer, und schon bald lagen überall tote und verwundete Männer im Sand, während der Kampf eine Art Stillstand erreichte und sich beide Parteien zurückzogen. Dann wurde das Geschehen durch einen weiteren Fanfarenstoß unterbrochen, und zwei Männer auf weißen Rössern galoppierten in die Arena. Dabei musste es sich um die beiden Anführer der rivalisierenden Parteien handeln, nämlich König Agamemnon von Griechenland und König Priamos von Troja.

Sirona konnte kaum verstehen, was gesagt wurde, da die Akustik nicht so gut war wie in einem Theater. Sie blickte Lucius fragend an.

«Man hat beschlossen, dass der Kampf durch den besten Kämpfer jeder Seite entschieden wird. Achilles für die Griechen und Prinz Hektor für die Trojaner.» Mit einem kühlen Lächeln fügte er hinzu: «Dein ehemaliger Geliebter spielt die Rolle des Achilles.»

«Hat Achilles nicht damals gewonnen?», fragte Sirona nervös.

«Darauf würde ich dieses Mal nicht zählen, meine Süße. Nichts hier ist in Stein gemeißelt, diese Männer kämpfen bis zum Tod. Taranis tritt gegen Demetrius an, ein berühmter Kämpfer und der berühmteste Gladiator von Pompeji.»

Taranis wird gewinnen, sagte sie sich und ignorierte die eiskalte Angst, die ihr Herz umschloss. Sie erinnerte sich, wie tapfer er sich in dem letzten Kampf mit Agricolas Legionen geschlagen hatte. Damals war sie zu der Überzeugung gelangt, dass ihr geliebter Krieger niemals sterben würde. Damals war sie jedoch auch sicher gewesen, dass sie nicht verlieren würden, und nun waren sie beide Gefangene der Römer.

Sie warf Lucius einen Seitenblick zu. Sein gutaussehendes Gesicht glich einer steinernen Maske. Ängstlich presste sie die Hände in den Schoß und wollte sich keinesfalls ihre Sorge um Taranis anmerken lassen.

Sirona hörte jubelnde Schreie und sah ihren früheren Liebhaber, der in einer Gladiatorenrüstung, allerdings ohne den Helm, auf dem sonnenüberfluteten Sandboden in die Arena schritt. Er sah großartig aus mit seiner gebräunten, glänzenden Haut und dem blonden Haar, das ihm offen über die Schultern fiel. Taranis trug einen goldenen Brustpanzer, dicke goldene Armreife an den muskulösen Oberarmen und einen kurzen griechischen Lederrock. Dies bedeckte seine ebenfalls muskulösen Beine kaum, wenn man von den goldenen Beinschienen absah, die bis knapp unter die Knie reichten. Er war der Inbegriff der Vollkommenheit, ein wiedergeborener Achilles.

Sirona hielt den Atem an, als Taranis' Gegenspieler, ebenfalls ohne Helm, von der gegenüberliegenden Seite her die Arena betrat. Der muskelbepackte, dunkelhaarige Mann war fast einen Kopf kleiner als Taranis und stolzierte in Richtung Mitte. Sie hörte die gellenden Rufe der Menge, von denen einige Taranis, die meisten jedoch Demetrius galten. Beide Männer erhoben ihre Schwerter und begrüßten das Publikum, aber Taranis fiel nicht in den Schwur der Gladiatoren ein, den Demetrius aufsagte: Wir, die Todgeweihten, grüßen dich.

Dann begann der Zweikampf der beiden Männer, und in der Arena hallten die klirrenden Geräusche der Schwerter und Schilde wider, die laut gegeneinanderschlugen, als sich die Männer aufeinanderstürzten. Sirona war vor Schreck wie gelähmt und betete, dass Taranis gewinnen möge, aber sie war selbst Kriegerin genug, um zu wissen, dass die beiden Kämpfer gleich starke Gegner waren. Nur der flinkere und gerissenere würde überleben.

Sie beobachtete, wie die beiden Männer in dem blutgetränkten Sand ihren Kampf ausfochten, und konnte kaum glauben, dass das Geschehen vor ihren Augen real war. Taranis stieß zu, parierte, wich geschickt aus und begegnete den brutalen Schlägen seines Gegners, indem auch er vorstürzte und immer wieder angriff. Trotzdem war Demetrius' letzter Vorstoß seiner Seite gefährlich nahe gekommen. Sie kämpften mit einem Kurzschwert, dem gladius, gegeneinander, das eine zweischneidige Klinge hatte und mehr für das Hauen und Stechen gedacht war als für komplizierte Schwertkämpfe. Das polierte Eisen der Klinge war zwar kräftig, wurde im Kampf jedoch schnell stumpf. Sirona sah, wie die beiden Krieger vor ihr ihre Waffen durch die Luft sausen ließen, und es schien ihr, als sei sie in einem schrecklichen Albtraum gefangen.

Wieder und wieder attackierten die Männer einander, zogen sich zurück, schnellten vor und waren immer wieder gezwungen, dem Gegner auszuweichen. Sie kämpften lange und hart, bis beide schließlich viele Stichwunden hatten einstecken müssen, die jedoch nur geringfügig waren. Die eisernen Klingen durchschnitten die Luft, als sie sich drehten, wendeten und ihre Schwerter aneinanderschlugen. Sirona sah, wie Taranis zurücksprang, als ihm Demetrius' Kurzschwert in den Arm fuhr. Der Schnitt war recht tief, allerdings hatte der goldene Armreif einen Teil des Hiebs abgefangen, sodass das Fleisch nicht bis auf die Knochen durchtrennt war.

Blut tropfte ihm über die rechte Hand, woraufhin Taranis zurückwich und sich seine glitschige Handinnenfläche an dem Lederrock abwischte. Ihm blieben nur wenige Sekunden, bevor Demetrius erneut angriff. Taranis tat einen Schritt zu Seite und drehte das Schwert in seiner Hand, sodass die Klinge nicht länger auf Demetrius zeigte, und schlug diesem mit dem schweren Griff seitlich auf den Kopf. Demetrius taumelte halb benommen zurück, während Taranis ihn langsam umkreiste.

Sironas Herz schlug so schnell, dass sie kaum atmen konnte. Sie war vollkommen gefangen von dem fieberhaften Kampf der beiden Männer. Sie saß so dicht neben Lucius, dass sie seinen keuchenden Atem hörte und die Röte in seinen Wangen sah, als die Kampfeslust auch durch seine Adern zu strömten begann. Plötzlich legte sich seine Hand auf ihr Knie, und Sirona merkte entrüstet, dass er ihr den Rock hochschob.

Sie versuchte, seine Hand zu ignorieren und sich auf das Geschehen in der Arena zu konzentrieren. Taranis war es soeben gelungen, Demetrius am Bein zu verwunden, der nun leicht hinkte, doch die Wunde in Taranis' Arm blutete stärker. Die beiden Männer zogen sich einstweilen keuchend und schwer atmend voneinander zurück, während die Menge im Blutrausch nach einer Fortsetzung des Kampfes verlangte.

Taranis erhob salutierend sein Schwert und warf zur völligen Überraschung der Menge seinen Schild beiseite. Dann stand er da und sah völlig erschöpft aus, fast als würde er sich demnächst geschlagen geben müssen. Mit einem tiefen Knurren stürzte Demetrius auf ihn zu, während Sirona spürte, wie Lucius' Finger unter ihr Gewand schlüpften und an ihrem Schenkel emporkrochen. Taranis wechselte sein Schwert nun auf die Seite des unverletzten Arms, parierte Demetrius' Hiebe und wich ihnen aus. Er griff nicht an, sondern war ganz in der Defensive.

«Er lässt nach», murmelte Lucius.

Durch das Klirren der aneinanderschlagenden Schwerter wurden Sironas ohnehin schon schwache Nerven zum Zerreißen gespannt, doch gleichzeitig durchströmte sie auch eine wilde, freudige Erregung. Sie konnte nun besser verstehen, was es mit der Kampflust auf sich hatte und weshalb sich Krieger oft bis an den Rand des Wahnsinns und darüber hinaus bekämpften, während Lucius' Finger die Innenseite ihres Oberschenkels streichelten und sich dann einen Weg zwischen ihre Schamlippen bahnten. Sie war bereits tropfnass und stöhnte leise auf, als er mit den Fingern in sie eindrang. Wie konnte sie nur so erregt sein, wenn doch Taranis um sein Leben kämpfte und seine Kräfte erschreckend schnell zu schwinden schienen?

Ein Raunen ging durch die Menge, als Demetrius' Angriffe heftiger und unkontrollierter wurden. Der Lärm übertönte Sironas lauten Lustschrei, als sich Lucius in seinem Sitz bewegte und nun seine Finger noch tiefer in sie schob, während er seinen Daumen gegen ihren pochenden Kitzler presste.

Völlig vereinnahmt von der ungezügelten, sinnlichen Lust, sah Sirona, dass Taranis sich umwandte und an den Rand der Arena sprintete, bis er fast unter der Loge des Magistrats stand. Sie umklammerte die Lehnen ihres Sessels und verging fast vor Ekstase, als Lucius ihre Pussy immer heftiger mit den Fingern fickte, während Taranis in der Arena kurz davorstand, seinen Kampf ums Überleben zu verlieren.

Demetrius ließ sich nun Zeit und ging langsam auf den fast geschlagenen Gegner zu. Plötzlich machte Taranis einen Satz nach links, nahm das Schwert flink in die rechte Hand und raste im wahrsten Sinn des Wortes auf seinen Gegner zu. Sironas Körper wurde von einem intensiven Orgasmus geschüttelt, als Taranis hoch in die Luft sprang und mit einem gezielten Stoß von oben sein Schwert zwischen Kopf und Halsansatz seines Gegners stieß.

Sirona saß zitternd von den Nachwirkungen ihres Orgasmus da, als Taranis geschmeidig auf den Füßen landete und sich gerade noch rechtzeitig umwandte, um zu sehen, wie Demetrius mit dem Gesicht nach vorn in den Sand fiel.

«Also lebt er, um an einem anderen Tag wieder zu kämpfen.» Lucius zog Sirona brutal auf die Beine, während die Zuschauermenge begeistert Taranis zujubelte. Lucius schob sie mit dem Gesicht an die raue Steinmauer und schob ihr das Gewand über die Hüften. Dann zog er rasch seine Toga beiseite, drückte seinen Bauch gegen ihre Pobacken und schob seinen Schwanz tief in ihre Vagina.

Taranis lebt – diese Worte wiederholten sich wie eine Beschwörungsformel in ihrem Kopf, als Lucius sie wie ein Besessener fickte.

10

Julia erwachte kurz nach der Morgendämmerung. Sie lag einfach nur da und beobachtete Taranis, der noch schlief. Sie fühlte sich so glücklich wie noch nie zuvor in ihrem Leben. Sie hatte nicht gewusst, was es hieß, in den Armen eines Liebhabers einzuschlafen und neben ihm aufzuwachen.

Cnaius hatte sie zu den Unterkünften gebracht, nachdem die Spiele beendet waren. Da hatte der Arzt bereits die tiefe Wunde in Taranis' Arm genäht, und abgesehen von ein paar leichten Kratzern und Schrammen war er wohlauf und munter. Cnaius hatte ihn beglückwünscht und sich dann aufgemacht, um den Erfolg der Spiele mit ein paar Freunden mit einem Gelage zu feiern. Zuvor hatte er dem Trainer Bescheid gegeben, dass Julia Taranis so oft sehen durfte, wie sie wollte, woraufhin sich diese entschlossen hatte, die Nacht mit ihrem Gladiatorenliebhaber zu verbringen.

Taranis' Erschöpfung in der Arena war nur eine List gewesen, um Demetrius dazu zu bringen, stärker in die Offensive zu gehen. In Wirklichkeit schien er über einen schier unermesslichen Vorrat an Energie zu verfügen, und sie hatten sich mehrere Male in der Nacht geliebt. Taranis hatte nicht nur einen prächtigen Schwanz, er wusste auch genau, wie er ihn einzusetzen hatte. Er war ein beeindruckender, phantasievoller Bettgefährte. Irgendwann war sie erschöpft eingeschlafen, ihren Körper hielt sie dabei dicht an den

269

seinen gepresst. Sie fühlte sich wunderbar triebhaft und in vielerlei Hinsicht wie eine vollkommen andere Frau.

Die Minuten verstrichen, während Taranis noch immer schlief und Julia sich fragte, was die Zukunft wohl für sie bereithalten mochte. Cnaius erkannte einen großen Kämpfer, wenn er ihm gegenüberstand, und nun beabsichtigte er, Taranis nach Rom zu bringen, damit er im Kolosseum kämpfte. Dort würde er, wenn die Götter ihm gnädig waren, ein berühmter Gladiator werden und sowohl Reichtum als auch seine Freiheit wiedererlangen. Wenn man Taranis tatsächlich nach Rom schickte, dann würde sie mitgehen, das hatte sie schon längst beschlossen.

Julia war so gefangen in ihren Tagträumen, dass sie nicht bemerkte, wie Taranis erwachte. Nun stützte er sich auf einen Ellenbogen und blickte nachdenklich auf sie herab. Julia lächelte. Ihre Beziehung war noch so neu, dass sie sich um ihr Haar sorgte, das eventuell zu zerzaust sein könnte, und um ihre Augen, die noch vom Schlaf geschwollen waren.

«So früh schon wach?», sagte Taranis leise und küsste sie sanft auf die Lippen.

«Ja. Ich denke, ich sollte jetzt besser gehen.»

«Keine Eile. Der Medicus hat mir aufgetragen, ich solle mich ausruhen und mit dem Training eine Woche pausieren.»

«Und letzte Nacht war ausruhen für dich?», fragte sie mit einem kecken Lächeln, während alle Befürchtungen über ihr Aussehen schwanden. Alles, woran sie denken konnte, wenn er ihr so nah war, war Sex. Ihre Möse wurde allein bei dem Gedanken feucht, dass er sie wieder ficken würde.

«Nun, vielleicht ist ausruhen nicht der richtige Ausdruck.» Er spielte mit ihren langen braunen Locken, die über das Kopfkissen fielen. «Aber ich könnte mir keine bessere Beschäftigung denken, insbesondere, wenn du in meiner Nähe bist.»

Plötzlich erzitterte das Bett unter ihnen, und auch der Boden der kleinen, weiß gekalkten Zelle erbebte. Julia klammerte sich nervös an Taranis, bis das Zittern aufhörte, was nur wenige Sekunden später geschah. Während der letzten Wochen hatte es zahlreiche kleinere Erdbeben in Pompeji gegeben. Das war nichts Ungewöhnliches, denn diese Erschütterungen waren in der Vergangenheit zu dieser Jahreszeit immer wieder vorgekommen. Trotzdem wurde Julia bei jedem Mal mit Schaudern an das letzte zerstörerische Erdbeben vor einigen Jahren erinnert.

«Es ist alles gut», beruhigte Taranis sie. «Es wird keine schlimmen Beben mehr geben. Cnaius hat mir erzählt, dass er vor Beginn der Spiele eine Seherin besucht hat. Sie hat ihm versichert, dass Pompeji auch in mehreren hundert Jahren noch stehen wird.»

«Glaubst du das auch?», fragte sie und seufzte genüsslich auf, als er ihre Brüste streichelte und sanft ihre Nippel neckte. Julia spürte, wie ihr das vertraute Lustgefühl in die Lenden schoss und ihre Möse noch feuchter wurde.

«Nein.» Er lächelte schwach. «Ich setze meinen Glauben nicht auf Seher oder gar die Götter. Nur auf die Kraft meines schwerttragenden Arms und meinen Überlebenswillen. Jedoch» – seine Hand glitt über ihren Bauch, dann spielten seine Finger mit den dunklen Löckchen ihrer Scham – «meine Kraft auf anderem Gebiet ist mir ebenso wichtig. Dir vielleicht auch?»

«Sehr, sehr wichtig», murmelte sie und streckte die Hand nach seinem Schwanz aus.

Sirona fühlte sich ähnlich unruhig wie am Nachmittag vor Beginn der Spiele. Doch sie wusste, dass es nüchtern betrachtet nichts zu befürchten gab. Taranis lebte, es ging ihm gut, und er war wenigstens einstweilen in Sicherheit. Vielleicht lag es einfach nur an diesem seltsamen Erdgrollen, dachte sie, als sie durch den Garten spazierte. Doch die Sklaven hatten ihr erzählt, dass dies nichts Ungewöhnliches sei. Viele glaubten, dass sich die Erde neu setzte, da sie durch die Sommerhitze ausgetrocknet war.

Lucius war an jenem Morgen nach Herculaneum aufgebrochen. Er hätte es gern gesehen, wenn sie ihn begleitet hätte, da die Frau von Pedius Cascus den Wunsch geäußert hatte, Sirona kennenzulernen. Ihr Haus, die Villa Calpurnia, bot einen Ausblick auf die See, und Lucius war sicher, dass es Sirona dort sehr gut gefallen würde. Aber sie hatte seinen Vorschlag mit der Begründung abgelehnt, dass sie sich nicht wohl fühle. Das war natürlich gelogen, aber sie hatte Lucius noch nicht vergeben, dass er sie gezwungen hatte, Taranis beim Kämpfen zuzusehen, und sie hielt es für besser, wenn sie sich eine Weile von ihm fernhielt. Der Sex mit ihm war immer noch sehr leidenschaftlich, doch die Spannung zwischen ihnen bestand weiterhin.

Einer der Haussklaven war kürzlich vom Einkaufen in der Stadt zurückgekehrt. Wie es schien, waren vor ein paar Stunden die öffentlichen Brunnen ausgetrocknet, und auch die Wasserversorgung des Anwesens war deutlich weniger geworden. Der Magistrat hatte in öffentlichen Anschlägen kundgetan, dass die nötigen Reparaturen vor der Abenddämmerung beendet sein würden, doch in der Stadt herrschte noch immer eine gewisse Nervosität. Einige Bauern, die die fruchtbaren Abhänge des Berges bewirtschafteten, waren in die Stadt gekommen und hatten sich beschwert, dass es beim ersten Licht des Tages zu einer Explosion gekommen war und viele der höher gelegenen Felder von einer seltsamen hellen Ascheschicht bedeckt waren.

Sirona vermutete, dass es schon lange nach Mittag sein musste, aber die Hitze der Sonne schien immer glühender zu werden. Sie stand im Schatten einer großen Platane, als plötzlich eine warme Brise die trockenen Blätter der Pflanzen zum Rascheln brachte und einen seltsam beißenden Geruch mit sich brachte.

Sie hielt inne und schirmte mit der Hand ihre Augen ab, als sie zum Berg hinüberblickte. Plötzlich begann der Boden unter ihren Füßen deutlich heftiger zu beben, als er es bisher im Laufe des Tages getan hatte. Ein Schwall siedend heißer Luft strömte über sie hinweg, und mit ihm verstärkte sich der seltsam beißende Geruch. Dann hörte sie ein heftiges Krachen. Der Knall war so unglaublich laut, dass sie sich zusammenkauerte und die Hände über die Ohren legte. In ihren Ohren summte es noch, als sie sich wieder aufrichtete und eine seltsame dunkle Säule entdeckte, die aus der Spitze des Vesuvs gerade in den Himmel aufstieg. Es war, als würde einer der Götter nach unten greifen und das Innere des Berges zu sich emporholen.

Sie fühlte noch immer die gleißende Hitzewelle, die ihre Haut gestreift hatte, und schmeckte das beißend riechende Gas in ihrem Hals. Sirona rannte ins Haus. «Wasser», keuchte sie, als Amyria auf sie zueilte.

«Was ist los, Herrin?»

Einer der Sklaven reichte Sirona von irgendwoher einen Becher. Sie griff danach und stürzte es gierig hinunter. «Ich weiß es nicht.» Ihre Angst war um ein Tausendfaches gestiegen. «Der Berg – sieh nur.» Sie packte Amyrias Hand und zog sie zu dem überdachten Säulengang, der einen der kleineren Gärten umgab.

Die beiden Frauen starrten auf den Berg. Die riesige Rauchsäule entfaltete sich allmählich wie eine Blüte und weitete sich anschließend zu einem gigantischen, aschefarbenen Schirm über dem Gipfel. Dieser Schirm breitete sich in alle Richtungen aus, zur See, zur Villa und bis nach Pompeji.

Der Himmel verdunkelte sich immer mehr, und schon fielen einige der Sklaven in den Räumen hinter ihr auf die Knie und flehten die Götter an, sie zu verschonen. Die gefährliche Wolke rollte immer näher auf das Anwesen zu, begleitet von einem heftigen Grollen, das Donnerschlägen glich. Sirona wusste nicht, was um sie herum geschah und ob etwas Derartiges schon einmal in Pompeji geschehen war. Beklommen beobachtete sie, wie die Wolke alles um sich herum verdunkelte. Sollte sie den Sklaven befehlen zu fliehen, oder sollten sie besser bleiben? Sie wusste nicht, was sie tun konnte – wenn doch nur Lucius da wäre.

Plötzlich hörte man das laute Poltern von Hagelkörnern, die vom Himmel fielen, und Sirona und Amyria rannten rasch in die scheinbare Sicherheit des Hauses zurück. Es musste sich um Hagelkörner von enormer Größe handeln, die einen solchen Lärm verursachten. Dann prallte eines der kleineren Stücke am Säulengang ab und rollte durch die geöffnete Tür ins Haus. Einer der Sklaven hob es neugierig auf und wartete, bis es sich ein wenig abgekühlt hatte, bevor er es Sirona reichte.

«Ich habe so etwas noch nie zuvor gesehen», erklärte sie dem Sklaven. In Britannien glich Hagel kleineren Eissplittern, aber das hier sah wie ein Stein aus. Aber es war kein Stein, denn dafür war es zu leicht. Es sah eher wie ein gräuliches, hartes Stück Schwamm aus. Die Steine, oder was auch immer es sonst war, fielen nach wie vor massenweise auf die Villa herab, während der Himmel zunehmend dunkler wurde, bis er schließlich fast so schwarz wie die Nacht war. Sirona glaubte nicht, dass es klug war, jetzt das Haus zu verlassen. Aber in Wirklichkeit hatte sie keine Ahnung, was vorging, und konnte daher kaum eine Entscheidung treffen. «Sag der Dienerschaft, dass sie die Lampen anzünden soll, Amyria. Und tragt alles an Speisen und Wasser zusammen, was ihr finden könnt. Wir werden vorerst hierbleiben.» Sirona verbarg ihre Angst und lächelte dem Sklavenmädchen aufmunternd zu. «Sobald der Steinregen abnimmt oder gar aufhört, werden wir nach Pompeji gehen und Unterschlupf bei Lucius' Schwester Julia suchen.»

Taranis sah, dass Julia sich sehr fürchtete, und er konnte sie verstehen, denn auch ihm war allmählich beklommen zumute. Das hier war kein Erdbeben, aber etwas Ähnliches, Seltsames geschah, und dieses Phänomen vermochte er nicht zu deuten. Er stellte sich an die vergitterte Fensteröffnung seiner Zelle und starte auf den unaufhörlich in den quadratischen Hof fallenden Regen gräulich weißer Steine. Es musste wohl später Nachmittag sein, aber der Himmel hatte sich mittlerweile so stark verdunkelt, dass es draußen stockdunkel war. Würde das Phänomen bald aufhören, und würde dann etwas noch Schrecklicheres kommen?

Julia fühlte sich sicher, wenn sie bei ihm blieb, und es wäre nicht sehr klug, sie jetzt nach Hause gehen zu lassen, da bestimmt Panik in den Straßen ausgebrochen war. Was Taranis am meisten frustrierte, war die Tatsache, dass die Aufseher sich geweigert hatten, ihn und die anderen Männer aus den Zellen zu lassen. Wenn sie nur einen Funken Verstand besäßen, dann würden sie alle entlassen und schleunigst selbst die Beine in die Hand nehmen, am besten in Richtung Küste. Vielleicht war es nur eine Reflexhandlung, doch genau das würde er tun, wenn er die Chance hätte: nämlich so schnell wie der Wind von hier verschwinden.

Er grübelte immer noch darüber nach, wie er die Aufseher überreden oder zwingen könnte, ihn aus der Zelle zu lassen, als die Tür aufsprang und eine geisterhafte weiße Erscheinung hereinkam. Die Tür knallte wieder zu, dann schob der Mann, der von Kopf bis Fuß mit Asche bedeckt war, die Kapuze seines Umhangs zurück.

«Borax», keuchte Julia.

«Meine Herrin.» Borax hustete pfeifend. «Draußen herrschen schlimme Zustände. Ich weiß, dass du es für klüger hälst, vorerst hier Schutz zu suchen.» Er unterbrach sich und warf Taranis einen Blick zu. «Ich habe keine Ahnung, was passiert, aber mein Gefühl sagt mir, dass es ein sehr schlechtes Zeichen ist und möglicherweise ein Vorbote für weitaus Schlimmeres. Vielleicht ein weitaus größeres Erdbeben?»

«Erdbeben?», wiederholte Julia nervös.

«Nicht unbedingt ein Erdbeben», berichtigte Borax sich. «Aber ich befürchte, dass etwas Schreckliches passieren wird und dass wir, wie viele andere Bürger auch, die Stadt unbedingt verlassen und uns entlang der Küste bewegen sollten. Ich habe mir erlaubt, die Sklaven fortzuschicken. Ich habe ihnen gesagt, dass sie erst wiederkommen sollen, wenn die Umstände wieder günstiger sind. Etwas sagt mir, dass es besser ist, uns so weit wie möglich von dem Berg zu entfernen, denn alles geht vom Vesuv aus.»

«Geh lieber, Julia.» Taranis trat auf sie zu und zog sie sanft auf die Beine. «Bitte, ich möchte, dass du in Sicherheit bist.»

«Ich werde nicht ohne dich gehen.» Sie klammerte sich an ihn.

«Die Aufseher werden mich nicht ohne weiteres gehen lassen», sagte er. «Sie haben den Befehl, uns eingesperrt in unseren Zellen zu lassen.»

«Welche Aufseher?», fragte Borax mit leiser Stimme, als

er auf Taranis zutrat. «Ich habe maximal drei oder vier gesehen, mehr nicht.» Er zuckte die Schultern. «Ich vermute, dass alle anderen bereits geflohen sind.»

«Drei oder vier gegen knapp zweihundert», erwiderte Taranis leise. «Kein Wunder, dass sie uns eingeschlossen lassen.» Er warf Borax einen durchdringenden Blick zu. «Du weißt, dass wir die anderen nicht eingesperrt zurücklassen dürfen. Wenn deine schlimmsten Befürchtungen wahr werden und es einen weiteren, schrecklichen Erdstoß gibt, dann werden alle umkommen.»

«Es wäre besser, wenn wir bewaffnete Männer an unserer Seite hätten, Herrin.» Borax griff nach Julias Umhang und legte ihn ihr um die Schultern. «Auf den Straßen herrscht Chaos, es sind schon einige Personen verletzt und niedergetrampelt worden.» Er blickte Taranis durchdringend an. «Bist du bereit?»

«Ja.» Taranis brachte sich in Position, als Borax nach vorn trat und laut gegen die Zellentür hämmerte.

«Wir sind bereit zu gehen», brüllte er.

Taranis spannte seine Muskeln an, als er hörte, wie der Riegel beiseitegeschoben wurde. Als sich die Tür öffnete, schoss er nach vorn und stieß kräftig gegen die Schulter des überraschten Aufsehers. Dann schwang er herum und platzierte einen harten Schlag gegen das Kinn des Mannes. Dessen Kopf fiel zurück, dann sackte er auf den Boden.

«Er wird schon bald wieder das Bewusstsein erlangen», warnte Taranis Julia, als sie und Borax auf ihn zutraten. «Doch wenn er wieder zu sich kommt und feststellt, dass niemand mehr da ist, wird er hoffentlich vernünftig genug sein und selbst auch fliehen.»

«Was nun?» Borax erwartete instinktiv, dass Taranis die Führung übernahm.

Bislang hatten die anderen Aufseher noch kein Zeichen

von sich gegeben. Von oben hörte man das gedämpfte Klackern des herabfallenden Bimssteins, und aus den anderen Zellen drang kräftiges Schreien und Fluchen.

«Wir werden jetzt die Männer befreien und ihnen die Wahl lassen, entweder mit uns zu kommen oder anderweitig ihr Glück zu versuchen. Wenn sie erst einmal alle die Zellen verlassen haben, dürften die Aufseher kaum Einspruch erheben, wenn wir gehen.» Taranis griff nach dem Schwert und dem schweren Schlüsselring, der an dem Gürtel des Aufsehers befestigt war. Dann drehte er sich um und blickte Julia an. «Was ist mit Sirona und deinem Bruder?»

«Keine Sorge. Lucius hat mir gesagt, dass er und Sirona heute Morgen nach Herculaneum aufbrechen wollten, um dort Freunde zu besuchen.»

«Eine Sache weniger, um die wir uns sorgen müssen», sagte Taranis erleichtert und reichte Borax die Schlüssel. «Sobald wir alle Männer befreit haben, gehen wir zur Waffenkammer.» Er trat aus dem Schutz des Säulengangs und streckte einen Arm aus. «Ich glaube nicht, dass uns die Steine wirklich verletzen können, aber es wird nicht angenehm sein, voranzukommen. Wir werden Brustpanzer und Helme tragen, um uns zu schützen.»

Sirona war auf eine große Amphore mit süßem Falernerwein gestoßen und hatte angeordnet, diesen unter den Sklaven zu verteilen. Sie waren an Posca gewöhnt, eine Art verdünntem Weinessig, daher war dies eine willkommene Überraschung für sie, und mit dem Alkoholgenuss stieg auch ihr Mut. Die Steine schienen nun schon seit Stunden auf das Dach der Villa herabzuregnen.

Sie hoffte, dass Lucius, sobald er mitbekommen hatte, was in Pompeji vor sich ging, zu ihr zurückkommen würde, aber in der Zwischenzeit musste sie geduldig bleiben und

Ruhe bewahren. Dann hörte sie plötzlich ein lautes Klopfen am Eingangstor. «Lucius!», rief sie erleichtert aus.

Der Türsklave war schon längst mit über der Hälfte der Sklaven geflohen, daher beeilte sich einer der übrig gebliebenen Haussklaven, das Tor zu öffnen. Sirona war überrascht, als sie zahlreiche Personen vor der Tür stehen sah. Es waren mindestens zehn Leute, die sich ins Atrium drängten. Ihre langen Umhänge waren allesamt mit einer dicken Schicht Asche bedeckt. Sie wusste nicht, ob sie lachen oder weinen sollte, als ein Mann seinen Umhang abstreifte und sie Aulus Vettius erkannte. Wenigstens hatte er den größten Teil seines Lebens hier verbracht und würde ihr vielleicht sagen können, was es mit den seltsamen Ereignissen auf sich hatte. Aber sie fürchtete sich immer noch sehr vor ihm, und Lucius war nicht da, um sie zu beschützen.

«Senator.» Sie trat vor, um ihn zu begrüßen. «Was führt dich an diesem schrecklichen Tag hierher?»

«Lucius?», fragte er.

«In Herculaneum.»

«Gut.» Aulus' Lächeln wirkte nicht erleichtert, sondern spiegelte eine seltsame Art von Befriedigung wider. Er hielt einen Moment lang inne, dann sagte er: «Ich freue mich zu hören, dass er in Sicherheit ist.» Dann blickte er streng zu dem Verwalter hinüber, der bei ihr geblieben war. «Ich wünsche, deine Herrin allein zu sprechen.»

Der Verwalter runzelte die Stirn. «Aber meine Herrin Sirona hat gesagt –»

«Meine Wünsche werden nicht in Frage gestellt», unterbrach ihn Aulus zornig. «Wenn mein Stiefsohn nicht anwesend ist, dann bin ich hier der Herr im Haus. Gib den Befehl an alle Sklaven weiter, dass sie sich sofort in ihre Unterkünfte zu begeben haben. Dort sind sie ebenso sicher wie hier.»

Sirona war nicht sonderlich darauf erpicht, mit diesem

Mann allein zu sein. Aber Aulus hatte recht, als Lucius'
Geliebte besaß sie keine wirkliche Befehlsgewalt über die
Sklaven. Sie würde trotzdem nicht ganz allein mit Aulus zurückbleiben, da noch die Leute, die er mitgebracht hatte,
anwesend waren. Sie blickte zu ihnen hinüber, und ihr Mut
sank. Sie hatten ihre Umhänge abgestreift, und ihr wurde
klar, dass sie sie alle schon einmal gesehen hatte – allerdings
waren sie damals nackt gewesen.

Ihre Augen weiteten sich ängstlich, und sie schluckte
schwer. Aulus wusste nicht, dass sie sie bei der Zeremonie
beobachtet hatte, daher gab es für ihn keinen Grund, zu
glauben, die Anwesenheit dieser Leute in der Villa könnte
Sirona beunruhigen. Sie blickte sich nervös um und fragte
sich, ob es ihr wohl gelingen würde, wegzulaufen. Aber wohin sollte sie sich wenden?

«Nicht so hastig, heidnische Hure.» Aulus hatte ihre Absicht erkannt und packte sie. Seine langen Finger gruben
sich tief in ihre Arme. «Ich brauche dich jetzt.»

«Mich brauchen?», fragte sie nervös.

«Die Götter sind zornig, siehst du das nicht?», zischte
Aulus. «Sie müssen besänftigt werden.»

«Besänftigt, aber wie?», fragte sie, und ihr Mund war vor
Angst völlig ausgetrocknet.

«Unser Gott Dionysos verlangt nach einem Opfer.» Sirona sah den irren Ausdruck in den Augen des Senators. «Einem menschlichen Opfer, Sirona. Du und dein keltischer
Liebhaber habt den Fluch über unser Land gebracht. Ihn
kann ich zwar nicht opfern, dafür aber dich. Sobald dein
Blut die Erde tränkt, wird Dionysos besänftigt sein, und
diese verrückte Katastrophe hat ein Ende.»

Mittlerweile waren die Steine überall. Sie bedeckten die
Straße und das umliegende Land, als habe Medusa auf das

gesamte Gebiet herabgeblickt und es zu Stein verwandelt. Taranis vermutete, dass es inzwischen Nacht war, doch er konnte unmöglich sagen, wie viel Zeit genau verstrichen war – dies war auch nicht mehr von Belang. Sie hatten beschlossen, sich nach Stabiae aufzumachen, einem Städtchen an der Küste, wo ein Freund von Julia, Pomponianus, eine kleine Anzahl von Segelschiffen im Hafen liegen hatte. Wenn sie nicht einen der Gladiatoren bei sich gehabt hätten, wären sie wahrscheinlich von der Straße abgekommen. Dieser Mann war in Stabiae geboren und aufgewachsen, daher folgte er der Straße so leichtfüßig, wie sich ein blinder Mann in seinem eigenen Haus bewegt.

Der Steinregen hatte ein wenig nachgelassen, aber die Straße war über und über von Bimssteinen bedeckt, die ihnen bis zur halben Wade hinaufreichten. Es war, als durchschritte man ein Meer aus groben Körnern. Der Weg, der bei schönem Wetter vielleicht etwas mehr als eine Stunde dauerte, schien sich nun endlos hinzuziehen. Die Schicht aus Bimsstein zerbrach leicht unter den Sohlen, und kleine, spitze Steinchen drangen durch Sandalen und Stiefel. Die Männer trugen Helme und Rüstungen und bedeckten ihre Körper mit jedem Stück Kleidung, dessen sie habhaft werden konnten, obwohl es noch immer schrecklich heiß war. Durch den Schweiß blieb die Asche an der Haut kleben, doch sie hatten sich Tücher umgebunden, die Nase und Mund schützten. Taranis hatte darauf bestanden, dass Julia ein Beinkleid für Männer unter ihrem Gewand anzog, das ihre Haut besser schützen würde. Da die Helme allesamt zu groß für sie waren und ihr über die Augen fielen, hielt Taranis einen Schild über sie und schützte sie so vor den herabfallenden Steinen.

Sie trugen viele Fackeln mit sich, da sich fast fünfzig Gladiatoren entschlossen hatten, sie zu begleiten, darunter auch

Taranis' alte Kampfgefährten Leod und Olin. Die restlichen Gladiatoren waren entweder in die Stadt zurückgekehrt, um nach den Frauen zu suchen, mit denen sie verbandelt waren, oder waren in alle erdenklichen Himmelsrichtungen davongestürzt. Ein paar von ihnen hatten sich sogar dazu entschlossen, in der Kaserne zu bleiben.

Hinter ihnen befand sich die totale Finsternis, die nur von ein paar seltsamen Flammen, die immer wieder aufblitzten und von ganz weit oben aus der Nähe des Berggipfels zu kommen schienen, erhellt wurde. Der Trupp kam an ein paar menschlichen und tierischen Leichen vorbei. Die Männer hatten außerdem ein Ochsengespann und einige Pferde von ihren Stricken befreit, die sie an Wagen oder Karren fesselten. Ihre Besitzer waren zu Fuß weitergeflüchtet und hatten nicht daran gedacht, die armen Kreaturen loszubinden. Sie beobachteten, wie sich die Tiere aus den grabähnlichen Schichten aus Stein befreiten und, ihrem natürlichen Überlebensinstinkt folgend, auf das offene Gelände zuhielten.

Die Männer waren außerdem auf eine kleine Gruppe junger Frauen gestoßen, die, in durchsichtige Gewänder gehüllt, mit ihren heftig geschminkten Gesichtern auf sich aufmerksam machten. Höchstwahrscheinlich handelte es sich um Prostituierte, denen die Männer nur zu gern aus ihrer Notlage halfen, wie auch anderen Nachzüglern, die aus Pompeji flüchteten.

Taranis hielt seinen Schild schräg, um den Bimsstein daran abgleiten zu lassen, und betrachtete Julia. Sie war überall mit Asche und Dreck beschmiert, aber sie kämpfte sich mutig voran.

«Soll ich dich tragen?», schlug er vor, da er dies bereits mehrere Male getan hatte.

«Nein», antwortete sie mit einem Kopfschütteln. Ihre

Stimme drang gedämpft unter dem Tuch hervor. «Wir sind schon fast da. Sieh nur.» Sie zeigte nach vorn.

Taranis sah ein paar dichtgedrängte Lichter und meinte, eine schwache, erfrischende Meeresbrise zu riechen. «Endlich.» Dann zog er den Trageriemen des Schildes wieder fest, hob Julia auf seine Arme und schritt voran.

Der Vesuv befand sich fünf Meilen nordöstlich von Pompeji, und sie hatten die Stadt in entgegengesetzter Richtung verlassen. Sie waren ungefähr drei Meilen gelaufen, dachte Taranis, als sie Stabiae erreichten. Doch die dunkle Wolke hing noch immer über ihnen. Hatte das seltsame Phänomen etwa solch riesige Ausmaße?

Als sie die Stadt betraten, blickten viele Menschen misstrauisch auf die große Gruppe schwerbewaffneter Männer. Überall waren Flüchtlinge zu sehen, die verwirrt und traurig auf der Straße saßen oder aus den Tavernen kamen. Manche waren sogar von gewissenhaften Mitbürgern eingeladen worden, in ihren Häusern Zuflucht zu suchen.

«Der Freund meiner Mutter hat ein Haus nahe dem Meer», sagte Julia, als Taranis sie absetzte und sich seinen Schild wieder auf den Rücken schnallte. Erleichtert stellte er fest, dass der Steinregen völlig aufgehört hatte. Er zog sich das Tuch vom Gesicht und atmete tief ein. Hier, in der Nähe zur See, war die Luft ein wenig besser, und er konnte die Gischt auf den Wellen sehen, die gegen das Ufer schlugen. Eine große Menschenmenge hockte an dem breiten Strand. Die Leute hielten ihre kostbarsten Besitztümer eng an sich gepresst und warteten, dass sich das furchtbare Wetter besserte, damit sie mit den Booten fliehen konnten, die vor der Küste ankerten. Nach den flackernden Lichtern zu urteilen, befanden sich sogar etliche größere Schiffe weiter draußen auf dem offenen Meer, vielleicht waren es Rettungsboote der kaiserlichen Flotte.

Taranis beobachtete die Wellen. «Die See ist sehr rau. Ich bezweifle, dass die Schiffe bald weiterfahren können.»

Dann blickte er wieder zum Vesuv zurück und wusste, dass er lieber sein Glück auf dem aufgewühlten Meer versuchen würde, als noch länger hierzubleiben. Größere Flammen waren nun auf den oberen Abhängen zu erkennen, was ihn vermuten ließ, dass ihnen noch Schlimmeres bevorstand.

Sirona hatte noch nie in ihrem Leben so sehr um ihr Leben gefürchtet. Die Angst durchströmte ihren ganzen Körper wie ein eisiger Fluss. Sie lag nackt und an Händen und Füßen gefesselt auf dem Boden des riesigen Empfangszimmers und musste die Zähne zusammenbeißen, damit sie nicht laut aufeinanderschlugen. Dabei war sie weit davon entfernt zu frieren, da der sonst so kühle, mosaikgeschmückte Boden warm war, als heize sich die Erde tief unter ihnen enorm auf.

Aulus und seine Gefährten waren mit den Vorbereitungen für die bizarre Zeremonie beschäftigt, die in ihrem Tod gipfeln würde, während Mutter Natur draußen ihr zerstörerisches Werk verrichtete. Kein Opfer der Welt würde verhindern, was sich dort gerade abspielte, da war sich Sirona vollkommen sicher.

Das Seltsame an der Sache aber war, dass keiner dieser Menschen sich darum kümmerte, was draußen geschah. Sie schienen allesamt ihr Vertrauen in Aulus Vettius' Vorhersage zu setzen, dass mit ihrem Opfer alles ein Ende hätte. Mittlerweile hatten sich alle nackt ausgezogen und waren dabei, sich mit parfümiertem Öl einzureiben. Ihre Hände verweilten lustvoll auf Brüsten und Penissen, glitten zwischen Schenkel und Pobacken, als besäßen sie alle Zeit der Welt, um sich auf diese Zeremonie vorzubereiten.

Aulus war auf die Knie gesunken und betete zum Gott Dionysos, flehte ihn an, das edle Opfer zu akzeptieren. Neben ihm kniete ein weiterer Mann, der dieselbe Statur wie Lucius besaß und dasselbe kurzgeschnittene, dunkle Haar. Als er schließlich seine Maske aufsetzte, wurde Sirona endlich klar, dass sie sich sehr stark in ihrem Beschützer geirrt hatte. Lucius hatte nie etwas mit diesem bizarren Kult zu tun gehabt – es war immer dieser Mann gewesen. Doch was nützte ihr dieses Wissen noch?, fragte sie sich verzweifelt. Dann begann ein nackter Mann, auf einer Flöte zu spielen, und eine Frau schlug ein Paar Zimbeln, und ein disharmonischer Klang ertönte.

Dann öffneten sie eine Amphore von Lucius' bestem Wein, vermischten den Inhalt mit einem weißen Pulver und tranken gierig von der Mischung. Ein jeder nahm bestimmt drei oder vier Becher zu sich. Dionysos war der Gott des Weins und der sexuellen Ausschweifung. Dann hob jemand Sironas Kopf an und setzte ihr einen Becher an die Lippen. Sie versuchte, sich zu wehren, aber ihr Mund wurde gewaltsam geöffnet, und jemand schüttete ihr die Flüssigkeit in die Kehle, sodass sie sie schlucken musste, um nicht zu ersticken.

Sirona erzitterte, als der Mann, der Lucius so unheimlich ähnlich sah, auf sie zutrat. Er kniete neben sie und begann, ihre Brüste mit dem stark riechenden Öl einzureiben. Der Mann streichelte sie, wie es ein Liebhaber tun würde, fuhr über die Unterseite ihrer Brüste, knetete sie sanft und umkreiste die Nippel mit den Fingerspitzen. Ein warmes Ziehen bildete sich zwischen ihren Schenkeln, als sich der Mann nach vorn lehnte und an ihren beiden Titten sog, bis die Spitzen steif vorstanden. Dann fuhren seine Finger über ihren Bauch und legten sich mit sanftem Druck auf ihren weichen Venushügel.

Nun wurden die Fesseln an ihren Knöcheln gelöst, und zwei Frauen hielten sie an den Beinen fest und zwangen sie auseinander. Der Mann kniete sich zwischen ihre Oberschenkel und fuhr mit den Händen die empfindlichen Innenseiten entlang, bis er ihr gelocktes Schamhaar erreichte. Er atmete schwer, und sein Schwanz wurde steif, als er ihre Schamlippen auseinanderzog. Sironas Beine zitterten, halb vor Entsetzen, halb aus einer seltsamen Erregung heraus, während ein merkwürdiges Glücksgefühl ihren Körper durchströmte. Der Mann lehnte sich vor und fuhr zart mit der Zunge über ihren Kitzler, der brannte und pulsierte. Langsam umkreiste seine Zunge die kleine Perle, dann schlossen sich seine Lippen darum, und er leckte sie und sog an ihr, bis Sirona vor Lust fast laut aufgeschrien hätte. Sie biss sich hart auf die Unterlippe und befürchtete, dass ihre Ekstase ein wichtiger Faktor dieser grotesken Zeremonie war. Ihre Haut kribbelte am Bauch, als der Mann vorsichtig drei gut geölte Finger in ihre Vagina schob und langsam tief in sie eindrang. Dann schob er die Finger ein paarmal in ihr hin und her, während seine Lippen noch immer ihre Klit umschlossen.

Ein leises Stöhnen entrang sich ihrer Kehle, und dann war ihr seltsamerweise auf ein Mal alles egal, bis auf ihre anschwellende Lust. Sie erschauerte und erlebte einen unglaublich heftigen Höhepunkt. Der Mann ließ sofort von ihr ab. «Sie ist jetzt bereit, Herr.»

Die Misstöne der Musik wurden lauter und dämpften die Geräusche der herabfallenden Steine, die gegen das Dach schlugen. Dann wurde Sironas Körper bäuchlings auf einen gepolsterten Hocker gelegt. Dieser war gerade so hoch, dass sie ihre Knie auf dem Boden abstützen konnte, und gleichzeitig so schmal, dass sie lediglich mit dem Bauch auflag und ihre üppigen Brüste über dem Boden hingen.

Ein Mann trat vor und griff nach ihren Armen. Er hielt sie fast waagerecht von ihrem Körper weg, während sich eine der Frauen auf den Rücken rollte und unter Sironas Schemel glitt, wo sie ihr Gesicht unter Sironas Brüste schob, bis diese es fast vollständig bedeckten. Dann umschloss sie eine der Warzen und sog an ihnen wie ein Blutegel. Sie zog den Nippel tief in ihren Mund und knabberte daran. Sironas Erregung wuchs, obwohl sie erst kurz zuvor gekommen war. Wilde, sinnliche Gedanken schossen ihr durch den Kopf, und der Wein, oder was auch immer das Getränk gewesen war, hatte es auf wundersame Weise geschafft, ihr alle Ängste zu nehmen. Sie war umringt von vielen Menschen, die sie überall mit den Händen berührten. Finger glitten in ihre Möse, andere drangen in ihren Anus. Der Rest leckte und fickte und wichste einander, wie er es zuvor schon getan hatte. Die unendlich vielen Empfindungen sammelten sich in Sirona zu einem explosionsartigen, markerschütternden Orgasmus, der ihren Körper zum Erbeben brachte. Alles verschwamm vor ihren Augen und wurde zu einem einzigen erotischen Traum.

Nachdem sie den Gipfel der Lust erreicht hatte, zogen sich die Versammelten von ihr zurück, und sie spürte einen stechenden Schmerz, als ihr Rücken von einer Peitsche geschlagen wurde. Aulus wartete kurz ab, bis sie weniger benommen war, dann schlug er wieder zu. Es tat weh, doch der Schmerz diente nur dazu, die köstliche Ekstase zu schüren, die noch immer in ihrem Leib schwelte. Mit jedem Peitschenschlag durchströmte sie ein Schwall der Lust, bis ihre Fotze so nass war, dass ihr der Saft die Schenkel hinablief.

Sirona hatte niemals etwas Vergleichbares erlebt. Hin und her gerissen zwischen Schmerz und Lust, erreichte sie einen Punkt, an dem alles zu einer überwältigenden Ekstase tief in ihrem Inneren verschmolz. Sie bäumte sich bei jedem

Peitschenschlag stöhnend auf und steuerte bereits auf den nächsten Orgasmus zu. Doch dann hörte das Auspeitschen plötzlich auf, und Aulus kniete neben ihr. Die Züge seiner goldenen Maske verschwammen vor ihren Augen, als sie ihn sagen hörte: «Ich habe immer gewusst, dass du nichts als eine schmutzige, kleine Hure bist. Sobald ich gekommen bin, werde ich dir die Kehle aufschlitzen.»

Nichts schien ihr mehr länger etwas auszumachen, als sie seine Hände auf ihren Pobacken spürte. Trotz der Hitze im Raum fühlten sich seine Hände sehr kühl an, und kühl war auch sein Schwanz, den er tief in sie hineinbohrte.

Plötzlich hörte Sirona wie aus weiter Ferne wütende Schreie. Aulus' Körper wurde gepackt und von ihr weggezogen. Auf einmal konnte sie wieder ihre Arme bewegen. Sie blinzelte verwirrt, als sie Tiro erkannte, der jetzt vor ihr stand, sie sanft hochzog und ihr einen Umhang um den nackten Körper legte. «Kannst du aufrecht stehen, Sirona?», fragte er. «Bitte versuche es. Man hat dich unter Drogen gesetzt.»

Sie nickte, war aber nicht fähig zu sprechen, da ihre Zunge den Dienst versagte. Um sie herum war unterdessen das Chaos ausgebrochen. Soldaten kämpften mit nackten Sektenanhängern, die wie besessen um sich schlugen und bissen. Noch hatten die Soldaten keine Waffen eingesetzt, doch nach ein paar weiteren Augenblicken völligen Durcheinanders zogen einige ihre Schwerter und schlugen ihre rasenden Angreifer mit der stumpfen Seite auf den Kopf.

Aulus und sein maskierter Gefährte griffen hastig nach den beiden Dolchen, die für die Zeremonie auf dem provisorischen Altar bereitlagen. Der maskierte Mann schrie zornig auf und griff einen nahe stehenden Soldaten an, während sich Aulus geradewegs auf den Anführer stürzte.

«Lucius», gelang es Sirona hervorzuwürgen, als Aulus

wie ein Besessener kreischend auf Lucius zustürzte. Dieser taumelte überrascht zurück, während sein Stiefvater im Begriff war, ihm den Dolch in die Kehle zu stoßen. Lucius packte Aulus beim Handgelenk und versuchte, die tödliche Klinge abzuwenden.

«Keine Sorge, Lucius wird nichts geschehen», versicherte ihr Tiro, als Sirona die beiden kämpfenden Männer gebannt beobachtete.

Die Muskeln an seinem Arm traten hervor, als Lucius die Klinge von sich wegdrückte und sie in Aulus' Richtung zwang. Da er keinen Drang verspürte, seinen eigenen Stiefvater zu töten, senkte Lucius schließlich den Kopf und verpasste ihm einen heftigen Stoß. Aulus fiel in dem Moment zu Boden, als von oben ein unheilvolles Knacken ertönte. Lucius konnte noch rechtzeitig beiseitespringen, als auch schon Balken, Mauerwerk und Fliesen herabfielen. Ein Teil des Dachs stürzte ein und begrub Aulus vollständig unter sich. Drei Viertel des Dachs waren zwar noch an seinem Platz, doch auch der Rest drohte jeden Moment einzustürzen.

Mit wenigen Schritten war Lucius bei Sirona und zog sie in die Arme. «Wir müssen nun fliehen, meine Liebste.»

«Die Sklaven?», presste sie hervor, als ihr das ganze Ausmaß des Entsetzens mit voller Macht bewusst wurde.

«Einer meiner Männer sorgt dafür, dass sie mit uns zusammen aufbrechen, Sirona. Ich weiß nicht, wie viel Zeit uns noch bleibt, bis wir in Sicherheit sind», erklärte er sanft und hob ihren zitternden Körper auf die Arme.

Während sich Julia und Borax auf den Weg zu Pomponianus machten, blieben Taranis und seine Gefährten in einer verlassenen Villa zurück. Es waren noch genug Essens- und Weinvorräte übrig, sodass sie es sich einigermaßen bequem machen konnten. Sie waren erleichtert, dass sie einen Unterschlupf gefunden hatten, um auszuruhen. Die spärlich bekleideten Damen, die sie unterwegs aufgegabelt hatten, waren nur zu gern bereit und vollauf damit beschäftigt, so viele Gladiatoren wie möglich willkommen zu heißen. Mittlerweile hatten sich die Männer geduldig in Warteschlangen vor allen Schlafgemächern der Villa aufgereiht.

Die Zeit verstrich, und Taranis wurde allmählich unruhig, als Julia und Borax noch immer nicht zurückgekehrt waren. Der Steinfall war zurückgekehrt, doch dieses Mal war das Gestein, das auf Stabiae niederging, schwerer, dichter und von dunkelgrauer Färbung. Dann begann die Erde wieder zu beben. Taranis ignorierte das Stöhnen und Ächzen in den angrenzenden Schlafgemächern, das jedem Bordell zur Ehre gereicht hätte, und blickte besorgt zur Decke empor. Die Balken knarzten unheimlich. Die Villa war zwar noch recht neu und solide gebaut, doch einige der Steine waren groß genug, um die dicken Dachziegel zu zertrümmern, und er wusste, dass früher oder später das gesamte Dach unter der Last der Steine zusammenbrechen würde.

Er wollte gerade gehen und nach Julia Ausschau halten, als die Tür aufsprang und drei Gestalten durch das Atrium in den Empfangsraum eilten. Wenn die Situation nicht so ernst gewesen wäre, hätte Taranis wahrscheinlich laut aufgelacht, denn alle drei hatten sich Kissen auf den Kopf geschnallt.

«Admiral Plinius war der Meinung, dass der Schild, den Borax mit sich führte, eventuell als Schutz nicht ausreichen würde. Es war seine Idee», erklärte Julia, als sie das Band löste und ihr Kopfkissen zu Boden fallen ließ.

Sie setzte sich neben Taranis, der ihr einen Arm um die Schultern legte und ihr einen liebevollen Kuss auf die Wange drückte. «Ich habe mir Sorgen gemacht.»

«Man hat uns eingeladen, mit Pomponianus und Admiral Plinius zu speisen», sagte sie.

«Der Medicus!», rief Taranis, als sich der dritte Mann das dünne Tuch vom Gesicht zog.

«Ich dinierte ebenfalls mit dem Admiral und bin rein zufällig vorbeigekommen. Eigentlich hatte ich vorgehabt, ein Schiff nach Neapolis zu nehmen», berichtete der Arzt. Julia klammerte sich nervös an Taranis, als die Erde unter ihnen wieder zu schwanken begann.

«Lieber hier als in Pompeji», bemerkte Taranis, als der Medicus auf dem Fußboden ihm gegenüber Platz nahm.

«Der Admiral und ich haben unsere Beobachtungen verglichen», erklärte er. Plinius der Ältere war ein berühmter Gelehrter, der zahlreiche Bücher zu verschiedenen Themen verfasst hat. «Wir haben beide über ähnliche Vorkommnisse auf Sizilien gelesen, hatten aber bislang die Parallelen übersehen, da die ersten Phasen unseres Phänomens anders verlaufen sind. Der Ätna hat mehrmals festere Steine, Feuer und schließlich große Ströme von heißglühender Materie ausgespuckt. Die Zerstörung war jedes Mal schrecklich, aber die Gegend um den Ätna ist relativ dünn besiedelt.»

«Glaubst du, dass hier Ähnliches passieren könnte?», fragte Taranis und erinnerte sich an die Flammen auf den oberen Hängen des Vesuvs.

«Ja», erwiderte der Arzt todernst. «Ich denke, das könnte sein. Unsere Mutter Erde ist völlig unberechenbar.»

Er rieb sich nachdenklich den Kopf. «Schwefel scheint Teil des Phänomens zu sein, und Schwefel habe ich zu früherer Stunde gerochen.»

«Und dann die verdammten Steine und das aufgewühlte Meer, wir müssen fort von hier!», rief Taranis, sprang auf und zog Julia mit sich. «Leod!» Er sah den rothaarigen Kelten geduldig vor einer der Schlafzimmertüren darauf warten, dass er an die Reihe kam. «Ruf die Männer zusammen, wir müssen sofort aufbrechen. Laut Galen wird alles noch schlimmer, viel schlimmer.»

Niemand protestierte, denn wenn Taranis nicht gewesen wäre, hätten sie alle in ihren Zellen ausharren müssen. So legten sie ihre Rüstungen an und setzten die Helme auf. Dann folgten sie ihm zum Strand. Die meisten Flüchtlinge dort hatten Schutz unter Segeltüchern gesucht oder rasch gezimmerte hölzerne Unterstände aufgestellt, da die Steine noch immer auf sie herabregneten. Plötzlich geriet der Boden unter ihnen wieder ins Schwanken, und man hörte ein seltsames Poltern. Sie konnten nicht weiter als ein paar Armeslängen sehen, aber sie wussten, dass die Dächer der Strandvillen eines nach dem anderen zusammenbrachen.

Der Steinregen ebbte für einen kurzen Moment ab und erlaubte Taranis den Blick auf ein kleines Boot, das nicht allzu weit von ihnen entfernt auf den Wellen tanzte. Taranis zog seine Rüstung aus und nahm den Helm ab. «Olin, Leod», rief er. «Wir müssen zu dem Boot schwimmen.»

Kaum hatten sie sich bis auf die Tuniken entkleidet, waren die drei Männer auch schon ins Meer gesprungen und kämpften gegen die Wellen an, die hart auf den Strand schlugen. Sie ließen die weiß gekräuselten Wellenkämme hinter sich und schwammen in tieferes Gewässer. Das kleine Boot hüpfte heftig auf den Wellen, und als sie hineinkletterten, sank es tief ins Wasser. Die drei Männer versanken bis zu den Knien in den ins Boot geschleuderten Steinen und begannen, so viele wie möglich über Bord zu schaufeln. Kaum hatte das Boot eine gewisse Stabilität erreicht, griffen sie nach den Riemen und lichteten den Anker. Sie mussten nicht lange rudern, bis die Wellen sie erfassten und schnell an die Küste trugen.

Taranis zuckte zusammen, als er hörte, wie das Boot über die Steine schrammte, doch der Bimsstein war relativ weich, und so hoffte er, dass das Boot nicht allzu stark beschädigt wurde. Er sprang von Bord und lief auf seine Männer zu.

«Ich muss dich hier für kurze Zeit zurücklassen, Julia», sagte er. «Ich denke, die großen Schiffe weiter draußen im Meer gehören dem Militär. Ihr Admiral wird wahrscheinlich einige Soldaten zur Bewachung zurückgelassen haben, damit diese den Bimsstein von Bord schaufeln und dafür sorgen, dass die Schiffe unter dem Gewicht nicht sinken.» Er winkte einen der erfahreneren Gladiatoren aus Thrakien zu sich. «Keine Rüstung, nur Waffen», befahl Taranis. «Wähle mindestens ein Dutzend unserer besten Kämpfer aus und folge mir.»

Taranis stand am Bug des Kriegsschiffes und behielt die beiden kleineren Boote im Auge, die sich auf dem Weg zurück zur Küste durch die gefährliche See befanden. Ein Ruderboot hatte nicht ausgereicht, um seine Männer so rasch wie möglich an Bord der Liburne zu bringen. Es hatte wenig oder keinen Widerstand gegeben, als sie das Kriegsschiff für sich beanspruchten, da die Seeleute selbst zu viel Angst vor den gefährlich aussehenden Gladiatoren hatten, um es auf einen Kampf ankommen zu lassen. Das Schiff hatte durch das Gewicht der herabfallenden Steine bedrohlich Schlagseite bekommen. Die Besatzung war ohne Anführer zurückgelassen worden und flehte unter Deck die Götter um Erlösung an.

Taranis hatte bei der Übernahme des Schiffes keinem seiner Männer besondere Befehle erteilen müssen, denn jeder wusste genau, was er zu tun hatte. Zwei waren zurück zum Strand gerudert, um ihre Kameraden nachzuholen und ein zweites Boot zu suchen, während der Rest den Bimsstein vom Deck der Liburne schaufelte, bis sich das Schiff wieder aufrichtete. Nun zog es unstet am Anker in einer niemals enden wollenden Flut aus Gestein.

Bald waren alle bis auf die letzte Fuhre Männer an Bord. Sie hatten die Leute vom Strand gerettet, zusammen mit den Seeleuten, die sich entschlossen hatten, auf der Liburne zu bleiben. Jene, die dies nicht wünschten, waren an Land gebracht worden, wo sie sich wieder dem Admiral anschließen konnten. Taranis wünschte keine Sklavenarbeit auf seinem Schiff. Wenn es nötig war, würden er und die anderen Gladiatoren zu den Riemen greifen. Er war sich bewusst, dass das nicht einfach werden würde, aber im hohen Norden waren Männer es gewöhnt, auch durch die vereiste See zu navigieren, warum also sollten sie es nicht auch durch ein Meer aus Gestein schaffen?

«Taranis.» Julia trat an seine Seite und tat ihr Bestes, um die kleinen Gesteinsbrocken zu ignorieren, die noch immer auf sie niederprasselten.

«Habe ich dir nicht gesagt, dass du unter Deck bleiben sollst?», fragte er lächelnd. «Und wo hast du dein Kissen gelassen?», neckte er sie.

Sie hatten Admiral Plinius kurz am Strand getroffen, als er zurückgekommen war, um Julia zu holen. Der übergewichtige, betagte Römer hatte mit dem Kissen auf seinem Kopf ein wenig komisch ausgesehen. Er hatte sich störrisch geweigert, seine Schiffe zu Wasser zu lassen, um die Flüchtlinge wegzubringen, und ängstlich darauf beharrt, dass dies viel zu gefährlich sei. Dann hatte er sich lauthals beschwert, als er feststellen musste, dass Taranis und seine Gladiatorenfreunde ein Kriegsschiff beschlagnahmt hatten. Doch keiner im Gefolge des Plinius, nicht einmal seine Offiziere, hatten den Versuch unternommen, sie aufzuhalten.

«Es liegt an der Farbe, sie steht mir nicht», antwortete Julia mit einem schelmischen Grinsen.

Taranis zog sich den Helm vom Kopf und stülpte ihn ihr über. Er war ihr viel zu groß und rutschte ihr über die Augen. «Das ist doch gleich viel besser. Wir machen noch eine echte Gladiatorin aus dir.» Er konnte nicht ahnen, wie prophetisch seine Worte waren, denn es würde nicht mehr lange dauern, bis auch Frauen als Gladiatorinnen in der Arena kämpften.

Er legte den Arm um Julia und zog sie an sich. Der Gesteinsregen schien nachzulassen. «Werden wir alle Flüchtlinge an Bord nehmen können?», fragte ihn Julia besorgt.

«So viele, wie wir können, aber der Medicus sagte, dass dies die letzte Fuhre sein muss. Ich vertraue seinem Urteil, Julia. Als Nächstes werden die Feuerströme kommen, sagte er.»

Die kleinen Boote kehrten zurück, bis zur Reling bepackt mit jammernden Frauen, schreienden Kindern und Männern, die sich zum Wohle ihrer Familien um Tapferkeit bemühten.

«Sieh nur», rief Julia. Die Flammen waren nun deutlich in der Dunkelheit zu erkennen. Orangefarbene Feuerströme wälzten sich die Hänge des Vesuvs herab und flossen auf Herculaneum zu.

Sirona war bestimmt schon vor Stunden von dort aufgebrochen, sagte sich Taranis, als er Mutter Natur dabei beobachtete, wie sie sich an den Römern rächte. Mittlerweile waren einige Gladiatoren an die Reling der Liburne getreten und halfen den letzten Flüchtlingen, an Bord zu kommen. Über ihnen war der Himmel ein wenig heller geworden, als sich die Morgendämmerung einen Weg durch die dichte Wolkenschicht bahnte. Mit dem Licht kam noch mehr Feuer, das an den Hängen des Vesuvs hinunterfloss.

Sogar aus der Entfernung drang der beißende Geruch nach Verbranntem und Schwefel zu ihnen herüber.

Während Julia den Flüchtlingen half, ging Taranis zum Heck des Schiffes, da es mindestens zweier Männer bedurfte, um das Ruder in Position zu halten. Die Gladiatoren schlossen sich den Matrosen an und begannen zu rudern, während ein junger Bursche in gleichmäßigem Takt die Trommel schlug. Unendlich langsam und träge wandte sich das Schiff allmählich von Stabiae ab und nahm Kurs auf das offene Meer.

Julia stand mit der Schwester von Admiral Plinius auf der Terrasse seiner Villa in den Hügeln hoch über dem Hafen von Misenum. Zwei Tage waren vergangen, seit sie mit der Liburne angekommen waren, zusammen mit einer Ladung traumatisierter Flüchtlinge.

Taranis hatte eine kleine Schatulle mit Silberstücken in der Kabine des Kapitäns gefunden und die Münzen unter den Gladiatoren verteilt. Mit etwas Glück würden sie ausreichen, um sie in Sicherheit zu bringen, an einen Ort, wo sie wieder als freie Männer leben konnten. Mangels Alternativen hatte Julia vorgeschlagen, dass sie vorerst hier, bei ihrer Freundin, bleiben sollten, die ebenfalls Julia hieß. Diese hatte sie mit offenen Armen empfangen, und so hatten sie alle die letzten zwei Tage damit verbracht, sich von ihrer Tortur zu erholen.

Niemand in Misenum wusste, dass Taranis ein Sklave war, da Julia ihn als Bürger Galliens vorgestellt hatte. Alle waren noch viel zu benommen von den schrecklichen Ereignissen, um seine Person oder die Tatsache in Frage zu stellen, dass Julia und Taranis das Bett miteinander teilten und offensichtlich ein Paar waren. Vielmehr war Taranis öffentlich dafür geehrt worden, dass er so vielen Menschen zur Flucht verholfen und sie gerettet hatte.

Julias Freundin hatte einen Sohn, Gaius Plinius, der zwar jünger als zwanzig war, aber seinem Onkel sehr nahestand. Er hatte darauf bestanden, mit dem ersten Rettungsschiff nach Stabiae zu fahren, nachdem die große, dunkle Wolke sich verzogen hatte. Taranis hatte sich bereit erklärt, ihn zu begleiten. Das Schiff war erst vor kurzem wieder zurückgekommen, und die beiden Frauen beobachteten nervös, wie Taranis und Plinius der Jüngere die Terrassenstufen emporstiegen. Sobald sie in ihre Gesichter blickten, wussten sie, dass es keine guten Neuigkeiten gab.

Plinius der Jüngere trug einen dicken Stapel Papyri bei sich, den er am Strand gefunden hatte – es waren die sorgfältigen Aufzeichnungen seines Onkels über die seltsamen Ereignisse. «Er ist von uns gegangen», verkündete er traurig. Julia legte tröstend ihrer Freundin den Arm um die Schultern. «Seltsam, er sah aus, als schliefe er», fügte er hinzu und blickte zu Taranis auf.

«So sahen sie alle aus», erklärte Taranis. «Alle Menschen, die in Stabiae geblieben sind, sind umgekommen. Der Medicus glaubt, dass es an den stark schwefelhaltigen Gasen lag.» Taranis wandte sich um und blickte auf den Berg in der Ferne. Der spitze Gipfel war verschwunden, stattdessen prägte nun eine tiefe Kuhle die Kuppe. «Soweit wir die Lage beurteilen können, sind sowohl Pompeji als auch Herculaneum vollkommen ausgelöscht worden.» Seine Stimme schwankte ein wenig, und sie wusste, dass er an Sirona und Lucius dachte.

«Komm, Gaius», sagte Plinius' Schwester zu ihrem Sohn. «Lass uns ein wenig beieinandersitzen, damit du mir alles in Ruhe erzählen kannst.» Sie entfernten sich, um ihren Verlust gemeinsam zu betrauern.

Sobald sie allein waren, sagte Julia: «Die beiden sind entkommen, ich weiß es einfach.»

«Aber du hast keine Neuigkeiten erhalten?»

«Noch nicht.» Ihr war es gelungen, anders als Taranis, ihren Optimismus zu bewahren. «Am wahrscheinlichsten ist, dass sie über das Meer entkommen sind. Die Menschen sind in alle Richtungen geflohen. Es kann sein, dass es eine gewisse Zeit dauern wird, bis wir etwas von ihnen hören.»

«Diese Zeit kann ich mir nicht leisten, Julia», erwiderte Taranis. «Es kommen immer mehr Menschen aus Pompeji an. Irgendjemand wird mich früher oder später erkennen.»

«Ich weiß. Wir müssen bald von hier fortgehen. Ich besitze Land in Hispania. Sobald ich die nötigen Vorkehrungen getroffen habe, können wir dorthin reisen.»

«Du würdest dein Leben hier für mich aufgeben?» Er zog sie an sich. «Ich kann das nicht von dir verlangen, Julia.»

«Aber ich möchte es so», beharrte sie.

«Julia!», rief Plinius' Schwester ängstlich, als sie auf die Terrasse zu ihnen eilte.

Taranis erstarrte, als er die Personen in ihrem Gefolge erblickte: einen Centurio und ein halbes Dutzend Soldaten. Sie kamen geradewegs auf Taranis zu. Julia klammerte sich an seinen Arm und sagte: «Und wenn du fliehst?»

«Unmöglich», erwiderte er bedauernd, als die Männer ihn ergriffen.

«Taranis aus Gallien», sagte der Centurio knapp, «du stehst unter Arrest.» Dann wandte er sich mit entschuldigendem Blick Julia zu. «Wir haben Grund zu der Annahme, verehrte Dame, dass dieser Mann ein flüchtiger Sklave ist, der sich als Bürger Roms ausgibt.»

Sirona zitterte und zog den Umhang fester um ihren Körper. Drei Monate waren vergangen, seit sie aus Pompeji geflohen war, und mittlerweile war es Winter. Sie hätte nie gedacht, dass es so weit südlich so kalt sein konnte. Pompeji war ihr als schmerzliche Erinnerung im Gedächtnis geblieben, doch war seitdem eine Menge geschehen. Kaum eine Woche nachdem sie in das sichere Rom geflüchtet waren, hatte man Lucius nach Illyrien geschickt, wo er übergangsweise als Gouverneur fungieren sollte, bis Kaiser Titus entschieden hatte, wie er seine neue Regierung zu bilden gedachte. Sirona war Lucius gefolgt, da sie nicht wusste, ob Taranis lebte oder gestorben war.

«Es ist viel zu kalt hier», sagte Lucius und trat auf die Terrasse der Villa hinaus, die er in einem der Vororte der Stadt gemietet hatte. Er sah sehr beeindruckend in seiner Militäruniform aus. «Komm wieder rein, Sirona.»

Sie folgte ihm ins Haus und war, wie immer, überrascht, dass es darin so warm war. Mit der Fußbodenheizung und den gläsernen Fenstern war diese Villa der Inbegriff von Luxus.

«Weißt du, wann die Zeremonie stattfindet?», fragte sie Lucius.

«Nein.»

Vor nicht einmal einer Woche waren sie nach Rom zurückgekehrt, weil Titus eine sehr vielversprechende Verbindung für seinen jungen Schützling in die Wege geleitet hatte. Dabei wurde Lucius auf höchste Weise geehrt, denn er sollte in die kaiserliche Familie einheiraten. Mittlerweile war er verlobt mit Drusilla, Titus' jüngster Nichte. Trotz seiner Zuneigung zu Sirona hatte Lucius keinen Augenblick daran gedacht, das Angebot des Kaisers auszuschlagen, denn seine Karriere war ihm wichtiger als alles andere.

«Bist du dir sicher, dass du deine Meinung nicht ändern willst?», drängte er. Lucius wollte, dass sie seine Geliebte blieb. Er hatte angeboten, ihr ein großes Haus in der Stadt zu kaufen, wo ihre Beziehung weiterbestehen könne, wenn auch ein wenig diskreter.

«Ich kann nicht», entgegnete sie traurig. Nichts war mehr wie früher zwischen ihnen, seit der Nacht, als sie ihn mit Taranis betrogen hatte. Trotzdem hatte er sie, auch nachdem er sie aus Pompeji gerettet hatte, stets gut behandelt. Das Leben als Geliebte eines römischen Gouverneurs war äußerst unterhaltsam gewesen und der Sex mit ihm so berauschend wie immer.

«Ich werde dich vermissen», sagte er traurig und strich ihr sanft über die Wange.

«Und ich dich.»

Lucius zog sie in die Arme und küsste sie leidenschaftlich. «Der Kaiser hat dir deine Freiheit zurückgegeben, Sirona. Du kannst jetzt in deine Heimat zurückkehren. Und ich hoffe, dass du dort glücklich wirst.»

Sirona kämpfte gegen die Tränen an, die ihr in die Augen traten. «Und ich hoffe, dass du mit Drusilla glücklich wirst.»

«Arrangierte Ehen werden selten glücklich.» Er starrte sie an, was sie vermuten ließ, dass er ihr etwas Wichtiges mitteilen wollte. Aber sie hatte sich geirrt, denn er sagte bloß: «Dein Geleit ist eingetroffen. Es wird hier übernachten, und ihr brecht dann im Morgengrauen nach Ostia auf.»

«Dann ist dies unser Abschied?»

«Ja. Ich muss gehen, Titus erwartet mich.» Er trat einen Schritt zurück und verbeugte sich formvollendet. Dann verließ er mit großen Schritten den Raum.

Sirona stand einen Moment lang einfach nur da und dachte, dass ihr Abschied viel zu kurz ausgefallen war. Sie hätte sich ihm gegenüber liebevoller verhalten und ihm für alles danken müssen, was er für sie getan hatte. Doch in den letzten Tagen hatte sie das Gefühl gehabt, dass er sich von ihr zurückzog, möglicherweise um ihnen den Abschied nicht noch schwerer zu machen, als er ohnehin schon war. Sie begab sich in ihr Schlafgemach, traurig, dass sie Lucius verloren hatte, doch im selben Augenblick auch glücklich und ein wenig aufgeregt, weil sie nun in ihre Heimat zurückkehren konnte.

Nachdem sie ihre persönliche Sklavin für die Nacht entlassen hatte, setzte sie sich auf ihr Bett, das sie noch vor kurzem mit Lucius geteilt hatte. Es würde nicht einfach werden, sich wieder an das einfache Leben in Britannien zu gewöhnen, insbesondere da alle Menschen, die ihr etwas bedeuteten, entweder tot waren oder vermisst wurden.

Es klopfte leise an der Tür, und ihre Sklavin erschien. «Herrin, der Anführer deiner Eskorte wünscht dich zu sprechen.»

«Tut er das?» Was würde dieser Mann von ihr wollen?, fragte sich Sirona und erhob sich. Sie beschloss, ihn in den Empfangsräumen zu treffen.

Doch dann wurde das Mädchen plötzlich beiseitegeschoben, als eine Gestalt, die von Kopf bis Fuß in einen Umhang gehüllt war, ins Zimmer trat und die Tür hinter sich zuwarf. Sie blieb vor Schreck wie angewurzelt stehen, als der Mann die Kapuze seines Umhangs zurückwarf.

«Sirona!» Taranis zog sie in seine Arme und hielt sie so fest an sich gedrückt, dass er sie schier zu zerquetschen schien.

«Hat Lucius davon gewusst?», kam es stotternd aus ihrem Mund, als er ihr Gesicht zwischen die Hände nahm und ihr liebevoll in die grünen Augen blickte.

«Ja, er und seine Schwester haben sämtliche Vorkehrungen getroffen.»

Und dann küsste er sie, harte, grobe Küsse, die so leidenschaftlich waren, dass sie ihr im wahrsten Sinne des Wortes den Atem raubten. Er hielt sie ganz fest an sich gedrückt und presste seinen Mund auf ihre Lippen, bis er sie schließlich loslassen musste, um wieder zu Atem zu kommen. Sie schmolz in seinen Armen dahin und spürte schon bald, wie sich sein harter Schwanz auf sinnliche Weise gegen ihren Bauch presste.

Sanft führte er sie zum Bett hinüber und zog sie aus, bevor auch er sich seiner Kleidung entledigte. Zunächst wollte sie seinen nackten Körper in Ruhe betrachten und anschließend ein sinnliches, stundenlanges Liebesspiel mit ihm genießen. Doch allein seine Anwesenheit brachte ihre Sinne zum Kochen, sodass sie unverzüglich von ihm gefickt werden wollte. Taranis schien das Gleiche zu fühlen, denn er drehte sie auf den Bauch, hob sie dann auf die Knie und vergrub seinen Schwanz tief in ihrer Möse. Taranis fickte sie hart und schnell und schenkte ihr so viel mehr Lust, als es jeder andere Mann vermocht hätte. Sirona klammerte sich an die wollene Überdecke, während sein enormer Schaft in ihren Körper eindrang. Mit einer Hand griff er nach ihren Brüsten, während er die andere zwischen ihre Schamlippen schob und ihren Kitzler streichelte. Nach nur wenigen Sekunden kam sie so heftig, dass sie vollkommen von ihrem Orgasmus überwältigt wurde.

Taranis lag wach und beobachtete Sirona im Schlaf. Nachdem er sie so heftig genommen hatte, hatten sie sich noch einmal geliebt. Dieses Mal war er langsam und leidenschaftlich mit ihr umgegangen, hatte alle seine Gedanken und Gefühle in die sinnlichen Augenblicke ihres Liebesspiels gelegt. Erschöpft und glücklich war Sirona in seinen Armen eingeschlafen, während er einfach nur dalag und seine Augen nicht von ihr abwenden mochte. Taranis konnte kaum glauben, dass sie wieder vereint waren. Er war Lucius und

Julia sehr dankbar für alles, was sie für ihn getan hatten. Ausgerechnet die beiden Menschen, die ihm geholfen hatten, waren diejenigen, von denen er erwartet hätte, dass sie alles daransetzten, um ein Wiedersehen der beiden Liebenden zu verhindern.

Doch davon abgesehen, hatten sie beide unglaubliches Glück gehabt, dass sie die Zerstörung Pompejis überlebt und einander wiedergefunden hatten. Nach seiner Festnahme war er ein paar Wochen in Haft behalten worden. Dann, als schließlich wieder Ordnung in den Alltag eingekehrt war, hatte man ihn in die Gladiatorenkaserne nach Rom gebracht. Taranis hatte geglaubt, dass man ihn wieder zwingen würde, in der Arena zu kämpfen, doch das war nicht passiert. Es war bekannt, dass er eine Vielzahl von Flüchtlingen aus Stabiae gerettet hatte, und einige Bürger hatten sich dafür eingesetzt, dass er belohnt wurde. Andererseits war er auch an der Flucht von fast fünfzig Sklaven, den ehemaligen Gladiatoren, beteiligt. Die meisten von ihnen hatte man nicht wieder einfangen können, darunter auch Leod und Olin.

Es hatte eine Weile gedauert, bis Cnaius nach Rom zurückgekehrt war und von Taranis' Kerkerhaft erfuhr. Cnaius hatte ihm unverzüglich einen Besuch in seiner Zelle abgestattet und ihm, zu Taranis' vollkommener Überraschung, die Freiheit geschenkt. Außerdem hatte Cnaius durchgesetzt, dass sämtliche Anschuldigungen gegen ihn fallengelassen wurden. Dank einer seltsamen Laune des Schicksals war unter den Geretteten aus Stabiae auch Cnaius' Schwester und ihr kleiner Sohn. Daher war die Freiheit Cnaius' Belohnung für Taranis.

Als der Kaiser hörte, was geschehen war, hatte er darauf bestanden, Taranis persönlich kennenzulernen. So war es Taranis vergönnt gewesen, einige Zeit mit Titus zu verbringen. Titus war ein anständiger Mann, und Taranis hoffte, dass es ihm gelingen würde, das Römische Reich auf positive Weise zu verändern.

Nach seiner Freilassung hatte Taranis mit Julia in deren Villa in Rom gelebt. Nichtsdestotrotz war es den Freigelassenen nicht gestattet, Frauen von Adel zu heiraten. Julia hätte alles und jeden hinter sich lassen müssen, um mit ihm zusammen zu sein. Und wenn er ehrlich war, dann konnte er Julia nicht heiraten, solange sein Herz noch immer Sirona gehörte. Er wusste, dass er sich früher oder später Julia gegenüber grausam verhalten und sie verlassen würde. Wenn ihr das bewusst werden würde, wäre beiden ein weiteres Zusammenleben nicht mehr möglich. Sie würde schon bald einen neuen Heiratskandidaten finden, insbesondere, da Titus sie einer Vielzahl einflussreicher und vermögender junger Männer vorstellen wollte.

Doch bevor diese Pläne in die Tat umgesetzt werden konnten, war Lucius nach Rom zurückgekehrt, um zu heiraten – und hatte Sirona mitgebracht. Julia hatte schließlich akzeptiert, dass es keine gemeinsame Zukunft für sie und Taranis gab.

«Taranis!» Sirona öffnete schläfrig die Augen. «Was gibt es?»

«Nichts, meine Liebste. Schlaf ruhig weiter, wir müssen morgen früh aufbrechen.»

Sie lächelte und schmiegte sich enger an ihn. Taranis schloss die Augen und versuchte, sich zu entspannen, was nicht einfach war, wenn ihr nackter Körper so dicht bei seinem lag. Er würde mit der letzten Überraschung für sie bis zum nächsten Tag warten. Titus hatte auch Sironas Vater die Freiheit geschenkt, und wenn sie morgen Ostia erreichten, würde Borus dort auf sie warten.